INFORME BRENNAN

Kathy Reichs

INFORME BRENNAN

Traducción de Gerardo di Masso

Título original: *Fatal voyage*
Autora: Kathy Reichs

© 2001, Temperance Brennan, L.P.
Publicado por acuerdo con el editor original,
Scrihner, una división de Simon & Schuster Inc.
© de la traducción, 2002, Gerardo di Masso,
cedida por Editorial Planeta

© de esta edición: 2010, RBA Libros, S.A.
Santa Perpètua, 12 - 08012 Barcelona
rba-libros@rba.es / www.rbalibros.com

Primera edición de bolsillo: abril 2008
Segunda edición de bolsillo: mayo 2010

Ref.: OBOL183
ISBN: 978-84-9867-142-1
Composición. Manuel Rodríguez
Depósito legal: B-24.218-2010
Impreso por Liberdúplex (Barcelona)

AGRADECIMIENTOS

Como siempre, debo mi agradecimiento a muchas personas:

A Ira J. Stimson, y al capitán John Gallagher (retirado), por su asesoramiento en el diseño de aviones y la investigación de accidentes aéreos. A Hugues Cicoine, CFEI, por sus consejos relativos a la investigación de incendios y explosiones. Vuestra paciencia fue admirable.

A Paul Sledzik, MS, Museo Nacional de Salud y Medicina, Instituto de Patología de las Fuerzas Armadas, por la historia, estructura y funcionamiento del sistema DMORT; Frank A. Ciaccio, MPA, Oficina del Gobierno, Asuntos Públicos y Familiares, Consejo Nacional de Seguridad en el Transporte de Estados Unidos, por su información sobre el DMORT, el NTSB y el Plan de Asistencia Familiar.

A Arpad Vass, doctor en Filosofía, investigador científico en los Laboratorios Nacionales Oak Ridge, por su curso intensivo sobre ácidos grasos volátiles.

Al agente especial Jim Corcoran, Departamento Federal de Investigaciones, División de Charlotte, por reseñarme el trabajo del FBI en Carolina del Norte; detective Ross Trudel (retirado), Policía de la Comunidad Urbana de Montreal, por su información sobre explosivos y su regulación; sargento detective Stephen Rudman (retirado), Policía de la Comunidad Urbana de Montreal, por los detalles acerca de los funerales de la policía.

A Janet Levy, doctora en Filosofía, Universidad de Carolina del Norte-Charlotte, por sus detalladas explicaciones sobre el Departamento de Recursos Culturales de Carolina del Norte y sus respuestas a cuestiones relacionadas con la arqueología; Rachel Bonney, doctora en Filosofía, Universidad de Carolina del Norte-Charlotte, y Barry Hipps, Asociación Histórica Cherokee, por sus profundos conocimientos sobre los cherokee.

A John Butts, doctor en Medicina, forense jefe, estado de Carolina del Norte, Michael Sullivan, doctor en Medicina, forense del condado de Mecklenburg, y Roger Thompson, director del Laboratorio Criminal del Departamento de Policía de Charlotte-Mecklenburg.

A Marilyn Steely, por hacerme conocer el Hell Fire Club; Jack C. Morgan Jr., MAI, CRE, por instruirme acerca de títulos de propiedad, planos y registros de impuestos; Irene Bacznsky por su ayuda con los nombres de las compañías aéreas.

A Anne Fletcher, por acompañarme en nuestra aventura en las Smoky Mountain.

Un agradecimiento especial a la gente de Bryson City, Carolina del Norte, incluyendo a Faye Bumgarner, Beverly Means y Donna Rowland en la Biblioteca de Bryson City; Ruth Anne Sitton y Bess Ledford en la Oficina de Impuestos y Registro de Tierras del Condado de Swain; Linda Cable, administradora del condado de Swain; Susan Cutshaw y Dick Schaddelee en la Cámara de Comercio del Condado de Swain; Mónica Brown, Marty Martin y Misty Brooks en el Fryemont Inn; y, especialmente, al subjefe Jackie Fortner, Departamento del Sheriff del Condado de Swain.

Merci a M. Yves. St. Marie, Dr. André Lauzon y a todos mis colegas del Laboratorio de Ciencias Jurídicas y de Medicina Legal; James Woodward en la Universidad de Carolina del

Norte-Charlotte. Agradezco profundamente vuestro permanente apoyo.

A Paul Reichs por sus valiosos comentarios sobre el manuscrito.

A mis maravillosas editoras, Susanne Kirk y Lynne Drew.

Y, por supuesto, a mi agente obradora de milagros, Jennifer Rudolph Walsh.

Mis historias no podrían ser lo que son sin la ayuda de amigos y colegas. Gracias a todos ellos. Y, como siempre, todos los errores son de mi exclusiva responsabilidad.

1

Miré a la mujer que había salido volando por entre los árboles. La cabeza por delante, la barbilla alzada, los brazos extendidos hacia atrás como la pequeña diosa de cromo del capó de un Rolls Royce. Pero la dama del árbol estaba desnuda, sin vida, con el torso que acababa en la cintura, aprisionado entre ramas y hojas ensangrentadas.

Bajé la vista y eché un vistazo alrededor. Excepto por el estrecho camino de grava donde había aparcado, hasta donde alcanzaba la vista se extendía un bosque denso, poblado sobre todo de pinos, entre los que unos pocos robles señalaban, como festones, la muerte del verano con una gama de rojos, amarillos y anaranjados del follaje.

Aunque en Charlotte hacía calor, aquí arriba el clima de principios de octubre era muy agradable. Pero pronto empezaría el frío.

Cogí la cazadora del asiento trasero, me quedé en silencio y presté atención.

Trinos de pájaros. Viento. La huida precipitada de un pequeño animal. Luego, a lo lejos, un hombre que llamaba a otro. Una respuesta apagada.

Me amarré la cazadora alrededor de la cintura, cerré el coche y me dirigí hacia el lugar del que venían aquellas voces distantes, arrastrando los pies a través de un lecho de hojas muertas y pinaza.

Cuando hube recorrido una decena de metros por el interior del bosque, pasé junto a una figura recostada contra una piedra cubierta de musgo, las rodillas flexionadas contra el pecho y un ordenador portátil a un lado. Le faltaban ambos brazos y en la sien izquierda tenía un chichón.

La cara descansaba sobre el ordenador, en los dientes llevaba aparatos de ortodoncia, un delicado aro de oro le atravesaba una ceja. Tenía los ojos abiertos de par en par y las pupilas dilatadas le daban al rostro una expresión de alarma. Sentí un temblor en todo el cuerpo y apuré el paso.

Pocos metros más adelante vi una pierna, el pie aún calzado con bota de montaña. La pierna había sido cercenada a la altura de la cadera y me pregunté si pertenecería al torso del Rolls Royce.

Junto a la pierna dos hombres, sentados uno al lado del otro, con los cinturones de seguridad abrochados y los cuellos empapados de sangre. Uno de ellos sentado con las piernas cruzadas, como si leyera algo.

Reanudé la marcha y me interné un poco más en el bosque, oía gritos y llamadas que el viento, caprichosamente, me enviaba por entre los árboles. Continué avanzando mientras apartaba las ramas bajas con los brazos, sorteando grandes piedras y troncos caídos.

Equipajes y trozos de metal se habían esparcido entre los árboles, marcando una amplia zona. La mayor parte de las maletas se había quemado, derramando su contenido al azar. Ropa, secadores de pelo y máquinas de afeitar se mezclaban con botes de crema para manos, champú, loción para después del afeitado y perfume. Una pequeña maleta había vomitado cientos de artículos de tocador robados de los hoteles. El olor a productos de perfumería y combustible de avión se mezclaba con el aroma

14

de los pinos y el aire de la montaña. Y, a lo lejos, un rastro de humo.

Avanzaba a través de un profundo barranco de laderas empinadas cuya densa envoltura de ramas y hojas apenas permitía que la luz del sol alcanzara el suelo y acabase formando un dibujo moteado. Hacía frío en la sombra, pero tenía la frente perlada de sudor y sentía la ropa pegada a la piel. Tropecé con una mochila, caí y me rasgué la manga con una rama astillada por todos aquellos restos.

Permanecí unos momentos tendida en el suelo, con las manos temblando y la respiración agitada. Aunque me había acostumbrado durante años a ocultar las emociones, sentí claramente que me invadía la desesperación. Tanta muerte. Dios mío, ¿cuántas víctimas habría?

Cerré los ojos, hice un esfuerzo por centrarme y me levanté.

Eché a andar y salté un tronco putrefacto, rodeé un grupo de rododendros y, como no parecía encontrarme más cerca de las voces, me detuve para intentar orientarme. El sonido apagado de una sirena me confirmó que la operación de rescate se estaba desarrollando más allá de una colina que se alzaba hacia el este.

Excelente forma de encontrar el camino, Brennan.

Pero no había tenido tiempo de informarme. Los primeros en responder a los accidentes aéreos o desastres similares suelen ser personas bien intencionadas pero escasamente preparadas para tratar con gran cantidad de víctimas. Yo iba de Charlotte a Knoxville, cerca de la frontera estatal, cuando me pidieron que me dirigiera de inmediato hacia el lugar donde se había producido el accidente. Entonces giré en un cambio de sentido en la 1-40, tomé un atajo hacia el sur en dirección a Waynesville, luego al oeste a través de Bryson City, una pequeña población de Carolina del Norte situada a unos 280 km al oeste de Charlotte, 80 km al este de Tennessee y 80 km al norte de Georgia. Seguí por la

15

autopista del condado hasta donde acababa el mantenimiento estatal y continué por un camino de grava del Servicio Forestal que serpeaba montaña arriba.

Aunque había recibido unas instrucciones bastante precisas, sospechaba que debía haber una ruta mejor, tal vez un sendero estrecho pero que al menos me permitiera un mejor acceso al valle contiguo.

Por un momento consideré la posibilidad de regresar nuevamente al coche, pero luego decidí seguir andando. Tal vez quienes se encontraban en el lugar del accidente habían atravesado el bosque a pie igual que yo. La carretera del Servicio Forestal no parecía continuar hacia ninguna parte más allá del punto donde había dejado el coche.

Después de una agotadora ascensión, me aferré al tronco de un pino, apoyé un pie con fuerza y conseguí izarme hasta un saliente rocoso. Al incorporarme me topé de golpe con los ojos de una muñeca de trapo, una Raggedy Ann. La muñeca colgaba boca abajo con el vestido enganchado en las ramas bajas del voluminoso pino.

Una imagen de la muñeca de mi hija cruzó por mi cabeza y extendí la mano.

¡No lo hagas!

Bajé el brazo, consciente de que había que clasificar y registrar todos y cada uno de los objetos antes de recogerlos. Sólo entonces alguien podría reclamar el triste recuerdo.

Desde mi posición del saliente tenía una excelente visión del lugar donde debía haberse estrellado el avión. Distinguí un motor, medio enterrado entre la hojarasca junto a otros restos, y lo que parecían ser piezas de un ala. Una sección del fuselaje tenía la parte inferior arrancada, y parecía un diagrama de manual de instrucciones para maquetas de aviones. A través de las ventanillas se veían los asientos. Había algunos ocupados, pero en su mayor parte iban vacíos.

Trozos de cuerpo y restos del aparato cubrían el paisaje como si fuesen desechos en un vertedero. Desde donde me encontraba, los trozos de cuerpos humanos cubiertos de piel parecían asombrosamente pálidos, contrastando con el fondo compuesto por arbustos, vísceras y partes del avión. Diversos objetos colgaban de los árboles o se esparcían enredados en ramas y hojas. Tela. Alambre. Planchas de metal. Material aislante. Plástico.

Los efectivos de la policía local y los voluntarios ya habían llegado y estaban acordonando el lugar y buscando supervivientes. Algunos escudriñaban entre los árboles, otros señalaban con cinta amarilla el perímetro del terreno donde se hallaban los restos del aparato. Llevaban chaquetas amarillas que indicaban «Departamento del Sheriff del Condado de Swain» en la espalda. Otros sólo vagaban por el lugar o estaban reunidos en pequeños grupos, fumando, hablando o mirando el desolador espectáculo que tenían ante los ojos.

Más allá, entre los árboles, se veían destellos de luces rojas, azules y amarillas que indicaban la ruta de acceso que yo no había sido capaz de encontrar. Imaginé los coches patrulla, los camiones de bomberos, las ambulancias, los furgones de los equipos de rescate y los vehículos de los voluntarios que al día siguiente obstruirían la carretera.

En ese momento el viento cambió de dirección y el olor a humo se hizo más intenso. Me volví y descubrí una delgada columna de humo negro que ascendía un poco más allá de la siguiente colina. Sentí que se me formaba un nudo en el estómago; estaba lo bastante cerca para detectar otro olor que se mezclaba con el olor ácido y penetrante del humo.

Como antropóloga forense, mi trabajo consiste en investigar las muertes violentas. He examinado centenares de víctimas del fuego para jueces y forenses y conozco muy bien el olor de la carne carbonizada. En el siguiente barranco todavía ardían algunos cadáveres.

Hice un esfuerzo por tragar saliva y volví a concentrarme en la operación de rescate. Algunos de los que habían permanecido inactivas se movían ahora por la zona del desastre. Vi que uno de los ayudantes del sheriff se inclinaba para inspeccionar unos restos que se hallaban a sus pies. Se irguió y lanzó unos destellos con un objeto que elevaba en la mano izquierda. Otro de los ayudantes había comenzado a hacer una pila con restos.

— ¡Mierda!

Comencé a descender la colina, aferrándome a las ramas bajas y zigzagueando entre los árboles y el suelo rocoso para mantener el equilibrio. El terreno era muy empinado y un tropezón podía convertirse en una peligrosa zambullida de cabeza.

A pocos metros del pie de la colina tropecé con una plancha de metal que se deslizó y me lanzó por los aires como si fuese uno de esos críos que se tiran en sus tablas entre dos toboganes. Caí a tierra como un peso muerto y comencé a rodar colina abajo, arrastrando conmigo una avalancha de piedras, ramas, hojas y pinaza.

Para frenar la caída busqué desesperadamente algún punto donde asirme, me desgarré las palmas de las manos y me rompí algunas uñas hasta que choqué con la mano izquierda contra algo sólido y conseguí aferrarme con los dedos a ello. Sentí un dolor agudo en la muñeca que tuvo que soportar todo el peso de mi cuerpo y parar el movimiento descendente.

Me quedé colgada un momento, luego giré sobre un costado, me apoyé en ambas manos y conseguí sentarme. Alcé la vista sin soltarme de mi providencial punto de apoyo.

El objeto que había conseguido frenar mi caída era una larga barra de metal que formaba un ángulo recto desde la roca en que me apoyaba con la cadera hasta un tronco cortado unos metros colina arriba. Me afiancé con ambos pies, hice una prueba para ver si podía levantarme y me las arreglé para recuperar la posición vertical. Me limpié la sangre de las manos en las perneras del pantalón, volví a sujetarme la cazadora a la cintura y continué descendiendo hasta llegar a terreno llano.

Una vez allí aceleré el paso. Aunque la superficie distaba bastante de ser firme, al menos ahora la fuerza de la gravedad estaba de mi parte. Al llegar a la zona acordonada, levanté la cinta amarilla y pasé por debajo.

—Un momento, señora. No tan rápido.

Me detuve y me volví. El hombre que había hablado llevaba una chaqueta del Departamento del Sheriff del Condado de Swain.

—Estoy con el DMORT.

—¿Qué demonios es el DMORT?

—¿Está el sheriff en el lugar de accidente?

—¿Quién lo pregunta?

El ayudante del sheriff tenía una expresión tensa y los labios, apretados, formaban una delgada línea. Llevaba una gorra de caza anaranjada encasquetada hasta las cejas.

—La doctora Temperance Brennan.

—No vamos a necesitar a ningún médico por aquí.

—Mi trabajo consiste en identificar a las víctimas.

—¿Tiene alguna credencial?

Cuando se produce un desastre de proporciones masivas, cada agencia gubernamental tiene responsabilidades específicas. La OEP, el Dispositivo de Emergencias, gestiona y dirige el NDMS, Sistema Médico para Desastres Nacionales, que proporciona la respuesta médica, la identificación de las víctimas y los servicios funerarios en el caso de un accidente con gran número de víctimas.

Para hacer frente a sus misiones, el NDMS decidió crear el DMORT, los sistemas Equipo de Respuesta Operativa Funeraria en Desastres, y el DMAT, Equipo de Asistencia Médica en Desastres. En los casos oficialmente declarados como desastres, el DMAT se hace cargo de las necesidades de los supervivientes, mientras que la función del DMORT es encargarse de los fallecidos.

Extraje mi identificación del NDMS y se la mostré al ayudante del sheriff.

El hombre la estudió detenidamente y luego hizo un gesto con la cabeza señalando el fuselaje del aparato siniestrado.

—El sheriff está con los jefes de bomberos.

Se le quebró la voz y se pasó el dorso de la mano por los labios. Luego bajó la vista y se alejó, avergonzado de no haber podido reprimir su emoción.

No me sorprendió el comportamiento del ayudante del sheriff. Los policías y miembros de los equipos de rescate más duros y capaces, no importa el grado de entrenamiento o experiencia que puedan tener, nunca están preparados psicológicamente para su primer *major*.[1]

Majors. Así es como el Consejo Nacional de Seguridad del Transporte califica estas catástrofes. Yo no estaba segura de qué es lo que se necesita para merecer esa calificación, pero había trabajado en muchas de ellas y había algo que sabía con certeza: todas eran espantosas. Tampoco yo estaba preparada para ese espectáculo y compartía la angustia que sentía aquel hombre. Sólo que yo había aprendido a ocultarla.

Mientras iba hacia el fuselaje del avión, pasé junto a otro ayudante del sheriff que estaba cubriendo un cadáver.

—Quite eso —ordené.

—¿Qué?

—No cubra los cadáveres.

---

1. En Estados Unidos se refieren con este término a los grandes acontecimientos deportivos, como los torneos abiertos de golf o las finales de las ligas de béisbol. En español no existe un término que tenga una equivalencia exacta, de modo que se ha decidido conservarlo en su idioma original para no restarle significado. *(N. del t.)*

—¿Quién lo dice?

Volví a sacar mi credencial.

—Pero están al descubierto. —Su voz sonaba plana, como la grabación de un ordenador.

—Todo tiene que permanecer en su sitio.

—Tenemos que hacer algo. Está oscureciendo. Los osos percibirán el olor de esta... —se interrumpió buscando la palabra adecuada— gente.

Yo había visto lo que un *Ursus* era capaz de hacer con un cadáver y comprendí la preocupación de aquel hombre. Sin embargo, no podía dejar que cubriese los restos de las víctimas.

—Hay que tomar fotos y clasificarlo todo antes de que se pueda tocar y mover.

Apretó la manta con ambas manos y una expresión de dolor se le dibujó en el rostro. Yo sabía exactamente cómo se sentía. La necesidad de hacer algo, la angustia de no saber qué. La sensación de impotencia en medio de aquella tragedia abrumadora.

—Por favor, haga correr la voz de que no hay que mover nada. Luego póngase a buscar supervivientes.

—Debe estar de broma. —Sus ojos recorrieron la escena que nos rodeaba—. Nadie puede haber sobrevivido a esto.

—Si alguien está vivo tiene más motivos para temer a los osos que esta gente. —Señalé el cadáver que había a sus pies.

—Y a los lobos —añadió con voz hueca.

—¿Cómo se llama el sheriff?

—Crowe.

—¿Cuál es?

El hombre desvió la mirada hacia el grupo que se encontraba junto al fuselaje.

—La persona más alta del grupo, la de la chaqueta verde.

Dejé al ayudante y me dirigí rápidamente hacia Crowe.

El sheriff estaba examinando detenidamente un mapa con media docena de bomberos voluntarios cuya vestimenta sugería que habían llegado desde varias jurisdicciones diferentes. Incluso con la cabeza inclinada, Crowe era la persona más alta del grupo. Bajo la chaqueta sus hombros se adivinaban anchos y fuertes, lo que indicaba sesiones regulares de gimnasia. Esperaba no encontrarme con el típico sheriff macho de las montañas.

Cuando me acerqué al grupo, los bomberos dejaron de prestar atención y desviaron la vista hacia mí.

—¿Sheriff Crowe?

Crowe se volvió y comprendí que la cuestión del macho no sería un problema. Crowe era una mujer.

Sus pómulos eran altos y marcados, la piel color canela. El pelo rizado, que escapaba por debajo del sombrero de ala ancha, era de un rojo zanahoria. Pero lo que me llamó poderosamente la atención fueron sus ojos. El iris era del mismo color del vidrio de las viejas botellas de Coca-Cola. Realzado por el naranja de las pestañas y las cejas, el verde pálido era extraordinario. Calculé que rondaría los cuarenta años.

—¿Y usted es? —La voz, grave y profunda, indicaba con claridad que su dueña no estaba para tonterías.

—Doctora Temperance Brennan.

—¿Y tiene alguna razón para estar aquí?

—Trabajo con el DMORT.

Nuevamente la credencial. Crowe estudió la tarjeta y me la devolvió.

—Viajaba en mi coche de Charlotte a Knoxville cuando escuché por la radio un boletín que informaba de un accidente aéreo. Llamé a Earl Bliss, el jefe del equipo de la Región Cuatro, y me pidió que me desviara de mi ruta y acudiese para ver si necesitaban ayuda.

Fui algo más diplomática de lo que había sido Earl.

La mujer no dijo nada. Luego se volvió hacia los bomberos, les dio unas breves instrucciones y los hombres se dispersaron.

Acortando la distancia que nos separaba, Crowe me tendió la mano. El apretón podía causar daños.

—Lucy Crowe.

—Por favor, llámeme Tempe.

La sheriff separó los pies, cruzó los brazos y me miró con sus ojos de botella de Coca-Cola.

—No creo que ninguno de estos desdichados vaya a necesitar atención médica.

—Soy antropóloga forense, no médico. ¿Ha buscado supervivientes?

Asintió con un breve movimiento de cabeza, el tipo de gesto que había visto en la India.

—Pensaba que de estas cosas se encargaba el forense.

—De estas cosas nos encargamos todos. ¿Ha llegado ya el NTSB?

Yo sabía que el Consejo Nacional de Seguridad del Transporte nunca tardaba demasiado en presentarse en el lugar de los hechos.

—Están en camino. He tenido noticias de todas las agencias del planeta. NTSB, FBI, Oficina de Tráfico Aéreo (ATF), Cruz Roja, Agencia Federal de Aviación (FAA), Servicio Forestal, Agencia del Valle del Tennessee (TVA), Ministerio de Gobierno. No me extrañaría nada que se presentara el papa en persona.

—¿Ministerio del Gobierno y TVA?

—Los federales son los dueños de la mayor parte de este condado; alrededor de un ochenta y cinco por ciento es parque nacional, un cinco por ciento es reserva. —Extendió la mano a la altura del hombro y la movió describiendo un círculo en el sentido de las agujas del reloj—. Estamos en lo que se conoce como Big Laurel. Bryson City está hacia el noroeste, el Parque Nacional de las Great Smoky Mountains se extiende más allá de Bryson. La reserva india de los cherokee está en el norte y el Nantahala Game Land y el National Forest se extienden hacia el sur.

Tragué saliva para aliviar la presión en los oídos.

—¿A qué altura estamos?

—A un poco más de mil doscientos metros.

—Sheriff, no es mi intención decirle cómo hacer su trabajo, pero hay un par de sujetos a los que quizá le gustaría mantener apartados...

—El tío de la compañía de seguros y el abogado listillo. Puede que Lucy Crowe viva en las montañas, pero ha hecho algunos viajes.

No tenía ninguna duda con respecto a eso. También estaba segura de que nadie se pasaba de la raya con Lucy Crowe.

—Seguro que es buena idea mantener a la prensa fuera de esto.

—Seguro.

—Tiene razón en cuanto al forense, sheriff. Llegará en cualquier momento. Pero el plan de emergencia diseñado por Carolina del Norte requiere la actuación del DMORT cuando se produce una catástrofe de esta magnitud.

En ese momento oí un estallido seco, seguido de órdenes impartidas a gritos. Crowe se quitó el sombrero y se pasó la manga de la chaqueta por la frente.

—¿Cuántos fuegos siguen ardiendo?

—Cuatro. Los estamos sofocando pero resulta complicado. En esta época del año la montaña está muy seca. —Golpeó ligeramente el sombrero contra un muslo casi tan musculoso como sus hombros.

—Estoy segura de que su equipo está haciendo todo lo que puede. Han acordonado el área y están combatiendo los incendios. Si no hay supervivientes, no se puede hacer nada más.

—La verdad es que no están entrenados para este tipo de cosas.

Por encima del hombro de Crowe vi que un hombre mayor con una chaqueta de los Voluntarios Cherokee del Departamento de Policía removía unos desechos con un palo. Decidí actuar con discreción.

—Estoy segura de que le ha advertido a su gente que el sitio de un accidente debe tratarse como si fuese el lugar de un crimen. No hay que tocar nada.

Repitió su gesto característico asintiendo con la cabeza.

—Seguro que se sienten frustrados, quieren ser útiles pero no saben qué hacer. Recordárselo nunca hace daño.

Hice una señal en dirección al tío que hurgaba entre los desechos.

Crowe maldijo en voz baja, luego se dirigió hacia el voluntario con unas zancadas propias de una velocista olímpica. El hombre se alejó y un momento después la sheriff volvió a reunirse conmigo.

—Esto nunca es fácil —dije—. Cuando llegue el NTSB asumirá la responsabilidad de toda la operación.

—Sí.

En ese momento el teléfono móvil de Crowe empezó a sonar. Esperé mientras hablaba.

—Noticias de otra agencia —dijo, enganchando el teléfono al cinturón—. Charles Hanover, presidente de TransSouth Air.

Aunque nunca había volado en ella, había oído hablar de esa línea aérea, una pequeña compañía de transporte regional que conectaba una docena de ciudades en ambas Carolinas, Georgia y Tennessee con Washington, D. C.

—¿Es uno de sus aviones?

—El vuelo 228 salió con retraso de Atlanta con destino a Washington, D. C., tuvo que esperar en la pista unos cuarenta minutos, despegó a las doce cuarenta y cinco de la noche. El avión volaba a unos dos mil metros de altura cuando desapareció de la pantalla del radar a la 1:07. Mi oficina recibió la llamada del 911 a las dos.

—¿Cuántas personas iban a bordo?

—El avión era un Fokker-100, transportaba ochenta y dos pasajeros y una tripulación de seis miembros. Pero eso no es lo peor.

Sus siguientes palabras vaticinaban el horror de los próximos días.

2

—¿Los equipos de fútbol de la Universidad de Georgia? —pregunté.

Crowe asintió.

—Hanover dijo que viajaban los chicos y las chicas para disputar una serie de partidos en alguna parte cerca de Washington.

—¡Dios santo!

Las imágenes comenzaron a estallar como luces de magnesio. Una pierna amputada. Dientes con aparatos de ortodoncia. Una mujer joven atrapada entre las ramas de un árbol.

Una súbita punzada de pánico.

Mi hija. Katy estudiaba en Virginia, pero solía ir a ver a su mejor amiga a Athens, sede de la UGA, la Universidad de Georgia. Lija disfrutaba de una beca deportiva. ¿Era de fútbol?

Oh, Dios. Mi mente discurría a toda velocidad. ¿Había mencionado Katy un viaje? ¿Cuándo eran las vacaciones del semestre? Resistí la tentación de coger el móvil.

—¿Cuántos estudiantes?

—Cuarenta y dos pasajeros hicieron las reservas a través de la universidad. Hanover piensa que la mayoría eran estudiantes. Además de los jugadores había preparadores, entrenadores, novias, novios y algunos aficionados que viajaban con el equipo. —Se pasó la mano por la boca—. Lo normal.

Lo normal. Se me partía el corazón ante la pérdida de tantas vidas jóvenes. Luego tuve otro pensamiento.

—Esto se convertirá en una pesadilla cuando vengan los medios de información.

—Fue lo primero que dijo Hanover. —La voz de Crowe no podía ocultar el sarcasmo.

—Cuando el NTSB se haga cargo de la situación también tratará con la prensa.

Y con las familias, pensé sin decirlo. Ellos también estarían aquí, gimiendo y apretujándose en busca de consuelo, algunos mirando con ojos aterrados, otros exigiendo respuestas inmediatas, la ira enmascarando su insoportable dolor.

En ese momento se oyó el inconfundible sonido de las hélices de un helicóptero y vimos un aparato que se acercaba rozando las copas de los árboles. Alcancé a divisar una figura familiar sentada junto al piloto, y otra silueta en el asiento trasero. El helicóptero describió un par de círculos y luego se dirigió en la dirección opuesta a la que se suponía que estaba la carretera.

—¿Adónde van?

—Que me cuelguen si lo sé. En esta zona no andamos sobrados de pistas de aterrizaje. —Crowe bajó la vista y volvió a ponerse el sombrero, ocultando un mechón de pelo rojo con un gesto de la mano—. ¿Café?

Media hora más tarde el forense jefe de Carolina del Norte llegó al lugar del accidente, seguido del vicegobernador del estado. El primero llevaba el uniforme básico compuesto de botas y vestimenta caqui, el segundo vestía un traje. Los observé mientras se abrían paso a través de los restos del accidente. El patólogo miraba a su alrededor, evaluando mentalmente la situación, el político con la cabeza gacha, sin mirar ni a derecha ni a izquierda, mantenía una postura rígida, como si cualquier contacto con aquello que le rodeaba pudiese convertirle en participante más que en un simple observador. En un momento determinado se detuvieron y el forense habló con uno de los ayudantes del sheriff. El hombre señaló en nuestra dirección y la pareja se dirigió hacia nosotros.

—Vaya, vaya. Nos han enviado a todo un profesional.

Lo dijo con el mismo sarcasmo con el que se había referido a Charles Hanover, el presidente de TransSouth Air.

Crowe aplastó el vaso de plástico y lo arrojó dentro de una bolsa en la que llevaba un termo. Le di mi vaso, intrigada por la vehemencia de su desaprobación. ¿No estaba de acuerdo con la política del vicegobernador o había algo personal entre Lucy Crowe y Parker Davenport?

Cuando los dos hombres se acercaron, el forense extrajo su credencial.

Crowe hizo un gesto con la mano.

—No es necesario, Doc. Sé quién es usted.

Yo también había trabajado con Larke Tyrell desde que le habían nombrado forense jefe de Carolina del Norte a mediados de la década de los ochenta. Larke era un hombre cínico y un dictador, pero como patólogo era uno de los mejores administradores del país. Trabajando con un presupuesto del todo insuficiente y una administración indiferente, se había hecho cargo de una oficina sumida en el caos y la había convertido en uno de los sistemas de investigación criminal más eficientes de Estados Unidos.

Yo estaba dando los primeros pasos de mi carrera forense en la época del nombramiento de Larke; acababa de conseguir mi licencia del Consejo Americano de Antropología Forense. Nos conocimos mientras yo hacía un trabajo para el Departamento Federal de Investigaciones del Estado de Carolina del Norte. Mi tarea era identificar los cadáveres de dos traficantes de drogas que habían sido asesinados y descuartizados por una banda de motoristas. Fui una de las primeras personas que Larke contrató como asesores especialistas, y desde entonces había tratado con esqueletos y con todo tipo de cadáveres descompuestos, momificados, quemados y mutilados de Carolina del Norte.

El vicegobernador extendió la mano derecha, mientras con la izquierda apretaba un pañuelo contra los labios. Estaba pálido. No dijo nada mientras le estrechábamos la mano.

—Me alegro de que estés en el país, Tempe —dijo Larke, aplastándome también los dedos con su manaza.

Empecé a replantearme todo este asunto del apretón de manos.

La expresión «en el país» empleada por Larke pertenecía a la jerga militar de la época de Vietnam y su acento era puro Carolina. Nacido en las tierras bajas, Larke se crió en el seno de una familia de marines, se reenganchó al servicio militar y después ingresó en la facultad de medicina. Tenía el aspecto y hablaba como si fuese una versión pulida del actor Andy Griffith.

—¿Cuándo te marchas al norte?

—La semana que viene empiezan las vacaciones de otoño —respondí.

Larke entrecerró los ojos mientras barría nuevamente el lugar con la mirada.

—Me temo que tal vez Quebec tenga que quedarse sin su antropóloga este otoño.

Hacía una década yo había participado en un intercambio académico con la Universidad McGill. Aprovechando que estaba en Montreal había empezado a colaborar como asesora en el Laboratorio de Ciencias Jurídicas y de Medicina Legal, el principal laboratorio criminal y médico-legal de Quebec. Al final de año, y como reconocían la necesidad de contar con un antropólogo forense en plantilla, el gobierno provincial creó un puesto, equipó un laboratorio y me contrató como consultora permanente.

Desde entonces había estado viajando entre Quebec y Carolina del Norte, impartiendo clases de antropología física en la

Universidad de Carolina del Norte-Charlotte y actuando como asesora en ambas jurisdicciones. Como habitualmente mis casos implicaban muertos que no eran recientes, el arreglo había funcionado bien. Pero había entre ambas partes un acuerdo tácito: mi disposición inmediata para prestar testimonio ante un tribunal y en las situaciones de crisis.

Un desastre aéreo de estas características era sin duda una situación de crisis. Le aseguré a Larke que cancelaría mi viaje a Montreal en octubre.

—¿Cómo es que has llegado tan rápido?

Expliqué nuevamente mi viaje a Knoxville y la conversación telefónica que había mantenido con el jefe del DMORT.

—Ya he hablado con Earl. Mañana por la mañana ya habrá desplegado un equipo en la zona. —Larke miró a Crowe—. Los muchachos del NTSB llegarán esta noche. Hasta entonces todo tiene que quedarse tal como está.

—Ya he dado la orden —dijo Crowe—. Esta zona es bastante inaccesible, pero aumentaré los puestos de seguridad. Los animales serán probablemente el mayor problema. Sobre todo cuando los cadáveres empiecen a descomponerse.

El vicegobernador profirió un ruido extraño, dio media vuelta y se alejó. Lo vi aferrarse al tronco de un laurel, se inclinó hacia adelante y vomitó.

Larke nos miró fijamente a Crowe y a mí.

—Señoras, están consiguiendo que un trabajo muy difícil se convierta en una tarea infinitamente más sencilla. No tengo palabras para expresar cuánto aprecio su profesionalidad. —Cambio de expresión—. Sheriff, quiero que mantenga la situación controlada en la zona. —Volvió a cambiar la expresión—. Tempe, ve a dar tu charla a Knoxville. Luego quiero que recojas todo el equipo que puedas necesitar y te presentes aquí mañana. Te quedarás un tiempo, de modo que es mejor que informes a la universidad. Te conseguiremos una cama.

Quince minutos más tarde uno de los ayudantes de Crowe me llevaba hasta el lugar donde había dejado aparcado mi coche. No me había equivocado en cuanto a la existencia de una ruta mejor. Aproximadamente a medio kilómetro de donde había dejado el coche, un desvío de la carretera del Servicio Forestal daba paso a un camino polvoriento. Utilizado en otro tiempo para transportar la madera, el estrecho camino daba la vuelta a la montaña y desembocaba a unos cincuenta metros de la zona donde se había estrellado el avión.

Ahora había un montón de vehículos aparcados en fila a ambos lados del camino forestal y, mientras descendíamos la colina, nos habíamos cruzado con otros recién llegados. Al amanecer habría atascos importantes en las carreteras comarcales y los caminos del Servicio Forestal.

En cuanto me acomodé detrás del volante busqué el móvil. No había línea.

Realicé dos o tres maniobras para poder dar la vuelta y dirigirme colina abajo hacia la carretera del condado. Una vez en la autopista 74 intenté llamar nuevamente. Esta vez hubo suerte y marqué el número de Katy. Después de cuatro tonos respondió el contestador.

Intranquila, dejé un mensaje para mi hija y empecé a repetirme el tema «no-seas-una-madre-imbécil». Durante la hora siguiente intenté concentrarme en mi inminente presentación, apartando de mi mente las imágenes de la carnicería que había dejado a mis espaldas y el horror con el que tendría que enfrentarme al día siguiente. Fue absolutamente inútil. Las imágenes de rostros y miembros amputados flotando por el aire hicieron añicos mi concentración.

Encendí la radio. Todas las emisoras informaban de la tragedia aérea. Los locutores hablaban con gravedad y respeto de la muerte de los jóvenes deportistas y especulaban con solemnidad sobre las causas del accidente. Considerando que el clima no parecía haber influido en absoluto en la catástrofe, las principales teorías apuntaban al sabotaje o a un fallo mecánico.

Cuando caminaba por el bosque detrás del ayudante de Crowe había divisado un grupo de árboles cercenados y orientados en dirección opuesta al lugar por donde yo había llegado. Aunque sabía que esos daños señalaban el tramo final del descenso del aparato, me negué a sumarme a las especulaciones.

Entré en la 1-40, cambié de emisora por centésima vez y conseguí captar los comentarios de un periodista que informaba desde el aire acerca del incendio de un almacén. Los sonidos del helicóptero me recordaron de inmediato a Larke y pensé que no le había preguntado en qué lugar habían aterrizado el vicegobernador y él. Guardé la pregunta en un rincón de mi cabeza.

A las nueve volví a marcar el número de Katy.

No hubo respuesta. Volví a repetirme el tema.

Al llegar a Knoxville, me registré en el hotel, llamé a mi anfitrión y me comí el pollo Bojangles que había comprado en las afueras de la ciudad. Llamé a mi ex esposo a Charlotteville para que se ocupase de *Birdie*. Extrañado, Pete accedió a hacerlo, añadiendo que me pasaría la factura por el transporte y la alimentación del gato. Me dijo que hacía varios días que no hablaba con Katy. Después de darle una versión reducida de mis temores, Pete me prometió que intentaría localizarla.

Luego llamé a Pierre LaManche, mi jefe del Laboratorio de Ciencias Jurídicas y de Medicina Legal, para informarle que la semana siguiente no acudiría a Montreal. Ya había tenido noticias del accidente y estaba esperando mi llamada. Por último, llamé al jefe de mi departamento en la Universidad de Carolina del Norte.

Después de haber cumplido con todas mis responsabilidades dediqué una hora a seleccionar las diapositivas y colocarlas en sus respectivas bandejas en el proyector, luego me duché y traté de comunicarme nuevamente con Katy. Nada.

Miré el reloj. Las once y cuarenta.

Katy está bien. Ha salido a comer una pizza. O está en la biblioteca. Sí. La biblioteca. Había utilizado esa excusa un montón de veces cuando estaba en la facultad.

Tardé mucho tiempo en dormirme.

A la mañana siguiente Katy no había llamado y tampoco estaba localizable. Intenté el número de Lija en Athens. Otra voz robótica me pidió que dejase un mensaje.

Me dirigí en coche al único departamento de antropología de Estados Unidos que se encuentra en un estadio de fútbol y di una de las conferencias más incoherentes de mi carrera. En su presentación, el anfitrión de la conferencia mencionó que formo parte del DMORT y añadió que iba a trabajar en el rescate de los cuerpos de la tragedia aérea de TransSouth Air. Aunque la información que yo podía suministrar era escasa, las preguntas que siguieron a mi presentación desdeñaban por completo el tema de la conferencia y se centraron en el accidente. El turno de preguntas y respuestas pareció prolongarse eternamente.

Cuando, finalmente, la multitud enfiló hacia la salida, un hombre de aspecto esperpéntico, vestido con pajarita y chaleco de punto, se dirigió directamente hacia el podio balanceando sobre el pecho sus gafas de media luna. Al pertenecer a una profesión que cuenta con relativamente pocos miembros, la mayoría de los antropólogos se conocen, nuestros caminos se habían cruzado una y otra vez en reuniones, seminarios y conferencias. Me había encontrado con Simon Midkiff en numerosas ocasiones y sabía que, si no me mostraba firme, me tendría allí todo el día. Eché una mirada exagerada al reloj, recogí mis cosas, cerré el maletín y bajé de la tarima.

—¿Cómo estás, Simon?

—Perfectamente.

Tenía los labios agrietados, la piel seca y escamosa, como la de un pez muerto bajo el sol. Una red de venas diminutas cruzaba el blanco de unos ojos cubiertos por unas cejas muy espesas.

—¿Cómo va la arqueología?

—Excelente también. Considerando que uno debe comer, estoy trabajando en varios proyectos para el departamento de recursos culturales de Raleigh. Pero, fundamentalmente, dedico mi tiempo a organizar datos. —Profirió una risa aguda y se dio unos golpecitos en la mejilla—. Parece que he recogido una extraordinaria cantidad de datos a lo largo de mi carrera.

Simon Midkiff se doctoró por la Universidad de Oxford en 1955 y luego viajó a los Estados Unidos para cubrir un puesto en Duke. Pero la superestrella de la arqueología no publicó ningún artículo y, seis años más tarde, le relevaron de su cargo. Midkiff tuvo una segunda oportunidad en la Universidad de Tennessee, tampoco publicó trabajo alguno y, nuevamente, perdió el puesto académico.

Durante treinta años, incapaz de obtener un cargo permanente en una facultad, Midkiff se había dedicado a merodear por la periferia del mundo académico, realizando trabajos arqueológicos por encargo e impartiendo cursos cada vez que se necesitaban suplentes en colegios y universidades de ambas Carolinas y Tennessee. Era famoso por excavar en los sitios, redactar únicamente el informe indispensable y luego fracasar en la publicación de los hallazgos.

—Me encantaría que me lo contases, Simon, pero me temo que no tengo tiempo.

—Sí, no lo dudo. Una tragedia terrible. Tantas vidas jóvenes. —Meneó la cabeza tristemente de un lado a otro—. ¿Dónde cayó el avión exactamente?

—En el condado de Swain. Y debo regresar allí.

Intenté continuar mi camino, pero Midkiff cambió sutilmente el peso del cuerpo de un pie al otro, bloqueándome el paso.

—¿Dónde está el condado de Swain?

—Al sur de Bryson City.

—¿Podrías ser un poco más concreta?

—No tengo las coordenadas a mano.

No hice nada para ocultar mi irritación.

—Por favor, disculpa mi brusquedad. He estado excavando en el condado de Swain y estaba preocupado por los daños que podría haber sufrido el lugar. Qué egoísta por mi parte. —Nuevamente la risa falsa—. Te pido perdón.

En ese momento mi anfitrión se reunió con nosotros.

—¿Puedo? —Alzó una pequeña Nikon.

—Claro.

Me esforcé por asumir la sonrisa Kodak.

—Es para el boletín del departamento. Parece que ha gustado a los estudiantes.

Me agradeció la conferencia y me deseó buena suerte con el rescate de los cuerpos. Yo, a mi vez, le agradecí el alojamiento, me disculpé con ambos, recogí mis cajas con diapositivas y salí rápidamente del auditorio.

Antes de abandonar Knoxville pasé por una tienda de deportes y compré botas, calcetines y tres equipos de campaña, uno de los cuales me puse en ese momento. En una farmacia compré dos paquetes de bragas de algodón. No eran mi marca, pero servirían. Metí todo en la mochila y me dirigí hacia el este.

Nacida en las colinas de Terranova, la cadena de los Apalaches discurre paralela a la costa Este de norte a sur, en las proximidades de Harpers Ferry, Virginia Occidental, y se separan para formar las cadenas de las Great Smoky y las Blue Mountains. Las Great Smoky Mountains, una de las regiones elevadas más viejas del mundo, se alzan a más de 2 200 metros en Clingman Dome, en la frontera entre Carolina del Norte y Tennessee.

Al cabo de una hora de haber abandonado Knoxville ya había atravesado los pueblos de Sevierville, Pigeon Forge y Gatlinburg en territorio de Tennessee y viajaba al este del Dome, asombrada, como siempre, por la belleza irreal de esa región. Esculpidas por millones de años de viento y lluvia, las Great Smoky Mountains se extienden al sur de una serie de picos y valles tranquilos. La vegetación del bosque es exuberante y una gran parte se ha conservado como parque nacional. El Nantahala. El Pisgah. El Cherokee. El Parque Nacional Great Smoky Mountains. Los verdes suaves y la tenue bruma que dan nombre a esta sierra ejercen una fascinación incomparable. La tierra en su máxima expresión.

Sobre el fondo de ese paisaje maravilloso, la muerte y la destrucción constituían un terrible contraste.

Justo al salir de Cherokee, por Carolina del Norte, llamé nuevamente a Katy. Mala idea. Otra vez me respondió la voz metálica del contestador. Nuevamente dejé un mensaje: «Llama a tu madre».

Tenía la mente a cientos de kilómetros de la tarea que me esperaba en adelante. Pensé en los pandas del zoológico de Atlanta, la pérdida de audiencia de la NBC, la retirada del equipaje del aeropuerto de Charlotte. ¿Por qué era siempre un procedimiento tan lento?

Pensé en Simon Midkiff. ¡Qué tío tan extraño! ¿Qué probabilidades había de que un avión se estrellase precisamente en el lugar donde estaba realizando una excavación?

Evité la radio, puse un CD de Kiri Te Kanawa y escuché los temas de Irving Berlin con la maravillosa voz de la diva.

Cuando llegué al lugar del accidente ya eran casi las dos de la tarde. Dos coches patrulla bloqueaban la carretera comarcal justo antes de la intersección con la carretera del Servicio Forestal. Un miembro de la Guardia Nacional se encargaba de dirigir el tráfico, enviaba a algunos motoristas montaña arriba y ordenaba a otros que bajaran. Mostré mi credencial y el guardia comprobó mi nombre en su lista.

—Sí, señora. Su nombre está en la lista. Puede dejar el coche en la zona de aparcamiento.

Se apartó y pasé a través de un pequeño espacio entre los dos coches de la policía.

La zona de aparcamiento estaba en un mirador en el que se construiría una torre de vigilancia de incendios y en un pequeño terreno sembrado al otro lado de la carretera. Se había rebajado la pared del risco para aumentar el tamaño y habían esparcido grava como medida de precaución en caso de lluvia. Desde este lugar se darían las instrucciones para trabajar en la zona del accidente y se asistiría a los parientes de las víctimas hasta que se pudiese trasladar la operación a otro lugar.

Un creciente número de personas y vehículos ocupaban ambos lados de la carretera. Remolques de la Cruz Roja. Unidades de la televisión con antenas parabólicas. Furgonetas. Un camión de materiales peligrosos. Logré deslizar mi pequeño Mazda entre un Dodge Durango y un Ford Bronco en la zona que descansaba contra la ladera de la colina, cogí mis cosas y me dirigí hacia la zona del mirador.

Al llegar al lugar vi una mesa de escuela plegable colocada en la base de la torre, fuera de uno de los remolques de la Cruz Roja. Una cafetera de grandes dimensiones brillaba bajo el sol. Alrededor de la máquina había un grupo de familiares, abrazados, apoyados unos en los otros. Algunos lloraban, otros permanecían inmóviles y en silencio. Muchos de ellos se aferraban con ambas manos a los vasos de plástico llenos de café, unos pocos hablaban por el móvil.

Un sacerdote paseaba entre los afligidos, palmeando hombros y estrechando manos. Lo observé mientras se inclinaba para hablar con una mujer mayor. Por la espalda doblada, la cabeza calva y la nariz aguileña, guardaba un notable parecido con las aves carroñeras que había visto en las llanuras de África Oriental, una comparación totalmente injusta.

Recordé a otro sacerdote. Otra vigilia. La actitud compasiva de aquel hombre había echado por tierra cualquier esperanza de que mi abuela pudiese recuperarse. Recordé la agonía de aquella vez y me sumé de corazón a los que se habían reunido para reclamar a sus seres queridos.

Periodistas, cámaras de televisión y técnicos de sonido ocupaban sus posiciones junto al muro de piedra de baja altura que rodeaba el mirador; cada equipo buscaba el mejor telón de fondo para su reportaje. Como había sucedido en 1999 durante el accidente del avión de Swissair en Peggy's Cove, Nueva Escocia, yo estaba segura de que las vistas panorámicas se destacarían de modo notorio en todos los telediarios.

Afiancé la mochila que llevaba colgada al hombro y continué colina abajo. Otro miembro de la Guardia Nacional me franqueó el paso al camino forestal utilizado para el transporte de madera y que, de la noche a la mañana, habían convertido en un camino de grava de dos carriles. Ahora una ruta de acceso llevaba desde el camino ampliado hasta el lugar del desastre. La grava crujía bajo mis pies mientras caminaba a través del túnel de árboles recién cortados. El aroma de los pinos estaba viciado por el tenue olor de los primeros estadios de la putrefacción.

Los remolques encargados de la descontaminación se alineaban junto a barricadas que bloqueaban el acceso a la zona principal del accidente, y dentro del área restringida se había instalado un Centro de Mando de Incidencias. Podía ver la silueta familiar del remolque del NTSB, con su antena parabólica y su cobertizo para proteger el generador. Junto a él habían aparcado camiones frigoríficos y en el suelo había varias pilas de bolsas de plástico para los cadáveres. Este depósito sería el lugar provisional hasta el traslado de los restos a otro más permanente.

Excavadoras, grúas hidráulicas, camiones de basura, coches de bomberos y de policía se hallaban diseminados por una amplia zona. Una ambulancia solitaria me confirmó que la operación había cambiado oficialmente de «búsqueda y rescate» a «búsqueda y recuperación». Ahora su función era atender a los trabajadores heridos.

Lucy Crowe se encontraba en la zona interior de las barricadas hablando con Larke Tyrell.

—¿Cómo están las cosas? —pregunté.

—Mi teléfono no deja de sonar. —Crowe parecía agotada—. Anoche estuve a punto de apagar el maldito chisme.

Por encima de su hombro podía ver la zona cubierta de restos donde los equipos de buscadores, provistos de mascarillas y monos de protección, avanzaban en línea recta con los ojos clavados en el suelo. Ocasionalmente alguien se agachaba, inspeccionaba un objeto y luego marcaba el lugar. Detrás del equipo, banderas rojas, azules y amarillas punteaban el terreno como chinchetas de colores en el plano de una ciudad.

Otros trabajadores, vestidos completamente de blanco, se movían alrededor del fuselaje, el extremo del ala y el motor, tomando fotografías, apuntando datos y registrando comentarios orales. Las gorras azules les identificaban como miembros del NTSB.

—No falta nadie —dije.

—NTSB, FBI, SBI, FAA, ATF, CBS, ABC. Y, naturalmente, el CEO. Si tienen siglas, están aquí.

—Esto no es nada —dijo Larke—. Sólo tienes que darles uno o dos días.

Se quitó un guante de látex y echó un vistazo al reloj.

—La mayoría de los miembros del DMORT están reunidos en el depósito provisional, Tempe, así que no tiene sentido que te vistas ahora. Continuemos. —Intenté protestar pero Larke me interrumpió—. Volvemos juntos a pie.

Mientras Larke se dirigía a la zona de descontaminación, Lucy me indicó dónde se encontraba el depósito. No era necesario. Había visto la actividad que se desarrollaba a su alrededor mientras subía por la carretera comarcal.

—El Departamento de Bomberos de Alarka está a unos doce kilómetros. En otra época era una escuela. Verá unos columpios y unos toboganes, y los camiones, que están aparcados en un prado contiguo.

Cuando nos dirigíamos a la zona donde se concentraban los servicios de rescate, el forense me puso al tanto de los últimos acontecimientos. Entre todos los datos destacaba una información anónima recibida por el FBI acerca de una bomba a bordo del avión siniestrado.

—El buen ciudadano fue lo bastante amable y generoso para compartir esa información con la CNN. Todos los medios de comunicación están actuando como sabuesos con una presa.

—Cuarenta y dos estudiantes muertos convertirán esta tragedia en un suceso de Pulitzer.

—También está la otra mala noticia. Cuarenta y dos puede ser un número bajo. Parece que fueron más de cincuenta las personas que hicieron las reservas a través de la UGA.

—¿Has visto la lista de pasajeros? —Me costó un gran esfuerzo hacer la pregunta.

—La tendrán cuando hagamos la reunión.

Sentí un escalofrío.

—Sí, señor —continuó Larke—. Si metemos la pata, la prensa nos va a comer vivos.

Nos separamos para dirigirnos a nuestros coches. En un tramo de la carretera entré en una zona en la que había cobertura y el teléfono comenzó a lanzar un pitido. Pisé el freno, temiendo perder la señal.

El mensaje era apenas audible a través de la electricidad estática.

—«Doctora Brennan, soy Haley Graham, la compañera de cuarto de Katy. Hmmm. He escuchado sus mensajes, cuatro, creo. Y también del padre de Katy. Llamó un par de veces. Bueno, después oí las noticias del accidente aéreo, y... —Interferencias—. Bien, esto es lo que hay. Katy se marchó el fin de semana y no estoy segura de dónde pueda estar. Sé que Lija la llamó un par de veces a principios de semana, de modo que estoy un poco preocupada pensando que Katy podría haber ido a verla. Estoy segura de que es algo estúpido, pero pensé que lo mejor sería llamarla para preguntarle si había hablado con Katy. Bueno... —Más interferencias—. Parezco una chiquilla asustada, pero me sentiría mejor si supiera dónde está Katy. Adiós.»

Llamé a Pete. Aún no tenía noticias de nuestra hija. Volví a llamar. Lija seguía sin contestar al teléfono.

Un miedo helado me atravesó el pecho y se me enroscó alrededor del esternón.

Una camioneta hizo sonar la bocina y me apartó de la carretera.

Continué bajando por la montaña, anhelando pero temiendo la inminente reunión, segura de cuál sería mi primera pregunta.

3

Una de las primeras responsabilidades del DMORT cuando se produce un desastre masivo es establecer un depósito provisional en un lugar lo más próximo posible al lugar de la tragedia. En general, los lugares preferidos para la instalación del depósito de cadáveres suelen ser las oficinas del examinador médico y el forense, hospitales, funerarias, hangares, almacenes y cuarteles de la Guardia Nacional.

Cuando llegué al Cuartel de Bomberos de Alarka, el lugar escogido para recibir los restos mortales del vuelo 228 de la Trans-South Air, la zona de aparcamiento principal ya estaba llena y había gran cantidad de vehículos esperando en la entrada. Me coloqué en la larga cola y comencé a avanzar despacio, haciendo tamborilear los dedos en el volante mientras echaba un vistazo a mi alrededor.

La zona de aparcamiento trasera estaba reservada para los camiones frigoríficos que se encargarían de transportar los cuerpos de las víctimas. Vi un par de mujeres de mediana edad que cubrían la valla con un plástico opaco a la espera de una presencia masiva de fotógrafos, tanto profesionales como aficionados, que llegarían para violar la intimidad de los muertos. Una ligera brisa movía y hacía crujir el plástico mientras ambas mujeres se esforzaban por asegurarlo a la valla metálica.

Finalmente llegué hasta donde se encontraba el guardia, mostré mi credencial y me autorizó a aparcar. En el interior, docenas de trabajadores estaban colocando mesas, unidades portátiles de rayos X y aparatos para revelar radiografías, ordenadores, generadores y calentadores de agua. Se limpiaban y esterilizaban los cuartos de baño y se construían áreas para que el personal se cambiara de ropa y descansara. En una esquina trasera se había creado una sala de conferencias. Y en otra estaban levantando un centro informático y la central de rayos X.

Cuando entré, la reunión ya había comenzado. La gente se alineaba junto a las paredes provisionales y alrededor de mesas portátiles que se habían juntado en el centro de la «sala». Las lámparas fluorescentes, colgadas del techo con alambres, arrojaban una luz azulada sobre los rostros tensos y pálidos. Me deslicé hacia la parte posterior y me senté.

El investigador del NTSB, Magnus Jackson, estaba acabando su exposición acerca del Sistema de Mando de Incidencias. El TIC, como llamaban a Jackson, era delgado y duro como un doberman, con la piel casi tan oscura como la de esos perros. Llevaba gafas ovaladas con una fina montura metálica y el pelo gris muy corto.

Jackson estaba describiendo el sistema de «equipo en acción» empleado por el NTSB. Uno por uno fue presentando a quienes encabezaban los grupos de investigación bajo su mando atendiendo a estructuras, sistemas, plantas generadoras de energía, actuación humana, incendios y explosiones, meteorología, datos del radar, registro de sucesos y declaraciones de testigos. Los investigadores se levantaban de sus asientos o alzaban la mano a medida que Jackson repasaba la lista, cada uno de ellos con una gorra y una chaqueta con las letras «NTSB» en letras mayúsculas de color amarillo.

Aunque yo sabía que estos hombres y mujeres determinarían la causa que había provocado que el vuelo 228 de la Trans-

South Air cayera del cielo, la sensación de profundo vacío que me inundaba el pecho no desaparecía. Me resultaba muy difícil concentrarme en otra cosa que no fuera la lista de pasajeros del avión.

Una pregunta me devolvió a la realidad.

—¿Se han encontrado la CVR y la FDR?

—Aún no.

La grabadora de voz de la cabina, CVR, registra las transmisiones de radio y los sonidos en la cabina de los pilotos, incluyendo las voces de los pilotos y el ruido de los motores. La grabadora de datos de vuelo, FDR, controla las condiciones operativas del vuelo como la altitud, la velocidad del aire y la dirección. Todos estos factores tienen una importancia fundamental a la hora de determinar la causa probable del accidente.

Cuando Jackson acabó su intervención, un especialista en asistencia familiar del NTSB procedió a explicar el Plan Federal de Asistencia Familiar para Desastres Aéreos. Dijo que el NTSB actuaría como enlace entre la compañía TransSouth Air y las familias de las víctimas. En el Sleep Inn de Bryson City se estaba instalando un centro de asistencia familiar que actuase como central de información para la identificación de las víctimas, recogiendo datos que los miembros de la familia pudieran aportar para ayudar a identificar los restos de un hijo o una hija. No pude evitar sentir un estremecimiento.

El siguiente orador fue Charles Hanover. Tenía un aspecto de lo más corriente, más parecido a un farmacéutico y miembro de los Elks que al presidente de una compañía aérea regional. Su rostro era grisáceo y no podía controlar el temblor de las manos. En el ojo izquierdo tenía un tic permanente, otro movimiento involuntario le deformaba las comisuras de los labios y un lado de la cara parecía saltarle cuando ambos tics actuaban al unísono. Había algo triste y afable en aquel hombre, y me pregunté cómo era posible que Crowe lo hubiese encontrado ofensivo.

Hanover informó de que la TransSouth Air había establecido un número gratuito para atender las consultas públicas. En el centro de asistencia familiar se estaban instalando teléfonos y se había asignado personal que atendiese regularmente a los familiares presentes y que mantuviesen contacto con los que no habían venido. También se había dispuesto lo necesario para brindarles apoyo espiritual y psicológico.

Mi agitación crecía a medida que la reunión avanzaba. Yo ya había me sabía todo aquello de memoria y sólo quería ver la lista de pasajeros.

Un representante de la Agencia Federal de Gestión de Emergencias analizó la cuestión de las comunicaciones. El cuartel general del NTSB, el centro de mando en el lugar del accidente y el depósito provisional estaban ahora unidos, y el FEMA colaboraría estrechamente con el NTSB en la difusión de información pública.

Earl Bliss habló acerca del DMORT. Era un hombre alto, de rasgos angulosos, con el pelo fino y castaño peinado con raya en el medio. Cuando estudiaba en el instituto, Bliss trabajaba a tiempo parcial recogiendo cadáveres los fines de semana. Diez años más tarde tenía su propia funeraria. Llamado Early debido a su prematura llegada al mundo,[2] Earl había vivido sus cuarenta y nueve años en Nashville, Tennessee. Cuando no se encontraba en el sitio de algún accidente con numerosas víctimas, se ponía una pajarita y tocaba el banjo en una banda que interpretaba música country.

Earl les recordó a los representantes de las otras agencias que cada equipo del DMORT estaba compuesto por ciudadanos de experiencia específica en un determinado campo, incluyendo a patólogos, antropólogos, odontólogos, especialistas en huellas dactilares, encargados de pompas fúnebres, técnicos y trans-

2. *Early*: temprano, tempranero, precoz. *(N. del t.)*

criptores de historias médicas, técnicos en rayos X, especialistas en salud mental y personal de seguridad, administrativo y de apoyo.

Uno de los diez equipos regionales del DMORT se había activado a petición de los oficiales locales para desastres naturales, accidentes aéreos y de otros medios de transporte, incendios, atentados con bombas, ataques terroristas e incidentes de asesinatos y suicidios masivos. Earl mencionó las actuaciones recientes del DMORT. El atentado con explosivos contra el Edificio Federal Murrah, Oklahoma City, 1995. El descarrilamiento del tren de Amtrak, Bourbonnais, Illinois, 1999. Accidentes aéreos, Quincy, Illinois, 1996, y Monroe, Michigan, 1997. Vuelo 801 de Korean Air, Guam, 1997; Vuelo 990 de Egypt Air, Rhode Island, 1999 y vuelo 261 de Alaska Airlines, California, 2000.

Presté atención mientras Earl describía el diseño modular del depósito provisional y explicaba cómo se tratarían los restos en su interior. Todas las víctimas y los efectos personales serían clasificados, codificados, fotografiados y sometidos a la acción de los rayos X en la sección de identificación de restos. Se crearían paquetes de víctimas del desastre, PVD, y los cadáveres, las partes del cuerpo y los tejidos serían enviados a la sección de recolección de datos post mortem para su autopsia, incluyendo los exámenes antropológicos, dentales y dactilares:

Todos los hallazgos posmortem serían informatizados en la sección de identificación. Los datos suministrados por los familiares de las víctimas también serían incorporados a la base de datos informáticos y se procedería a comparar toda la información anterior y posterior a la muerte. Después de realizados los análisis correspondientes, los restos serían enviados a un área de mantenimiento hasta el momento de su envío.

Larke Tyrell fue el último en ocupar la tribuna de oradores. El forense agradeció la intervención de Earl, respiró profundamente y recorrió con la mirada el ala improvisada.

—Damas y caballeros, ahí fuera tenemos a un montón de familias angustiadas que buscan un poco de paz y consuelo. Magnus y sus muchachos las ayudarán imaginando qué pudo haber derribado a ese avión. Nosotros también ayudaremos en el proceso, pero nuestra tarea principal aquí está relacionada con la identificación de los cadáveres. Tener algo que se pueda enterrar acelera la curación, y haremos todo lo que esté a nuestro alcance para enviar un ataúd a casa a todas y cada una de las familias.

En ese momento recordé mi caminata a través del bosque y sabía perfectamente lo que contendrían muchos de esos ataúdes. En las próximas semanas, el personal del DMORT y el personal local y estatal llevarían a cabo una tarea titánica para identificar cada fragmento de tejido asociado al accidente. Huellas dactilares, registros médicos y dentales, ADN, tatuajes y fotos familiares serían las principales fuentes de información y los antropólogos del equipo estarían estrechamente comprometidos en el proceso de identificación de las víctimas. A pesar de todos nuestros esfuerzos, quedaría muy poco para meter dentro de algunos ataúdes. Un miembro amputado. Una corona molar carbonizada. Un fragmento craneal. En muchos casos, lo que viajara dentro del ataúd pesaría sólo unos gramos.

—Cuanto se haya completado el rastreo de la zona del accidente, todos los restos serán trasladados aquí desde el depósito provisional —continuó Larke—. Esperamos que el traslado comience en las próximas horas. Entonces va a ser cuando empiece para nosotros el verdadero trabajo. Todos sabéis lo que debéis hacer, de modo que sólo os recordaré un par de cosas y luego cerraré la boca.

—Sería la primera vez.

Algunas risas.

—No separéis ningún efecto personal de ningún grupo de restos hasta que se haya fotografiado y registrado.

Mi mente se deslizó hacia la muñeca de trapo Raggedy Ann.

—No todos los grupos de restos pasarán por cada una de las etapas del proceso. Los tíos que se encargan de la recepción deciden adónde va cada uno de los materiales. Pero si se salta algún proceso, debe quedar claramente indicado en el PVD. No quiero estar adivinando después si el registro dental no se hizo porque no hubiera dientes o porque se pasó por alto. Debéis apuntar algo en cada hoja referente al PVD. Y tenéis que estar seguros de que la información permanezca con el cadáver. Queremos que cada identificación disponga de la información completa.

»Una cosa más. Estoy seguro de que lo habréis oído comentar, el FM recibió una llamada acerca de un artefacto explosivo. Debéis estar alertas ante los efectos de una deflagración. Comprobad los rayos X buscando trozos de explosivo y metralla. Examinad pulmones y tímpanos por si hay daños por presión. Buscad ampollas y quemaduras en la piel. Ya conocéis la rutina.

Larke hizo una pausa y volvió a recorrer la sala con la mirada.

—Algunos de vosotros sois primerizos en esto, otros ya lo habéis hecho antes. No tengo que deciros lo duras que serán las próximas semanas para todos nosotros. Haced turnos. Nadie trabajará más de doce horas al día. Si alguno se siente abrumado o superado por la situación, que hable con un consejero. Eso no significa ser débil. Estos tíos están aquí para ayudarnos. Recurrid a ellos.

Larke sujetó el bolígrafo al bloc de notas.

—Creo que eso es todo, sólo me queda agradecer a mi personal y a los muchachos del DMORT de Earl que hayan llegado aquí tan rápidamente. En cuanto al resto de vosotros, fuera de mi depósito.

Cuando la sala se vaciaba me dirigí hacia Larke decidida a preguntarle por la lista de pasajeros. Magnus Jackson llegó en ese mismo momento y me saludó con un ligero movimiento de cabeza. Había conocido al TIC hacía algunos años cuando trabajaba en un accidente de trenes y sabía que no era la clase de persona que se dedica a intercambiar bromas.

—Hola, Tempe —me dijo Larke y luego se volvió hacia Jackson—. Veo que te has traído un equipo completo.

—Habrá mucha presión en este caso. Mañana tendremos alrededor de cincuenta personas trabajando en el lugar del accidente.

Yo sabía que in situ sólo se realizaría un examen superficial de los restos del accidente. Una vez fotografiadas y clasificadas, las partes del avión serían retiradas y trasladadas a un emplazamiento permanente para su montaje y análisis.

—¿Alguna otra noticia con respecto a la bomba? —preguntó Larke.

—Diablos, probablemente no se trate más que de una broma, pero los medios de comunicación ya tratan el asunto como si fuese verdad. En la CNN lo llaman Blue Ridge Bomber, maldita sea la geografía. La ABC ha optado por Soccer Bomber.

—¿El FBI nos acompaña en el viaje? —preguntó Larke.

—Están aquí, golpeando la valla con los puños, de modo que sólo es cuestión de tiempo.

Los interrumpí, incapaz de seguir esperando un segundo más.

—¿Disponemos de una lista de pasajeros?

El forense sacó una fotocopia de su cuaderno y me la entregó.

Experimenté una especie de terror que jamás había sentido en mi vida.

Por favor, Dios.

El mundo desapareció mientras recorría velozmente los nombres de la lista. Anderson. Beacham. Bertrand. Caccioli. Daignault.

Larke hablaba pero yo no oía lo que decía.

Una eternidad más tarde dejé de morderme los labios y volví a respirar.

Ni Katy Brennan Petersons ni Lija Feldman figuraban en la lista.

Cerré los ojos y respiré profundamente.

Los volví a abrir ante las expresiones interrogativas de Larke y Jackson. Sin ninguna explicación devolví la fotocopia mientras la sensación de alivio profundo era reemplazada por otra de culpabilidad. Mi hija estaba viva, pero los hijos de otras personas yacían muertos en las laderas de la montaña. Quería ponerme a trabajar.

—¿Qué quieres que haga? —le pregunté a Larke.

—Earl tiene el depósito bajo control. Ve a echar una mano con la recuperación de los cadáveres. Pero te necesito aquí cuando empiece el traslado de los restos.

De vuelta en el lugar del accidente, fui directamente al remolque de descontaminación y me proveyeron de mascarilla, guantes y un mono de tela plástica. Con un aspecto más parecido al de una astronauta que al de una antropóloga, saludé al guardia con un movimiento de cabeza, rodeé la barricada y crucé hasta el depósito provisional para informarme de los últimos acontecimientos.

La localización exacta de cada objeto clasificado se incorporaba a un programa informático, CAD, mediante una tecnología denominada Total Station. La posición de las partes del aparato siniestrado, los efectos personales y los restos humanos se añadirían más tarde en cuadrículas virtuales y se imprimirían como fotocopias. Puesto que esta técnica era mucho más rápida y menos complicada que el sistema tradicional de levantar un mapa de la zona con cuerdas y cuadrículas, la retirada de los restos ya había comenzado. Me dirigí hacia la zona donde se hallaban esparcidos los restos del accidente.

El sol describía un círculo sobre la línea del bosque y una delicada trama de sombras cubría la carnicería como una telaraña. Se habían colocado focos y el olor a putrefacción era ahora mucho más intenso. Por lo demás, el escenario apenas si había cambiado en el tiempo que había estado ausente.

Durante las tres horas siguientes ayudé a mis colegas a colocar etiquetas, fotografiar y empaquetar lo que quedaba de los pasajeros del vuelo 228 de TransSouth Air. Los cuerpos completos, los miembros y los torsos era introducidos en grandes bolsas de plástico, los fragmentos se colocaban en bolsas más pequeñas. Luego las bolsas eran trasladadas colina arriba y se colocaban en estantes dentro de los camiones frigoríficos.

La temperatura era cálida y sentía el sudor de la piel, por debajo del mono y los guantes. Las moscas, atraídas por la carne en descomposición, formaban masas compactas. En varios momentos tuve que hacer un gran esfuerzo para reprimir las náuseas mientras examinaba vísceras y tejidos cerebrales. Finalmente, mi nariz y mi mente se insensibilizaron. Ni siquiera me di cuenta de que atardeció y se encendieron las luces.

Entonces encontré a la chica. Yacía boca arriba, las piernas dobladas hacia atrás en mitad de las espinillas. Sus facciones habían sido devoradas y el hueso, que quedaba expuesto, brillaba con una tonalidad carmesí bajo la luz del crepúsculo.

Me puse de pie, me abracé con fuerza la cintura y respiré profundamente varias veces. Inhalar. Exhalar. Inhalar. Exhalar.

Dios bendito. ¿Acaso no era suficiente una caída desde diez mil metros? ¿Las criaturas salvajes tenían que cebarse en lo que había quedado?

Todos estos chicos habían bailado, jugado al tenis, montado en la montaña rusa, dispondrían de correo electrónico. Representaban los sueños de sus padres. Pero ya no. Ahora serían fotografías enmarcadas sobre ataúdes cerrados.

Sentí una mano en el hombro.

—Tempe, es hora de tomarse un descanso.

Los ojos de Earl Bliss me observaban desde la estrecha abertura que dibujaban la mascarilla y la gorra.

—Estoy bien.

—Tómate un descanso. Es una orden.

—De acuerdo.

—Al menos una hora.

A medio camino del centro de mando del NTSB me detuve, temiendo el caos que me encontraría en ese lugar. Necesitaba serenidad. Vida. Pájaros cantando, ardillas cazando y aire que estuviese libre del olor de la muerte. Di media vuelta y me dirigí hacia el bosque.

Avanzando por el borde del campo de desechos divisé un hueco entre los árboles y recordé que Larke y el vicegobernador habían aparecido en ese punto, viniendo del lugar donde había aterrizado el helicóptero. Al acercarme distinguí claramente el camino que probablemente habían tomado. En otro tiempo tal vez hubiese sido un sendero o el cauce de un arroyo, ahora era un paso sinuoso, sin árboles, cubierto de piedras y bordeado de espesos matorrales. Me quité la mascarilla y los guantes y me interné en el bosque.

Mientras avanzaba entre los árboles, el alboroto organizado alrededor del sitio del accidente fue apagándose y lo reemplazaron los sonidos del bosque. Después de recorrer una veintena de metros, me subí a un grueso tronco caído, me senté cogiéndome las piernas con ambos brazos y elevé la mirada hacia el cielo. El amarillo y el rosa dibujaban rayas en el rojo del crepúsculo mientras la oscuridad comenzaba a cubrir la línea del horizonte. Pronto se haría de noche. No podía quedarme mucho tiempo.

Dejé que mis neuronas escogiesen un tema.

La chica del rostro destrozado.

No. Mejor otro.

Las células eligieron a personas vivas.

Katy. Mi hija tenía ahora poco más de veinte años y vivía una vida independiente. Era lo que yo quería, por supuesto, pero romper los lazos era muy duro. La niña había pasado por mi vida y luego había desaparecido. Ahora me encontraba ante la joven mujer y me gustaba mucho.

Pero ¿dónde está?, preguntaron las neuronas.

El siguiente.

Pete. Desde que estábamos separados éramos más amigos que lo que jamás habíamos llegado a ser estando casados. De hecho, de vez en cuando me hablaba y me escuchaba. ¿Debería pedirle el divorcio y seguir adelante o continuar con el statu quo?

Las células no tenían respuesta.

Andrew Ryan. Últimamente había estado pensando mucho en él. Ryan era detective de homicidios de la policía de Montreal. A pesar de que hacía casi diez años que nos conocíamos, hacía sólo un año que había accedido a tener una cita con él.

«Cita». Experimenté mi habitual reacción negativa. Tenía que existir un término mejor para los solteros mayores de cuarenta años.

Las células no tenían ninguna sugerencia que hacer.

Nomenclatura aparte, Ryan y yo nunca habíamos ido demasiado lejos. Antes de que nuestra relación pudiese hacerse oficial, él había comenzado a trabajar como agente infiltrado y hacía meses que no le veía el pelo. En momentos como éste, le echaba mucho de menos.

Oí ruidos entre los matorrales y contuve la respiración para escuchar mejor. El bosque estaba en silencio. Segundos más tarde volví a oírlos entre la hojarasca, esta vez del otro lado de donde me encontraba. Pensé que un simple conejo o una ardilla no podían provocarlos.

Las neuronas emitieron una señal de alarma.

Quizás Earl me había seguido, me puse de pie y miré a mi alrededor. Estaba sola.

Todo permaneció inmóvil durante un largo minuto, luego se sacudieron las ramas del rododendro que había a mi derecha y oí un gruñido. Me giré pero sólo había hojas y matorrales. Con la mirada clavada en el follaje, salté del tronco y planté con fuerza los pies en la tierra.

Un momento después el gruñido se repitió, seguido de una especie de lamento agudo.

Las neuronas se dispararon y la adrenalina invadió todos los rincones de mi cuerpo.

Me agaché lentamente y busqué una piedra. Oí movimientos a mi espalda y me di la vuelta.

Mis ojos toparon con otros ojos, negros y brillantes. Los labios curvados sobre unos dientes pálidos y húmedos bajo la menguante luz de la penumbra. Entre los dientes, algo horriblemente familiar.

Un pie.

Las neuronas lucharon por encontrar un significado.

Los dientes estaban clavados en un pie humano.

Las neuronas se conectaron con los recuerdos almacenados recientemente. Un rostro despedazado. El comentario de uno de los ayudantes del sheriff.

¡Oh, Dios! ¿Un lobo? Estaba desarmada. ¿Qué debía hacer? ¿Amenazar?

El animal me miraba fijamente, su aspecto era salvaje y parecía hambriento.

¿Correr?

No. Tenía que recuperar ese pie. Pertenecía a una persona. Una persona con familia y amigos. No lo abandonaría a los depredadores del bosque.

Entonces un segundo lobo surgió de la oscuridad y se colocó detrás del primero, los dientes desnudos, la saliva que oscurecía la piel alrededor de la boca. Lanzó un gruñido y los labios me temblaron. Lentamente, me erguí y levanté la piedra.

—¡Atrás!

Ambos animales se quedaron inmóviles y el primer lobo dejó caer el pie que llevaba entre las mandíbulas. Olfateó el aire, la tierra, nuevamente el aire, bajó la cabeza, alzó la cola, dio un paso hacia mí, luego retrocedió sigilosamente un par de metros y se detuvo, sin hacer el más mínimo movimiento, vigilante. El otro lobo lo imitó. ¿Se sentían amenazados o tenían un plan? Empecé a retroceder, oí un chasquido y me giré. Había otros tres lobos a mi espalda. Parecían estar rodeándome lentamente.

—¡Alto!—grité, al tiempo que lanzaba la piedra, alcanzando en el ojo al lobo que estaba más cerca.

El animal lanzó un aullido de dolor y retrocedió. Sus compañeros se detuvieron un momento y luego reanudaron el cerco.

Apoyé la espalda contra el tronco del árbol caído y comencé a mover una de las ramas hacia ambos lados tratando de arrancarla.

El círculo se iba reduciendo. Podía oír sus jadeos, oler sus cuerpos. Uno de los lobos dio un paso hacia el interior del círculo, luego otro, alzando y bajando la cola. Me miraba fijamente sin hacer un solo ruido.

La rama se rompió y el lobo saltó hacia atrás ante el chasquido de la madera, luego volvió a avanzar sin dejar de mirarme.

Aferrando la rama como si fuese un bate de béisbol, grité:

—Atrás, carroñeros. Fuera de aquí —y me lancé contra el lobo líder sacudiendo mi bate.

El lobo se apartó fácilmente, retrocedió unos pasos y luego regresó al círculo sin dejar de gruñir. Mientras preparaba mis pulmones para lanzar el grito más potente que jamás hubiese salido de ellos, alguien se me adelantó.

—¡Largo de aquí, jodidos sacos de huesos! ¡Fuera! ¡Moved el culo!

Entonces un proyectil y después otro aterrizaron a pocos pasos del lobo que lideraba la manada.

El lobo olfateó el aire, lanzó un gruñido, luego dio media vuelta y se escabulló entre los matorrales. El resto de la manada vaciló un momento y lo siguió.

Dejé caer la rama con las manos temblando y me abracé al tronco caído.

Una figura vestida con un mono de protección y el rostro cubierto con una mascarilla corrió hacia mí y lanzó otra piedra contra los lobos que se alejaban. Luego alzó una mano y se quitó la mascarilla. Aunque apenas visible a la escasa luz del anochecer, reconocí aquel rostro.

Pero no podía ser. Era demasiado increíble para que fuese real.

4

—Bonito movimiento. Parecías el bateador Sammy Sosa.

—¡Ese maldito animal estaba a punto de saltarme al cuello! —Fue casi un chillido.

—Los lobos no atacan a las personas vivas. Sólo intentaban alejarte de su cena.

—¿Acaso alguno de ellos te lo explicó personalmente?

Andrew Ryan me quitó una hoja del pelo.

¡Pero Ryan se hallaba infiltrado en alguna parte de Quebec!

—¿Qué demonios estás haciendo aquí? —pude preguntar, ligeramente más calmada.

—¿Eso es un «gracias», Blancanieves? Aunque Caperucita Roja sería más apropiado dadas las circunstancias...

—Gracias —musité, apartando un mechón de pelo de la frente. Aunque estaba agradecida por su intervención, prefería no considerarla como un rescate.

—Ha sido un placer.

Extendió nuevamente la mano hacia mi pelo y esquivé el movimiento. Como sucedía siempre que nuestros caminos se cruzaban, yo no lucía mi mejor aspecto.

—¿Estoy juntando trozos de cerebro mientras una manada de lobos me evalúa como candidata para unirme a los desmembrados, y tú pones reparos a mi peinado?

—¿Hay alguna razón para que estés sola en este lugar?

Su actitud paternalista me irritaba.

—¿Hay alguna razón para que tú estés aquí?

Las arrugas del rostro se le tensaron. Sus hermosas arrugas, cada una colocada exactamente donde debía estar.

—Bertrand viajaba en el avión.

—¿Jean?

La lista de pasajeros. Bertrand. Era un apellido común, de modo que jamás se me ocurrió asociarlo con el compañero de Ryan.

—Escoltaba a un prisionero. —Ryan expulsó el aire por la nariz—. Tenía que conectar en el aeropuerto de Dulles con un vuelo de Air Canadá.

—Oh, Dios. Oh, Dios mío. Lo lamento tanto.

Los dos nos quedamos mudos, sin saber muy bien qué decir, hasta que un sonido extraño, trémulo, seguido de una serie de aullidos agudos, atravesó el silencio. ¿Acaso nuestros amigos nos desafiaban a disputar otro encuentro?

—Será mejor que regresemos —dijo Ryan.

—Nada que objetar.

Ryan se bajó la cremallera del mono, sacó una linterna del cinturón, la encendió y la sostuvo a la altura del hombro.

—Después de ti.

—Espera. Déjame la linterna.

Ryan me pasó la linterna y me dirigí al lugar donde había visto al lobo por primera vez.

Ryan me siguió.

—Si buscas setas, no es el mejor momento.

Se paró en seco cuando vio lo que había en el suelo.

El pie era una presencia macabra bajo la tenue luz amarillenta, su carne acababa en una masa aplastada por encima del tobillo. Las sombras bailaban entre los surcos y los orificios que habían dejado los dientes carnívoros.

Saqué un par de guantes nuevos del bolsillo, me puse uno y recogí el pie. Luego marqué el lugar con el otro guante y lo aseguré con una piedra.

—¿No deberías situar el hallazgo en el terreno?

—No podemos saber dónde encontró el pie la manada. Además, si lo dejamos aquí durará menos que un caramelo a la puerta de un colegio.

—Tú eres la jefa.

Eché a andar detrás de Ryan hasta que salimos del bosque, sosteniendo el pie cercenado lo más lejos que podía de mi cuerpo.

Cuando llegamos al centro de mando, Ryan se metió en el remolque del NTSB y yo me dirigí al depósito provisional. Después de haber escuchado mi explicación acerca del pie, de su procedencia y de por qué había decidido recogerlo, el equipo de recolección le asignó un número, lo metió en una bolsa de plástico y lo envió a uno de los camiones frigoríficos. Me incorporé nuevamente a la operación de recuperación.

Dos horas más tarde Earl me encontró y me entregó una nota: «Preséntate en el depósito. 7 h. LT».

Me dio una dirección y añadió que mi trabajo había terminado por ese día. Ningún argumento por mi parte haría que cambiase de opinión.

Fui al remolque de descontaminación, me duché bajo un chorro de agua hirviendo todo el tiempo que pude resistirlo y luego me puse ropa limpia. Abandoné el remolque con la piel tersa y rosada. Al menos el olor había desaparecido.

Cuando bajaba el tramo de escalones, exhausta como nunca lo había estado en mi vida, vi a Ryan apoyado contra un coche patrulla aparcado a un par de metros en la carretera de acceso, hablando con Lucy Crowe.

—Parece cansada —dijo Crowe cuando me acerqué a ellos.

—Estoy bien —dije—. Earl me dijo que ya estaba bien por hoy.

—¿Cómo están las cosas ahí fuera?

—Están.

Me sentía como una enana hablando con ellos. Tanto Ryan como Crowe superaban el metro ochenta, aunque ella era más ancha de hombros que Andrew. Él parecía un defensa fuerte y fibroso, ella un poderoso delantero.

No me sentía con ánimos de hablar, de modo que le pregunté a Crowe algunas direcciones y me alejé.

—Espera, Brennan.

Permití que Ryan me alcanzara, luego le lancé una mirada «no saques el tema». No quería hablar de los lobos.

Mientras caminábamos pensé en Jean Bertrand, con sus chaquetas de diseño, las corbatas a juego y el rostro serio. Bertrand siempre daba la impresión de que lo intentaba todo con todas sus fuerzas, de que escuchaba atentamente, temiendo perderse un matiz o una pista importante. Podía oírle, pasando del francés al inglés en su propia versión de «franglés», riéndose de sus propios chistes, sin darse cuenta de que los demás no se reían.

Recordé la primera vez que vi a Bertrand. Poco después de haber llegado a Montreal asistí a una fiesta de Navidad que ofrecía la unidad de homicidios de la Sûreté de Quebec. Bertrand estaba allí, ligeramente bebido, y acababan de asignarlo como compañero de Andrew Ryan. El detective de primera ya era una especie de leyenda en el cuerpo y Bertrand no podía disimular la veneración que le profesaba. Cuando la velada estaba tocando a su fin, la adoración del héroe se había vuelto incómoda para todos los presentes. Especialmente para Ryan.

—¿Qué edad tenía? —Hice la pregunta sin pensar.

—Treinta y siete.

Ryan estaba justo allí, en el centro de mis pensamientos.

—Dios mío.

Llegamos a la carretera comarcal y continuamos colina arriba.

—¿A quién estaba custodiando?

—A un tío llamado Rémi Petricelli, conocido entre sus amigos como Pepper.

Conocía ese nombre. Petricelli era un pez gordo de los Ángeles del Infierno de Quebec, conocido por sus conexiones con el crimen organizado. Los gobiernos canadiense y estadounidense habían estado investigando sus actividades durante años.

—¿Qué hacía Pepper en Georgia?

—Hace aproximadamente dos meses un camello de poca monta llamado Jacques Fontana acabó carbonizado en el interior de un Subaru. Como todas las pistas conducían a su puerta, Pepper decidió probar la hospitalidad de sus hermanos en Dixie.[3] Para resumir la historia, lo vieron en un bar de Atlanta, la policía local le arrestó y la semana pasada Georgia accedió a extraditarle. Bertrand le custodiaba el culo mientras volvía a Quebec.

Habíamos llegado a mi coche. Al otro lado de la zona del mirador había un hombre parado bajo los focos con un micrófono en la mano mientras un asistente le empolvaba la cara.

—Esto amplía el cerco —continuó Ryan con voz grave y pesada.

—¿Es decir?

—Pepper tenía información importante. Si decidía hacer un trato muchos de sus amigos se hubiesen visto con la mierda hasta el cuello.

—No te sigo.

—Es probable que algunas personas poderosas quisieran ver muerto a Pepper.

—¿Incluyendo a otras ochenta y siete personas?

—Sin siquiera pestañear.

—Pero el avión estaba lleno de chicos.

—Esos tíos no son jesuitas precisamente.

---

3. *Dixieland* o *Dixle*: expresión popular con la que se designa a los estados del sur de Estados Unidos. *(N. del t.)*

Estaba demasiado conmocionada para contestarle.

Al ver la expresión de mi rostro, Ryan decidió cambiar de tema.

—¿Tienes hambre?

—Necesito dormir.

—Necesitas comer algo.

—Pararé para tomar una hamburguesa —mentí.

Ryan retrocedió. Abrí la puerta de mi coche, lo puse en marcha y me alejé, demasiado cansada y triste para desearle buenas noches.

Puesto que todas las habitaciones de la zona estaban ocupadas por la prensa y el NTSB, me habían conseguido alojamiento en una pequeña posada en las afueras de Bryson City. Antes de dar con el lugar me equivoqué de dirección varias veces y tuve que preguntar otras tantas.

Haciendo honor a su nombre, High Ridge House se encontraba en la cima de una colina al final de un camino largo y estrecho. Era una granja blanca de dos plantas con un recargado trabajo de carpintería en las puertas, ventanas y vigas; tampoco se libraban las barandillas y verjas de un amplio porche que recorría el frente y los lados de la casa. La luz del porche iluminaba unas mecedoras de madera, tiestos de mimbre y helechos. Muy victoriano.

Dejé mi pequeño Mazda junto a otra media docena de coches a la izquierda de la casa, en un prado digno de una postal, y enfilé un sendero enlosado y flanqueado por sillas de jardín metálicas. Cuando abrí la puerta principal sonaron unas campanillas. En el interior, la casa olía a madera barnizada, ambientador de pino y cordero hervido.

El guiso irlandés es quizá mi plato preferido. Como siempre, me recordó a mi abuela. ¿Dos veces en dos días? Tal vez la anciana dama me estaba observando desde el cielo.

Un momento después apareció una mujer de mediana edad, un metro sesenta aproximadamente, sin maquillar y con el pelo canoso y abundante recogido en una especie de extraña salchicha en la coronilla. Llevaba una falda larga tejana y una camiseta roja con la inscripción «Alabad al Señor» sobre el pecho.

Antes de que pudiese abrir la boca, la mujer me abrazó. Sorprendida, permanecí ligeramente inclinada con las manos extendidas, tratando de no darle con la mochila o el ordenador portátil.

Después de lo que me pareció una eternidad, la mujer dio un paso atrás y me miró con la intensidad de un tenista que espera el servicio de su rival en Wimbledon.

—Doctora Brennan.

—Tempe.

—Lo que está haciendo por esos pobres chicos muertos es la obra del Señor.

Asentí.

—Preciosa a los ojos del Señor es la muerte de sus santos. Él nos lo dice en el Libro de los Salmos.

Oh, no.

—Soy Ruby McCready y me siento honrada de tenerla como huésped en High Ridge House. Mi intención es cuidar de todos y cada uno de ustedes.

Me pregunté quién más se habría alojado allí, pero no dije nada. Muy pronto lo averiguaría.

—Gracias, Ruby.

—Permítame. —Cogió mi mochila—. Le indicaré cuál es su habitación.

Mi anfitriona me condujo a través de un salón y un comedor, subimos una escalera de madera tallada y recorrimos un pasillo con puertas cerradas a ambos lados, cada una con una pequeña placa pintada a mano. En el extremo del corredor hicimos un giro de noventa grados y nos detuvimos ante una puerta. La placa decía «Magnolia».

—Puesto que es la única mujer, la he puesto en la habitación Magnolia. —Aunque estábamos solas, la voz de Ruby se había convertido en un susurro, su tono tenía algo de conspirador—. Es la única que tiene su propio excusado. Sé que apreciará la privacidad.

¿Excusado? ¿En qué lugar del mundo se seguían refiriendo a los baños como excusados?

Ruby me siguió, dejó mi mochila sobre la cama y comenzó a ahuecar las almohadas y a bajar las persianas como si fuese un botones del Ritz.

Las telas y el empapelado explicaban el apelativo floral. Pesadas cortinas cubrían la ventana, las mesas llevaban manteles y unos lazos adornaban cada rincón de la habitación. La mecedora y la cama de madera de arce estaban cubiertas de cojines y un millón de pequeñas figuras llenaban una vitrina. Encima del mueble había reproducciones en cerámica de Annie la Huerfanita y su perro, *Sandy*, Shirley Temple vestida como Heidi y un collie que supuse que sería *Lassie*.

Mi gusto por el mobiliario y los adornos domésticos tiende a la simplicidad. Aunque nunca me ha molestado la austeridad del estilo moderno, prefiero un estilo menos duro, algo como un Shaker o un Hepplewhite. Si me rodean de chismes empiezo a ponerme nerviosa.

—Es una habitación encantadora —dije.

—Ahora la dejaré sola. La cena se sirve a las seis, de modo que se la ha perdido, pero he dejado algo de cordero en el fuego. ¿Le gustaría probarlo?

—No, gracias. Voy a acostarme.

—¿Ha cenado?

—No tengo mucha ham...

—Mírese, está en los huesos. No puede irse a la cama con el estómago vacío.

¿Por qué todo el mundo parecía tan preocupado por mi dieta?

—Le subiré una bandeja.

—Gracias, Ruby.

—No tiene nada que agradecerme. Una última cosa. En High Ridge House no cerramos las puertas con llave, de modo que puede entrar y salir cuando le apetezca.

Aunque me había duchado hacía unas horas en el remolque de descontaminación, saqué mis pocas pertenencias de la mochila y tomé un largo baño caliente. Al igual que sucede con las víctimas de una violación; a menudo las personas, después de una catástrofe, se lavan de un modo obsesivo, impulsadas por una necesidad de purificar el cuerpo y el espíritu. Cuando salí del cuarto de baño me encontré con una fuente llena de guiso de cordero, pan de cereales y una jarra de leche. Mi móvil empezó a sonar cuando estaba a punto de pinchar un nabo con el tenedor. Temí que el buzón de voz se activara antes de que pudiese contestar, me lancé hacia el bolso, volqué el contenido en la cama y busqué entre el bote de laca, la billetera, el pasaporte, la agenda electrónica, las gafas de sol, las llaves y el maquillaje. Finalmente encontré el teléfono y pulsé el botón de activación de llamada, rogando que fuese Katy.

Era ella. La voz de mi hija me emocionó de tal manera que tuve que hacer un enorme esfuerzo para mantener la voz tranquila.

Aunque Katy se mostró evasiva en cuanto a su paradero, parecía feliz y saludable. Le di el número de High Ridge House. Me dijo que estaba con alguien y que regresaría a Charlottesville el domingo por la noche. Yo no pregunté y ella tampoco me facilitó ningún dato concreto sobre el género de su acompañante.

El agua y el jabón, combinados con la larga espera de la llamada de mi hija, consiguieron el milagro. Casi mareada de alivio me sentí súbitamente hambrienta. Devoré el guiso de Ruby, puse el despertador y me desplomé en la cama.

Tal vez la «casa de los lazos» no estuviese tan mal.

A la mañana siguiente me levanté a las seis, me puse ropa limpia, me cepillé los dientes, me maquillé un poco y oculté el pelo
bajo una gorra de los Charlotte Hornets. Bastante bien. Bajé
la escalera con la intención de arreglar con Ruby la cuestión de la
colada.

Andrew Ryan estaba sentado en un banco junto a una larga
mesa de madera de pino en el comedor. Me senté en una silla
frente a él, le devolví a Ruby su alegre «Buenos días» y esperé
mientras servía una taza de café. Cuando la puerta de la cocina
se cerró tras ella, hablé.

—¿Qué estás haciendo aquí?

—¿Es lo único que piensas preguntarme cada vez que me
veas?

No dije nada.

—La sheriff Crowe me recomendó el lugar.

—Por encima de todos los demás.

—Es agradable —dijo, haciendo un gesto que abarcaba toda
la habitación—. Encantador. —Levantó la taza señalando un
mensaje que había encima de nuestras cabezas: «Jesús es amor»,
grabado en una nudosa tabla de pino barnizado para la poste-
ridad.

—¿Cómo sabías que estaba aquí?

—El cinismo causa arrugas.

—No es verdad. ¿Quién te lo dijo?

—Crowe.

—¿Qué tiene de malo el Comfort Inn?

—Está completo.

—¿Quién más se aloja aquí?

—En el piso de arriba hay un par de chicos del NTSB y un
agente especial del FBI. ¿Qué es lo que les hace especiales?

Ignoré la pregunta.

—Estoy buscando un encuentro entre chicos en el baño. Hay
otros dos en la planta baja y he oído que hay algunos periodis-

tas apretados como sardinas en una habitación adicional en el sótano.

—¿Cómo conseguiste una habitación aquí?

Sus ojos azules reflejaban la inocencia de un niño pequeño.

—Debió de tratarse de un golpe de suerte. O quizá Crowe tiene influencia.

—Ni se te ocurra usar mi cuarto de baño.

—Cinismo.

En ese momento llegó Ruby con jamón, huevos, patatas fritas y tostadas. Aunque suelo desayunar cereales y café, lo engullí todo como si fuese un recluta en un campo de entrenamiento.

Ryan y yo comimos en silencio mientras me dedicaba a una especie de clasificación mental. Su presencia me molestaba, pero ¿por qué? ¿Era acaso su insultante confianza en sí mismo? ¿Su actitud paternalista? ¿Que invadiera mi terreno? ¿El hecho de que hacía menos de un año había dado prioridad a su trabajo antes que a mí y había desaparecido de mi vida? ¿O el hecho de que hubiese reaparecido exactamente cuando necesitaba ayuda?

Mientras untaba una tostada con mantequilla me di cuenta de que no había dicho una sola palabra sobre su temporada como agente en la clandestinidad. ¿Por qué iba a hacerlo? Dejaría que él sacara el tema.

—La mermelada, por favor.

Me la alcanzó.

Ryan me había sacado de una situación peligrosa.

Extendí una capa de zarzamora más espesa que la lava.

Los lobos no eran culpa de Ryan. Tampoco el accidente del avión.

Ruby volvió a llenar las tazas de café.

Y el hombre acababa de perder a su compañero, por el amor de Dios. La compasión se impuso a la irritación.

—Gracias por tu ayuda con los lobos.

—No eran lobos.

—¿Qué?

La irritación regresó a toda velocidad.

—No eran lobos.

—Supongo que se trataba de una manada de cocker spaniels.

—En Carolina del Norte no hay lobos.

—Uno de los ayudantes de Crowe habló de lobos.

—Ese tío probablemente no distinguiría a un wombat de un caribú.

—Han repoblado con lobos Carolina del Norte.

Estaba segura de que lo había leído en alguna parte.

—Se trata de lobos rojos y están en una reserva hacia el este, no en las montañas.

—Supongo que eres un experto en la vida salvaje de Carolina del Norte.

—¿Cómo tenían las colas?

—¿Qué?

—¿Los animales, tenían la cola levantada o no?

Tuve que pensarlo un momento.

—No.

—Un lobo siempre mantiene la cola erguida. Un coyote mantiene la cola baja y sólo la alza hasta ponerla horizontal cuando se siente amenazado.

Me imaginé al animal olfateando, luego alzando la cola y clavando sus ojos oscuros en mí.

—¿Me estás diciendo que era una manada de coyotes?

—O de perros salvajes.

—¿Hay coyotes en los Apalaches?

—Hay coyotes por toda América del Norte.

—¿Y qué? —Me prometí comprobar la información.

—Nada. Sólo pensé que tal vez querrías saberlo.

—Aun así era aterrador.

—Tienes razón. Pero no es lo peor que has pasado en tu vida.

Ryan tenía razón. Aunque aterrador, el incidente con los coyotes no había sido mi peor experiencia. Pero los días siguientes fueron muy duros. Me pasaba las horas entre carne destrozada, separando restos mezclados y recomponiendo cuerpos. Como parte de un equipo compuesto por patólogos, dentistas y otros antropólogos determinaba la edad, el sexo, la raza y la altura de los cadáveres, analizaba placas de rayos X, comparaba esqueletos e interpretaba las heridas. Era una tarea horrible, con el agravante de la juventud de la mayoría de los sujetos analizados.

Para muchos, el estrés resultaba insoportable. Algunos resistían, se mantenían al límite hasta que los temblores, las lágrimas o las insoportables pesadillas finalmente los derrotaban. Eran los que iban a necesitar un apoyo psicológico intensivo. Otros simplemente liaban sus petates y se largaron a casa.

Pero para la mayoría, la mente consiguió adaptarse y lo impensable se convirtió en algo común. Nos aislamos mentalmente e hicimos lo que debíamos hacer. Cada noche, mientras yacía en la cama, sola y agotada, me reconfortaba pensar en el progreso del día. Pensaba en las familias y me repetía a mí misma que el sistema funcionaba. Les garantizaríamos una especie de final.

Entonces llegó a mi estación la muestra 387.

5

Había olvidado el pie hasta que un rastreador de cuerpos me lo trajo.

Ryan y yo apenas nos habíamos cruzado desde nuestro primer desayuno. Todos los días me levantaba y salía antes de las siete, regresaba a High Ridge House mucho después de que hubiese anochecido para ducharme y caer exhausta sobre la cama. Sólo habíamos intercambiado unos «Buenos días» o «Que pases un buen día» y todavía no habíamos hablado de su misión en la clandestinidad o de su papel en la investigación del accidente aéreo. Como en el avión viajaba un oficial de policía de Quebec, el gobierno canadiense había solicitado que Ryan participase en la investigación. Yo sólo sabía que la solicitud había sido aceptada.

Después de bloquear cualquier pensamiento relacionado con Ryan y los coyotes, vacié la bolsa de plástico sobre mi mesa de trabajo. En los últimos días había procesado docenas de miembros y apéndices cortados y el pie ya no parecía macabro. De hecho, la cantidad de traumatismos de la parte inferior de la pierna y el tobillo era tan elevada que se había comentado en la reunión de primera hora de la mañana. Patólogos y antropólogos habían coincidido en que el modelo de herida era inquietante.

Es muy poco lo que se puede decir de un pie. Éste tenía las uñas gruesas y amarillas, un juanete prominente y un desplazamiento lateral del dedo gordo que indicaban que se trataba de una persona mayor. El tamaño sugería que era de sexo femenino. Aunque la piel tenía un color tostado, yo sabía que eso no significaba nada ya que incluso una breve exposición puede oscurecer o blanquear la piel.

Coloqué las radiografías delante de la pantalla luminosa. A diferencia de muchas de las imágenes que había visto, éstas no revelaron ningún objeto extraño incrustado en el pie. Apunté el dato en un formulario incluido en el PVD.

El hueso cortical era fino y advertí alteraciones en muchas de las uniones de las falanges.

De acuerdo. La mujer era mayor. La artritis y la pérdida ósea coincidían con el juanete.

Entonces me llevé la primera sorpresa. Los rayos X mostraban diminutas nubes blancas que flotaban entre los huesos del dedo gordo y lesiones variadas en los márgenes de la primera y segunda articulaciones del metatarso. Reconocí los síntomas de inmediato.

La gota es consecuencia de un metabolismo inadecuado del ácido úrico, lo que lleva a la formación de depósitos de cristales de urato, especialmente en manos y pies. Los nódulos se forman junto a las articulaciones y, en los casos crónicos, resulta erosionado el hueso que hay debajo. La afección no representa un riesgo para la vida, pero los que la padecen experimentan períodos intermitentes de dolor e inflamación de las articulaciones. La gota es una enfermedad bastante común, con una incidencia del 90 por ciento en hombres.

¿Por qué me encontraba entonces ante un caso de gota en una mujer?

Regresé a mi mesa de trabajo, busqué un escalpelo y tuve la segunda sorpresa.

Aunque la refrigeración puede provocar la sequedad y el encogimiento de los tejidos, el pie presentaba un aspecto diferente al de los restos que había estado examinando hasta ese momento. Incluso en los cuerpos y los miembros calcinados que había revisado, las capas profundas de tejido permanecían firmes y rojas. Pero la carne del interior del pie estaba esponjosa y descolorida, como si algo hubiese contribuido a acelerar la velocidad de descomposición. Tomé nota y decidí buscar otras opiniones.

Con ayuda del escalpelo separé músculos y tendones hasta que pude colocar los alicates directamente contra el hueso mayor, el calcáneo. Medí la longitud y el ancho, luego el largo del metatarso y apunté las cifras en un formulario, en el PVD. Repetí la anotación en un cuaderno de espiral.

Me quité los guantes, me lavé y fui hasta el ordenador portátil, que estaba en la sala de personal. Abrí un programa llamado Fordisc 2.0, introduje los datos y pedí un análisis de función discriminada utilizando las dos mediciones que había hecho del calcáneo.

El pie correspondía a un hombre negro, si bien las características específicas y las probabilidades indicaban que los resultados eran dudosos.

Intenté una comparación hombre-mujer que no tomase en cuenta la raza y el programa nuevamente incluyó el pie dentro de la clasificación masculina.

Muy bien. Los jockeys encajan con la gota. Tal vez el tío fuese pequeño. El tamaño atípico podría explicar la debilidad de la clasificación racial.

Cuando regresé a buscar el paquete con los restos atravesé la sección de identificación, donde había una docena de ordenadores funcionando en varias mesas y los cables se amontonaban como serpientes en el suelo. En cada terminal trabajaba un especialista que introducía los datos obtenidos del centro de asistencia familiar y la información suministrada por los especialistas forenses, incluidos rayos X, huellas dactilares, antropología, patología y detalles dentales.

Divisé una figura que me resultaba familiar, las gafas sostenidas en la punta de la nariz, los dientes superiores mordisqueando el labio inferior. Primrose Hobbs había sido enfermera de urgencias durante más de treinta años cuando decidió cambiar los desfibriladores por las bases de datos y se trasladó al departamento de historias clínicas del Hospital Presbiteriano de Charlottesville. Pero no había cortado totalmente con el mundo de las heridas traumáticas. Cuando me uní al DMORT, Primrose ya era miembro experimentado del equipo de la Región Cuatro. Con más de sesenta años, era una mujer paciente, eficiente y que no se dejaba impresionar por nada.

—¿Podemos buscar un dato? —le pregunté, acercando una silla plegable junto a la suya.

—Espera un momento, cariño.

Primrose continuó tecleando, el rostro iluminado por la luz que despedía la pantalla. Luego cerró un archivo y me miró.

—¿Qué es lo que tienes?

—Un pie izquierdo. Definitivamente viejo. Probablemente masculino. Posiblemente negro.

—Veamos quién necesita un pie.

El DMORT confía en un paquete informático llamado VIP que localiza el progreso de los restos, almacena todos los datos y facilita la comparación de la información anterior y posterior a la muerte. El programa aborda más de 750 identificadores originales para cada víctima y almacena registros digitales tales como fotografías y radiografías. Para cada posible identificación, el VIP crea un documento que contiene todos los parámetros utilizados.

Primrose pulsó varias teclas y apareció una cuadrícula post mortem. La primera columna mostraba una lista de casos numerados. Movió el cursor hacia un lado a través de la cuadrícula hasta alcanzar una columna con el encabezamiento «Partes del cuerpo no recuperadas» y la repasó en sentido descendente. Hasta la fecha se habían encontrado cuatro cuerpos que carecían de pie izquierdo. Primrose se desplazó por la cuadrícula activando cada uno de los casos.

El número 19 era un hombre de raza blanca con una edad aproximada de treinta años. El número 38 era una mujer también blanca que rondaba los veinte años. El número 41 era una mujer afroamericana de unos veinticinco años. El número 52 era un torso inferior masculino, afroamericano, perteneciente a un hombre cuya edad se había estimado en cuarenta y cinco años.

—Podría tratarse del cincuenta y dos —dije.

Primrose pasó a las columnas correspondientes a peso y altura. El hombre que llevaba la etiqueta con el número 52 medía aproximadamente un metro noventa y pesaba ochenta y cinco kilos.

—Imposible —me corregí a mí misma—. No se trata de un luchador de sumo.

Primrose se recostó en la silla y se quitó las gafas. Unos mechones de pelo gris rizado partían en forma de espirales de la frente y las sienes, huyendo del tirabuzón que llevaba en la coronilla.

—Este caso está más relacionado con las pruebas dentales que con el ADN, pero he introducido unas cuantas partes del cuerpo aisladas. —Dejó que las gafas colgasen de una delgada cadena que llevaba alrededor del cuello—. Hasta ahora hemos encontrado muy pocas coincidencias. Pero esa proporción aumentará a medida que vayan llegando más cuerpos, aunque tal vez debas esperar a la prueba del ADN.

—Lo sé. Pensé que tal vez tendríamos suerte.

—¿Estás segura de que se trata de un pie masculino?

Le expliqué el análisis de función discriminada.

—De modo que ese programa coge a tu desconocido y lo compara con aquellos grupos cuyas medidas han sido registradas e incorporadas al sistema.

—Exacto.

—Y este pie coincide con la categoría de los chicos.

—Sí.

—Tal vez el ordenador no recibió los datos correctos.

—Eso es muy posible ya que no estoy segura acerca de la raza.

—¿Eso importa?

—Seguro. Algunas poblaciones son más pequeñas que otras. Considera el caso de los Mbuti.

Primrose alzó sus cejas canosas.

—Los pigmeos del bosque tropical de Ituri —le expliqué.

—En esta zona no tenemos pigmeos, cariño.

—No. Pero quizás había asiáticos a bordo del avión. Algunas poblaciones asiáticas son más pequeñas que las occidentales, de modo que tienden a tener pies más pequeños.

—No como mis delicados cuarenta y uno. —Levantó un pie calzado con una bota y se echó a reír.

—De lo que estoy segura es de la edad. Esta persona tenía más de cincuenta años. Bastante más, creo.

—Comprobemos la lista de pasajeros.

Volvió a colocarse las gafas, pulsó unas teclas y en la pantalla apareció una cuadrícula. Esta hoja de cálculo era similar a la cuadrícula post mortem excepto que la mayoría de las celdas contenían información. Había columnas correspondientes al nombre, apellido, fecha de nacimiento, tipo de sangre, sexo, raza, peso, altura y gran número de otras variables. Primrose activó la columna correspondiente a la edad y ordenó al programa que hiciera una selección guiándose por ese criterio.

El vuelo 228 de TransSouth Air llevaba sólo seis pasajeros mayores de cincuenta años.

—Demasiado jóvenes para que el buen Señor los haya llamado a su lado.

—Sí —dije, con los ojos fijos en la pantalla.

Las dos permanecimos en silencio durante un momento, luego Primrose movió el cursor y ambas nos inclinamos hacia la pantalla.

Cuatro hombres. Dos mujeres. Todos blancos.

—Ahora ordenemos los casos por raza.

La cuadrícula mostró sesenta y ocho blancos, diez afroamericanos, dos hispanos y dos asiáticos entre los pasajeros. Ambos pilotos y toda la tripulación de cabina eran blancos. Ninguno de los pasajeros de raza negra superaba los cuarenta años. Ambos asiáticos pasaban apenas de la veintena, probablemente fuesen estudiantes. Masako Takaguchi había sido afortunada. Había muerto en una sola pieza y ya la habían identificado.

—Creo que será mejor que intente otro enfoque. Por ahora nos basaremos en una edad calculada en más de cincuenta años. Y la víctima tenía gota.

—Mi ex tiene gota. Lo único humano que tiene ese hombre. —Otra risotada, directamente desde el estómago.

—Mmmmmm. ¿Puedo pedirte otro favor?

—Por supuesto, cielo.

—Comprueba a Jean Bertrand.

Encontró la fila y movió el cursor a la columna correspondiente a situación.

Hasta el momento el cuerpo de Jean Bertrand no había sido identificado.

—Regresaré cuando tenga más información sobre este caso —dije, recogiendo el paquete del número 387.

Una vez en mi mesa de trabajo extraje un trozo de hueso del pie y le coloqué una pequeña etiqueta. Si podía encontrar una muestra de referencia, como un cálculo biliar, un pelo o un resto de caspa en un peine o un cepillo, el análisis de ADN podría ser muy útil para establecer la identidad. Si no, la prueba al menos podría determinar el género o vincular el pie con otras partes del cuerpo, y un tatuaje o una corona dental podrían enviar a la víctima a casa.

Mientras cerraba herméticamente la bolsa con el espécimen y apuntaba unos datos en el archivo, había algo que no dejaba de inquietarme. ¿Se había equivocado el ordenador? ¿Podría haber sido correcta mi impresión inicial de que el pie pertenecía a una mujer? Era muy posible. Solía ocurrir. Pero ¿qué pasaba con la edad? Yo estaba segura de que los huesos pertenecían a una persona mayor, aunque nadie en el avión encajaba con ese perfil. ¿Era posible que otra patología aparte de la gota afectara a mi evaluación?

¿Y qué pasaba con el estado avanzado de putrefacción?

Corté un segundo trozo de hueso del punto intacto más elevado de la tibia, añadí una etiqueta y lo guardé en la bolsa. Si el pie permanecía sin identificar, intentaría un cálculo más preciso de la edad recurriendo a rasgos histológicos. Pero el análisis microscópico tendría que esperar. En las instalaciones del forense de Charlottesville se estaban haciendo diapositivas y la acumulación de trabajo era monumental.

Volví a meter el pie en la bolsa, se lo devolví al rastreador de cuerpos encargado del caso y continué con un trabajo idéntico al que había estado realizando los cuatro días anteriores. Hora tras hora clasifiqué cuerpos y partes de cuerpos, explorando sus detalles más íntimos. No advertí la llegada y la partida de mis colegas y tampoco me di cuenta de que la luz natural se iba apagando tras las ventanas por encima de nuestras cabezas.

Había perdido toda noción del tiempo cuando alcé la vista y descubrí a Ryan junto a una pila de ataúdes de madera de pino en el extremo más alejado del cuartel de bomberos. Se acercó a mi mesa, nunca había visto tanta tensión en su rostro.

—¿Cómo están las cosas? —pregunté, bajando la mascarilla.

—Pasará una jodida eternidad antes de que todo esto quede aclarado.

Tenía los ojos oscuros y apagados, la cara tan pálida como la carne que había entre nosotros. El cambio me impresionó. Entonces lo comprendí. Mientras yo sentía pena por unos extraños, el dolor de Ryan era personal. Bertrand y él habían sido compañeros durante casi diez años.

Quería decirle algo que pudiera confortarle, pero lo único que se me ocurrió fue «lo siento mucho por Jean».

Asintió.

—¿Estás bien? —pregunté suavemente.

Los músculos de las mandíbulas se le tensaron un momento y luego se relajó.

Extendí el brazo por encima de la mesa tratando de cogerle la mano y ambos miramos mi guante ensangrentado.

—Vaya, Quincy, nada de compasión, ¿eh?

El comentario rompió la tensión.

—Tenía miedo de que me robaras el escalpelo —dije, cogiendo el instrumento cortante.

—Tyrell dice que ya has acabado por hoy.

—Pero...

—Son las ocho. Has trabajado trece horas.

Miré el reloj.

—Reúnete conmigo en el templo del amor y te pondré al tanto de la investigación.

Me dolía la espalda y el cuello y sentía los párpados como si estuviesen revestidos de arena por dentro. Apoyé ambas manos en las caderas y arqueé el cuerpo hacia atrás.

—O podría ayudarte...

Cuando recuperé la vertical, los ojos de Ryan estaban fijos en los míos y sus cejas subieron y bajaron rápidamente.

—... a que te relajes.

—Me quedaré dormida antes de que mi cabeza se apoye en la almohada.

—Tienes que comer.

—Jesús, Ryan, ¿a qué viene esa preocupación por mi nutrición? Eres peor que mi madre.

En ese momento vi que Larke Tyrell me hacía señas. Señaló su reloj y luego efectuó un movimiento de corte a la altura de la garganta. Asentí y levanté el pulgar.

Después de decirle a Ryan que sólo asistiría a la reunión informativa, cerré la cremallera de la bolsa con los restos, apunté algunas notas en el PVD y le devolví todo el material al rastreador de cuerpos. Me quité el mono de trabajo, me lavé y abandoné el lugar.

Cuarenta minutos más tarde Ryan y yo estábamos sentados en la cocina de High Ridge House ante unos bocadillos de pastel de carne que había preparado Ruby. Andrew acababa de quejarse por tercera vez de la falta de cerveza para acompañar los bocadillos.

—Los borrachos y los glotones alcanzarán la pobreza —contesté mientras sacudía una botella de ketchup.

—¿Quién lo dice?

—El Libro de los Proverbios, según Ruby.

—Y convertiré en un delito no beber cerveza.

El tiempo había empeorado y Ryan llevaba un suéter de esquiador azul que hacía juego con el color de sus ojos.

—¿Ruby dijo eso?

—Shakespeare. *Enrique VI*.

—¿O sea?

—Al igual que el rey, Ruby está siendo autocrática.

—Háblame de la investigación. —Di un pequeño mordisco a mi bocadillo.

—¿Qué quieres saber?

—¿Han podido recuperar las cajas negras?

—Son anaranjadas. Tienes un poco de ketchup en la barbilla.

—¿Se han encontrado las grabaciones de vuelo? —Pasé la

mano por la barbilla al tiempo que me preguntaba cómo un hombre podía ser tan atractivo y a la vez tan irritante.

—Las han enviado al laboratorio del NTSB en Washington, pero he podido escuchar una copia de la grabación de las voces en la cabina de los pilotos. Los peores veintidós minutos que he pasado en mi vida.

Esperé.

—La FAA tiene normas para la esterilización de la cabina por debajo de los tres mil metros, de modo que durante los primeros ocho minutos aproximadamente, los pilotos tienen mucho trabajo. Una vez superada esa altitud se muestran más relajados, responden a los controladores del tráfico aéreo, hablan de sus hijos, del almuerzo, de sus partidas de golf. De pronto se produce un ruido seco y todo cambia. Hablan con la respiración agitada y se gritan entre ellos.

Tragó con dificultad.

—Como ruido de fondo se oyen pitidos, luego chirridos, luego alaridos. Un miembro del grupo de grabaciones identificaba cada sonido mientras escuchábamos la cinta. Piloto automático desconectado. Exceso de velocidad. Alerta de altitud. Aparentemente eso significaba que los pilotos se las arreglaron para nivelar el aparato durante unos minutos. Estás allí, escuchando la grabación, y te imaginas a esos tíos luchando para salvar su avión. Mierda.

Volvió a tragar.

—Luego se oye ese ruido que te pone los pelos de punta. El aviso de proximidad de tierra. Luego una especie de crujido estridente. Luego nada.

En algún lugar de la casa alguien cerró una puerta con fuerza, luego se oyó el agua corriendo por las cañerías.

—¿Sabes cuando estás viendo alguna de esas películas sobre la naturaleza? No tienes la más mínima duda de que el león acabará comiéndose a la gacela, pero aun así no apartas la vista de la pantalla, luego te sientes horriblemente mal cuando eso sucede. Es igual que eso. Escuchas a toda esa gente que pasa de la normalidad al centro de una pesadilla, sabiendo que van a morir y no hay absolutamente nada que puedas hacer para impedirlo.

—¿Qué hay de las grabadoras de datos de vuelo?

—Eso llevará semanas, quizá meses. El hecho de que la grabadora de voces funcionara tanto tiempo como lo hizo indica algo acerca de la secuencia de ruptura, ya que la energía eléctrica de las grabadoras se agota cuando los motores y el generador se apagan. Pero los expertos dicen que el suministro de energía se cortó abruptamente durante un vuelo aparentemente normal. Eso podría indicar un desastre en el aire.

—¿Una explosión?

—Posiblemente.

—¿Una bomba o un fallo mecánico?

—Sí.

Lo fulminé con la mirada.

—Los partes de reparaciones indican que en los dos últimos años el avión tuvo algunos problemas menores. Se repusieron algunas piezas normales y se reemplazó una especie de interruptor al menos en dos ocasiones. Pero el grupo de mantenimiento dice que todo parece responder a una práctica rutinaria.

—¿Algún progreso con respecto al comunicante anónimo?

—Las llamadas se hicieron desde una cabina de Atlanta. Tanto la CNN como el FBI tienen cintas y están analizando la voz.

Ryan bebió un trago de limonada, hizo una mueca y dejó el vaso en la mesa.

—¿Qué me dices de los equipos de recuperación de cuerpos?

—Esto que quede estrictamente entre nosotros, Ryan. Cualquier información oficial debe venir de Tyrell.

Movió los dedos en un gesto de «continúa».

—Estamos encontrando perforaciones y una cantidad importante de fracturas en pantorrillas y tobillos. No es típico de un impacto contra el suelo.

Mi mente volvió al pie afectado de gota y me sentí nuevamente confundida. Ryan debió de leerme la expresión del rostro.

—¿Y ahora qué pasa?

—¿Puedo confiarte algo?

—Dispara.

—Esto te resultará muy extraño.

—A diferencia de tus concepciones normalmente convencionales.

Añadí intensidad a mi mirada fulminante.

—¿Recuerdas el pie que rescatamos de los coyotes?

Asintió.

—No coincide con ninguno de los pasajeros.

—¿Qué es lo que no coincide?

—Principalmente la edad, y me fío bastante de mis cálculos. En el avión no viajaba nadie de esa edad. ¿Es posible que alguien haya subido a bordo sin estar en la lista?

—Puedo averiguarlo. Cuando estábamos en el ejército solíamos hacer autostop incluso para volar, pero sospecho que eso sería bastante complicado en los vuelos comerciales. A veces los empleados de las compañías aéreas viajan gratis. Lo llaman viaje sin cargo. Pero su nombre debe constar en el registro.

—¿Estuviste en el Ejército?

—En la guerra de Crimea.

Ignoré su comentario.

—¿Es posible que alguien haya regalado su billete? ¿O que lo haya vendido?

—Tienes que presentar alguna identificación con fotografía.

—¿Y si uno de los pasajeros se presentó en el mostrador de facturación, mostró su documento de identidad y luego le dio el billete a otra persona?

—Lo preguntaré.

Me acabé el pepinillo.

—¿O sería posible que alguien estuviese transportando una muestra biológica? Este pie está mucho más sucio y deteriorado que el material que he estado procesando.

Me miró con escepticismo.

—¿Deteriorado?

—La descomposición de los tejidos parece más avanzada.

—¿El medio ambiente no afecta a la velocidad de descomposición?

—Sí, naturalmente.

Añadí un poco más de ketchup al resto del bocadillo y me lo metí en la boca.

—Creo que los especímenes biológicos tienen que ser informados y registrados —dijo Ryan.

Recordé las veces que había volado llevando huesos conmigo, subiéndolos a bordo del avión en el equipaje de mano. Al menos en una ocasión había utilizado un Tupperware para poder estudiar las marcas de sierra que había dejado un asesino en serie. No me convencía ese argumento.

—Tal vez los coyotes lo encontraron en otra parte —sugerí.

—¿Por ejemplo?

—Un antiguo cementerio.

—¿El vuelo 228 de TransSouth Air se estrelló en un cementerio?

—No directamente en un cementerio. —Recordé mi encuentro con Simon Midkiff y su preocupación por el lugar donde estaba excavando y comprendí cuán absurda debía sonar mi hipótesis. Sin embargo, el escepticismo de Ryan me sacaba de quicio—. Tú eres el experto en canes. Estoy segura de que sabes que se dedican a arrastrar cosas por todas partes.

—Tal vez el pie sufrió algún percance en vida que hace que parezca más viejo de lo que realmente es.

Tuve que reconocer que era posible.

—Y en peor estado de descomposición.

—Tal vez.

Recogí las cosas de la mesa y llevé los platos al fregadero.

—Escucha, ¿qué me dices si mañana nos damos una vuelta por Coyote Canyon y vemos si alguien está criando malvas?

Me volví para mirarle.

—¿De verdad?

—Cualquier cosa que sirva para tranquilizar tu mente atormentada, cariño.

Las cosas no ocurrieron así.

6

Pasé la mañana siguiente separando carne de cuatro personas diferentes. El caso número 432 procedía de un segmento quemado del fuselaje que se encontraba en un valle al norte del lugar principal del accidente. Dentro de la bolsa encontré un cadáver relativamente intacto al que le faltaba la parte superior del cráneo y los antebrazos. La bolsa también contenía una cabeza incompleta y un brazo derecho completo con una porción de mandíbula incrustada en el tríceps. Todo estaba solidificado en una masa achicharrada.

Determiné que el cadáver pertenecía a una mujer negra de aproximadamente veinte años que medía un metro setenta en el momento de su muerte. Los rayos X mostraban fracturas soldadas en el húmero y el omóplato derechos. Clasifiqué el número 432 como restos humanos fragmentados, grabé mis observaciones y envié el cuerpo a odontología.

La cabeza incompleta, un hombre blanco de unos veinte años, se convirtió en el número 432A y también fue remitido para su análisis dental. El fragmento de mandíbula pertenecía a alguien mayor que el número 432A, probablemente una mujer, y fue enviado a los odontólogos con el número 432C. El estado de desarrollo óseo sugería que el brazo derecho completo procedía de un adulto mayor de veinte años. Calculé los límites superiores e inferiores para determinar la estatura, pero no fui capaz de determinar su género ya que todas las medidas de manos y brazos encajaban en una categoría superpuesta de hombres y mujeres. Envié el brazo a la sección de huellas dactilares como caso número 432D.

Eran las doce y cuarto cuando miré el reloj. Tenía que darme prisa.

Vi a Ryan a través de una ventanilla en la puerta trasera del depósito. Estaba sentado en los escalones, una pierna extendida, la otra levantada y apoyando el codo mientras hablaba por el móvil. Al abrir la puerta pude oír que hablaba en inglés con un tono agitado y sospeché que no se trataba de un asunto oficial.

—Bien, pues así será. —Giró un hombro al verme y sus respuestas se volvieron más secas—. Puedes hacer lo que te plazca, Danielle.

Esperé hasta que hubo terminado de hablar y luego me reuní con él en el porche.

—Lamento llegar tarde.

—«No problemo».

Cerró el teléfono y lo deslizó en el bolsillo con movimientos bruscos.

—¿Problemas en el frente doméstico?

—¿Qué quieres para almorzar? ¿Pescado o pollo?

—Buena estrategia —dije con una sonrisa—. Y tan sutil como un cañonazo.

—El frente doméstico no es asunto tuyo. ¿Crees que es lo bastante sutil?

Aunque abrí la boca, no salió ningún sonido.

—Es sólo un desacuerdo personal.

—En lo que a mí respecta puedes tener una bronca con el arzobispo de Canterbury, pero no me invites a la función.

Tenía las mejillas encendidas.

—¿Desde cuándo sientes curiosidad por mi vida amorosa?

—Tu vida amorosa me importa un pimiento —dije.

—Por eso la inquisición.

—¿Qué?

—Olvidémoslo. —Ryan extendió la mano pero yo retrocedí.

—Tú me pediste que nos encontrásemos aquí —dije.

—Mira, esta investigación nos tiene a los dos bastante alterados.

—Pero yo no me dedico a dar golpes bajos.

—Lo que no necesito son más recriminaciones —dijo Ryan, poniéndose las gafas de sol que sostenía sobre la frente.

—¿Recriminaciones? —estallé.

Ryan repitió la pregunta.

—¿Pescado o pollo?

—Puedes meterte el pescado y el pollo donde te quepan.

Di media vuelta y busqué el tirador de la puerta con el rostro ardiendo de ira. ¿O era humillación? ¿O dolor?

Una vez dentro, cerré la puerta con violencia y me apoyé en ella. Desde el aparcamiento me llegó el ruido de un motor, luego el sonido de los frenos del camión que traía otros veinte casos. Volví la cabeza y alcancé a ver a Ryan que se levantaba y se dirigía hacia su coche de alquiler.

¿Por qué me había hecho enfurecer de ese modo? Durante los meses que estuvo en la clandestinidad había pensado mucho en él. Pero distanciarme de Ryan se había convertido en algo tan rutinario que jamás había considerado la posibilidad de que alguien más pudiese entrar en su vida. ¿Era eso lo que estaba pasando? Aunque quería saberlo, que me matasen si iba a preguntarlo.

Al volverme me encontré con Larke Tyrell, que me miraba fijamente.

—Necesitas descansar un poco.

—Esta tarde me tomaré un par de horas.

Había solicitado ese descanso para que Ryan y yo pudiésemos

explorar la zona donde había encontrado el pie. Ahora tendría que hacerlo sola.

—¿Un bocadillo?

Larke señaló con la barbilla el salón del personal.

—De acuerdo.

Minutos más tarde estábamos sentados a una de las mesas plegables.

—Hay algunas patatas fritas pulverizadas y migas de sucedáneos —dijo.

—Es lo que como habitualmente.

—¿Cómo se encuentra LaManche?

Larke eligió lo que parecía ser atún sobre pan de trigo.

—Ha vuelto a ser el cascarrabias de siempre.

Como director de la unidad médico legal, Pierre LaManche era el homólogo de Larke Tyrell en el laboratorio de Montreal. Mis dos jefes se conocían desde hacía muchos años como miembros de la Asociación Nacional de Médicos Forenses y la Academia Americana de Ciencias Forenses. La primavera pasada LaManche había sufrido un infarto, pero ya estaba recuperado y se había reincorporado al trabajo.

—Me alegra mucho oírlo.

Mientras quitábamos el celofán de los bocadillos y destapábamos los refrescos recordé la aparición del forense en el lugar del accidente.

—¿Puedo preguntarte algo?

—Claro.

Me miró fijamente con sus ojos almendrados bajo la luz del sol que entraba por una ventana elevada.

—Por Dios, Larke, estoy bien, así que olvídate de tus diagnósticos de estrés. El teniente detective Ryan ya me molesta bastante con eso.

—Lo he notado. ¿Duermes bien?

—Como un bebé. ¿Cuál es la pregunta?

—Cuando el vicegobernador y tú llegasteis la semana pasada, ¿dónde aterrizó el helicóptero?

Sacudí la bolsa de patatas fritas y recogí los últimos fragmentos en la palma de la mano.

—Hay una casa a tiro de piedra del lugar del accidente. Al piloto le gustó el aspecto de la tierra y decidió aterrizar allí.

—¿Hay una pista de aterrizaje?

—No, claro que no, es sólo un claro del bosque. Pensé que Davenport iba a ensuciar sus Calvin Klein, estaba aterrado. —Larke sonrió—. Parecía una escena sacada de «MASH». Triggs seguía insistiendo en que regresáramos y el piloto le decía, «Sí, señor, sí señor», y luego dejó aquel pájaro exactamente allí donde quería.

Me llevé los restos de patatas fritas a la boca.

—Luego nos abrimos paso hasta el lugar del accidente. Yo diría que caminamos medio kilómetro.

—¿Es una casa?

—Una cabaña vieja o algo así. La verdad es que no presté mucha atención.

—¿Pudiste ver algún camino?

Sacudió la cabeza.

—¿Por qué tantas preguntas?

Le hablé del pie.

—No vi ningún cementerio, pero no hay nada malo en ir a echar un vistazo por la zona. ¿Estás segura de que eran coyotes?

—No.

—Ten cuidado; llévate una radio y un spray de defensa personal.

—¿Crees que los coyotes cazan de día?

—Los coyotes cazan siempre que les apetece.

Fantástico.

El árbol oficial de Carolina del Norte es el pino palustre, la flor oficial es la del sanguino. También gozan de honor la pesca del sábalo, las percas de agua salada y las tortugas. Los ponis salvajes de Shakleford Banks y el puente colgante de la Grandfather Mountain, el más alto del país, son el orgullo del estado.

La frontera de Carolina del Norte limita, por el oeste, con la zona sur de los Apalaches y va atravesando colinas, tierras pantanosas y playas hasta llegar al archipiélago de islas de la costa este. Baja desde el Mount Mitchell, en los Apalaches, hasta el océano. Desde Blowing Rock hasta Cabo del Miedo. Desde el desfiladero Linville hasta la isla de Bald Head.

La variada geografía de Carolina del Norte hace que sus habitantes sean muy distintos entre sí. Los de las tierras altas hacen excursiones por las montañas en bicicleta, vuelan en ala delta, bajan rápidos, hacen escalada, y cuando llega el invierno practican el esquí y el snowboard. Los menos temerarios juegan al golf, van a las ferias de anticuarios, escuchan bluegrass o simplemente disfrutan del paisaje.

Los que viven cerca de la costa prefieren respirar el aire salado y disfrutar de la cálida arena, las grandes olas del Atlántico o pescar. La temperatura es siempre agradable, por eso los que viven ahí no llevan nunca guantes ni necesitan cadenas para la nieve. Exceptuando algún tiburón despistado o algún caimán traicionero, la fauna es inofensiva. Por supuesto, también se juega al golf en esta zona.

Mientras que la fuerza de las corrientes de los ríos, las cascadas y los enormes árboles me atemorizan, el mar me devuelve la calma. Prefiero los sitios en los que puedes llevar simplemente unos pantalones cortos y una camiseta. Un catálogo de bañadores me hace feliz. Teniendo todo esto en cuenta es lógico que prefiera la playa.

Iba pensando en esto mientras rodeaba los campos llenos de escombros. El día era claro y corría una ligera brisa que hacía que el hedor del desastre fuera menos intenso. A pesar de que se habían recuperado muchos cuerpos y que eran pocos los que todavía seguían esparcidos por el suelo, el escenario no había cambiado demasiado. Las figuras con uniforme seguían deambulando, gateando entre los restos, aunque, ahora, algunos llevaban las siglas del FBI.

Encontré a Larke rebuscando por el bosque. Aunque el sol ya estaba alto y calentaba bastante, noté que la temperatura a la sombra bajaba considerablemente. Cogí el camino que había seguido la semana anterior, de vez en cuando me paraba y escuchaba. Las ramas chocaban entre sí y los cuerpos esparcidos por el suelo emitían ligeros ruidos. Un pájaro carpintero repetía incansablemente una melodía machacona.

Llevaba una chaqueta de un amarillo chillón con la que era imposible pasar inadvertida, aunque esperaba que precisamente ese color pudise paralizar a los coyotes. Si eso no funcionaba borraría del mapa a esas bestias peludas. Apreté con fuerza el spray de defensa que llevaba en el bolsillo.

Al llegar al tronco caído donde había estado sentada, apoyé una rodilla en tierra y examiné el suelo del bosque. Luego me levanté y miré a mi alrededor. Aparte de la rama que había utilizado como improvisado bate de béisbol, no había ningún rastro de mi aventura con los canes.

Eché a andar a través del sutil pasillo vegetal. El terreno era ligeramente cóncavo y tenía que caminar con cuidado para no torcerme un tobillo al pisar una piedra oculta bajo las hojas. Aunque más baja que los matorrales de los márgenes, por momentos la vegetación me llegaba casi a las rodillas.

Mis ojos no dejaban de mirar hacia todos lados, buscando cruces o señales de entierros. La casa que había mencionado Larke significaba un asentamiento humano y yo sabía que las viejas casas de campo incluían a menudo cementerios familiares. Un verano había dirigido una excavación en la cima de Chimney Rock. Aunque nuestra intención era cavar solamente en la cabaña, descubrimos un pequeño cementerio que no figuraba en ningún documento. Recordé de pronto que también había serpientes venenosas y culebras.

Continué avanzando a través de las sombras frías, mientras mi ropa se enganchaba en las espinas y las ramas y los insectos se lanzaban sobre mi rostro. Las ráfagas de viento hacían bailar las sombras y alteraban las formas que me rodeaban. Entonces, sin previo aviso, los árboles dieron paso a un pequeño claro. Cuando salí nuevamente a la luz del sol, un ciervo de cola blanca levantó la cabeza, me miró fijamente y luego desapareció.

Un poco más adelante había una casa, la parte trasera apoyada contra un risco de piedra que se alzaba varios cientos de metros. La estructura presentaba paredes gruesas, una línea de buhardillas y un techo inclinado con amplios salientes. Un porche cubierto ocultaba el frente de la casa y una curiosa pared de piedra asomaba desde detrás del flanco izquierdo.

Agité los brazos. Esperé. Llamé. Volví a agitar los brazos.

Ninguna voz, ningún ladrido como respuesta. Ni tan sólo algún sonido a modo de bienvenida.

Volví a gritar, esperando que un campesino de *Defensa*,[4] no me tuviese en su punto de mira.

Silencio.

Con los banjos batiéndose en duelo en mi cabeza[5] comencé a atravesar el prado que me separaba de la casa. Aunque fuera del círculo de árboles la luz era cegadora, dejé las gafas de sol en el bolsillo. Además de campesinos rústicos y primitivos, estas

---

4. Película dirigida por John Boorman en la que un grupo de amigos decide recorrer los rápidos de una región montañosa que pronto quedará cubierta por un enorme pantano. Su aventura de fin de semana se convertirá en una pesadilla al toparse con unos violentos y primitivos habitantes de la zona. *(N. del t.)*

5. En una escena de la película, uno de los miembros del grupo mantiene una especie de duelo tocando la guitarra mientras otro de los chicos, de una familia de campesinos, toca el banjo. *(N. del t.)*

montañas albergaban a partidarios de la supremacía blanca y grupos paramilitares. Los extraños no eran bienvenidos.

Pude comprobar que la naturaleza había recuperado los alrededores de la casa. Lo que en otro tiempo había sido un prado o un jardín estaba ahora cubierto con altos alisos blancos, alerces, abedules de Carolina y numerosos matorrales que no supe reconocer. Más allá de los matorrales, álamos, magnolios, robles, hayas y pinos blancos se mezclaban con árboles desconocidos para mí. El kudzu lo cubría todo con enmarañadas telarañas verdes.

Mientras me dirigía hacia los escalones del frente, se me puso la piel de gallina y una sensación de inquietud me envolvió como un manto frío y húmedo. Sobre el lugar parecía pender una amenaza. ¿Nacía de la madera oscura y gastada, de las ventanas cruzadas con tablones, o de la jungla de vegetación que mantenía la casa bajo una penumbra permanente?

—¿Hola?

Sentí que se me aceleraba el pulso.

No había ni perros ni montañeros.

Una mirada me bastó para saber que la casa no se había construido de cualquier manera. O recientemente. Era tan sólida como la prisión londinense de Newgate. Aunque dudaba que George Dance se hubiera encargado de dibujar los planos, estaba claro que compartía con el arquitecto de la prisión su desinterés por las vistas exteriores. No había paredes de cristal que privilegiaran el paisaje de la montaña. No había claraboyas. Tampoco galerías. Construido en piedra y gruesos tablones inmaculados, el lugar había sido emplazado claramente para cumplir una función específica. No podía afirmar si había sido visitado por última vez a finales del verano o por la Gran Depresión.

O si en este momento había alguien en su interior, observando mis movimientos a través de una grieta o un agujero en las paredes.

—¿Hay alguien en casa?

Nada.

Subí al porche y llamé a la puerta.

—¿Hola?

Ningún movimiento dentro de la casa.

Me acerqué hacia una de las ventanas y traté de mirar a través de los postigos. Un material oscuro y pesado ocultaba el interior. Giré la cabeza buscando otro ángulo para mirar mejor hasta que el cuerpo peludo de una araña me hizo saltar hacia atrás.

Bajé los escalones, rodeé la casa por un sendero de piedras invadido por las hierbas y pasé por debajo de un arco hasta llegar a un oscuro y pequeño patio. El cercado estaba rodeado por muros de piedra de dos metros de alto coronados por arbustos de lilas, cuyas hojas oscuras contrastaban con los verdes y amarillos del bosque que se extendía unos metros más allá. Excepto por la presencia de musgo, nada crecía en el suelo compacto y húmedo. El pequeño y frío patio interior parecía absolutamente incapaz de sustentar forma alguna de vida.

Volví la mirada nuevamente hacia la casa. Un cuervo describió un pequeño círculo y se posó en una rama cercana, una pequeña silueta negra contra el brillante azul del cielo. El pájaro negro graznó un par de veces, hizo un chasquido con el pico y luego bajó la cabeza en mi dirección.

—Dile a la señora de la casa que he pasado por aquí —dije, con más seguridad de la que realmente sentía.

El cuervo me observó durante un momento y luego alzó el vuelo.

Al volverme, creí ver un destello de luz reflejado en un trozo de cristal roto. Me quedé inmóvil. ¿Había visto movimiento en una de las ventanas de la planta superior? Esperé unos minutos. Nada se movió.

El patio sólo tenía una entrada, de modo que volví sobre mis pasos y examiné la parte más alejada de la propiedad. Los matorrales también cubrían el espacio que separaba la casa del bosque, terminando en una jungla de malvarrosas muertas que inundaban los cimientos. Recorrí el lugar, pero no vi ninguna evidencia de cementerios, intactos o excavados. Mi único descubrimiento fue una barra de metal rota.

Frustrada, regresé al porche delantero, inserté la barra entre los postigos y empujé suavemente. La ventana no cedió. Aumenté la presión, por curiosidad, pero sin querer causar daño. La madera era sólida y no se movió.

Miré mi reloj. Las dos cuarenta y cinco. Todo esto era inútil. Y estúpido, si la propiedad no estaba abandonada. Si los propietarios existían, estaban fuera o querían que así lo pareciera. Yo estaba cansada, sudada y sentía el escozor de miles de diminutos rasguños.

Y, debía admitirlo, el lugar me ponía los pelos de punta. Aunque sabía que mi reacción era irracional, tenía la sensación de que el mal rondaba la casa. Decidí preguntar en el pueblo, lancé la barra de metal y regresé al lugar del accidente.

Mientras me dirigía hacia el depósito, pensé en aquella misteriosa casa. ¿Quién la había construido? ¿Por qué? ¿Y qué era lo que me había resultado tan inquietante?

7

Ryan me estaba esperando cuando llegué a High Ridge House poco después de las nueve. No le vi hasta que habló.

—Parece que hubo una explosión.

Me detuve con la mano apoyada en el tirador de la puerta mosquitera.

—Ahora no, Ryan.

—Jackson hará una declaración mañana.

Me volví hacia el columpio que había en el porche. Ryan tenía un pie apoyado en la barandilla y se impulsaba lentamente adelante y atrás. Cuando dio una calada al cigarrillo, un tenue brillo rojizo le iluminó la cara.

—¿Estás seguro?

—Tanto como de que Madonna no es virgen.

Dudé un momento, deseaba obtener noticias de la investigación, pero desconfiaba del portador.

—Ha sido realmente un día horrible, Brennan. Te pido disculpas por mi pésimo comportamiento.

Aunque no tenía mucho tiempo para pensar en ello, nuestra confrontación del mediodía me había hecho tomar una decisión. Estaba rebasando el cúmulo de desastres que había sido mi relación con Ryan. En lo sucesivo nuestra relación sería estrictamente profesional.

—Cuéntame.

Ryan movió ligeramente el columpio.

Me acerqué a él pero permanecí de pie.

—¿Por qué una explosión?

—Siéntate.

—Si se trata de un cebo, ya puedes...

—Hay indicios de *cratering* y penetración de fibras.

Bajo la tenue luz de la bombilla que oscilaba sobre nuestras cabezas, el rostro de Ryan parecía sin vida. Dio una profunda calada y luego arrojó la colilla hacia los helechos de Ruby. Observé las chispas que lanzaba el diminuto cometa al surcar el aire a través de la oscuridad, imaginando la caída a plomo del vuelo 228 de TransSouth Air.

—¿Quieres oírlo?

Coloqué la mochila entre ambos y me senté en el columpio.

—¿Qué es *cratering*?

—Es un fenómeno que se produce cuando un sólido o un líquido se convierte súbitamente en un gas.

—Como en una detonación.

—Sí. Una explosión eleva la temperatura miles de grados y provoca ondas expansivas que crean un efecto de barrido de gas en las superficies metálicas. Así es como lo describieron los expertos del grupo de explosivos. En la reunión de hoy nos mostraron numerosas diapositivas. Es como una piel de naranja.

—¿Han encontrado pruebas de eso?

—Han descubierto rastros en numerosos fragmentos. Y también bordes enrollados, que es otro de los indicadores.

Movió nuevamente el columpio impulsándolo con el pie apoyado en la barandilla.

—¿Qué es penetración de fibras?

—Han encontrado fibras de algunos materiales lanzadas a través de otros materiales que no han sufrido daños. Todo esto con microscopios muy potentes, por supuesto. También están encontrando fracturas y fundición provocadas por el calor en los extremos de algunas fibras.

Otra oscilación del columpio y sentí nuevamente el sabor de la ensalada griega que había comido después de salir del depósito.

—No muevas el columpio.

—Algunas de las ampliaciones son realmente asombrosas.

Cerré la cremallera de la cazadora y hundí las manos en los bolsillos. Aunque los días aún eran cálidos, las noches comenzaban a ser más frías.

—O sea, que las perforaciones y los bordes enrollados de los trozos metálicos y la fundición por el calor y la penetración de fibras, significan que hubo una explosión. Las heridas en las pantorrillas coinciden con ese diagnóstico.

—Y también el hecho de que una gran parte del fuselaje llegase a tierra intacto.

Apoyé un pie en la barandilla para detener el movimiento del columpio.

—Todo indica que se produjo una explosión.

—¿Provocada por qué?

—Una bomba. Un misil. Un fallo mecánico. La Unidad de Seguridad de Explosivos Aéreos de la FAA realizará un análisis cromatográfico a fin de determinar qué productos químicos podrían estar presentes, y también radiofotografía y difracción de rayos X para identificar las especies moleculares. Y una cosa más. ¡Ah, sí! Espectrofotometría por infrarrojos. No estoy seguro para qué sirve, pero tiene un bonito nombre. Es decir, si pueden realizar el trabajo lejos del laboratorio criminal del FBI.

—¿Un misil?

Era la primera vez que se mencionaba esa posibilidad.

—No es probable pero se ha sugerido. ¿Recuerdas el follón que se produjo cuando se habló de que tal vez un misil había sido el responsable del desastre del vuelo 800 de la TWA? Pierre

Salinger apostó sus pelotas a que la Marina era la responsable de la caída del aparato.

Asentí.

—Y estas montañas albergan numerosos grupos de milicias paramilitares. Tal vez los chicos de la basura blanca de Eric Rudolph visitaron el mercado de armas y compraron un juguete nuevo.

Se buscaba a Rudolph por su relación con una serie de ataques contra clínicas abortistas, y era sospechoso del atentado con explosivos durante la celebración de los Juegos Olímpicos de Atlanta de 1996. Los rumores insistían en que había huido y había buscado refugio en estas montañas.

—¿Alguna idea de dónde se produjo la explosión?

—Es demasiado pronto para decirlo. El grupo de documentación del interior de la cabina está confeccionando un gráfico de los daños de los asientos que ayudará a establecer el lugar exacto de la explosión.

Ryan se empujó con los pies, pero mantuve el columpio en su sitio.

—Nuestro grupo está haciendo lo mismo con heridas y fracturas. En este momento todo parece indicar que las peores heridas se produjeron en la parte posterior del avión.

Los antropólogos y los patólogos estaban realizando un diagrama con la distribución de los traumas por asiento.

—¿Qué hay del grupo del radar?

—Nada fuera de lo común. Una vez que hubo despegado, el avión se dirigió hacia el nordeste desde el aeropuerto hacia Athens. El centro de control de tráfico aéreo de Atlanta se hace cargo de los vuelos hasta Winston-Salem, desde ahí es la torre de control de Washington la que lo asume, de modo que el avión jamás abandonó el control de tráfico aéreo de Atlanta. El radar muestra una llamada de emergencia por parte del piloto a los veinte minutos y treinta segundos de haber despegado. Aproximadamente noventa segundos más tarde se rompió en dos, posiblemente en tres piezas y desapareció de la pantalla.

Unos faros aparecieron en la base de la montaña. Ryan y yo los observamos mientras ascendían a través de la oscuridad, giraban en el camino de entrada a la posada y se dirigían hacia el prado que había a la izquierda de la casa. Un momento después, una figura se materializó en el sendero. Cuando cruzó delante de nosotros, Ryan rompió el silencio.

—¿Un día duro?

—¿Quién está ahí?

El hombre era apenas una mancha difusa contra el negro del cielo.

—Andy Ryan.

—Hola, buenas noches, señor. Había olvidado que usted también se alojaba aquí.

La voz sonaba como si llevase años bebiendo whisky. Todo lo que podía discernir de su dueño era que se trataba de un hombre fornido que llevaba una gorra.

—El gel de ducha con fragancia a lilas es mío.

—Lo tendré en cuenta, detective Ryan.

—Le invitaría a una cerveza, pero el bar acaba de cerrar.

El hombre subió al porche, acercó una silla hasta colocarla delante del columpio, dejó una bolsa de deportes junto a ella y se sentó. La tenue luz reveló una nariz carnosa y mejillas moteadas de finas venitas rotas.

Cuando nos presentaron, el agente especial Byron McMahon del FBI se quitó la gorra y se inclinó ligeramente. Tenía el pelo blanco y espeso, levantado en el centro como la cresta de un gallo.

—Ésta corre de mi cuenta.

McMahon abrió la bolsa y sacó una caja de seis latas de cerveza.

—Licor del demonio —dijo Ryan, cogiendo una cerveza de la caja.

—Sí —convino McMahon—. Bendito sea.

Agitó una lata ofreciéndomela.

Hacía tiempo que no había deseado tanto algo. Recordé la sensación de la bebida filtrándose a través de mis venas, la ola de calor creciendo en mi interior a medida que las moléculas de alcohol se mezclaban con las mías. La sensación de alivio, de bienestar.

Pero había aprendido unas cuantas cosas acerca de mí misma. Me había llevado años, pero ahora comprendía que esos momentos eran como un reto a Baco. Aunque anhelaba ese momento de liberación, sabía que la euforia sería sólo temporal, mientras que la ira y la recriminación durarían mucho tiempo. No podía beber.

—No, gracias.

—Hay muchas en el lugar de donde vienen estas latas.

—Ése es el problema.

McMahon sonrió, abrió una lata y dejó las otras en su bolsa.

—¿Qué piensa el FBI? —preguntó Ryan.

—Algún hijo de puta voló el avión en el aire.

—¿A quién apunta el FBI?

—Tus muchachos motoristas cotizan alto en muchas apuestas. El tal Petricelli era un rufián de mala muerte que tenía serrín en el cerebro, pero con buenos contactos.

—¿Y?

—Podría tratarse de un golpe por parte de profesionales.

La brisa hizo balancear las cestas de mimbre de Ruby y las sombras negras danzaron sobre las barandillas y las tablas del suelo.

—Aquí hay otro dato. La señora Martha Simington ocupaba el asiento 1A. Hace tres meses Haskell Simington concertó un seguro de vida de su esposa por dos millones de dólares.

—Eso es mucha calderilla.

—Recorrió un largo camino para aliviar el dolor de su marido. Ah, olvido mencionar un detalle. Hacía cuatro años que la pareja vivía separada.

—¿Ese Simington está lo bastante chiflado para cargarse a ochenta y ocho personas? —Ryan bebió su Coors y lanzó la lata a la bolsa de McMahon.

—Estamos empezando a conocer muy bien a ese pájaro de Simington.

McMahon imitó el gesto de Ryan con su lata vacía.

—Aquí va otro argumento: el asiento 12F estaba ocupado por un chico de diecinueve años llamado Anurudha Mahendran. Era un estudiante extranjero originario de Sri Lanka y jugaba de portero en el equipo de fútbol.

McMahon sacó otras dos latas y le dio una a Ryan.

—En Sri Lanka, el tío de Anurudha trabaja para la radio Voz de los Tigres.

—¿De los Tigres tamiles?

—Sí, señora. Parece que el tío era un bocazas y seguro que el gobierno estaría encantado de que tuviera algún tipo de enfermedad terminal.

—¿Sospecha del gobierno de Sri Lanka?

Estaba asombrada.

—No. Pero hay extremistas en ambos lados.

—Si no puedes persuadir al tío, ve a por el sobrino. Envía un mensaje.

Ryan abrió la lata con un chasquido.

—Puede ser una suposición un tanto aventurada, pero tenemos que considerarla. Sin olvidar nuestros recursos locales, naturalmente.

—¿Recursos locales? —pregunté.

—Dos predicadores rurales que viven cerca de aquí. El reverendo Isaiah Claiborne jura que el reverendo Luke Bowman derribó el avión. —Otro chasquido metálico—. Son vendedores rivales de serpientes.

—¿Vendedores de serpientes?

Ignoré la pregunta de Ryan.

—¿Claiborne fue testigo de algo?

—Él insiste en que vio una estela blanca que partía desde la parte trasera de la casa de Bowman, seguida de una explosión.

—¿El FBI le toma en serio?

McMahon se encogió de hombros.

—La hora concuerda. El lugar sería el correcto según la trayectoria que llevaba el avión.

—¿Qué serpientes? —insistió Ryan.

—¿Alguna información sobre las grabaciones de voz?

Decidí pasar a otro tema, no quería oír ningún otro comentario acerca del fervor espiritual de nuestros vecinos de las montañas.

—Las llamadas fueron efectuadas por un hombre blanco norteamericano sin ningún acento especial.

—¿A cuántos millones reduce las posibilidades?

Advertí un ligero movimiento en los ojos de McMahon, como si estuviese considerando seriamente la cuestión.

—Unos cuantos.

McMahon acabó la segunda cerveza, aplastó la lata y la añadió a su creciente colección. Se levantó de la silla, nos deseó buenas noches a los dos y se dirigió a la puerta principal. Se oyó el tintineo de las campanillas y un momento más tarde se encendió una luz en una de las ventanas de arriba.

Excepto por el débil crujido de los tiestos de mimbre de Ruby, el porche estaba en un completo silencio. Ryan encendió un cigarrillo.

—¿Fuiste a explorar el territorio de los coyotes?

—Sí.

—¿Y?

—No había coyotes. Ningún ataúd a la vista.

—¿Encontraste algo interesante?

—Una casa.

—¿Quién vive allí?

—Hansel y Gretel y la bruja caníbal. —Me levanté—. ¿Cómo diablos quieres que lo sepa?

—¿Había alguien en la casa?

—Nadie salió corriendo a ofrecerme una taza de té.

—¿El lugar está abandonado?

Me llevé la mochila al hombro y consideré la pregunta.

—No estoy segura. Alguna vez hubo jardines en la casa, pero han desaparecido bajo la maleza. La construcción de la casa es tan sólida que resulta difícil saber si alguien la conserva o simplemente es inmune al paso del tiempo.

Ryan esperó.

—Hay algo curioso. Desde la parte delantera, el lugar no se diferencia de cualquier otra casa de montaña con la pintura descascarada. Pero en la parte de atrás tiene un recinto amurallado y un patio.

El rostro de Ryan se volvió fugazmente del color de los albaricoques, medio oculto entre las sombras.

—Háblame de esos vendedores de serpientes. ¿Tenéis vendedores de serpientes en Carolina del Norte?

Estaba a punto de ignorar nuevamente la pregunta cuando se oyó otra vez el tintineo de las campanillas de la puerta. Alcé la vista, esperando ver a McMahon, pero no apareció nadie.

—En otro momento.

Abrí la mosquitera y me encontré con que la pesada puerta de madera estaba entreabierta. Una vez dentro de la casa, la cerré detrás de mí y probé el tirador, esperaba que Ryan hiciera lo mismo. Luego, agotada, subí a Magnolia con la intención de ducharme y meterme en la cama. Ya estaba en el baño cuando alguien llamó suavemente a la puerta de la habitación.

Pensando que se trataría de Ryan adopté mi mirada fulminante preferida y abrí la puerta.

Ruby estaba en el pasillo, con una expresión solemne en su rostro cruzado por profundas arrugas. Llevaba una bata de franela gris, calcetines rosa y pantuflas marrones en forma de zarpas. Tenía las manos cruzadas a la altura del pecho y los dedos entrelazados con fuerza.

—Estoy a punto de acostarme —dije con una sonrisa.

Me miró severamente.

—Ya he cenado —añadí.

Alzó una mano, como si quisiera extraer algo del aire.

—¿Qué ocurre, Ruby?

—El diablo adopta muchas formas.

—Sí. —Necesitaba desesperadamente ducharme y dormir—. Pero estoy segura de que usted le lleva mucha ventaja.

Extendí la mano para tocarle el hombro, pero retrocedió y volvió a cruzar los brazos delante del pecho.

—Vuelan en compañía de Lucifer delante mismo de la divinidad. Blasfeman.

—¿Quién?

—Han robado las llaves del Hades y de la muerte. Como dice el Libro de las Revelaciones.

—Ruby, por favor, hable más claro.

Tenía los ojos abiertos como platos, húmedos y brillantes.

—Usted es de otra parte, de modo que no puede saberlo.

—¿Saber qué?

La irritación se hizo evidente en mi tono de voz. No me sentía con ánimo para descifrar parábolas.

—El diablo está aquí.

¿La cerveza?

—El detective Ryan y...

—Los hombres malvados se burlan del Todopoderoso.

Aquella conversación no iba a ninguna parte.

—Hablaremos de ello por la mañana.

Cogí el tirador de la puerta, pero con una mano me aferró el brazo. Los callos rascaron la manga de mi cazadora de nailon.

—Dios nuestro Señor ha enviado una señal.

Se acercó aún más.

—¡Muerte!

Liberándome suavemente de sus dedos huesudos, le di unas palmadas en la mano y entré en mi habitación. La observé mientras cerraba la puerta, su pequeño cuerpo inmóvil, el moño reptaba por su cráneo como una serpiente lenta y gris.

8

Al día siguiente se honraba a alguien. Cristóbal Colón, creo. Hacia media mañana se había convertido en una auténtica pesadilla.

Conduje hacia el depósito a través de una niebla tan densa que ocultaba las montañas y trabajé hasta las diez y media. Cuando hice una pausa para beber una taza de café, encontré a Larke Tyrell en la sala de personal. Esperé a que llenase una taza con lodo industrial y añadiese polvo blanco.

—Hay algo de lo que tenemos que hablar.

—Por supuesto.

—Aquí no. —Me miró durante unos segundos.

Aquella mirada significaba algo y sentí una punzada de ansiedad.

—¿De qué se trata, Larke?

—Ven.

Cogiéndome del brazo me condujo fuera de la sala por la puerta trasera.

—Tempe, no sé cómo decirte esto.

Removió el café y una diminutas nubes iridiscentes se deslizaron a través de la superficie.

—Sólo tienes que decirlo.

Mi voz era tranquila y normal.

—Ha habido una denuncia.

Esperé.

—Me cuesta decirte esto. —Estudió su taza unos momentos y luego volvió a mirarme—. Se trata de ti.

—¿De mí?

No podía creerlo.

Asintió.

—¿Qué he hecho?

—La denuncia habla de conducta poco profesional capaz de comprometer la investigación.

—¿O sea?

—Entrar en el lugar del accidente sin autorización y manipular pruebas.

Le miré sin poder creer lo que acababa de escuchar.

—Y también irrupción ilegal.

—¿Irrupción ilegal?

Tenía la sensación de que algo se cerraba progresivamente alrededor de mis tripas.

—¿Estuviste fisgando alrededor de esa propiedad de la que hablamos?

—No fue irrupción ilegal. Sólo quería hablar con los propietarios.

—¿Intentaste forzar la entrada de la casa?

—¡Por supuesto que no!

Tuve una imagen fugaz de mí misma tratando de abrir uno de los postigos con una barra de metal oxidado.

—Y la semana pasada obtuve la autorización correspondiente para tener acceso al lugar del accidente.

—¿Quién te autorizó?

—Earl Bliss me envió allí. Tú lo sabes.

—Verás, ahí está el problema, Tempe. —Larke se frotó la barbilla—. No se solicitó la presencia del DMORT en esa zona.

Estaba aturdida.

—¿De qué modo he manipulado pruebas?

—Detesto incluso tener que preguntarte esto. —Volvió a frotarse la barbilla—. Tempe...

—Dispara.

—¿Recogiste algún resto sin anotarlo?

El pie.

—Te hablé de ello.

—No te alteres.

Hice una señal de control.

No dijo nada.

—Si hubiese dejado el pie en ese lugar, hoy sería excremento de coyote. Habla con Andrew Ryan. Él estaba allí.

—Lo haré.

Larke extendió la mano y me pellizcó el brazo.

—Arreglaremos esto.

—¿Te estás tomando este asunto en serio?

—No tengo alternativa.

—¿Por qué?

—Tú sabes que tengo a la prensa acosándome. Saltarán sobre este asunto como un sabueso sobre una liebre tuerta.

—¿Quién presentó la queja?

Hice un esfuerzo por contener las lágrimas.

—No puedo decírtelo.

Bajó la mano y echó un vistazo a la niebla que cubría el bosque. Ahora comenzaba a levantarse, revelando el paisaje de una forma lenta y ascendente. Cuando se volvió tenía una extraña expresión en la cara.

—Pero te diré que hay gente muy poderosa metida en este asunto.

—¿El Dalai Lama? ¿La Junta de Jefes del Estado Mayor?

La ira endurecía mi voz.

—No te enfades conmigo, Tempe. Esta investigación es noticia de primera página. Si hay problemas, nadie querrá hacerse responsable.

—De modo que me reservan en caso de que necesiten un chivo expiatorio.

—No es nada de eso. Es sólo que debo cumplir con los procedimientos adecuados.

Respiré profundamente.

—¿Y ahora qué?

Me miró fijamente y su voz se suavizó.

—Tendré que pedirte que te marches.

—¿Cuándo?

—Ahora.

Esta vez fui yo quien miró la niebla.

A mediodía High Ridge House estaba desierta. Dejé una nota para Ruby, agradeciéndole su hospitalidad y disculpándome por mi brusca partida y por mi indiferencia de la noche anterior. Luego recogí mis cosas, las metí en el Mazda y me alejé levantando una lluvia de grava.

Durante todo el viaje hasta Charlottesville me detenía y volvía a arrancar a toda velocidad, chillando en los semáforos y cambiando continuamente de carril en la autopista. Durante tres horas amenacé los parachoques de los otros coches e hice sonar insistentemente la bocina. Hablaba conmigo misma, probando algunas palabras. Detestable. Vil. Perverso. Los otros conductores evitaban mi mirada y me dejaban un montón de espacio.

Estaba furiosa y deprimida al mismo tiempo. La injusticia de una acusación anónima. La impotencia. Durante toda una semana había estado trabajando bajo unas condiciones brutales, viendo, oliendo y sintiendo la muerte. Lo había dejado todo por dedicarme a ese esfuerzo y luego me habían despedido como a un sirviente del que se sospecha que ha robado. Sin juicio. Sin la oportunidad de una explicación. Sin agradecimientos. Recoger y largarse.

Aparte de la humillación profesional, estaba la frustración personal. Aunque habíamos sido amigos durante años, y Larke sabía muy bien que yo era muy escrupulosa con respecto a la ética profesional, no me había defendido. Larke no era un hombre cobarde. Esperaba más de él.

La conducción temeraria había dado resultado. Al llegar a los suburbios de Charlottesville mi furia incontenible se había convertido en una fría determinación. Yo no había cometido ninguna acción punible y estaba decidida a limpiar mi nombre. Descubriría cuál había sido la causa de esa denuncia, la invalidaría y acabaría mi trabajo. Y me enfrentaría a mi acusador.

Mi casa vacía de la ciudad hizo pedazos esa determinación. Nadie que me recibiera. Nadie que me abrazara y me dijera que todo saldría bien. Ryan estaba tonteando con una tal Danielle, quienquiera que fuese esa mujer. Ryan me había dicho que no era asunto mío. Katy estaba con alguien, cuyo género no había especificado, y *Birdie* y Pete estaban en la otra punta de la ciudad. Dejé las cosas en el suelo, me eché en el sofá y lloré desconsoladamente.

Diez minutos más tarde yacía en silencio en el mismo lugar, sintiéndome como un niño que ha tenido un berrinche. No había conseguido nada y me sentía vacía. Me arrastré hasta el cuarto de baño, me soné la nariz y luego comprobé los mensajes telefónicos.

Nada que contribuyera a mejorar mi estado de ánimo. Uno de mis estudiantes. Vendedores. Mi hermana, Harry, llamando desde Texas. Una pregunta de mi amiga Anne: ¿Podríamos reunirnos para almorzar ya que Ted y ella se marchaban a Londres?

Genial. Ahora probablemente estaban comiendo en el Savoy mientras yo borraba sus palabras. Decidí ir a recoger a *Birdie*. Al menos tendría quien ronronear en mi regazo.

Pete sigue viviendo en la casa que habíamos compartido durante casi veinte años. Aunque es una propiedad que vale cientos de miles de dólares, la valla está reparada con un taco de madera y una portería se comba en el patio trasero como un mudo testimonio de los años en que Katy jugaba al fútbol. La casa está pintada, las canaletas del tejado están limpias y la hierba cortada por profesionales. Una chica de servicio se encarga del interior. Pero más allá del mantenimiento doméstico normal, mi ex esposo era un ferviente defensor del *laissez faire* y el remiendo rápido. No siente ninguna obligación de proteger los valores de la propiedad inmobiliaria. Yo solía preocuparme por las protestas del vecindario. La separación me relevó de esa tarea.

Una cara cubierta de pelo marrón me observó a través de la valla al entrar en el camino particular. Cuando bajé del coche, se arrugó y profirió un suave «¡rrup!».

—¿Está en casa? —pregunté, cerrando la puerta.

El perro bajó la cabeza y una lengua color púrpura asomó por la boca.

Rodeé la casa hasta la puerta principal y llamé al timbre. Nadie respondió.

Volví a llamar. Aún conservaba una llave pero prefería no usarla. Aunque hacía dos años que vivíamos separados, Pete y yo aún nos movíamos con mucha cautela para establecer el nuevo orden entre nosotros. El hecho de compartir las llaves implicaba una intimidad que yo no deseaba aceptar.

Pero era jueves por la tarde y Pete estaría en la oficina. Y yo quería recuperar mi gato.

Estaba revolviendo mi bolso cuándo se abrió la puerta.

—Hola, atractiva desconocida. ¿Necesita un lugar donde dormir? —dijo Pete, examinándome de arriba abajo.

Yo llevaba el conjunto caqui y las botas Doc Martens que me había puesto para trabajar en el depósito a las seis de la mañana.

Pete estaba impecable con su traje de tres piezas y sus mocasines de Gucci.

—Pensaba que estarías en la oficina.

Me pasé los nudillos bajo el rimmel de los párpados y eché un rápido vistazo al interior de la casa. Si veía a alguna mujer me moriría de humillación.

—¿Por qué no estás en el trabajo?

Pete miró a la izquierda, luego a la derecha, bajó la voz y me hizo un gesto de que me acercara, como si deseara compartir una información secreta.

—Cita con el fontanero.

No quería contemplar qué era lo que estaba tan mal para que el señor Manitas hubiese tenido que llamar a un experto.

—He venido a buscar a *Birdie*.

—Creo que está suelto.

Pete retrocedió y entré en el vestíbulo iluminado por la araña de mi tía abuela.

—¿Quieres una copa?

Lo taladré con una mirada que podría haber perforado el cemento. Pete había sido testigo de muchas de mis actuaciones dignas de un Oscar de la Academia.

—Sabes lo que quiero decir.

—Mejor una Coca-cola light.

Mientras Pete buscaba vasos y cubitos de hielo en la cocina, llamé a *Birdie*. El gato no apareció. Busqué en el salón, en el comedor y en el estudio.

En otro tiempo, Pete y yo habíamos vivido juntos en estas habitaciones, leyendo, hablando, escuchando música, haciendo el amor. Habíamos criado a Katy de bebé a niña y luego a adolescente, redecorando su habitación y adaptando nuestras vidas en cada etapa. Había contemplado cómo florecía y se marchitaba la madreselva a través de la ventana que había sobre el fregadero de la cocina, dando la bienvenida a cada nueva estación. Aquéllos habían sido tiempos de cuentos de hadas, una época en la que el sueño americano parecía real y alcanzable.

Pete volvió a aparecer, transformado de abogado elegante en yuppie informal. La chaqueta y el chaleco habían desaparecido, la corbata colgaba floja del cuello abierto de la camisa, que llevaba arremangada por debajo de los codos. Tenía muy buen aspecto.

—¿Dónde está *Bird*? —pregunté.

—Ha estado refugiado en el piso de arriba desde que llegó *Boyd*.

Me dio una jarra con la inscripción *Uz to mums atkal jaiedzer!* escrita a través del cristal. «¡Debemos volver a brindar por eso!», en letón.

—¿*Boyd* es el perro?

Asintió.

—¿Tuyo?

—Ése es un punto interesante. Toma asiento y compartiré contigo la historia de *Boyd*.

Pete buscó unas galletas en la cocina y se reunió conmigo en el sofá.

—*Boyd* pertenece a un tal Harvey Alexander Dineen, un caballero que hace poco necesitó de mis servicios como abogado. Completamente sorprendido por su arresto, y careciendo de familia, Harvey me pidió que cuidase de su perro hasta que se aclarase el malentendido con el Estado.

—¿Y tú accediste?

—Me agradó que tuviese confianza en mí.

Pete lamió la sal de una galleta, mordió la mitad y la acompañó con un generoso trago de cerveza.

—¿Y?

—*Boyd* suele estar un mínimo de diez minutos y un máximo de veinte. Imaginé que tendría hambre.

—¿Qué es?

—Él se cree un empresario. El juez le llamó estafador y criminal de carrera.

—Me refería al perro.

—*Boyd* es un chow-chow. O al menos la mayor parte de él lo es. Necesitaríamos solicitar un análisis de ADN para aclarar el resto.

Comió la otra mitad de la galleta.

—¿Has estado saliendo con algún cadáver interesante últimamente?

—Muy gracioso.

Mi rostro debió confirmarle que no lo era.

—Lo siento. Las cosas deben de ser duras allí arriba.

—Estamos trabajando en ello.

Hablamos de trivialidades durante unos cuantos minutos, luego Pete me invitó a cenar. La rutina de costumbre. Él preguntaba, yo decía que no. Pero hoy tenía la mente en las palabras de Larke, la aventura londinense de Anne y Ted y en mi apartamento vacío.

—¿Cuál es el menú?

Alzó las cejas en un gesto de absoluta sorpresa.

—Linguini con salsa vongole.

Una de las especialidades de Pete. Almejas enlatadas sobre tallarines demasiado cocidos.

—¿Por qué no saco unos filetes mientras tú te encargas del fontanero? Cuando las cañerías vuelvan a funcionar podemos asar la carne.

—Se trata del lavabo de arriba.

—Lo que sea.

—A *Bird* le hará bien comprobar que somos amigos. Creo que aún se siente culpable.

Ése era Pete.

Boyd se reunió con nosotros durante la cena, sentado a un lado de la mesa, los ojos clavados en los filetes y tocándonos ocasionalmente las rodillas con la pata para recordarnos su presencia.

Pete y yo hablamos de Katy, de viejos amigos y de los viejos tiempos. Me explicó algunos de sus litigios actuales y yo describí uno de mis casos recientes, un estudiante al que encontraron colgado en el granero de su abuela nueve meses después de que hubiera desaparecido. Me hacía bien comprobar que habíamos llegado a un punto en el que era posible mantener una conversación normal. El tiempo volaba y Larke y su queja se alejaban cada vez más de mis pensamientos.

Después de un postre de fresas sobre helado de vainilla, llevamos el café al estudio y encendimos el televisor para ver las noticias. Hablaban del accidente de la TransSouth Air.

En el mirador había una mujer de expresión abatida, las Great Smoky Mountains se extendían a su espalda, y hablaba de un torneo en el que treinta y cuatro deportistas jamás competirían. Informó de que aún se ignoraba la causa del accidente, si bien ya era casi seguro que se había producido una explosión en el aire. Hasta el momento se había conseguido identificar a cuarenta y siete víctimas y la investigación continuaba sin interrupción las veinticuatro horas del día.

—Me parece una buena idea que te hayan dado un respiro —dijo Pete.

No contesté.

—¿O acaso te enviaron ahí en misión secreta?

Sentí un temblor en el pecho y no aparté la mirada de mis Doc Martens.

Pete se acercó a mí y me alzó la barbilla con el índice.

—Eh, cariño. Era sólo una broma. ¿Estás bien?

Asentí, sin atreverme a hablar.

—No pareces estar muy bien.

—Estoy bien. En serio.

—¿Quieres hablarme de ello?

Supongo que quería hacerlo porque las palabras comenzaron a brotar solas. Le hablé de los días en el lugar del accidente, de los coyotes y de mis intentos de determinar el origen del pie, de la denuncia anónima y de mi despido. Le hablé de todo lo que había pasado, excepto de Andrew Ryan. Cuando acabé mi relato, tenía los pies debajo de las nalgas y apretaba con fuerza un cojín contra el pecho. Pete me miraba fijamente.

Durante un momento ninguno de los dos abrió la boca. El reloj de pared retumbaba en la pared del estudio y me pregunté absurdamente quién se encargaría de darle cuerda.

Tic. Tac. Tic. Tac.

—Bueno, ha sido divertido —dije extendiendo las piernas.

Pete me cogió la mano sin dejar de mirarme.

—¿Qué piensas hacer?

—¿Qué puedo hacer? —contesté irritada apartando la mano.

Me sentía incómoda por todo lo que había explicado y temía lo que seguro vendría a continuación. Pete siempre daba el mismo consejo cuando estaba irritado con los demás. «Que los jodan.»

Me sorprendió.

—Tu jefe del DMORT aclarará ese asunto de haber entrado en el área del accidente. El pie es fundamental para el resto. ¿Había alguien en ese lugar cuando lo recogiste?

—Había un policía cerca de allí.

Clavé la mirada en el cojín.

—¿Local?

Sacudí la cabeza.

—¿Vio los coyotes?

—Sí.

—¿Sabes quién es?

Desde luego.

Asentí.

118

—Eso debería aclararlo todo. Asegúrate de que ese policía hable con Tyrell y le describa la situación. —Se echó hacia atrás—. La cuestión de la irrupción ilegal será más dificil.

—Yo no entré ilegalmente en ninguna parte —dije acaloradamente.

—¿Crees que ese pie es muy importante?

—Creo que no coincide con ninguno de los pasajeros de la lista. Por esa razón estaba echando un vistazo cerca de la casa.

—Por la edad.

—En parte. También parecía estar más descompuesto.

—¿Puedes probar la edad?

—¿A qué te refieres?

—¿Estás completamente segura de que ese pie pertenece a una persona mayor?

—No.

—¿Existe alguna otra prueba que pueda establecer con mayor exactitud tu cálculo de la edad?

Pete, el abogado.

—Comprobaré la histología una vez que se hayan examinado las muestras.

—¿Cuándo será eso?

—La preparación de las diapositivas es...

—Ve allí mañana mismo. Consigue esas diapositivas. No te marches hasta que no tengas la talla de camisa de ese tío y el nombre de su corredor de apuestas.

—Podría intentarlo.

—Hazlo.

Pete tenía razón. Me estaba comportando como una novata.

—Luego identifica al hombre del pie y méteselo a Tyrell por el culo.

—¿Cómo hago eso?

—Si el pie no procedía del avión, debe de pertenecer a alguien de por allí.

Esperé.

—Comienza por averiguar a quién pertenece esa propiedad.

—¿Y cómo hago eso?

—¿El FBI ha examinado el lugar?

—Están participando en la investigación del accidente, pero hasta que no exista una prueba tangible de sabotaje, el FBI no está oficialmente a cargo del caso. Además, considerando mi situación actual, dudo que compartan sus teorías conmigo.

—Entonces investiga por tu cuenta.

—¿Cómo?

—Comprueba el título de propiedad y los registros de impuestos del tribunal del condado.

—¿Puedes echarme una mano?

Tomé notas mientras Pete hablaba. Cuando acabó, mi determinación había vuelto. Basta de lamentos y autocompasión, examinaría ese pie hasta conocer todos los detalles de la vida de su dueño. Luego averiguaría de dónde procedía, le añadiría una identificación y se lo pegaría en la frente a Tyrell.

—Te lo agradezco mucho, Pete.

Me incliné y le besé en la mejilla. Sin dudarlo, Pete me atrajo hacia él. Antes de que pudiese apartarme, me devolvió el beso en la mejilla, luego otro, luego sus labios se deslizaron por el cuello, la oreja y la boca. Pude oler la familiar mezcla de sudor y Aramis, y un millón de imágenes se agolparon en mi cerebro. Sentía los brazos y el pecho que había conocido durante veinte años, que alguna vez sólo me habían abrazado a mí.

Me encantaba hacer el amor con Pete. Siempre había sido así, desde aquel terremoto mágico en su diminuta habitación en la Clarke Avenue en Champaign, Illinois, hasta los últimos años, cuando se volvió más lento, más profundo, una melodía que yo conocía tan bien como las curvas de mi propio cuerpo. Hacer el amor con Pete era algo envolvente. Era pura sensación y abandono absoluto. Y eso era lo que necesitaba ahora. Necesitaba eso que era familiar y consolador, la aniquilación de mi conciencia, la detención del tiempo.

Pensé en mi apartamento silencioso y vacío. Pensé en Larke y su «gente poderosa», en Ryan y la desconocida Danielle, en la separación y la distancia. Entonces la mano de Pete se deslizó hacia mis pechos.

Que los jodan a todos, pensé.

Luego no pensé en nada más.

9

Me desperté con el insistente sonido de un teléfono. Pete había cerrado las persianas y la habitación estaba tan oscura que necesité oír varias llamadas para poder localizarlo.

—*Reúnete conmigo esta noche en Providence Road Sundries y te invitaré a una hamburguesa.*

—Pete, yo...

—*Está bien, ya veo que no te apetece. Encontrémonos en Bijoux.*

—No se trata del restaurante.

—*¿Mañana por la noche?*

—Creo que no.

La línea permaneció un momento en silencio.

—*¿Recuerdas cuando se averió el Volkswagen e insistí en que continuásemos el viaje?*

—De Georgia a Illinois sin faros delanteros.

—*No me dirigiste la palabra durante casi mil kilómetros.*

—No es lo mismo, Pete.

—*¿No lo pasaste bien anoche?*

Había sido maravilloso.

—No se trata de eso.

Se oyeron algunas voces de fondo y miré el reloj. Las ocho y diez.

—¿Estás trabajando?

—*Sí, señora.*

—¿Por qué me has llamado?

—*Me pediste que te despertase.*

—Oh. —Una vieja rutina—. Gracias.

—*No hay problema.*

—Y gracias por cuidar de *Birdie.*

—*¿Ya ha dado señales de vida?*

—Brevemente. Parece inquieto.

—*El viejo* Bird *tiene nuevas costumbres.*

—A *Birdie* nunca le gustaron los perros.

—*O los cambios.*

—O los cambios.

—*Algunos cambios son buenos.*

—Sí.

—*Yo he cambiado.*

Ya había escuchado antes esas mismas palabras. Las había dicho después de acudir a una cita con un periodista de tribunales tres años antes, por una historia con un corredor de fincas. No esperaba que las repitiese.

—*Aquélla fue una mala época para mí* —continuó.

—Sí. Para mí también.

Colgué el teléfono y tomé una larga ducha, reflexionando sobre nuestros defectos. Pete siempre estaba allí cuando yo necesitaba consejo, apoyo y consuelo. Había sido mi cojín de seguridad, la calma que yo necesitaba después de un día de tormenta. Nuestra ruptura había sido devastadora, pero también había sacado a la luz una fuerza que yo jamás había sospechado que tenía.

O utilizado alguna vez.

Cuando me hube secado y envuelto el pelo con una toalla, me estudié detenidamente delante del espejo.

Pregunta: ¿En qué estaba pensando la noche anterior?

Respuesta: No pensaba. Estaba irritada, dolida, vulnerable y sola. Y hacía mucho tiempo que no había tenido relaciones con nadie.

Pregunta: ¿Volvería a suceder?

Respuesta: No.

Pregunta: ¿Por qué no?

¿Por qué no? Aún amaba a Pete. Le había amado desde la primera vez que mis ojos se posaron sobre él, descalzo y con el pecho desnudo sentado en la escalinata de la biblioteca de la Facultad de Derecho. Le había amado mientras me mentía sobre Judy y luego Ellen. Le había amado mientras metía mis cosas en una maleta y me marchaba de nuestra casa hace dos años.

Y obviamente seguía encontrándole terriblemente sexy.

Mi hermana, Harry, tiene una expresión acertada. Tonta del culo. Aunque amo a Pete y lo encuentro sexy, no soy una tonta del culo. Por eso no volvería a suceder.

Limpié con la mano el vapor que empañaba el espejo, recordaba a la antigua yo mirándome ahí mismo. Cuando nos mudamos a esa casa llevaba el pelo rubio, largo y liso sobre los hombros. Ahora lo llevo corto y ya no tengo el aspecto de una surfista. Pero las canas comienzan a invadirme el pelo y pronto tendré que recurrir al tinte marrón de Clairol. Las arrugas han aumentado y se han vuelto más profundas alrededor de los ojos, pero mi barbilla aún se mantiene firme y mis párpados no se han caído.

Pete siempre dice que mi trasero era mi rasgo más destacado. Eso, también, ha permanecido en su sitio, aunque ahora requiere de algún esfuerzo. Pero, a diferencia de muchos de mis contemporáneos, ni tengo unas mallas de gimnasia Spandex ni he contratado los servicios de un entrenador personal. No tengo ni bicicleta estática ni cinta caminadora, ni máquina de musculación. No asisto a clases de aerobic o kickboxing y hace más de cinco años que no participo en una carrera organizada. Voy al gimnasio en camiseta y pantalones cortos del FBI, sujetos a la cintura con un cordel. Corro o nado, levanto pesos durante unos minutos y me marcho. Cuando hace buen tiempo salgo a correr por las calles y el parque.

También he tratado de controlar lo que como. Una ración diaria de vitaminas. Carne roja no más de tres veces por semana. Comida basura no más de cinco.

Estaba poniéndome las bragas cuando sonó el móvil. Corrí al dormitorio, volqué el contenido del bolso, cogí el teléfono y apreté el botón.

—*¿Dónde te has metido?*

La voz de Ryan me resultó absolutamente inesperada. Dudé un momento, las bragas en una mano, el teléfono en la otra, sin saber qué responder.

—*¿Hola?*

—Estoy aquí.

—*¿Aquí dónde?*

—En Charlotte.

Hubo una pausa. Ryan la rompió.

—*Todo esto es un montón de mier...*

—¿Has hablado con Tyrell?

—*Brevemente.*

—¿Le describiste la escena de los coyotes?

—*Con pelos y señales.*

—¿Y qué te dijo?

—*Gracias, señor.*

Ryan imitó el acento del examinador médico.

—Esto no ha sido idea de Tyrell.

—*Hay algo que no encaja en todo esto.*

—¿A qué te refieres?

—*No estoy seguro.*

—¿Qué es lo que no encaja?

—*Tyrell estaba nervioso. Hace apenas una semana que le conozco, pero no es un comportamiento normal en ese tío. Hay algo que no le deja en paz. Él sabe que tú no manipulaste los restos y también sabe que Earl Bliss te ordenó que vinieses la semana pasada.*

—¿Entonces quién está detrás de esa queja?

—*No lo sé, pero puedes estar segura de que lo averiguaré.*

—No es tu problema, Ryan.

—*No.*

—¿Algún avance en la investigación?

Cambié de tema. Oí el chasquido de una cerilla al encenderse, luego una profunda inhalación.

—*Simington comienza a parecer una buena elección.*

—¿El tío que había asegurado a su esposa en varios millones?

—*Es mejor que eso. El flamante viudo posee una compañía que se dedica a la construcción de autopistas.*

—¿Y?

—*Fácil acceso a plástico X.*

—¿Plástico X?

—*Explosivo plástico. Ese material se utilizó en Vietnam, pero ahora se vende a la industria privada para construcción, minería y demoliciones. Diablos, los granjeros pueden conseguirlo para volar tres tocones.*

—¿Los explosivos no se controlan estrictamente?

—*Sí y no. Las normas para su transporte son más severas que las relativas a su almacenamiento y uso. Si se está construyendo una autopista, por ejemplo, necesitas contar con un camión especial escoltado y una ruta previamente establecida que evite las áreas urbanas. Pero una vez que los explosivos han llegado a su destino se almacenan habitualmente en una bóveda móvil en medio de un campo con la palabra* explosivo *escrita en caracteres grandes y visibles.*

»*La compañía contrata a algún viejo como guarda y le paga el salario mínimo, principalmente para no tener problemas con el seguro. Esas bóvedas pueden ser robadas, cambiadas de lugar o simplemente desaparecer.*

Ryan dio una calada y expulsó el humo.

—*Se supone que los militares deben dar cuenta de cada gramo de esos explosivos, pero los tíos de la construcción no tienen que llevar un registro tan preciso. Digamos que alguien coge diez cartuchos, usa tres cuartas partes de cada uno y se guarda el resto. Nadie se entera. Todo lo que ese tío necesita es un detonador y ya está en el negocio. O puede vender el material en el mercado negro. Siempre hay demanda de explosivos.*

—Suponiendo que Simington haya robado explosivos, ¿podría haberlos subido a bordo del avión?

—*Aparentemente no es tan difícil. Los terroristas acostumbraban coger el plástico, lo aplanaban hasta que tuviese el grosor de un fajo de billetes y lo guardaban en la cartera. ¿Cuántos guardias de seguridad comprueban los billetes que uno lleva en la cartera? Y actualmente puedes conseguir un detonador eléctrico del tamaño de un paquete de tabaco. Los terroristas libios que volaron el vuelo 103 de Pan Am sobre Lockerbie consiguieron introducir el explosivo en un estuche de casete. Simington podría haber encontrado la manera de hacerlo.*

—¡Caray!

—*También he recibido noticias de la* belle province. *A principios de esta semana un grupo de vecinos comenzó a sospechar de la presencia de un Ferrari aparcado en su calle. Se supone que los deportivos que cuestan más de cien mil dólares no pasan la noche en esa parte de Montreal. Resultó todo un hallazgo. La policía encontró al propietario del coche, un tal Alain el Zorro Barboli, metido en el maletero con dos balazos en la cabeza. Barboli era miembro de los Rock Machine y tenía conexiones con la mafia siciliana. Carcajou lo descubrió.*

La Operación Carcajou era una fuerza de operaciones integrada por varias agencias dedicada a investigar a las bandas de motoristas que pululaban por la provincia de Quebec. Yo había trabajado con ellos en varios asesinatos.

—¿Carcajou piensa que el asesinato de Barboli fue una venganza por Petricelli?

—*O Barboli estuvo implicado en el asesinato de Petricelli y los peces gordos están eliminando a los testigos. Eso sí fue un asesinato.*

—Si Simington robó explosivos, los Ángeles del Infierno no tendrían ningún problema.

—*Igual que comprar Cheez Whiz en el Seven-Eleven. Escucha, por qué no vuelves aquí y le dices a ese Tyrell...*

—Quiero comprobar unas muestras óseas para estar segura de que mi cálculo de la edad del pie es correcto. Si ese pie no salió del avión, los cargos por irrupción ilegal serán irrelevantes.

—*Hablé con Tyrell de tus sospechas sobre ese pie.*

—¿Y?

—*Y nada. No le dio importancia.*

Volví a sentir una punzada de ira.

—¿Has encontrado algún pasajero que no figurase en la lista?

—*No. Hanover jura que los viajes sin cargo están estrictamente regulados. Si no hay billete, no hay viaje. Los empleados de TransSouth Air que hemos entrevistado confirman la versión de su jefe.*

—¿Alguien que pudiera transportar trozos humanos?

—*Ningún anatomista, antropólogo, pedicuro, cirujano ortopédico o viajante de calzado ortopédico. Y el caníbal de Milwaukee, Jeffrey Dahmer, no está rondando por aquí, por ahora.*

—Ryan, eres un tío francamente divertido.

Hice una pausa.

—¿Han identificado a Jean?

—*Petricelli y él siguen entre los desaparecidos.*

—Le encontrarán.

—*Ya.*

—¿Estás bien?

—*Firme como un clavo. ¿Qué me dices de ti? ¿No te sientes sola?*

—Estoy bien —dije, mirando la cama que acababa de dejar.

Carolina del Norte posee un sistema de forenses centralizado, con su cuartel general en Chapel Hill y oficinas regionales en Winston-Salem, Greenville y Charlotte. Debido a cuestiones geográficas, y a su disposición física, la sección de Charlotte, MCME, llamada forense del condado de Mecklenburg, fue elegida para procesar los especímenes recogidos en el depósito provisional de Bryson City. Un técnico había viajado desde Chapel Hill y se había instalado una unidad de histología temporal.

El forense del condado de Mecklenburg forma parte del Centro de Servicios del Condado Harold R. *Hal* Marshall, que se alza a ambos lados de College Street entre la Novena y la Décima, justo en el límite del sector residencial de la ciudad. La sede de las instalaciones fue en otra época un Garden Center de Sears. Aunque se trata de un huérfano arquitectónico, es moderno y eficiente.

Pero la propiedad del Hal puede estar amenazada. Olvidada durante años, la tierra sobre la que se alza el centro, con vistas a las urbanizaciones, tiendas y locales nocturnos, ha despertado el interés de los constructores como una zona más apta para la expansión comercial que para su uso como oficinas del condado, aparcamientos y depósito. Pronto florecerían tarjetas oro de American Express, expendedores de capuchino y clubes de los Hornets y los Panthers en un paisaje donde antes dominaban escalpelos, camillas y mesas de autopsia.

Veinte minutos después de haber podido ponerme finalmente las bragas, aparqué en el MCME. Al otro lado del College, los vagabundos recibían perritos calientes y limonada en mesas plegables. Las mantas cubrían la franja de musgo entre la acera y el bordillo, exhibiendo zapatos, camisas y calcetines. Un gran número de indigentes vagaba por el lugar, sin ningún lugar adonde ir, ni prisa por llegar a ninguna parte.

Cerré el coche, me dirigí hacia la estructura de ladrillo rojo de baja altura y atravesé las puertas acristaladas. Después de saludar a las mujeres que estaban en la mesa del vestíbulo me presenté ante Tim Larabee, el forense del condado de Mecklenburg. Me llevó a un ordenador que procesaba los datos de víctimas de accidentes y busqué el caso número 387. Probablemente estaba violando los términos de mi proscripción, pero debía correr el riesgo.

Las pruebas de ADN se estaban realizando en el laboratorio criminal de Charlotte-Mecklenburg y los resultados todavía no estaban disponibles. Pero la histología estaba lista. Las muestras que había cortado de los huesos del tobillo y el pie habían sido rebanadas en astillas de menos de una centésima de micra de grosor, procesadas, teñidas y colocadas en platinas. Las encontré y las coloqué bajo la lente de un microscopio.

El hueso es un universo en miniatura en el cual el nacimiento y la muerte se producen constantemente. La unidad básica es el osteón, compuesto de lazos concéntricos de hueso, un canal, osteocitos, vasos y nervios. En el tejido vivo los osteones nacen, se alimentan y finalmente son reemplazados por nuevas unidades.

Cuando se los amplía y examina bajo una luz polarizada, los osteones parecen diminutos volcanes, conos ovoides con cráteres centrales y laderas que se extienden hacia llanuras de hueso primario. La cantidad de volcanes aumenta con la edad, al igual que el número de calderas abandonadas. Al determinar la densidad de estos rasgos uno llega a una estimación de la edad del hueso.

Primero busqué signos de anormalidad. En el corte transversal de un hueso largo, el adelgazamiento del tallo, la ondulación de los bordes internos o externos, o la deposición anormal de hueso tramado pueden indicar problemas, incluyendo la cicatrización de una fractura o una reconstrucción inusualmente rápida. No encontré ninguna de esas anomalías.

Satisfecha de que fuese factible realizar una estimación realista de la edad, aumenté la ampliación de la lente a cien y a continuación inserté en el ocular un micrómetro regulado. La cuadrícula contenía cien cuadrados, cuyos lados medían un milímetro al nivel de la sección. Moviéndome de una platina a otra examiné los paisajes en miniatura, contando y registrando con sumo cuidado los caracteres dentro de cada cuadrícula. Cuando hube terminado y volcado los totales en la fórmula adecuada, obtuve mi respuesta.

La persona a la que había pertenecido ese pie tenía alrededor de sesenta y cinco años, aunque probablemente estaba más cerca de los setenta.

Me recliné en la silla y consideré ese dato. Ninguno de los pasajeros se acercaba a esa edad. ¿Cuáles eran las opciones?

Uno. A bordo del avión viajaba un pasajero que no constaba en la lista. ¿Un viajero sin cargo septuagenario? ¿Un respetable ciudadano mayor de polizón? Improbable.

Dos. Uno de los pasajeros había subido el pie a bordo. Ryan dijo que no habían encontrado a nadie cuyo perfil sugiriese un interés en las partes del cuerpo humano.

Tres. El pie no guardaba relación alguna con el vuelo 228 de TransSouth Air.

¿De dónde procedía entonces?

Busqué una tarjeta en el bolso, comprobé el número y llamé.

—*Departamento del Sheriff del Condado de Swain.*

—Lucy Crowe, por favor.

—*¿Quién la llama?*

Di mi nombre y esperé. Un momento más tarde se escuchó la voz grave y ronca.

—*Tal vez no debería estar hablando con usted.*

—¿Lo ha oído?

—*Lo he oído.*

—Podría intentar explicárselo pero creo que ni yo misma entiendo la situación.

—*No la conozco lo suficiente para juzgarla.*

—¿Por qué está hablando conmigo?

—*Instinto.*

—Estoy intentando aclarar todo este asunto.

—*Eso estaría bien. Los tiene a todos bastante nerviosos.*

—¿Qué quiere decir?

—*Acabo de recibir una llamada de Parker Davenport.*

—¿El vicegobernador?

—*El mismo. Me ordenó que la mantuviese alejada del lugar del accidente.*

—¿No tiene nada mejor de qué preocuparse?

—*Aparentemente usted es un fastidio. Uno de mis ayudantes atendió una llamada esta mañana. El tío quería saber dónde vive y dónde se alojó mientras estuvo aquí.*

—¿Quién era?

—*No quiso dar su nombre y colgó cuando mi ayudante insistió.*

—¿Era alguien de la prensa?

—*Somos muy buenos descubriendo a los tíos de la prensa.*

—Sheriff, hay algo que puede hacer por mí.

Percibí el sonido del aire a larga distancia.

—¿Sheriff?

—*La escucho.*

Describí el pie y mis razones para dudar de que tuviese alguna relación con el accidente aéreo.

—¿Podría comprobarlo en la lista de personas desaparecidas en Swain y los condados vecinos?

—*¿Tiene algún otro dato aparte de la edad?*

—Metro sesenta y cinco de altura con pies en mal estado. Cuando reciba los resultados de la prueba del ADN sabré cuál era el sexo de su propietario.

—*¿Período de búsqueda?*

—Un año.

—*Aquí en Swain tenemos algunos casos. Echaré un vistazo. Y supongo que no hay nada de malo si hago algunas averiguaciones.*

Cuando colgamos, cerré herméticamente el estuche con las platinas y se lo devolví al técnico del laboratorio. Mientras conducía de regreso a casa un montón de nuevas preguntas se amontonaron en mi cabeza, alimentadas por sentimientos de ira y humillación.

¿Por qué no me defendía Larke Tyrell? Él sabía perfectamente el compromiso y la responsabilidad con que yo siempre asumía mi trabajo, sabía que jamás pondría en peligro ninguna investigación.

¿Acaso Parker Davenport era la «gente poderosa» que había mencionado Tyrell? Larke era un oficial designado. ¿Podía el vicegobernador presionar a su forense jefe? ¿Por qué?

¿Podía ser justa la reacción de Lucy Crowe ante Davenport? ¿Estaba el vicegobernador preocupado por su imagen y planeaba utilizarme a mí con propósitos publicitarios?

Recordé su presencia en el lugar del desastre, la boca cubierta con un pañuelo inmaculado y los ojos bajos para evitar la carnicería que nos rodeaba.

¿O era a mí a quien quería evitar? Una sensación desagradable creció en mi interior y traté de borrar la imagen. No tuve éxito. Mi mente era como un ordenador sin la tecla de suprimir.

Pensé en el consejo de Ryan. En el de Pete. Ambos decían lo mismo.

Marqué el número de Información y luego hice una llamada.

El teléfono sonó dos veces hasta que contestó Ruby.

Me identifiqué y le pregunté si la habitación Magnolia estaba libre.

—La habitación está vacía pero se la he ofrecido a uno de los huéspedes de la planta baja.

—Me gustaría volver a alojarme allí.

—Me dijeron que se había marchado para siempre. Se ha pagado la cuenta.

—Le pagaré una semana por adelantado.

—Debe de ser la voluntad del Señor que el otro huésped aún no se haya mudado a la habitación de arriba.

—Sí —contesté con un entusiasmo que no sentía en absoluto—. La voluntad del Señor.

Charlotte es un caso de enfermedad de personalidad múltiple, la Sibila de las ciudades. El Nuevo Sur está orgulloso de sus rascacielos, del aeropuerto, de la universidad, de los Hornets de la NBA, los Panthers de la NFL y las carreras de coches de la NASCAR. Sede central del Bank of America y el First Union, es el segundo centro financiero más importante del país. También es la sede de la Universidad de Carolina del Norte. Ansía convertirse en una ciudad reconocida mundialmente.

No obstante, Charlotte sigue sintiendo una gran nostalgia del Viejo Sur. El rico sureste está lleno de mansiones imponentes y ordenados bungalós rodeados de azaleas, cerezos silvestres, rododendros, ciclamores y magnolias. Las calles sinuosas, con balancines en los amplios porches delanteros, tienen más árboles por kilómetro cuadrado que cualquier otro barrio del planeta. Al llegar la primavera, Charlotte es un caleidoscopio de rosa, blanco, violeta y rojo. En los meses de otoño el amarillo y el naranja incendian el paisaje. Tiene una iglesia en cada esquina y la gente acude a ellas. La pérdida de los valores cívicos es un tema de conversación permanente, pero las mismas personas que se lamentan de ello no apartan la vista del mercado de valores.

Yo vivo en Sharon Hall, una propiedad de finales de siglo en el elegante y viejo barrio de Myers Park. En un tiempo fue una elegante mansión georgiana, pero Sharon Hall comenzó a deteriorarse en la década de los cincuenta y fue donada a una universidad local. A mediados de los años ochenta un grupo de constructores adquirió la propiedad de dos hectáreas, la restauró y la convirtió en un moderno complejo de apartamentos.

Mientras que la mayoría de los residentes de Hall ocupan la casa principal, o una de sus alas recientemente construidas, mi apartamento es una estructura diminuta situada en la parte oeste de la propiedad. Los documentos indican que el edificio comenzó siendo un anexo de la cochera, pero en ningún registro consta su función original. A falta de un término mejor se lo denomina simplemente el Anexo.

Aunque pequeñas, las dos plantas de mi apartamento son luminosas y soleadas, y el estrecho patio es perfecto para cultivar geranios, una de las pocas especies capaces de sobrevivir a mis conocimientos de horticultura. El Anexo ha sido mi hogar desde mi ruptura matrimonial y se adapta perfectamente a mis necesidades.

El cielo estaba completamente azul cuando pasé a través de las puertas exteriores y rodeé el prado exterior. Las petunias y las caléndulas olían a otoño, su perfume se mezclaba con el aroma de las hojas que comenzaban a secarse. El sol calentaba los ladrillos de los edificios, las aceras y el muro que rodeaba el Hall.

Al llegar al Anexo me sorprendió ver el Porsche de Pete aparcado junto a mi patio, la cabeza de *Boyd* asomaba por la ventanilla del acompañante. Al verme, el perro irguió las orejas, metió la lengua en la boca y luego volvió a sacarla.

A través de la ventanilla trasera pude ver a *Birdie* dentro de su canasta de viaje. Mi gato no parecía muy feliz con las condiciones de su transporte.

Cuando aparqué junto al coche de Pete, éste apareció rodeando el edificio.

—Vaya, me alegra encontrarte.

En su rostro había una expresión de ansiedad.

—¿Qué sucede?

—La fábrica de tejidos de un cliente acaba de incendiarse.
Es un caso que seguramente será materia de litigio y debo presentarme allí con algunos expertos antes de que los supuestos
inspectores de incendios empiecen a complicar las cosas.

—¿Dónde es el incendio?

—En Indianápolis. Esperaba que te hicieras cargo de *Boyd*
durante un par de días.

La lengua desapareció y volvió a colgar un segundo después.

—Me marcho a Bryson City.

—A *Boyd* le encanta la montaña. Será una buena compañía.

—Mírale.

La barbilla de *Boyd* descansaba ahora en el borde de la ventanilla y la saliva chorreaba por la puerta.

—Te serviría de protección.

—¿Tú crees?

—En serio. A Harvey no le gustaban las visitas inesperadas,
de modo que entrenó a *Boyd* para que olfatease a los desconocidos.

—Especialmente los que llevan uniforme.

—El bueno, el malo, el feo, incluso el bello. *Boyd* no hace
distinciones.

—¿No hay ninguna guardería canina donde puedas dejarlo?

—Está llena. —Echó un vistazo al reloj y luego me obsequió
con su mirada de niño que nunca ha roto un plato—. Y mi vuelo
sale dentro de una hora.

Pete jamás se había negado cuando yo necesité ayuda con
Birdie.

—Vete. Ya se me ocurrirá algo.

—¿Estás segura?

—Encontraré una guardería.

Pete me apretó los brazos.

—Eres mi heroína.

En el área del gran Charlotte hay veintitrés guarderías caninas. Me llevó una hora confirmar que catorce de ellas estaban al completo, cinco no contestaban, dos no podían alojar a un perro que pesara más de treinta kilos y dos no aceptaban a ningún perro sin una entrevista personal previa.

—¿Y ahora qué?

Boyd levantó la cabeza y agitó la cola, luego continuó lamiendo el suelo de mi cocina.

Desesperada, hice otra llamada.

Ruby se mostró menos exigente. Por tres dólares diarios el perro sería bien recibido, no era necesaria una entrevista personal.

Mi vecina se hizo cargo de *Birdie* y el chow-chow y yo nos lanzamos a la carretera.

Halloween tiene sus raíces en el festival pagano de Samhain. Celebrado a principios del invierno y del Año Nuevo celta, Samhain era la época en la que la frontera entre los vivos y los muertos era más fina y los espíritus vagaban por la tierra de los mortales. Los fuegos se extinguían y volvían a encenderse, y la gente se disfrazaba para ahuyentar a los difuntos hostiles.

Aunque todavía faltaban dos semanas para esa celebración, los residentes de Bryson City se la tomaban muy en serio. Por todas partes se veían murciélagos, arañas y demonios. En los prados delanteros se habían instalado espantapájaros y tumbas. De los árboles y lámparas de los porches colgaban esqueletos, gatos negros, brujas y fantasmas. En todas las ventanas del pueblo había una calabaza ahuecada en forma de cabeza con una vela encendida en su interior. Un par de coches lucían unas reproducciones bastante realistas de pies humanos saliendo de los maleteros. Un buen momento para deshacerse realmente de un cadáver, pensé.

A las cinco había instalado a *Boyd* en una especie de corral que había en la parte trasera de High Ridge House y a mí misma en la habitación Magnolia. Luego me dirigí al cuartel general del sheriff.

Lucy Crowe hablaba por teléfono cuando me presenté en su oficina. Me hizo señas para que entrase y me senté en una de las dos sillas. El escritorio ocupaba la mayor parte del espacio disponible y parecía una pieza de mobiliario sobre la cual un general de la Confederación podría haber redactado órdenes militares. El sillón también era antiguo, de cuero marrón tachonado, el relleno escapaba a través de un corte en el brazo izquierdo.

—Bonito escritorio —dije cuando colgó.

—Creo que es madera de fresno. —El color azul de sus ojos era tan asombroso como durante nuestro primer encuentro—. Es obra del abuelo de mi antecesor.

Se reclinó en el sillón y el asiento crujió musicalmente.

—Explíqueme qué es lo que me he perdido.

—Dicen que ha perjudicado la investigación.

—A veces uno tiene mala prensa.

Su cabeza asintió levemente.

—¿Qué ha descubierto?

—Ese pie caminaba sobre la tierra desde hace al menos sesenta y cinco años. Nadie en el avión tenía ese privilegio. Necesito establecer que ese pie no formaba parte de las pruebas del accidente aéreo.

La sheriff abrió una carpeta y esparció su contenido sobre el gastado papel secante.

—Tengo a tres personas desaparecidas. Tenía cuatro, pero una de ellas ha aparecido.

—Siga.

—Jeremiah Mitchell, negro, setenta y dos años. Desapareció de Waynesville hace ocho meses. Según los clientes habitúales del Mighty High Tap, Mitchell abandonó el bar alrededor de la medianoche y compró alcohol de contrabando. Eso ocurrió el quince de febrero. El vecino de Mitchell informó de su desaparición diez días más tarde. No se le ha vuelto a ver el pelo desde entonces.

—¿No tiene familia?

—Aparentemente no. Mitchell era un tío solitario.

—¿Por qué estaba preocupado su vecino?

—Mitchell tenía su hacha y el tío quería recuperarla. Fue a su casa varias veces, al final se cansó de esperar y fue a ver si Mitchell estaba en la comisaría. No estaba allí, de modo que el vecino rellenó un impreso de Persona Desaparecida, pensando que una búsqueda policial le obligaría a aparecer.

—Y su hacha.

—Un hombre no es nada sin sus herramientas.

—¿Altura?

Recorrió con el índice uno de los papeles.

—Metro setenta y cinco.

—Coincide. ¿Conducía algún vehículo?

—Mitchell era un alcohólico, iba andando a todas partes. Los que le conocían piensan que se perdió y murió a la intemperie.

—¿Quién más?

—George Adair. —Leyó otro informe—. Blanco, sesenta y siete años. Vivía cerca de Unahala, desapareció hace dos semanas. Su esposa dijo que se fue de pesca con un amigo y ya no regresó.

—¿Cuál es la explicación de su amigo?

—Una mañana se despertó y Adair no estaba en la tienda. Esperó un día, luego recogió las cosas y regresó a casa.

—¿Dónde ocurrió esta excursión de pesca fatal?

—En Little Tennessee. —Hizo girar el sillón y señaló un punto en el mapa de la pared que había detrás de ella—. En las montañas Unahala.

—¿Dónde está Nantahala?

Su dedo se movió una fracción hacia el nordeste.

—¿Y dónde está el lugar del accidente?

Su dedo apenas se movió.

—¿Quién es el concursante número tres?

Cuando se volvió, el sillón entonó otra melodía.

—Daniel Wahnetah, sesenta y nueve años, indio cherokee de la reserva de la zona. No apareció en la celebración del cumpleaños de su nieto el veintisiete de julio. Su familia denunció su desaparición el veintiséis de agosto cuando tampoco se presentó a su propia fiesta. —Sus ojos recorrieron el documento—. No hay datos de su altura.

—¿La familia esperó un mes antes de informar de su desaparición?

—Excepto durante los meses de invierno, Daniel pasa la mayor parte del año en los bosques. Tiene varios campamentos, trabaja en un circuito de caza y pesca.

Volvió a reclinarse en el viejo sillón y el mueble chirrió una melodía que no pude reconocer.

—Parece la Coalición del Arco Iris del reverendo Jesse Jackson. Si es uno de estos sujetos, únase a la carrera y encontrará a su hombre.

—¿Eso es todo?

—Por estos parajes la gente no se mueve mucho. Les gusta la idea de morir en sus camas.

—Averigüe si alguno de estos tíos tenía problemas en los pies. O si dejaron zapatos en casa. Las huellas de las suelas podrían ser muy útiles. Y comience a considerar la posibilidad del ADN. Cabello. Dientes extraídos. Incluso un cepillo de dientes podría ser una buena fuente de información si no ha sido limpiado o vuelto a utilizar. Si la víctima no ha dejado nada podríamos trabajar con una muestra comparativa de un pariente de sangre.

El sillón produjo otra nota.

—Y sea discreta. Si el resto del cuerpo aún está ahí fuera y alguien es el responsable, no queremos darle ninguna pista para que acabe el trabajo que empezaron los coyotes.

—No había pensado en eso —dijo con voz grave.

—Lo siento.

Nuevamente el movimiento de cabeza.

—Sheriff, ¿sabe quién es el dueño de una propiedad que se encuentra a medio kilómetro al oeste del lugar donde se estrelló el avión? ¿Una casa con un jardín amurallado?

Crowe me miró fijamente, los ojos como canicas verde pálido.

—Nací en estas montañas y hace siete años que trabajo como sheriff. Hasta que usted llegó no sabía que en aquel valle hubiese otra cosa que pinos.

—Supongo que no podríamos conseguir una orden y echar un vistazo dentro de la casa.

—No lo suponga.

—¿No le parece extraño que nadie sepa nada de ese lugar?

—Por aquí la gente es muy reservada.

—Y mueren en sus camas.

Cuando regresé a High Ridge House, llevé a *Boyd* a dar un largo paseo. O mejor dicho, él me llevó a mí. El chow-chow estaba excitado y olisqueaba y bautizaba todas y cada una de las plantas y piedras del camino. Me deleité con la vista desde la ladera de la colina, impresionada por la cadena de montañas que se extendía hacia el horizonte como un paisaje de Monet. El aire era frío y húmedo, olía a pino y tierra negra y vestigios de humo.

Los árboles escuchaban el trino de los pájaros que se preparaban para la noche.

El paseo colina arriba fue otra historia. *Boyd*, con su entusiasmo intacto, continuaba tirando de la correa como *Colmillo Blanco* tiraba del trineo a través del Ártico. Cuando llegamos a su redil, mi brazo derecho estaba muerto y me dolían las pantorrillas.

Estaba cerrando la puerta cuando oí la voz de Ryan.

—¿Quién es tu amigo?

—*Boyd*. Y es tremendamente arisco. —Aún estaba sin aliento y las palabras salieron entrecortadamente de mi boca.

—¿Te estás entrenando para travesías extremas con perros?

—Buenas noches, chico —le dije al perro.

Boyd se concentró en masticar ruidosamente unas pequeñas pelotillas marrones que parecían carne petrificada.

—¿Hablas con los perros pero no con tu viejo compañero?

Me volví y le miré.

—¿Cómo te va, colega?

—Ni se te ocurra rascarme las orejas. Estoy bien. ¿Y tú?

—Excelente. Nunca fuimos compañeros.

—¿Has resuelto esa cuestión de la edad?

—Estaba en lo cierto.

Comprobé la cerradura del refugio de *Boyd* y luego volví a mirar a Ryan.

—La sheriff Crowe tiene a tres personas mayores desaparecidas. ¿Alguna noticia del Motel Bates?[6]

—Nada. Nadie conoce ese lugar. Si alguien lo está usando, debe de entrar y salir sin que le vean. Eso o nadie quiere hablar de ello.

—Examinaré los registros de impuestos tan pronto como abra

_____

6. Referencia al famoso hotel de la película *Psicosis* dirigida por Alfred Hitchcock. *(N. del t.)*

el tribunal mañana por la mañana. Crowe seguirá investigando a esas personas desaparecidas.

—Mañana es sábado.

—Mierda.

Evité el impulso de golpearme la frente.

Preocupada por el hecho de que Larke me hubiese despedido, había perdido la noción del tiempo. Los edificios del gobierno cierran los fines de semana.

—Mierda —repetí para acentuar mi decepción, y me dirigí hacia la casa.

Ryan echó a andar a mi lado.

—La reunión informativa de hoy fue muy interesante.

—¿Ah, sí?

—El NTSB ha recopilado unos datos sobre daños preliminares. Pásate mañana por el cuartel general y te los daré.

—¿Mi presencia no te causará problemas?

—Puedes llamarme chiflado.

La investigación había cubierto gran parte del área de Bryson City. En Big Laurel, el trabajo continuaba en el centro de mando del NTSB y en el depósito provisional instalado en el lugar del accidente. El proceso de identificación de las víctimas se realizaba en el depósito del Departamento de Bomberos de Alarka, y en el Sleep Inn del Veteran's Boulevard se había instalado un centro de asistencia a los familiares.

Además, el gobierno federal había alquilado un gran espacio del Departamento de Bomberos de Bryson City y había asignado espacios al FBI, NTSB, ATF y otras organizaciones. A la mañana siguiente, a las diez en punto, Ryan y yo estábamos sentados ante un ordenador en uno de los diminutos despachos que llenaban la planta superior del edificio. Estábamos entre Jeff Lowery, del grupo del NTSB encargado de la documentación del interior de la cabina, y Susan Katzenberg, del grupo de estructuras.

Mientras Katzenberg explicaba el diagrama preliminar de los restos terrestres realizado por su grupo, yo me mantenía ojo avizor ante la eventual presencia de Larke Tyrell. Aunque me encontraba acompañada por los agentes federales, y no estaba violando el destierro al que me había enviado Tyrell, no quería una confrontación.

—Aquí está el triángulo que delimita el área con los restos del accidente. El centro se encuentra en el lugar del choque del aparato contra el suelo, luego el rastro se extiende a lo largo de la trayectoria de vuelo durante casi ocho kilómetros. Esta estimación se basa en un descenso parabólico desde una altitud de ocho mil metros a aproximadamente siete kilómetros por minuto hasta una caída vertical.

—He examinado cuerpos que fueron recuperados a más de dos kilómetros de distancia del campo de restos principal —dije.

—La presión abrió el casco en el aire, permitiendo que los cuerpos cayeran en pleno vuelo.

—¿Dónde estaban las grabadoras de vuelo? —pregunté.

—Se encontraron junto a piezas del fuselaje de popa, aproximadamente a mitad de camino de la zona principal de la colisión contra el suelo. —Katzenberg señaló la pantalla—. En el F-100, las grabadoras están colocadas en el fuselaje despresurizado de popa, detrás de la zona presurizada. Dejaron de funcionar prematuramente cuando se voló esa parte del aparato.

—¿O sea que el modelo de distribución de los restos coincide con una secuencia de desintegración en el aire?

—Sí. Cualquier objeto que carezca de alas, es decir, sin una generación de elevación aerodinámica, cae describiendo una trayectoria balística, la parte más pesada se desplaza horizontalmente a mayor velocidad.

Katzenberg indicó un grupo numeroso de objetos y luego movió el dedo a lo largo de la zona de los restos.

—Los primeros restos en tierra serían los correspondientes a materiales pequeños y ligeros.

Se apartó de la pantalla del ordenador y se volvió hacia nosotros.

—Espero que les sirva de ayuda. Ahora debo irme pitando.

Cuando se hubo marchado, Lowery tomó la palabra. El brillo del monitor acentuó las arrugas de su rostro al inclinarse sobre el teclado. Pulsó algunas teclas y un nuevo diagrama ocupó la pantalla, parecido a una pintura de Seurat en colores primarios.

—En primer lugar, establecimos una serie de pautas generales para describir el estado de las filas de asientos y los asientos recuperados.

Señaló unos colores en el diagrama.

—Los asientos que habían sufrido daños mínimos están marcados en azul claro, aquellos con un daño moderado en azul oscuro y los asientos muy dañados en verde. Los asientos clasificados como «destruidos» se muestran en amarillo, aquellos clasificados como «fragmentados» están señalados en rojo.

—¿Qué significan las categorías? —pregunté.

—Azul claro significa que las patas, el respaldo, las sujeciones y los brazos están intactos, al igual que el mecanismo del cinturón de seguridad. Azul oscuro significa que se ha producido una deformación menor en uno o más de esos componentes. Verde significa que hay roturas y deformaciones. Amarillo indica un asiento con, al menos, dos de sus cinco componentes rotos o desaparecidos, y el color rojo indica daños en tres o más de los componentes del asiento.

El diagrama mostraba el interior de un avión con lavabos, cocinas y armarios detrás de la cabina de los pilotos, ocho asientos en primera clase y dieciocho filas en clase turista, dobles en el

146

lado de babor y triples en el lado de estribor. Detrás de la última fila, que era doble a ambos lados del pasillo, había otro grupo de cocinas y lavabos.

Hasta un niño hubiese podido interpretar el diseño. Los colores cambiaban de azul frío a rojo brillante a medida que se extendían desde la cabina hasta la cola, indicando que los asientos más próximos a la cabina de los pilotos estaban intactos en su gran mayoría, los de la zona central de la cabina de pasajeros habían sido dañados y los que se encontraban detrás de las alas estaban prácticamente destrozados. La mayor concentración de rojo ocupaba la zona posterior izquierda del avión.

Lowery pulsó algunas teclas y en la pantalla apareció un nuevo diagrama.

—Este diagrama muestra en qué asiento estaba cada pasajero, aunque, como el avión no estaba lleno es posible que la gente se hubiera cambiado de asiento. La grabadora de voz de la cabina de los pilotos indica que el capitán no había apagado la señal de «Ajustar el cinturón de seguridad», de modo que la mayoría de los pasajeros debía de estar sentada con los cinturones de seguridad abrochados. La grabadora de voz indica también que el capitán había autorizado a las azafatas y sobrecargos que iniciaran el servicio de cabina, de modo que podían estar en cualquier punto del avión.

—¿Podrá llegar a determinar quiénes estaban sentados y quiénes no?

—Los asientos recuperados serán examinados en busca de evidencias de sujeción del cinturón, cosas como carga del cinturón, cortes y deformaciones relacionadas con el ocupante. Con los datos obtenidos por el grupo médico-antropológico intentaremos relacionar los daños en los asientos con la fragmentación de los cuerpos.

Yo escuchaba atentamente las explicaciones, sabía que los cuerpos serían clasificados, del mismo modo que habían hecho con los asientos. Verde: cuerpo intacto. Amarillo: cabeza aplastada o pérdida de una de las extremidades. Azul: pérdida de dos extremidades con o sin cabeza aplastada. Rojo: pérdida de tres o más extremidades o corte transversal completo del cuerpo.

—El informe de la autopsia también mostrará en qué lugar de la cabina estaban sentados los pasajeros que tienen materiales incrustados, quemaduras térmicas o quemaduras químicas —continuó Lowery—. También intentaremos establecer una correlación entre modelos de heridas del lado derecho con las del lado izquierdo y deformaciones de los asientos de la derecha y de la izquierda.

—¿Y qué información obtendrá de ello? —preguntó Ryan.

—Un alto grado de correlación sugeriría que los pasajeros permanecieron sentados durante la mayor parte de la caída del aparato. Una correlación pobre significaría que no se encontraban en los asientos que tenían asignados o bien que fueron separados violentamente de sus asientos en los primeros momentos de la caída.

Sentí un escalofrío al pensar en los terroríficos momentos finales de los pasajeros.

—Los médicos también nos suministrarán datos sobre heridas anteriores y posteriores, que nos ayudarán a relacionar la deformación de los asientos de proa con la de los de popa.

—¿Por qué? —preguntó Ryan.

—Se supone que el movimiento hacia adelante del avión, combinado con el efecto protector del asiento en la espalda del ocupante, provoca heridas predominantemente anteriores.

—A menos que el pasajero sea separado del asiento.

—Exacto. Además, en los accidentes frontales, los asientos orientados hacia delante se deforman en esa dirección. En las explosiones que se producen en el aire, es posible que no se repita esa pauta ya que algunas partes del aparato pueden haberse desintegrado antes del impacto.

—¿Y?

—De los asientos recuperados hasta el momento, más del setenta por ciento muestran una deformación apreciable en dirección proa-popa. De ellos, menos del cuarenta por ciento presentaban deformaciones en dirección frontal.

—Lo que significa la destrucción durante el vuelo.

—Sin ninguna duda. El grupo de Susan aún está estudiando la forma en que se produjo la desintegración. Tratarán de reconstruir la secuencia exacta del fallo, pero está meridianamente claro que se produjo un suceso súbito y catastrófico en el aire. Eso significa que partes del fuselaje cayeron a tierra antes del impacto del avión contra el suelo. Me sorprende que no haya una mayor variación entre las diferentes secciones, pero estas cosas nunca siguen el manual. Lo que está claro es que los asientos en cada sección muestran una carga de impacto casi idéntica.

Pulsó unas teclas y el diagrama original ocupó la pantalla.

—Y hay pocas dudas en cuanto al lugar donde se produjo la explosión.

Lowery señaló la concentración de rojo brillante en la parte posterior izquierda de la cabina de pasajeros.

—Una explosión no significa necesariamente una bomba.

Nos giramos y vimos que Magnus Jackson estaba en la entrada del despacho. Me miró largamente pero no dijo nada. La pantalla brillaba como un arco iris a nuestras espaldas.

—La hipótesis del misil ha cobrado protagonismo —dijo Magnus.

Todos nos quedamos esperando.

—Ahora hay tres testigos que afirman haber visto un objeto disparado hacia el cielo.

—He hablado con los reverendos Claiborne y Bowman y he calculado que juntos tienen el cociente intelectual de un gusano lanudo —dijo Ryan mientras apoyaba un brazo en el respaldo de la silla.

Me pregunté cómo era posible que Ryan supiese tanto acerca de los gusanos lanudos pero no dije nada.

—Los tres testigos dan horas y descripciones que son prácticamente idénticas.

—Como sus códigos genéticos —se mofó Ryan.

—¿Cree que esos testigos se someterían voluntariamente al detector de mentiras? —pregunté.

—Esos tíos probablemente piensan que un microondas les freirá los genitales —dijo Ryan.

Jackson esbozó una sonrisa, pero las bromas de Ryan comenzaban a ponerme nerviosa.

—Tiene razón —dijo Jackson—. En las zonas rurales existe una saludable reticencia ante la autoridad y la ciencia. Los testigos se niegan a someterse al detector con el argumento de que el gobierno podría utilizar la tecnología para alterar sus cerebros.

—¿Mejorarlos?

Jackson sonrió. Luego el investigador a cargo del caso volvió a mirarme fijamente y se marchó sin añadir comentario alguno.

—¿Podemos volver al diagrama de los asientos? —pregunté.

Lowery volvió a pulsar una serie de teclas y el diagrama reapareció en la pantalla.

—¿Puede superponer a ese diagrama el de los daños sufridos por los asientos?

Los dedos de Lowery se movieron sobre el teclado y apareció el Seurat.

—¿Dónde estaba sentada Martha Simington?

Lowery señaló la primera fila de primera clase:

—Uno A.

Azul claro.

—¿Y el estudiante de intercambio de Sri Lanka?

—Anurudha Mahendran, Doce F, justo delante del ala derecha.

Azul oscuro.

—¿Dónde se sentaban Jean Bertrand y Rémi Petricelli?

El dedo de Lowery se movió hasta la última fila a la izquierda.

—Veintitrés A y B.

Rojo brillante.

Justo en el lugar de la explosión.

11

Después de la reunión, Ryan y yo compramos el almuerzo en el Hot Dog Heaven y nos dedicamos a observar a los turistas que se concentraban en la estación de ferrocarril de las Great Smoky Mountains mientras comíamos. El tiempo era más cálido y a la una y media de la tarde la temperatura alcanzaba casi los veinticinco grados. El sol brillaba en el cielo y el viento era apenas un susurro. Verano indio en el país de los cherokee.

Ryan prometió preguntar por los progresos de la identificación de las víctimas y yo prometí cenar con él esa noche. Cuando se alejó en su coche alquilado me sentí como un ama de casa cuyos hijos han comenzado a asistir al colegio todo el día: una interminable tarde de bostezos hasta que reapareciera la tropa.

Al regresar a High Ridge House, llevé a *Boyd* a dar otro paseo. Aunque el perro se mostraba encantado, la excursión era en realidad para mí. Me sentía inquieta e irritable y necesitaba un poco de ejercicio físico. Crowe no había llamado y yo no podría consultar los documentos del tribunal hasta el lunes por la mañana. Como se me había vedado el acceso al depósito y mis colegas me habían declarado persona non grata, cualquier nueva investigación relacionada con el misterioso pie estaba en un punto muerto.

Luego intenté leer pero hacia las tres y media ya no podía más. Cogí el bolso y las llaves y me marché con el coche sin rumbo fijo.

Apenas había abandonado los límites de Bryson City cuando pasé junto a un cartel indicador de la reserva cherokee.

Daniel Wahnetah era cherokee. ¿Vivía en la reserva en el momento de su desaparición? No lo recordaba.

Quince minutos más tarde llegué a la reserva india.

En otros tiempos la nación cherokee dominaba un territorio de 220 000 km² en Norteamérica, incluyendo regiones que hoy forman parte de ocho estados. A diferencia de los indios que habitaban en las grandes llanuras, tan populares gracias a los productores de westerns, los cherokee vivían en cabañas de troncos, usaban turbantes y habían adoptado el estilo de vestir europeo. Con el alfabeto sequoyah, su lengua se pudo empezar a transcribir a partir de 1820.

En 1838, en uno de los actos de traición más infames de la historia moderna, los cherokee fueron obligados a abandonar sus hogares y conducidos casi 2 000 kilómetros hacia el oeste en dirección a Oklahoma, en una marcha de la muerte bautizada como «Sendero de lágrimas». Los supervivientes llegaron a ser conocidos como cherokee del «éxodo occidental». El «éxodo oriental» está compuesto por los descendientes de aquellos indios que se ocultaron y permanecieron en las Smoky Mountains.

Mientras pasaba junto a carteles indicadores de la Aldea India Oconalufte, del Museo de los Indios Cherokee y de la representación al aire libre de la obra *Hacia esas colinas*, experimenté mi ira habitual ante la arrogancia y la crueldad del ineludible destino. Aunque orientadas claramente hacia el dólar, estas empresas contemporáneas eran también intentos de preservar el legado indígena, y demostraban la tenacidad de otro pueblo sojuzgado por mis nobles antepasados pioneros.

Las vallas publicitarias anunciaban el Casino Harrah y el Hotel Cherokee Hilton, una prueba viviente de que los descendientes de sequoyah compartían su aptitud para la adopción cultural.

Lo mismo sucedía en el centro de la reserva cherokee, donde las tiendas de camisetas, cuero, cuchillos y mocasines se disputaban el espacio con negocios de regalos y souvenirs, tiendas de chucherías, heladerías y restaurantes de comida rápida. La Tienda India. El Pony Manchado. La Mini Galería Comercial Tomahawk. Los *tipi*, las típicas tiendas indias, sobresalían de los tejados y tótems pintados de vivos colores flanqueaban las entradas. Una extraordinaria demostración de kitsch aborigen.

Después de varias infructuosas idas y venidas por la autopista 19, aparqué en un pequeño solar situado a varias manzanas de la calle principal. Durante la hora siguiente me uní a la masa de turistas que invadían calles, aceras y tiendas. Contemplé admirada los auténticos ceniceros, llaveros, rascadores de espalda y tamtams cherokee. Examiné genuinas hachas de guerra de madera, búfalos de cerámica, mantas de tejido acrílico y flechas de plástico y me maravillé ante el sonido de las cajas registradoras. ¿Había habido alguna vez búfalos en Carolina del Norte?

¿Quién estaba fastidiando a quién ahora?, pensé, observando a un muchacho que pagaba siete dólares por una corona de plumas de neón.

A pesar de la cultura de consumo, disfruté de ese alejamiento temporal de mi mundo normal: mujeres con mordeduras en los pechos. Niñas con abrasiones vaginales. Vagabundos con las entrañas llenas de líquido anticongelante. Un pie amputado. Las coronas de plumas de ganso son preferibles a la violencia y a la muerte.

También fue un verdadero alivio apartarme del atolladero emocional de las relaciones incomprensibles. Compré algunas postales. Dulces de mantequilla de cacahuete. Una manzana con azúcar quemado. Mis problemas con Larke Tyrell y mi confusión entre Pete y Ryan se alejaron a otra galaxia.

Al pasar junto a la Tienda de Cuero Boot Hill, sentí un impulso súbito. Junto a la cama de Pete, había visto un par de pantuflas que Katy le había regalado cuando ella tenía seis años. Le compraría unos mocasines para agradecerle que hubiese contribuido a levantarme el ánimo.

O cualquier cosa que hubiese levantado.

Mientras curioseaba entre las cajas, otra idea iluminó mi cerebro: tal vez una genuina imitación de calzado norteamericano indígena alegraría el alicaído espíritu de Ryan por la pérdida de su compañero. Muy bien. Dos por uno.

Pete no era problema. La talla 11D es L en mocasines. ¿Qué diablos usaba Ryan?

Estaba comparando tamaños, preguntándome si una talla XL le iría bien a un canadiense irlandés de un metro ochenta y cinco de Nueva Escocia, cuando una serie de sinapsis se dispararon en mi cerebro.

Huesos de pie. Soldados en el sureste de Asia. Fórmulas para diferenciar los restos asiáticos de los pertenecientes a negros y blancos norteamericanos.

¿Funcionaría?

¿Había tomado las medidas necesarias?

Cogí un par L y otro XL, pagué en la caja y corrí hacia el aparcamiento, ansiosa por regresar a Magnolia para comprobar las notas en mi cuaderno.

Cuando me acercaba a mi coche oí el sonido de un motor, alcé la vista y vi un Volvo negro que se dirigía hacia mí. Al principio mi mente no registró ninguna señal de peligro, pero el coche no alteraba su dirección. Veloz. Demasiado veloz para un aparcamiento.

Mi ordenador mental. Velocidad. Trayectoria.

¡El coche se dirigía velozmente hacia mí!

¡Muévete!

No sabía hacia qué lado lanzarme. Elegí el izquierdo y me di de bruces contra el suelo. Un segundo después el Volvo pasó a escasos centímetros, cubriéndome con una lluvia de polvo y grava. Sentí una ráfaga de viento, el cambio de marchas cerca de mi cabeza y el olor a los gases del tubo de escape me llenó los pulmones.

El ruido del motor se fue apagando.

Estaba tendida en el suelo y escuchaba mi corazón que golpeaba contra la tierra.

Mi mente volvió a conectarse. ¡Mira!

Cuando volví la cabeza el Volvo ya giraba en una esquina. El sol se estaba poniendo y la luz me daba directamente en los ojos, de modo que sólo alcancé a ver fugazmente al conductor. Estaba inclinado hacia adelante y una gorra ocultaba la mayor parte de su rostro.

Me senté en el suelo, me sacudí el polvo de la ropa y eché un vistazo a mi alrededor. Estaba sola.

Me levanté sobre unas piernas que apenas me sostenían debido al intenso temblor, arrojé las cosas en el asiento trasero, me deslicé detrás del volante y bajé los seguros de las puertas. Luego permanecí un momento masajeando mi hombro dolorido.

¿Qué demonios había pasado?

Durante todo el trayecto hasta llegar a High Ridge House repasé la escena que acababa de vivir en el aparcamiento de la reserva. ¿Me estaba volviendo paranoica o alguien había tratado de atropellarme? ¿Estaría borracho el conductor del Volvo? ¿Era ciego? ¿Era un imbécil?

¿Debería denunciar el incidente? ¿A Crowe? ¿A McMahon?

¿Me había resultado familiar la silueta del conductor? Automáticamente había pensado en «él», pero ¿era un hombre?

Decidí que durante la cena le preguntaría a Ryan qué opinaba de todo este asunto.

Una vez en la cocina de Ruby, me preparé una taza de té y la bebí lentamente. Cuando subí a Magnolia, mis nervios se habían calmado y las manos ya no me temblaban. Hice una llamada a la Universidad de Charlotte, sin esperar realmente que alguien me contestara. Mi ayudante levantó el auricular a la primera.

—¿Qué estás haciendo en el laboratorio un sábado?

—*Clasificando.*

—Muy bien. Aprecio tu dedicación, Alex.

—*La clasificación de piezas forma parte de mi trabajo. ¿Dónde estás?*

—Bryson City.

—*Pensé que ya habías acabado allí. Quiero decir, que tu trabajo había acabado. Quiero decir...* —Se interrumpió, insegura de lo que debía decir.

Su desconcierto me confirmó que las noticias de mi despido habían llegado a la universidad.

—Te lo explicaré todo cuando regrese.

—*Resiste, querida.*

Sin convicción.

—Escucha, ¿puedes buscar el ejemplar de mi libro que hay en el laboratorio?

—*¿La edición del ochenta y seis o la del noventa y ocho?*

Yo había sido la editora de un libro de técnicas forenses que se había convertido en un importante manual de consulta en su campo, principalmente gracias al excelente trabajo de los autores que había conseguido reunir para la obra, pero también había un par de capítulos míos. Después de doce años se había actualizado con una segunda edición completamente nueva.

—La primera.

—*Espera un segundo.*

Un momento después estaba nuevamente al aparato.

—*¿Qué necesitas?*

—Hay un capítulo que habla de las diferencias que se pueden establecer entre la población según el calcáneo. Búscalo.

—*Lo tengo.*

—¿Cuál es el porcentaje de clasificación correcta cuando se comparan los huesos del pie de población mongoloide, negra y blanca?

Hubo una larga pausa. Podía imaginar a Alex examinando el texto, la frente arrugada, las gafas deslizándosele por la nariz.

—*Justo por debajo del ochenta por ciento.*

—No es mucho.

—*Pero espera.* —Otra pausa—. *Eso se debe a que las diferencias entre los blancos y los negros no son tan evidentes. Los mongoloides podrían distinguirse con una precisión que oscila entre el ochenta y tres y el noventa y nueve por ciento. No está nada mal.*

—Muy bien. Ahora dame la lista de medidas.

Mientras apuntaba las cifras que me daba Alex sentí una opresión en el pecho.

—Ahora comprueba si hay un cuadro con los cocientes de función discriminativa canónica sin normalizar correspondientes a indios, blancos y negros norteamericanos.

Necesitaría esas cifras para compararlas con los cocientes que obtuviese del pie desconocido.

Pausa.

—*Cuadro cuatro.*

—¿Podrás enviarme ese artículo por fax?

—*Claro.*

Le di el nombre de Primrose Hobbs y el número de fax habilitado en el depósito provisional de Bryson City. Cuando hube colgado, saqué las notas que había tomado del caso número 397.

Cuando marqué otro número y pregunté por Primrose Hobbs una voz me dijo que no estaba allí, pero me preguntó si quería su número del Riverbank Inn.

Primrose también contestó a la primera. Sin duda, era mi día de suerte.

—*Hola, querida, ¿cómo estás?*

—Estoy bien, Primrose.

—*No permitas que esas calumnias te afecten. Dios hará lo que tenga que hacer, y Él sabe que es pura palabrería.*

—Yo no.

—*Un día nos sentaremos, jugaremos una partida de póquer y nos reiremos de todo esto.*

—Lo sé.

—*Aunque debo decir que, a pesar de ser una mujer inteligente, Tempe Brennan, eres la peor jugadora de póquer con la que nunca me he sentado en una mesa.*

Lanzó su carcajada profunda y ronca.

—No soy muy buena para los juegos de cartas.

—*Y que lo digas.*

Nuevamente la carcajada.

—Primrose, necesito que me hagas un favor.

—*Sólo tienes que pedirlo, cariño.*

Le di una versión resumida de la historia del pie y Primrose accedió a ir al depósito el domingo por la mañana. Leería el fax, me llamaría y yo la guiaría a través de las medidas que faltaban. Volvió a comentar los cargos que había contra mí y sugirió algunas localizaciones anatómicas donde Larke Tyrell podía metérselos.

Le agradecí su lealtad y colgué.

Ryan escogió el Injun Joe's Chili Joint para cenar. Yo elegí el Misty Mountain Café, que ofrecía *nouvelle cuisine* y unas vistas espectaculares de Balsam Mountain y de Maggie Valley. Ya que una razonable discusión no conseguiría resolver la cuestión, lanzamos una moneda al aire.

El Misty Mountain parecía más un hotel de una estación de esquí que un café, construido con troncos, con techos altos, chimeneas y cristal por todas partes. Cuando llegamos nos informaron de que nuestra mesa no estaría lista hasta dentro de noventa minutos, pero podían servirnos el vino inmediatamente en el patio.

En cambio Joe nos instaló sin demora. Incluso cuando gano, pierdo.

Un solo vistazo me bastó para saber que el público que acudía a *le joint* era muy diferente del de *le café*. Media docena de televisores transmitían un partido de fútbol americano y en la barra se acomodaba un nutrido grupo de hombres con gorras deportivas. Parejas y grupos ocupaban las mesas y los reservados, ataviados con ropa vaquera y botas, la mayoría de ellos pedía a gritos un buen corte de pelo o un afeitado. Mezclados con la multitud había numerosos turistas vestidos con anoraks de brillantes colores, y unos cuantos rostros que reconocí de la investigación del accidente.

Dos hombres se ocupaban de la barra, abrían las botellas, picaban hielo y servían bebidas de una fila de botellas alineadas delante de un espejo manchado. Los dos tenían la piel pálida y el pelo castaño y fino acababa en una coleta sujeta con un pañuelo de colores. No parecían pieles rojas pero tampoco vestían de Armani. Uno llevaba una camiseta con la inscripción «Johnson's Brown Ale», el otro parecía seguidor de algún grupo llamado Bitchin' Tits.[7]

En una especie de escenario que había en la parte trasera, al otro lado de una mesa de billar y de varias máquinas tragaperras, los miembros de una banda preparaban el equipo de música, dirigidos por una mujer vestida con pantalones de cuero negro y ma-

---

7. Considerando las características del lugar, la traducción de ese singular grupo sería «Tetas estropeadas». *(N. del t.)*

quillada como Cruella Deville. Cada pocos segundos podíamos oír los leves golpes amplificados de su dedo sobre el micrófono, luego contaba de uno a cuatro. Las pruebas de sonido apenas destacaban sobre el ruido de fondo producido por las alternativas del partido y la música de las máquinas tragaperras.

No obstante, la banda parecía disponer de suficiente potencia acústica para llegar a Buenos Aires. Le sugerí a Ryan que pidiésemos la cena.

Ryan echó un vistazo alrededor del salón e hizo un gesto con la mano alzada. Una cuarentona, con el pelo encrespado y un bronceado fuera de temporada, se acercó a la mesa. Sobre el pecho izquierdo llevaba una placa de plástico con su nombre. Tammi. Con «i».

—¿Qué va a ser?

Tammi apoyó el lápiz sobre el bloc de notas.

—¿Podría traerme la carta, por favor?

Tammi suspiró, buscó dos cartas en la barra y las arrojó sobre la mesa. Luego me miró con indulgente paciencia.

Click. Click. Click. Ding. Ding. Ding. Ding.

Mi decisión no llevó mucho tiempo. Injun Joe ofrecía nueve tipos de chile, cuatro hamburguesas, un frankfurt y montañas de carne picada y sazonada.

Yo pedí el Climbing Burger y una Coca-cola light.

—He oído que aquí preparan un chile de muerte.

Ryan exhibió ante Tammi un montón de dientes blancos.

—El mejor del oeste.

Tammi exhibió ante Ryan incluso más dientes.

Tap. Tap. Tap. Tap. Uno. Dos. Tres. Cuatro.

—Debe resultar difícil atender a tanta gente al mismo tiempo. No sé cómo lo hace.

—Encanto personal. —Tammi alzó la barbilla y adelantó una cadera.

—¿Cómo está el Walkingstick Chili?

—Caliente. Como yo.

Hice un esfuerzo para reprimir un chiste.

—Lo probaré. Y una botella de Carolina Pale.

—Eso está hecho, vaquero.

Click. Click. Click. Click. Ding. Ding. Ding. Ding. Ding. Tap. Tap. Uno. Dos. Tres. Cuatro.

Esperé hasta que Tammi estuviese fuera del alcance del oído, lo que, considerando el ruido ambiente, eran aproximadamente dos pasos.

—Menuda elección.

—Uno debe mezclarse con la población autóctona.

—Esta mañana te mostrabas bastante crítico con la población autóctona.

—Uno debe pulsar al hombre común —dijo Ryan.

—Y a la mujer —«Tap. Tap»—. Vaquero.

Tammi regresó con una cerveza, una Coca-cola light y un millón de kilómetros de dientes. La envié de regreso a la cocina con una sonrisa.

—¿Alguna novedad desde esta mañana? —pregunté cuando se hubo marchado.

—Parece que Haskell Simington puede no ser el pájaro que pensábamos. Resulta que el tío vale un montón de pasta, de modo que una póliza de dos millones por su esposa no es algo tan inusual. Además de valer megadólares, el tío ha nombrado a sus hijos como beneficiarios de su fortuna.

—¿Eso es todo?

Ryan esperó a que pasara otra prueba de sonido.

—El grupo de estructuras informó de que tres cuartas partes del avión habían sido retiradas de la montaña en camiones. Están montándolo nuevamente en un hangar cerca de Asheville.

Tap. Tap. Tap. Uno. *Scriiiiiiich.* Dos. Tres. Cuatro.

Los ojos de Ryan se desviaron hacia un televisor que había detrás de mi cabeza.

—¿Eso es todo?

—Eso es todo. ¿A qué vienen las huellas de garras anaranjadas?

—Es un juego particular de Clemson.

Me interrogó con la mirada.

—No tiene importancia.

Tammi regresó después de tres ensayos.

—Le he puesto una ración extra de queso —dijo con los labios fruncidos, inclinándose hacia Ryan y ofreciéndole una vista espectacular de su escote.

—Me encanta el queso.

Ryan le ofreció otra de sus sonrisas cegadoras y Tammi mantuvo la posición.

«Tap. Tap. Uno. Dos. Tres. Cuatro.»

Le eché un vistazo a Tammi a los pechos y ella los apartó de mi línea de visión.

—¿Alguna cosa más?

—Ketchup.

Cogí una patata frita.

—¿Algún comentario sobre mi visita de esta mañana al cuartel general?

Al levantar mi hamburguesa un cordón umbilical de queso la mantuvo unida al plato.

—El agente especial McMahon dijo que estabas muy bien en tejanos.

—No vi a McMahon por allí.

El panecillo derramaba unos pedazos de carne pastosos sobre el queso.

—Él sí que te vio a ti. Al menos desde atrás.

—¿Cuál es la posición del FBI con respecto a mi despido?

—No puedo hablar por todo el Departamento, pero sé que McMahon no aprecia demasiado al vicegobernador de tu estado.

—No estoy del todo segura de que Davenport se encuentre detrás de la queja.

—Lo esté o no, McMahon no tiene tiempo para él. Dice que Davenport tiene el cerebro en el culo. —Ryan se llevó una cucharada de chile a la boca y lo tragó con un poco de cerveza—. Los irlandeses somos poetas en el fondo.

—Pues el que tiene el cerebro en el culo puede hacer que te devuelvan a Canadá.

—¿Cómo te fue la tarde?

—Visité la reserva india.

—¿Viste a Tonto?[8]

—¿Por qué sabía que me preguntarías eso? —Metí la mano en mi bolso y saqué los mocasines—. Quería que tuvieses un recuerdo de mi tierra natal.

—¿Para compensar la forma en que me has tratado últimamente?

—Te he tratado como a un colega.

—Un colega al que le gustaría lamerte los dedos de los pies.

Sentí un cosquilleo en el estómago.

—Abre el paquete.

Lo hizo.

—Son muy monos.

Apoyó el tobillo sobre la otra rodilla y cambió uno de los zapatos náuticos por un auténtico mocasín indio. Una rubia que estaba sentada a la barra interrumpió el movimiento de quitarle la etiqueta a su Coors para observar la maniobra de Ryan.

—¿Los hizo el propio Toro Sentado?

—Toro Sentado era un indio sioux. Estos mocasines probablemente los hizo Wang Chou Lee.

---

8. Tonto era el compañero indio del «Llanero Solitario», personaje de un famoso cómic norteamericano de la década de los cincuenta. *(N. del t.)*

Ryan repitió la operación con el otro pie. La rubia dio unos golpecitos en el codo su acompañante.

—Tal vez no quieras usarlos aquí.

—Por supuesto que sí. Me los ha regalado una colega. ¿Has conocido a algún aborigen interesante?

Quise decirle que no.

—De hecho, sí.

Alzó la vista con unos ojos lo bastante azules para armonizar con un pueblo lleno de finlandeses.

—O, mejor dicho, podría haber conocido.

Le conté el incidente que había tenido con el Volvo.

—Dios santo, Brennan. Cómo...

—Lo sé. Cómo me meto en estas situaciones. ¿Crees que debería preocuparme por ello?

Esperaba que me dijese que no.

Ding Ding. Ding. Ding.

Tap. Tap. Uno. Dos. Tres. Cuatro.

Chile.

Cerveza.

Fragmentos de conversaciones.

—Los deconstruccionistas dicen que nada es real, pero he descubierto una o dos verdades en la vida —dijo Ryan—. La primera es que cuando te ataca un Volvo debes tomártelo muy en serio.

—No estoy segura de que ese tío quisiera arrollarme. Tal vez no me vio.

—¿Fue eso lo que pensaste en aquel momento?

—Eso me pareció.

—Segunda verdad: las primeras impresiones sobre un Volvo son generalmente correctas.

Acabamos de comer y Ryan estaba en el lavabo cuando vi que Lucy Crowe entraba en el local y se dirigía hacia la barra. Vestía su uniforme y su aspecto era amenazador.

Le hice señas pero Crowe no me vio. Me levanté y volví a agitar la mano. Una voz gritó detrás de mí.

—No me dejas ver el partido. Siéntate o cámbiate de sitio.

Ignoré la sugerencia y agité ambos brazos. Crowe me vio y levantó el índice derecho. Mientras me sentaba, el barman le acercó un vaso y luego se inclinó para susurrarle algo.

—¡Eh, muñeca!

Un paleto despreciado nunca es agradable. Decidí seguir ignorando sus comentarios y él continuó con sus burlas.

—Eh, tú, la del numerito del molino.

El paleto parecía entusiasmado y decidido a seguir con su juego hasta que vio que Lucy Crowe se dirigía hacia mi mesa. Comprendió su error, tomó la cerveza de un trago y volvió a concentrarse en el partido.

Ryan y Crowe llegaron al reservado al mismo tiempo. Al ver el calzado de Ryan, la sheriff me miró.

—Es canadiense.

Ryan dejó pasar el comentario y se sentó.

Crowe dejó la botella de Seven Up en la mesa y se unió a nosotros.

—La doctora Brennan tiene una historia que desea compartir —dijo Ryan, mientras sacaba el paquete de cigarrillos.

Le lancé una mirada cargada de dinamita. Habría preferido toda una vida de inspecciones de Hacienda antes que explicarle a Lucy Crowe el incidente del Volvo.

Me escuchó sin interrumpirme.

—¿Apuntó el número de la matrícula?

—No.

—¿Puede describir al conductor?

—Llevaba una gorra.

—¿Qué clase de gorra?

—No podría decirlo.

Sentí que la humillación me encendía las mejillas.

—¿Había alguna otra persona presente cuando ocurrió?

—No. Lo comprobé. Mire, todo este asunto podría haber sido sólo un accidente. Tal vez sólo se trataba de un crío con el Volvo de papá.

—¿Es eso lo que cree? —Sus ojos color apio estaban clavados en los míos.

—No. No lo sé.

Apoyé las manos en la mesa, las retiré y se me derramó un poco de cerveza sobre los tejanos.

—Mientras estaba en la reserva se me ocurrió algo que nos podría ser útil —dije, cambiando de tema.

—¡Oh! ¿Ah, sí?

Describí la investigación del hueso del pie y les expliqué cómo podían utilizarse las medidas para determinar la raza del sujeto.

—Con este método incluso podría saber sus preferencias políticas.

—Mañana hablaré con los familiares de Daniel Wahnetah. —Agitó el hielo de su Seven Up—. Pero he descubierto algunos hechos interesantes relacionados con George Adair.

—¿El pescador desaparecido?

Crowe asintió.

—El año pasado Adair visitó a su médico una docena de veces. Siete de esas visitas se debieron a problemas de garganta. Las otras cinco por dolores en los pies.

—Es un buen dato.

—Y aún hay más. Hacía sólo una semana que Adair había desaparecido cuando su inconsolable viuda viajó a Las Vegas con su vecino.

Esperé mientras bebía el Seven Up.

—El vecino es el mejor amigo de George Adair.

—¿Y su compañero de pesca?

—Exacto.

12

A la mañana siguiente dormí hasta las ocho, alimenté a *Boyd* y tomé una sobredosis de uno de los desayunos montañeses de Ruby. Mi anfitriona se había encariñado con el perro y la Escritura de aquel día estaba dedicada a los peces del mar, las aves del aire y las cosas que se arrastraban sobre la tierra. Me pregunté si *Boyd* podía ser considerado como una criatura que se arrastra, pero no dije nada.

Cuando abandoné el comedor Ryan aún no había aparecido. O bien se había marchado muy temprano, tras saquear la cocina, o había pasado de los pasteles calientes, el beicon y el maíz. La noche anterior habíamos regresado del Injun Joe a las once aproximadamente y él había repetido su invitación habitual. Yo le había dejado en el porche delantero, meciéndose solo en el columpio.

Estaba subiendo a Magnolia cuando comenzó a sonar el móvil. Era Primrose que me llamaba desde el depósito.

—Debes haberte levantado con las gallinas.

—*¿Has estado fuera?* —preguntó.

—Aún no.

—*Hace una mañana preciosa.*

—¿Has recibido el fax?

—*Lo he recibido. He estudiado las descripciones y los diagramas y tomado todas las medidas.*

—Eres asombrosa, Primrose.

Subí de dos en dos los últimos escalones, corrí a mi habitación y abrí el archivo del caso número 387. Después de tomar nota de las nuevas cifras, comparamos los datos de Primrose con los que yo ya tenía.

—Cada una de tus medidas difiere sólo un milímetro de las mías —dije—. Eres buena.

—*No te quepa la menor duda.*

Segura de que el error entre los observadores no sería un problema, le agradecí su trabajo y le pregunté cuándo podría conseguir el artículo. Me sugirió que nos encontrásemos en veinte minutos en la entrada del aparcamiento. En su opinión, era mejor que todavía no entrase en el depósito.

Primrose debía de estar controlando el lugar, ya que, tan pronto como dejé la carretera, apareció por la puerta trasera del depósito y comenzó a atravesar el aparcamiento, el bastón en una mano y una bolsa de plástico en la otra.

Entretanto, el guardia se acercó a mi coche, leyó la matrícula y comprobó detenidamente el número en su lista. Luego negó con la cabeza, levantó la mano en un gesto de prohibido el paso y con la otra me hizo señas para que diese media vuelta y me largara. Primrose se acercó al hombre e intercambió con él algunas palabras.

El guardia continuó señalando y negando con la cabeza. Primrose se inclinó más y le dijo algo, una mujer negra mayor a un hombre blanco joven. El guardia puso los ojos en blanco, cruzó los brazos delante del pecho y la observó mientras Primrose continuaba hacia mi coche, un general de cinco estrellas con botas, mono de trabajo y un moño de abuela.

Apoyándose en el bastón, me alcanzó la bolsa a través de la ventanilla de mi lado. Su rostro permaneció serio durante un momento, luego una sonrisa le iluminó los ojos y me dio unas palmadas en el hombro.

—No permitas que este problema te quite el sueño, Tempe. Tú no has hecho ninguna de esas cosas y pronto se darán cuenta.

—Gracias, Primrose. Tienes razón, pero es duro.

—Por supuesto que lo es. Pero estoy contigo.

Su voz era tan sedante como uno de los conciertos de Brandeburgo.

—Mientras tanto, tómatelo con calma, maldita sea.

Luego se volvió y echó a andar hacia el depósito.

Muy pocas veces había oído maldecir a Primrose Hobbs.

Cuando volví a mi habitación, saqué el artículo enviado por fax, busqué el Cuadro IV, comparé las medidas e hice los cálculos matemáticos correspondientes.

El pie se incluía dentro de la clasificación indio norteamericano.

Volví a hacer los cálculos empleando una segunda función.

Aunque más próximo al grupo de afroamericanos, el pie seguía incluido en el de los indios norteamericanos.

George Adair era blanco, Jeremiah Mitchell era negro. Eso en cuanto al pescador perdido y al hombre que le había pedido prestada el hacha a su vecino.

A menos que hubiese regresado a la reserva, Daniel Wahnetah parecía la opción más segura.

Comprobé la hora. Las once menos cuarto. Bastante tarde.

La sheriff no estaba en su oficina. No. No la llamarían a su casa. No. No estaban autorizados a dar el número de su busca. ¿Se trataba de una emergencia? Le darían el mensaje de que yo había llamado.

Maldita sea. ¿Por qué no le había pedido a Crowe el número de su busca?

Durante las dos horas siguientes me entregué a una serie de actividades irrelevantes, más dirigidas a aliviar la tensión que a alcanzar un objetivo concreto. Los conductistas lo llaman desplazamiento.

Después de una sesión de lavandería que incluyó lavar las bragas en el lavamanos del cuarto de baño, clasifiqué y organicé el contenido de mi maletín, borré los archivos temporales de mi ordenador portátil, controlé los movimientos del talonario de cheques y dispuse de otro modo la colección de animales de cristal de Ruby. Luego llamé a mi hija, a mi hermana y a mi ex marido.

Pete no contestó y supuse que aún no había regresado de su viaje a Indiana. Katy tampoco contestó y preferí no hacer ninguna suposición. Harry me tuvo al teléfono cuarenta minutos. Estaba dejando su actual trabajo, tenía problemas con la dentadura y estaba saliendo con un hombre de Denton llamado Alvin. ¿O acaso era Denton de Alvin?

Estaba entretenida probando las opciones de mi teléfono cuando desde el patio me llegó un extraño aullido, como el de un sabueso en una película de Bela Lugosi. Miré hacia abajo a través de la persiana y vi a *Boyd* sentado en mitad de su improvisada perrera, la cabeza echada hacia atrás, un aullido surgía de su garganta.

—*Boyd*.

Dejó de aullar y miró a su alrededor. A lo lejos, en las montañas, se oyó una sirena.

—Estoy aquí arriba.

El perro levantó la cabeza y la lengua púrpura quedó colgando fuera de la boca.

—Mira hacia arriba, hombre.

Cabeza inclinada.

—¡Arriba!

Di unas palmadas.

El chow-chow giró, corrió hasta el extremo de la perrera, se sentó y reanudó su serenata a la ambulancia.

Lo primero que llama la atención en *Boyd* es su cabeza desproporcionadamente grande. Pero cada vez es más evidente que la capacidad craneal del perro no guarda ninguna relación con el tamaño de su intelecto.

Cogí la cazadora y la correa y abandoné la habitación.

La temperatura aún era cálida y agradable, pero el cielo comenzaba a llenarse lentamente de nubes oscuras. El viento batía mi cazadora y las hojas y la pinaza se arremolinaban en el camino de grava.

En esta ocasión subimos primero colina arriba, *Boyd* abría la marcha, jadeando y tosiendo debido a la presión que ejercía el collar sobre el cuello. Corría de un árbol a otro, olisqueaba la tierra y despedía pequeños chorros de orín, mientras yo contemplaba el valle que se extendía a mis pies, cada uno disfrutaba del paisaje de la montaña a su manera.

Habíamos recorrido aproximadamente un kilómetro cuando *Boyd* se quedó inmóvil y alzó la cabeza como si tuviese un muelle en el cuello. La piel se le erizó a lo largo del lomo, entreabrió la boca y un gruñido sordo surgió desde el fondo de la garganta, un sonido completamente diferente a la exhibición anterior de la sirena.

—¿Qué pasa?

Ignoró mi pregunta, y liberándose de la correa se lanzó hacia los árboles.

—¡*Boyd*!

Di un puntapié en el suelo y me froté la dolorida palma de la mano.

—¡Mierda!

Podía oírle moviéndose entre los árboles, ladrando como si estuviese en una misión de vigilancia.

—¡*Boyd*, vuelve aquí!

Los ladridos continuaron.

Maldiciendo al menos a una de las criaturas que se arrastran, abandoné el camino y seguí el rastro de los ladridos. Lo encontré a unos diez metros, corría de un lado a otro, ladrándola hacia la base de un roble blanco.

—¡Boyd!

Continuó corriendo, ladrando y gruñendo junto al roble.

—¡BOYD!

Se paró en seco y me miró.

Los perros poseen una musculatura facial fija, que hace imposible cualquier expresión. No pueden sonreír, fruncir el ceño o hacer muecas. Sin embargo, las cejas de Boyd hicieron un movimiento que expresaba claramente su incredulidad.

¿Estás loca?

—¡Boyd, siéntate!

Lo señalé con un dedo y lo mantuve inmóvil

Miró el árbol, luego a mí y se sentó. Sin bajar el dedo, me acerqué a él y cogí la correa.

—Venga hombre, estás loco —dije, palmeándole la cabeza y luego tirando de él para regresar al camino.

Boyd se giró y ladró en dirección al roble, luego se volvió y movió nuevamente las cejas.

—¿Qué ocurre?

Rrrrup. Rup. Rup.

—De acuerdo. Vamos a ver de qué se trata.

Aflojé un poco la correa y me arrastró hacia el árbol. A pocos pasos del tronco comenzó a ladrar y girar alrededor del roble con los ojos brillantes por la excitación. Aparté la vegetación con la bota.

Una ardilla muerta yacía entre los cardos, con las órbitas vacías, el tejido marrón cubría sus huesos como una mortaja de cuero oscura.

Miré al perro.

—¿Es esto lo que te ha puesto como una fiera?

Saltó sobre las patas delanteras, alzando el cuarto trasero, luego dio dos pequeños saltos hacia atrás.

—Está muerta, *Boyd*.

Inclinó la cabeza y movió ambas cejas.

—Venga, vamos, sabueso.

El resto del paseo transcurrió sin incidentes. *Boyd* no encontró más cadáveres y nuestro promedio fue mucho mejor colina abajo. Al coger la última curva me sorprendió ver un coche patrulla aparcado bajo los árboles en High Ridge House, el escudo del Departamento del Sheriff del Condado de Swain se veía claramente en el lateral.

Lucy Crowe estaba en la escalera del porche delantero, con una botella de Dr. Pepper en una mano y el sombrero de las Smoky en la otra. *Boyd* se dirigió directamente a ella, meneando la cola, la lengua le colgaba como si fuese una anguila púrpura. La sheriff apoyó el sombrero en la barandilla y le acarició el pelo al perro. *Boyd* olisqueó y le lamió la mano, luego se echó en el porche con el hocico apoyado en las patas delanteras y cerró los ojos. *Boyd* el Aniquilador.

—Bonito perro —dijo Crowe, secándose la mano en las posaderas.

—Lo tengo a mi cargo durante algunos días.

—Los perros son una buena compañía.

—Hum.

Era evidente que nunca había estado con *Boyd*.

—Estuve hablando con la familia Wahnetah. Daniel aún no ha aparecido.

Esperé mientras bebía un poco de su refresco.

—Dicen que medía casi un metro ochenta.

—¿Se quejaba de dolores en los pies?

—Aparentemente nunca se quejaba de nada. Tampoco hablaba mucho, le gustaba estar solo e ir a su aire. Pero hay un detalle interesante. Uno de los lugares de acampada de Daniel estaba en Running Goat Branch.

—¿Dónde está Running Goat Branch?

—A tiro de piedra de su recinto amurallado.

—Es una broma.

—No lo es.

—¿Estaba allí cuando desapareció?

—La familia no estaba segura, pero fue el primer lugar donde buscaron.

—Yo también tengo un detalle interesante —dije, cada vez más excitada.

Le hablé de la clasificación de función discriminativa que colocaba los huesos del pie encontrado próximos a los indios norteamericanos.

—¿Puede conseguir ahora esa orden de registro? —le pregunté.

—¿Basada en qué?

Señalé las razones alzando los dedos.

—Un indio norteamericano desapareció de su condado. Tengo en mi poder un pie que coincide con ese perfil. Esa parte del cuerpo fue recuperada en una zona muy próxima a un lugar frecuentado por su desaparecido.

Ella arqueó una ceja y luego realizó su propia operación con los dedos.

—Una parte de un cuerpo que podría estar relacionada o no con un desastre aéreo. Un viejo que podría estar muerto o no. Una propiedad que podría o no estar relacionada con cualquiera de esas situaciones.

Y la corazonada de una antropóloga que podría o no ser la semilla del diablo. No lo dije.

—Al menos podemos ir a ese lugar de acampada y echar un vistazo —dije.

Ella lo pensó un momento y luego miró su reloj.

—Eso sí puedo hacerlo.

—Deme cinco minutos.

Hice un gesto hacia *Boyd*.

Ella asintió.

—Ven.

Alzó la cabeza y movió las cejas.

Un destello en mi mente. La ardilla muerta. Mi trabajo me vuelve especialmente sensible al hedor de la putrefacción, y sin embargo no había sido capaz de detectar un rastro. *Boyd* había salido disparado diez metros antes de haber llegado hasta donde se encontraba la ardilla.

—¿Podríamos llevar al perro? —pregunté—. No está entrenado para encontrar cadáveres, pero es muy bueno descubriendo carroña.

—Irá en el asiento de atrás.

Abrí la puerta y lo llamé con un silbido. *Boyd* se lanzó dentro del coche.

Habían pasado once días desde que el avión de la TransSouth Air había explotado en el aire y había caído en las montañas de Carolina del Norte. Todos los restos habían sido trasladados al depósito y lo que quedaba del avión se estaba transportando montaña abajo. La operación de recuperación de restos estaba concluyendo y el cambio era evidente.

Ahora la carretera del condado estaba abierta, aunque un ayudante del sheriff protegía la entrada a la carretera del Servicio Forestal. Los familiares de las víctimas y la prensa se habían marchado y sólo un puñado de vehículos permanecía en la zona del mirador.

Crowe apagó el motor donde acababa la carretera, aproximadamente un kilómetro más allá del límite de acceso a la zona del accidente. A la derecha se alzaba una enorme formación de granito. Crowe ajustó la radio al cinturón, cruzó el camino de grava y echó a andar colina arriba, estudiando cuidadosamente la línea de los árboles.

Até la correa al collar de *Boyd* y la seguimos. Mantenía al perro lo más próximo a mí que podía. Cinco minutos después, la sheriff se desvió a la izquierda y desapareció entre los árboles que cubrían el terraplén. Aflojé un poco la correa y *Boyd* me arrastró siguiendo el rastro de Crowe.

La tierra ascendía de forma pronunciada, se nivelaba y luego se precipitaba hacia el valle. A medida que nos alejábamos de la carretera, el bosque se volvía más frondoso y todo el paisaje parecía ser el mismo. Pero las señales dejadas por la familia Wahnetah tenían sentido para Lucy Crowe. Encontró el sendero que habían descrito y, desde allí, un estrecho camino polvoriento. No podía decir si se trataba del mismo sendero para el acarreo de madera que pasaba junto al lugar del accidente o bien otro similar.

A Crowe le llevó cuarenta minutos encontrar la cabaña de Daniel, levantada entre pinos y hayas a orillas de un pequeño arroyo. Yo probablemente hubiese pasado sin verla.

El campamento tenía el aspecto de haber sido abandonado a toda prisa. La cabaña era de madera, el suelo de tierra, el techo de chapa acanalada, se extendía en la parte delantera para cubrir un banco de madera que había junto a la puerta. Una mesa de madera y otro banco ocupaban la parte izquierda de la choza, a la derecha había un tocón. En los alrededores se veían pilas de botellas, latas, neumáticos y otros desperdicios.

—¿Cómo cree que pudieron llegar esos neumáticos hasta aquí? —pregunté.

Crowe se encogió de hombros.

Abrí la puerta con cuidado y asomé la cabeza. En la penumbra alcancé a divisar un catre, una silla de jardín de aluminio y una mesa plegable que servía de base a un hornillo de acampada oxidado y una colección de platos y vasos de plástico. Un equipo de pesca, un cubo, una pala y una linterna colgaban de varios clavos en la pared. En el suelo había varias latas de queroseno. Eso era todo.

—¿Habría dejado el viejo su equipo de pesca si pensaba marcharse?

Otro encogimiento de hombros.

Al no tener un plan definido, Crowe y yo decidimos separarnos. Ella buscó a lo largo de la orilla del arroyo mientras yo examinaba la zona del bosque próxima a la cabaña. Mi compañero canino olisqueaba todo y orinaba feliz entre los árboles.

Al regresar a la cabaña, até fuertemente la correa a la pata de la mesa, abrí la puerta de par en par y luego puse una piedra a modo de tope. En el interior, el aire olía a moho, queroseno y moscatel. Los ciempiés se deslizaban por todas partes mientras examinaba los objetos y, en un momento dado, un mosquito subió por mi brazo. No encontré nada que pudiese indicar dónde había ido Daniel Wahnetah o cuándo se había marchado. O por qué.

Crowe reapareció mientras yo investigaba el contenido de la pila de desperdicios. Después de haber examinado docenas de botellas de vino, latas de galletas y latas de carne estofada Dinty Moore, abandoné la búsqueda y me reuní con la representante de la ley.

El viento hacía susurrar los árboles. Las hojas navegaban a través del suelo en una colorida regata y una esquina del techo de chapa ondulada subía y bajaba produciendo un sonido chirriante. Aunque el aire era denso y pesado, alrededor de nosotras el movimiento era constante.

Crowe sabía lo que yo estaba pensando. Sin decir nada sacó del interior de su cazadora un pequeño atlas con lomo de espiral y buscó algo pasando las páginas.

—Muéstreme dónde es —dijo, alcanzándome el pequeño ejemplar.

El mapa que había elegido era un primer plano de la zona del condado de Swain donde nos encontrábamos en ese momento. Utilizando curvas de nivel, la carretera del condado y los senderos de acarreo de madera, localicé el lugar del accidente. Luego calculé la posición de la casa con el recinto amurallado y señalé el lugar.

—Aquí.

Crowe estudió la topografía que rodeaba con el dedo índice.

—¿Está completamente segura de que hay una estructura allí?

Percibí un matiz de duda en su voz.

—Sí.

—Está a menos de dos kilómetros.

—¿Andando?

Ella asintió con un movimiento ligeramente más lento de lo habitual.

—Que yo sepa no hay ninguna carretera, de modo que podríamos ir a través del bosque.

—¿Puede encontrar la casa?

—Puedo encontrarla.

Pasamos una hora abriéndonos paso a través de árboles y matorrales, subiendo una colina y bajando otra, siguiendo una huella que estaba clara para Crowe pero que para mí era completamente invisible. Entonces, en un viejo pino, con el tronco gastado y lleno de nudos, salimos a un sendero que hasta yo fui capaz de reconocer.

Un momento después llegamos a un muro alto que me resultaba vagamente familiar de mi visita anterior. Todos mis sentidos se agudizaron mientras recorríamos la piedra cubierta de moho. Un grajo lanzó un graznido, un chirrido agudo y estridente que me puso los pelos de punta. Aquí había algo. Lo sabía.

Boyd continuaba olisqueando y recorriendo el lugar, indiferente a mi tensión. Envolví la correa alrededor de la palma, sujetando con fuerza el collar.

A pocos metros, el muro hacía un giro de noventa grados. Crowe rodeó la esquina y yo la seguí, sujetaba la correa con tanta fuerza que sentía las uñas clavadas en la palma de la mano.

La línea de árboles acababa a poca distancia del final del muro. Crowe se detuvo en el borde del bosque y *Boyd* y yo nos reunimos con ella.

Un poco más adelante y hacia la izquierda divisé otro recinto amurallado, la pared de piedra se alzaba oscura y cubierta de musgo unos metros atrás. Ya estaba orientada. Nos habíamos acercado a la propiedad desde la parte posterior; la casa se alzaba delante de nosotras, su parte posterior se apoyaba contra el risco. El muro que habíamos estado rodeando circundaba una zona más grande que yo no había advertido durante mi primera visita. El patio se encontraba dentro del recinto mayor.

—Que me cuelguen.

Crowe se agachó y quitó el seguro a su arma.

Llamó en voz alta como lo había hecho yo unos días antes. Volvió a gritar.

Con los ojos y los oídos alerta nos aproximamos a la casa y subimos lentamente el breve tramo de escalera. Los postigos continuaban cerrados y las ventanas cubiertas con cortinas. Me asaltó el mismo presentimiento que había tenido la primera vez.

Crowe se colocó a un lado de la puerta y me hizo un gesto con la mano. Cuando *Boyd* y yo estuvimos detrás de ella, llamó a la puerta con fuerza. No hubo respuesta.

Volvió a llamar y esta vez se identificó. Silencio.

Crowe alzó la vista y echó un vistazo alrededor.

—No hay líneas telefónicas. Tampoco tendido eléctrico.

—Teléfono móvil y generador.

—Podría ser. O puede que esté abandonado.

—¿Quiere echar un vistazo al patio?

—No sin una orden de registro.

—Pero, sheriff...

—Sin una orden de registro no podremos entrar a ninguna parte. —Me miró sin pestañear—. Vamos. La invitaré a un Dr. Pepper.

En ese momento comenzó a caer una ligera llovizna. Escuché las gotas que rebotaban en el tejado de chapa mientras la frustración me consumía. Ella tenía razón. Sólo era una corazonada. Pero cada célula de mi cuerpo me decía que algo muy importante estaba al alcance de la mano. Algo maligno.

—¿Podría llevar a *Boyd* alrededor de la propiedad, a ver si se le ocurre algo?

—Mantenga al perro fuera de los muros y no habrá problemas. Comprobaré si existe algún acceso para vehículos. Si alguien viene a este lugar, seguramente lo hará en coche.

Durante quince minutos *Boyd* y yo examinamos la zona de bosque al oeste de la casa, como lo había hecho durante mi primera visita. El perro no mostró ninguna reacción significativa. Aunque comenzaba a sospechar que el descubrimiento de la ardilla muerta había sido un golpe de suerte, decidí que haría un último reconocimiento, recorriendo el borde del bosque hasta el límite con el segundo recinto. Ése era territorio virgen.

Estábamos a unos veinte metros del muro cuando *Boyd* alzó la cabeza. Su cuerpo se puso tenso y los pelos del lomo volvieron a erizarse. Movió el hocico, olisqueó el aire y luego gruñó como sólo lo había oído hacer una vez, un gruñido profundo, salvaje y viscoso. Luego se lanzó hacia adelante, tosiendo y ladrando como si estuviese poseído.

Trastabillé, apenas capaz de sujetarlo.

—¡*Boyd*! ¡Ven aquí!

Clavé los tacos de las botas en la tierra húmeda y sujeté la correa con ambas manos. El perro continuaba tirando, la musculatura tensa, las patas delanteras rascando la tierra en un lento avance.

—¿Qué ocurre?

Ambos lo sabíamos.

Dudé un momento mientras el corazón golpeaba mis costillas. Luego solté la correa y dejé que cayera al suelo.

Boyd salió disparado hacia el muro de piedra y estalló en un frenesí de ladridos, aproximadamente a dos metros al sur de la esquina posterior del muro. Vi que en ese lugar la argamasa se estaba desmoronando y que una docena de piedras habían caído a tierra, dejando una abertura entre el suelo y los cimientos del muro.

Corrí hacia *Boyd*, me agaché junto a él y examiné la abertura. El suelo estaba húmedo y descolorido. Al darle la vuelta a una de las piedras que habían caído del muro vi una docena de diminutos objetos marrones.

Al instante supe lo que Boyd había encontrado.

13

El lunes por la mañana no fui al tribunal del condado de Swain. En cambio volví a atravesar las montañas al oeste de Tennessee y, a media mañana, me encontraba aproximadamente a cincuenta kilómetros al noroeste de Knoxville, cerca de la entrada del Laboratorio Nacional Oak Ridge. El día era húmedo y oscuro y el limpiaparabrisas se movía intermitentemente adelante y atrás, dibujando dos abanicos transparentes en el cristal empañado.

A través de la ventanilla vi a una mujer mayor y a un niño que alimentaban a un grupo de cisnes en la orilla de un pequeño estanque. Cuando tenía diez años tuve un encuentro poco amistoso con un horrible pato que podría haber requerido la ayuda de algún tipo de fuerzas especiales. Puse en duda la conveniencia de su actividad con esos palmípedos.

Después de haber exhibido mi credencial ante el guardia de la entrada, conduje a través de un amplio aparcamiento hasta la recepción. Mi anfitrión me estaba esperando, autorizó mi presencia firmando algo y nos dirigimos al coche. Otros cien metros y comprobaron mi nueva credencial ORNL y la matrícula del coche en un tercer puesto de control antes de que me permitiesen pasar a través de una valla metálica que rodeaba todo el complejo.

—Veo que tienen unas medidas de seguridad muy estrictas. Pensaba que esto era el Departamento de Energía.

—Lo es. La mayor parte del trabajo que hacemos es sobre la conservación de la energía, computadoras y robótica, conservación biomédica y medioambiental, desarrollo de radioisótopos médicos, esa clase de cosas. Mantenemos la seguridad para proteger la propiedad intelectual y el equipamiento médico. También tenemos un reactor de isótopos de alta velocidad.

Laslo Sparks tenía poco más de treinta años pero ya comenzaba a alimentar un vientre prominente. Sus piernas eran cortas y ligeramente arqueadas y el rostro redondo y con marcas de viruela en las mejillas.

Oak Ridge había nacido como el niño maravilla de la segunda guerra mundial, construido en 1943 en sólo tres meses. Mientras miles de seres humanos morían en los campos de batalla de Europa y Asia, Enrico Fermi y sus colegas acababan de conseguir la fisión nuclear en una pista de squash bajo las gradas del estadio de fútbol de la Universidad de Chicago. La misión de Oak Ridge había sido muy sencilla: construir la bomba atómica.

Laslo me condujo a través de un laberinto de calles estrechas. Primero a la derecha. Luego a la izquierda. Izquierda. Derecha. De no ser por su enorme tamaño, aquello parecía un proyecto de apartamentos del Bronx.

Laslo señaló un edificio de ladrillo oscuro idéntico a montones de otros edificios de ladrillo oscuro.

—Aparca aquí —dijo.

Aparqué donde me indicaba y apagué el motor.

—Quiero que sepas que agradezco lo que haces teniendo en cuenta que te he avisado con tan poco tiempo.

—Tú estabas ahí cuando necesité tu ayuda.

Hacía algunos, años, Laslo había necesitado huesos para una investigación de antropología para su doctorado y yo le había proporcionado algunas muestras. Desde entonces habíamos seguido en contacto, durante los últimos diez años había trabajado como investigador en Oak Ridge.

Laslo esperó mientras yo sacaba una pequeña nevera del maletero y luego me acompañó al interior del edificio, donde subimos una escalera para llegar a su laboratorio. La habitación era pequeña y carecía de ventanas, cada milímetro de espacio estaba ocupado por mesas metálicas abolladas, ordenadores, impresoras, neveras y un millón de máquinas que brillaban y zumbaban. Frascos de vidrio, recipientes con agua, instrumentos de acero inoxidable y cajas con guantes de látex se alineaban encima de las mesas, debajo se apilaban cajas de cartón y cubos de plástico.

Laslo me llevó hasta su pequeño espacio de trabajo en la parte trasera y cogió mi nevera. Sacó de ella una bolsa de plástico, le quitó la cinta que la cerraba herméticamente y echó un vistazo en su interior.

—Explícame la historia otra vez —dijo, al tiempo que olía el contenido de la bolsa.

Mientras le explicaba mi excursión en compañía de Lucy Crowe, Laslo vertió tierra de la bolsa en un recipiente de vidrio. Luego comenzó a llenar de datos un formulario en blanco.

—¿Dónde recogiste la muestra?

—En el lugar donde me indicó el perro, debajo del muro y de las piedras que se habían derrumbado. Pensé que ahí la tierra debía estar especialmente protegida.

—Bien hecho. Normalmente un cadáver actúa como una especie de escudo para la tierra, pero las piedras habrían ejercido el mismo efecto.

—¿La lluvia crea algún problema?

—En un ambiente protegido, las secreciones pesadas y mucoides producidas por la fermentación anaeróbica contribuyen a que la tierra forme una masa compacta, haciendo que los factores diluyentes propios de la lluvia sean insignificantes.

Era como si estuviese leyendo uno de sus artículos en el *Journal of Forensic Sciences*.

—Por favor, Laslo, en cristiano. Éste no es mi terreno.

—Descubriste la mancha producida por la descomposición.

—En realidad fue mi perro. —Señalé un pequeño frasco de plástico—. La pista me la dieron las crisálidas.

Laslo cogió el recipiente, desenroscó la tapa y depositó varias vainas en la palma de la mano. Cada una parecía un balón de fútbol americano en miniatura.

—De modo que ya se había producido la migración del gusano.

—Eso si la mancha procede de un proceso de descomposición.

Había tenido toda la noche para preocuparme por el descubrimiento de *Boyd*. Aunque estaba segura de que su olfato y mis instintos no se equivocaban, quería una prueba.

—Las crisálidas de gusano indican claramente la presencia de un cadáver. —Volvió a guardar las vainas en el frasco—. Creo que tu perro hizo un buen hallazgo.

—¿Puedes determinar si se trataba de un animal?

—La cantidad de ácidos grasos volátiles nos dirá si el cuerpo pesaba más de cincuenta kilos. Muy pocos mamíferos alcanzan ese tamaño.

—¿Qué me dices de la caza? Un ciervo o un oso pueden superar ese tamaño.

—¿Encontraste pelos?

Sacudí la cabeza.

—Los animales en descomposición dejan toneladas de pelos. Y huesos, naturalmente.

Cuando un organismo muere, carroñeros, insectos y microbios se interesan inmediatamente por él, algunos se lo comen por fuera, otros por dentro, hasta que el cuerpo queda reducido a los huesos. A este proceso se lo conoce como descomposición.

Ruby hablaría en términos de polvo al polvo, pero el proceso es mucho más complicado que eso.

La masa muscular, que representa entre el 40 y el 50 por cierto del peso de un ser humano, está compuesta de proteína, que a su vez está compuesta de aminoácidos. Al morir, la fermentación de la grasa y la proteína producen ácidos grasos volátiles, o AGV, a través de la acción de las bacterias. En el interior actúan otros microbios. A medida que avanza la putrefacción, los fluidos manan del cuerpo, llevando con ellos los AGV. Los investigadores llaman humores a esta mezcla.

La investigación de Laslo se centraba básicamente en el aspecto microbiano, analizándose los componentes orgánicos contenidos en la tierra que había debajo y alrededor de un cuerpo. Años de trabajo han demostrado una correlación entre el proceso de descomposición y la producción de ácidos grasos volátiles.

Observé mientras filtraba la tierra a través de un cedazo de acero inoxidable.

—¿Qué es lo que buscas exactamente en la tierra?

—No uso tierra sino una solución de tierra.

Mi expresión debió de ser lo bastante elocuente.

—El componente líquido entre las partículas de tierra. Pero primero debo limpiarla.

Pesó la muestra.

—A medida que fluyen los líquidos corporales, la materia orgánica se une a la tierra. No puedo emplear extractores químicos para separarla, porque se disolverían parcialmente los ácidos grasos volátiles del cuerpo en descomposición.

—Y alteraría sus dimensiones.

—Exacto.

Colocó la tierra en un tubo centrífugo y le añadió agua.

—Utilizo agua deionizada en una proporción de dos a uno.

El tubo giró velozmente durante un minuto para mezclar la solución. Luego Laslo lo metió en una centrifugadora y cerró finalmente la tapa.

—La temperatura del interior se mantiene a cinco grados. Centrifugaré la mezcla durante cuarenta minutos, luego filtraré la muestra para eliminar los microorganismos que puedan haber quedado. Después el proceso es sencillo. Comprobaré el pH, la acidificaré con una solución de ácido fórmico y meteré la muestra en el cromatógrafo de gases.

—A eso llamo yo un curso intensivo.

Laslo terminó de ajustar unos controles, me señaló uno de los escritorios y nos sentamos.

—Muy bien. Como sabes, estoy buscando los productos de la descomposición de músculos y grasa llamados ácidos grasos volátiles. ¿Estás familiarizada con los cuatro estadios de la descomposición?

Los antropólogos y los investigadores forenses clasifican los cadáveres en cuatro estadios: fresco, hinchado, descompuesto o esquelético.

Asentí.

—En un cadáver fresco los cambios de los ácidos grasos volátiles son escasos. En el segundo estadio, un cuerpo se hincha como consecuencia de la fermentación anaeróbica, un proceso que se produce principalmente en los intestinos. Esto hace que la piel se abra y se filtren productos derivados de la fermentación ricos en ácidos butíricos.

—¿Ácidos butíricos?

—Los ácidos grasos volátiles incluyen cuarenta y un compuestos orgánicos diferentes y el ácido butírico es uno de ellos. Los ácidos butírico, fórmico, acético, propiónico, valeriánico, caproico y heptanoico son detectables en la solución de tierra porque son solubles en agua. Dos de ellos, los ácidos fórmico y acético, son demasiado abundantes en la naturaleza para resultar significativos en una muestra.

—El ácido fórmico es el que causa dolor por la picadura de las hormigas, ¿verdad?

—Exacto. Los ácidos caproico y heptanoico sólo se encuentran en cantidades significativas durante los meses más fríos del año. Los ácidos propiónico, butírico y valérico son mis preferidos. Son liberados por los cuerpos en descomposición y depositados en soluciones de tierra en proporciones específicas.

Me sentía como si hubiese vuelto a la asignatura de bioquímica.

—Puesto que los ácidos butírico y propiónico se forman por la acción de bacterias anaeróbicas en los intestinos, los niveles son muy elevados durante el estadio de hinchazón.

Asentí.

—Más tarde, durante el estadio de descomposición, las bacterias aeróbicas se unen a la fiesta.

—O sea que en el tercer estadio se produce un incremento de toda la formación de ácidos grasos volátiles.

—Así es. Luego se produce un brusco descenso al comenzar el cuarto estadio.

—No hay carne, no hay bacterias.

—No hay humores. Se acabó la función.

Detrás de nosotros la centrifugadora producía un leve zumbido.

—También he descubierto que todos los valores correspondientes a los ácidos grasos son más elevados justo después de la migración del gusano.

—Cuando las larvas abandonan el cadáver para convertirse en crisálidas.

—Sí. Hasta ese momento la presencia de insectos tiende a restringir el flujo de los líquidos corporales hacia la tierra.

—¿La transición a crisálida no se produce a aproximadamente cuatrocientos DGA?

DGA significa «días de grados acumulados», una cifra que se calcula sumando las temperaturas medias diarias.

—Con ligeras variaciones. Lo que nos lleva a un punto muy interesante. La producción de ácidos grasos volátiles depende de la temperatura. Por esa razón podemos utilizarla para determinar el tiempo transcurrido desde el momento de la muerte.

—Porque un cadáver producirá la misma proporción de ácidos propiónico, butírico y valérico para cualquier DGA determinada.

—Exactamente. De modo que el perfil de ácido graso volátil puede proporcionar un cálculo del TDM.

TDM es la abreviatura que emplea el investigador para «tiempo desde la muerte».

—¿Consultaste los datos del Servicio Meteorológico Nacional?

Fue hasta unas estanterías y regresó con una fotocopia.

—Fue un proceso asombrosamente rápido. Normalmente lleva mucho más tiempo. Pero tenemos un pequeño problema. Para obtener un cálculo realmente preciso del TDM necesito sólo tres cosas. Primero, las proporciones específicas de ácido graso.

Señaló la pantalla de un ordenador unido al cromatógrafo de gases.

—Tendremos esos datos en poco tiempo. Segundo, los datos del Servicio Meteorológico Nacional correspondientes al lugar donde fue hallado el cadáver.

Alzó la fotocopia.

—Tercero, información acerca del peso y el estado del cadáver. Y no tienes ningún cuerpo.

Laslo dijo la última frase cantando.[9]

—Eres todo un comediante.

---

9. En la frase anterior, Laslo hace un juego de palabras entre *no body* —ningún cuerpo o cadáver— y *nobody* —nadie, ninguno—, aludiendo a los versos de una popular canción. *(N. del t.)*

—Hay dos variables muy importantes a tener en cuenta: la cantidad de humedad en el suelo y el peso del cuerpo antes de la descomposición. Como todos tenemos una proporción diferente de grasa y tejido muscular, si no tengo un cuerpo, empleo una cifra estándar de setenta y cinco kilos y luego aplico un factor de corrección. Creo que podemos suponer, sin temor a equivocarnos, que tu muerto pesaba entre cincuenta y ciento cincuenta kilos.

—Sí. Pero, al hacer este cálculo, nuestro campo de acción se amplía, ¿verdad?

—Lamentablemente. ¿Intentaste hacer un cálculo empírico?

Considerando que la liberación de ácidos grasos finaliza a 1285 DGA más o menos 110, resulta posible obtener un cálculo aproximado del TDM dividiendo por 1285 la temperatura media diaria del día en que un cadáver es encontrado. Yo había hecho esta operación para Lucy Crowe. El día anterior la temperatura media en Bryson City había sido de 18 °C, produciendo un TDM máximo de setenta y un días.

—Esa sería le fecha en la que se habría producido la esqueletización completa del cadáver y no se podrían detectar más ácidos grasos volátiles.

Laslo miró el reloj de pared.

—Veamos la precisión de tu cálculo.

Se levantó, filtró y agitó la muestra de solución de tierra, comprobó su grado de acidez y luego colocó el tubo en el cromatógrafo de gases. Después de cerrar herméticamente la cámara y ajustar los controles se volvió hacia mí.

—Esperaremos unos minutos. ¿Un café?

Cuando regresamos, la pantalla del ordenador mostraba una serie de picos de diferentes colores y una lista de componentes con sus concentraciones.

—Cada curva muestra la concentración de un ácido graso volátil por gramo de peso seco de tierra. Primero introduciré las correcciones para dilución y humedad del suelo.

Pulsó varias teclas.

—Ahora puedo calcular un DGA para cada AGV.

Comenzó con el ácido butírico.

—Setecientos días de grados acumulados.

Realizó nuevos cálculos para cada uno de los ácidos. Con una sola excepción, los días de grados acumulados se incluían en la escala de 675 a 775.

—Ahora utilizaré los datos del Servicio Meteorológico Nacional y determinaré los días necesarios para obtener de 675 a 775 días de grados acumulados. Tal vez tengamos que ajustar las cifras más tarde si las lecturas del lugar donde estaba el cuerpo difieren de las temperaturas registradas oficialmente. En condiciones normales prefiero conocer esos datos con anterioridad, pero no es un problema demasiado grave.

Pulsó otras teclas. Contuve el aliento.

—Entre cuarenta y uno y cuarenta y ocho días. Ésa es tu escala. Según tus cálculos, el proceso de esqueletización completo debería haberse producido en setenta y un días.

—O sea que la muerte se produjo hace seis u once semanas.

Asintió.

—Pero no olvides que este intervalo de tiempo se basa en un cálculo aproximado y no en un peso real previo a la muerte.

—Y en el momento en que se produjo la mancha, el cuerpo tenía carne y se descomponía activamente.

Asintió.

—Pero no tengo ningún cuerpo.

—Y nadie cuida de mí.[10]

---

10. De este modo se completa la estrofa de la canción citada. *(N. del t.)*

Cuando me marché del laboratorio conduje directamente hasta la oficina de Lucy Crowe. Había dejado de llover, pero grandes nubarrones hinchados de agua se amontonaban sobre las montañas.

Encontré a la sheriff comiendo un bocadillo detrás de su escritorio de la guerra de Secesión. Al verme, se quitó unas migas de la comisura de los labios y luego lanzó el resto del bocadillo y su envoltura a una papelera que había al otro lado de la habitación.

—Dos puntos —dije.

—Canasta limpia. No tocó el borde.

Dejé una fotocopia delante de ella y luego me senté. Crowe estudió detenidamente el perfil de los AGV con los codos apoyados sobre la mesa y los dedos en las sienes. Luego levantó la vista.

—Sé que me explicará esto.

—Ácidos grasos volátiles.

—¿O sea?

—Un cuerpo se descompuso dentro de ese muro de piedra.

—¿De quién?

—La proporción de ácidos grasos volátiles sugieren un período de seis a once semanas desde el momento de la muerte. Daniel Wahnetah fue visto por última vez a finales de julio y se informó de su desaparición en agosto. Ahora estamos en octubre. Eche las cuentas.

—Suponiendo que acepto esa premisa, algo que no es necesariamente así, ¿cómo se lo hizo el pie de Wahnetah para llegar hasta el lugar del accidente?

—Si *Boyd* olfateó la descomposición, también pudieron hacerlo los coyotes. Probablemente arrastraron el pie de debajo de la pared. Hay una parte que se ha derrumbado.

—¿Y dejaron el resto del cuerpo?

—Probablemente no pudieron desprender nada más.

—¿Y cómo entró Wahnetah en el patio?

Me encogí de hombros.

—¿Y cómo murió?

—Ése es trabajo de la oficina del sheriff. Yo me encargo de la parte científica.

Desde el vestíbulo llegaba la voz de Hank Williams cantando *The Long-Gone Lonesome Blues*.

Las interferencias hacían que pareciera que la música llegaba de otra época.

—¿Cree que es razón suficiente para conseguir una orden de registro? —pregunté.

La sheriff estudió el papel durante un largo minuto. Finalmente alzó la vista y sus ojos se clavaron en los míos. Luego cogió el teléfono.

Cuando abandoné la oficina de Lucy Crowe caía una ligera llovizna. Los faros de los coches y los carteles de neón titilaban en la penumbra del atardecer. El aire pesado olía como las mofetas.

Fuera de High Ridge House, *Boyd* estaba en su perrera con el hocico apoyado sobre las patas delanteras, contemplando la lluvia. Alzó la cabeza cuando lo llamé y me miró para indicarme que debería hacer alguna cosa. Al ver que no lo hacía, suspiró ruidosamente y volvió a su antigua posición. Llené su plato de comida y dejé que siguiera reflexionando sobre su mundo inundado de agua.

El interior de la casa estaba en silencio. Subí la escalera al compás del lento tictac del reloj de Ruby que había en el vestíbulo. En las habitaciones no se oía ningún ruido.

Al doblar la esquina del pasillo me sorprendió ver que la puerta de Magnolia estaba ligeramente abierta. La empujé. Y me quedé paralizada.

Habían desvalijado los cajones y la cama estaba deshecha.

El maletín estaba abierto y los documentos y las carpetas de cartón estaban desparramados por el suelo.

Mi mente se concentró en una sola palabra.

«¡No! ¡No! ¡No!»

Dejé el bolso en la cama, corrí hasta el armario y abrí las puertas de par en par.

Mi ordenador portátil estaba a salvo en el fondo del mueble, exactamente donde lo había dejado. Lo saqué y lo encendí mientras todo tipo de preguntas cruzaban por mi mente.

«¿Qué había en la habitación? ¿Qué había en la habitación? ¿Qué había en la habitación?»

Hice un rápido inventario mental. Las llaves del coche. Las tarjetas de crédito. La licencia de conducir. El pasaporte. Los llevaba encima.

«¿Por qué? ¿Por qué? ¿Por qué?»

¿Un registro apresurado en busca de objetos de valor o acaso buscaban algo en concreto? ¿Qué había en la habitación que alguien pudiera querer?

«¿Qué? ¿Qué? ¿Qué?»

Cuando se iluminó la pantalla del ordenador examiné unos cuantos archivos. Todo parecía estar en orden.

Fui al cuarto de baño y me eché agua fría en la cara. Luego cerré los ojos y practiqué un juego infantil que sabía que me tranquilizaría. En silencio canté la letra de la primera canción que me vino a la mente. *Honkey Tonk Women.*

El intermedio con Mick y los Stones dio resultado. Más tranquila, regresé a la habitación y comencé a juntar los papeles.

Aún estaba ordenando los documentos cuando oí que llamaban a la puerta. Era Andrew Ryan. Llevaba dos helados Dove en la mano derecha.

Los ojos de Ryan barrieron el revoltijo.

—¿Qué coño ha pasado aquí?

Me limité a mirarle, sin confiar demasiado en mi voz.

—¿Falta algo?

Tragué con esfuerzo.

—El único objeto de valor era el ordenador y no se lo llevaron.

—Eso descarta el robo.

—A menos que algo o alguien haya interrumpido al intruso.

—Parece como si hubiesen puesto todo patas arriba buscando algo.

—O sólo para asustarme.

«¿Por qué?»

—¿Un helado? —me ofreció Ryan.

Comimos las barras heladas y consideramos las posibles explicaciones. Ninguna resultaba convincente. Las dos más probables eran alguien que buscaba dinero o alguien que me hacía saber que a él o a ella yo no les importaba nada.

Cuando Ryan se marchó guardé las carpetas que aún quedaban fuera del maletín y fui a llenar la bañera para prepararme un baño caliente. Al descorrer la cortina tuve otro sobresalto.

La figura de cerámica de Ruby que representaba a Annie la Huerfanita estaba en el fondo de la bañera con el rostro aplastado y los miembros destrozados. *Sandy* colgaba de la ducha con un nudo alrededor del cuello.

De nuevo, mi mente se convirtió en un torbellino y mis manos comenzaron a temblar. Este mensaje no tenía nada que ver con el dinero. Estaba claro que había alguien a quien yo no le importaba absolutamente nada.

De pronto recordé el Volvo. ¿Entonces aquel incidente había sido una amenaza? ¿La intrusión en mi habitación era otra? Luché contra el impulso de correr por el pasillo a la habitación de Ryan.

Pensé en las puertas sin llave y en la posibilidad de introducir a *Boyd* en la casa. ¿Entonces quién estaría amenazado?

Una hora más tarde, acostada en la cama y algo más calmada,

reflexioné acerca de la fuerza de mi reacción ante la invasión de mi espacio. ¿Había sido la ira o el miedo lo que me había enfurecido de ese modo? ¿Con quién debería estar furiosa? ¿Por qué debería tener miedo?

Tardé mucho tiempo en conciliar el sueño.

14

Cuando bajé a la mañana siguiente, Ryan estaba interrogando a Ruby sobre el intruso. Byron McMahon estaba sentado al otro lado de la mesa, y dividía su atención entre el interrogatorio y un trío de huevos fritos.

Ruby hizo un comentario.

—Los secuaces de Satán están entre nosotros.

Me molestó la indiferencia que mostraba hacia el saqueo de mis pertenencias, pero no dije nada.

—¿Se llevaron algo? —preguntó McMahon.

Bien. El FBI estaba con mi caso.

—Creo que no.

—¿Ha estado molestando a alguien?

—Sospecho que lo ha hecho mi perro. Los perros ladran.

Describí lo que les habían hecho a Annie y *Sandy*.

Ryan me miró con una expresión de anterior pero no dijo nada.

—Este lugar no es precisamente Los Álamos. Cualquiera puede entrar y salir de aquí sin problemas. —McMahon pinchó varias patatas fritas con el tenedor—. ¿Qué ha estado haciendo últimamente? No la he visto por aquí.

Le hablé del pie y de la casa amurallada, acabé con el perfil de los ácidos grasos volátiles que había conseguido el día anterior.

No le dije nada acerca de mi actual posición en la investigación del accidente aéreo y dejé que él se encargarse de llenar ese vacío. Mientras yo hablaba, su sonrisa se fue diluyendo lentamente.

—¿De modo que Crowe piensa pedir una orden de registro? —preguntó con expresión de policía veterano.

Estaba a punto de contestarle cuando el móvil comenzó a emitir la obertura de *Guillermo Tell*. Los dos hombres se miraron cuando activé el teléfono.

La llamada era de Laslo Sparkes en Oak Ridge. Escuché, le agradecí la información y colgué.

—¿Era Rossini? —preguntó Ryan.

—Estaba probando las opciones de llamada y olvidé cambiarla. —Corté el huevo con el cuchillo y parte de la yema cayó fuera del plato—. Nunca te hubiese asociado a ti con un entusiasta de la ópera.

—Muy graciosa.

McMahon cogió una tostada.

—Era el antropólogo de Oak Ridge.

—Déjame adivinar. Ha sacado el perfil de los humores y el cuerpo desaparecido es el de Madalyn Murray O'Hair.[11]

Ryan estaba de cachondeo. Le ignoré y dirigí mi respuesta a McMahon.

—Encontró alguna cosa mientras estaba filtrando los restos de tierra.

—¿De qué se trata?

—No lo dijo. Sólo que podría resultar muy útil. A mediados de semana se detendrá en Bryson City de camino a Asheville.

Ruby regresó, retiró los platos y desapareció.

—¿De modo que piensas ir al tribunal? —preguntó Ryan.

---

11. Se refiere al macabro asesinato de unos líderes ateístas. En marzo de 2001 se condenó a los culpables, pero sigue habiendo algunas incógnitas. *(N. del t.)*

—Sí —respondí concisa.

—Suena a trabajo de detective.

—Alguien tiene que hacerlo.

—No perjudica a nadie averiguar quién es el dueño de esa propiedad. —McMahon vació su jarra—. Después de la reunión de hoy debo viajar a Charlotte para entrevistar a un tío que afirma tener información sobre un grupo paramilitar que actúa aquí en Swain. Si no, la hubiese acompañado.

Sacó una tarjeta de la cartera y la dejó delante de mí.

—Si en el tribunal se muestran reacios a colaborar puede mostrarles esto. A veces ayuda a una mejor predisposición.

—Gracias.

Guardé la tarjeta en el bolsillo.

McMahon se excusó, dejándonos a Ryan y a mí y tres jarras vacías.

—¿Quién crees que revolvió tu habitación?

—No lo sé.

—¿Por qué lo hicieron?

—Estaban buscando tu gel de ducha.

—Yo no me lo tomaría a broma. ¿Qué te parece si doy unas vueltas por ahí y hago algunas preguntas?

—Sabes que eso no te llevará a ninguna parte. Estas cosas jamás se resuelven.

—Les haría saber a esos tíos que alguien siente curiosidad por lo que ha pasado.

—Hablaré con Crowe.

Me levanté para marcharme y Ryan me cogió del brazo.

—¿Quieres apoyo en el tribunal?

—¿Temes que el encargado de los títulos de propiedad empiece un ataque armado, o algo parecido?

Miró a nuestro alrededor y luego nuevamente a mí.

—¿Te gustaría tener «compañía» en el tribunal?

—¿No piensas asistir a la reunión del NTSB?

—McMahon puede ponerme al día. Pero hay una condición.

Esperé.

—Cambia de teléfono.

—*Hi-Yo, Silver*[12] —dije.

El edificio de la Administración y Tribunal del Condado de Swain reemplazó a su antecesor en 1982. Se trata de una construcción rectangular, con un techo de metal galvanizado rojo dispuesto en ángulo bajo, que se alza a orillas del río Tuckasegee. Aunque carece del encanto del antiguo edificio abovedado de Everett and Main, la estructura es brillante, limpia y eficiente.

La oficina de impuestos está situada en la planta baja, inmediatamente después de un vestíbulo con azulejos octogonales. Cuando entramos con Ryan, cuatro mujeres alzaron la vista de las pantallas de sus ordenadores, dos desde un mostrador situado directamente delante de nosotros, dos tras un mostrador a nuestra izquierda.

Expliqué lo que queríamos. La mujer número tres señaló una puerta en el fondo de la habitación.

—Departamento de Impuestos del Registro de la Propiedad —dijo.

Ocho ojos nos acompañaron a través de la habitación.

—Debe de estar donde archivan el material clasificado —susurró Ryan cuando abrí la puerta.

Entramos en una oficina donde había otro mostrador, éste protegido por una mujer alta y delgada con el rostro anguloso. Me recordó un viejo retrato del jugador de béisbol Stan Musial que tenía mi padre.

—¿En qué puedo ayudarles?

_____

12. Expresión con la que el Llanero Solitario azuzaba a su caballo, *Silver*. (N. del t.)

—Nos gustaría consultar el mapa del índice tributario del condado.

La mujer se llevó una mano a la boca, como si se hubiese sobresaltado.

—¿El mapa tributario?

Comencé a pensar que mi solicitud era la primera de este tipo que le hacían. Saqué la tarjeta de Byron McMahon del bolsillo, me acerqué al mostrador y se la entregué a la mujer.

Madame Musial echó un vistazo a la tarjeta.

—¿Es realmente del FBI?

Cuando alzó la vista, asentí.

—¿Byron?

—Es un apellido. —Sonreí persuasivamente.

—¿Tiene una arma?

—Aquí no. —Y en ninguna parte, pero eso empañaría mi imagen.

—¿Tiene relación con el accidente aéreo?

Me incliné hacia adelante apoyando los codos en el mostrador. La mujer olía a menta y a un champú muy perfumado.

—Lo que estamos buscando podría ser crucial para la investigación.

Detrás de mí Ryan movió los pies.

—Me llamo Dorothy. —Me devolvió la tarjeta—. Lo buscaré.

Dorothy se dirigió a un mueble para guardar mapas, abrió uno de los estrechos cajones, sacó una hoja de grandes dimensiones y la extendió sobre el mostrador.

Ryan y yo nos inclinamos sobre el mapa. Tomando como referencia los límites de los municipios, las carreteras y otras señales, conseguimos localizar la sección donde se encontraba la casa con el recinto amurallado. Dorothy nos observaba desde el otro lado de la divisoria, tan atentamente como una egiptóloga que examina un papiro.

—Ahora nos gustaría ver el mapa de la sección seis-dos-uno, por favor.

Dorothy sonrió para indicar que ella formaba parte del equipo, se dirigió a otro mueble y regresó con el documento que le habíamos pedido.

Cuando comencé mi carrera de antropóloga, después de haber hecho algunos trabajos de arqueología, pasaba horas examinando los mapas del Departamento de Planimetría de Estados Unidos y sabía cómo interpretar los símbolos y los accidentes del terreno. La experiencia siempre es un grado. Usando elevaciones, arroyos y carreteras, Ryan y yo conseguimos centrar la casa.

—Mapa de la sección seis-veintiuno, parcela cuatro.

Sin quitar el dedo del punto señalado, alcé la vista. El rostro de Dorothy estaba a escasos centímetros del mío.

—¿Cuánto tiempo llevará encontrar los datos impositivos de esta propiedad?

—Un minuto.

La sorpresa debió de reflejarse en mi cara.

—El condado de Swain no es una zona atrasada. Estamos informatizados.

Dorothy fue hasta una esquina en la parte de atrás de la habitación dentro de su área de «seguridad» y quitó la funda de plástico que cubría un monitor y un teclado, la colocó en una estantería y encendió el ordenador. Cuando el programa apareció en pantalla pulsó varias teclas. Pasaron algunos segundos. Finalmente introdujo el número del impuesto correspondiente a esa propiedad y la pantalla se llenó de información.

—¿Quiere una copia?

—Por favor.

Destapó una impresora Hewlett-Packard similar a la primera que tuve. Esperamos nuevamente a que hubiese doblado y guardado la funda de plástico, luego cogió una hoja de papel de un cajón y la colocó en la bandeja de alimentación de la impresora.

Finalmente, pulsó una tecla, la impresora produjo un zumbido y el papel desapareció para aparecer un segundo más tarde por el otro lado.

—Espero que esto sirva de ayuda —dijo, entregándome la impresión.

La hoja impresa ofrecía una vaga descripción de la propiedad y sus construcciones, su valor estimado, el nombre y la dirección de correo de su propietario, y la dirección a la que se enviaban las facturas impositivas.

Le entregué la hoja a Ryan sintiéndome decepcionada.

—Grupo de Inversiones H&F, SRL —pronunció en voz alta—. La dirección postal es un apartado de correos de Nueva York. —Ryan me miró—. ¿Quién coño es el Grupo de Inversiones H&F?

Me encogí de hombros.

—¿Qué es SRL?

—Sociedad de Responsabilidad Limitada —dije.

—Podrías intentarlo en la oficina del registro.

Ambos nos volvimos hacia Dorothy. Un ligero tinte rosado había aparecido en sus mejillas.

—Podría buscar la fecha en que H&F adquirió la propiedad y el nombre del dueño anterior.

—¿Tienen esa información?

Ella asintió.

Encontramos la oficina de registro de la propiedad a la vuelta de la esquina de la oficina impositiva. La habitación de escrituras estaba situada detrás del mostrador preceptivo, detrás de unas puertas giratorias de madera. Las estanterías que cubrían las paredes y los archivadores contenían libros de títulos de propiedad que abarcaban cientos de años. Los más recientes eran cuadrados y rojos, los números estaban estampados con caracteres dorados. Los volúmenes más viejos estaban profusamente decorados, como los ejemplares encuadernados en cuero de las primeras ediciones.

Era como la búsqueda del tesoro, cada escritura nos hacía retroceder en el tiempo. Encontramos lo siguiente:

El Grupo de Inversiones H&F era una Sociedad de Responsabilidad Limitada registrada en Delaware. La propiedad de la parcela tributaria número cuatro había sido transferida a la sociedad en 1949 por parte de un tal Edward E. Arthur. La descripción de la propiedad era encantadora, pero un tanto imprecisa para nuestro gusto. Le leí la descripción en voz alta a Ryan.

—La propiedad comienza en un roble colorado sobre una loma, en la esquina de la parcela número 11807 concedida por el Estado, y se extiende hacia el norte cuatrocientos cincuenta metros hasta la línea Bellingford, luego colina arriba siguiendo el curso de la línea Bellingford hasta un castaño en el terreno de S. Q. Barker...

—¿Cómo consiguió Arthur esa propiedad?

Omití el resto de la peritación y continué leyendo.

—¿Quieres oír los trozos de «la parte de la primera parte»?

—No.

—... teniendo la misma tierra traspasada por escritura por parte de Victor T. Livingstone y su esposa J. E. Clampett, con fecha de 26 de marzo, 1933, y registrada en el Libro de Títulos de Propiedad número 52, página 315, Registros del Condado de Swain, Carolina del Norte.

Fui a la estantería y cogí el volumen más viejo.

Arthur había obtenido la propiedad de un tal Victor T. Livingstone en 1933. Livingstone debió comprársela a Dios, ya que no había ningún documento anterior a esa fecha.

—Al menos sabemos cómo entraban y salían los afortunados propietarios.

Las escrituras de propiedad de Livingstone y Arthur describían un camino de entrada.

—O entran y salen. —Yo aún no estaba convencida de que la propiedad estuviese abandonada—. Mientras estábamos allí Crowe encontró un sendero que llevaba desde la casa hasta un camino para transportar madera. El desvío del sendero está oculto por un portón provisional completamente cubierto de kudzu. Cuando ella me enseñó la entrada, no podía creerlo. Uno podría pasar un millón de veces caminando o conduciendo y no verla.

Ryan no dijo nada.

—¿Y ahora qué?

—Ahora esperaremos la orden de registro de Crowe.

—¿Y mientras tanto?

Ryan sonrió y se arrugaron los rabillos de sus ojos.

—Mientras tanto hablaremos con el fiscal general del gran estado de Delaware y averiguaremos todo lo que podamos acerca del Grupo de Inversiones H&F.

Boyd y yo estábamos compartiendo un bocadillo y una bolsa de patatas fritas en el porche de High Ridge House cuando el coche patrulla de Lucy Crowe apareció en la carretera. La observé mientras ascendía hacia el camino particular de la casa. *Boyd* siguió vigilando el bocadillo.

—¿Pasando un buen rato? —preguntó Crowe cuando llegó a la escalera.

—Dice que lo he estado ignorando.

Saqué una loncha de jamón del bocadillo. *Boyd* levantó la cabeza y la cogió suavemente con sus dientes delanteros. Luego bajó el hocico, dejó caer el jamón en el suelo del porche, lo lamió un par de veces y lo engulló. Un segundo después su barbilla descansaba otra vez sobre mi rodilla.

—Son como niños.

—Mmmm. ¿Consiguió la orden?

Los ojos de *Boyd* siguieron el movimiento de mi mano, atento ante la posibilidad de engullir otro trozo de jamón o unas patatas.

—Mantuve un duro cara a cara con el magistrado.

—¿Y?

Suspiró y se quitó el sombrero.

—Dice que no es suficiente.

—¿La evidencia de un cadáver no es suficiente? —Estaba perpleja—. Daniel Wahnetah puede estar descomponiéndose en ese patio mientras nosotras hablamos.

—¿Está familiarizada con el término ciencia de la chapuza? Yo sí. Esta mañana me la echaron a la cara al menos una docena de veces. Creo que el viejo Frank va a formar su propio grupo. Víctimas Anónimas de la Ciencia de la Chapuza.

—¿Ese tío es imbécil o qué?

—Nunca viajará a Suecia a recoger un premio pero suele ser una persona razonable.

Boyd alzó la cabeza y suspiró. Bajé la mano y la olió, luego la lamió.

—Está ignorándolo otra vez.

Le ofrecí un trozo de huevo. *Boyd* lo dejó caer, le pasó la lengua, lo olisqueó, lo lamió otra vez y luego lo dejó en el porche.

—A mí tampoco me gusta el huevo en los bocadillos —le dijo Crowe a *Boyd*.

El perro movió ligeramente la oreja para indicar que la había oído, pero no apartó los ojos de mi plato.

—La situación se pone cada vez peor —continuó Crowe.

¿Por qué no?

—Ha habido más denuncias.

—¿Sobre mí?

Ella asintió.

—¿Por parte de quién?

—El magistrado no quiso compartir esa información. Pero si se acerca al lugar del accidente, al depósito o a cualquier documento, objeto o miembro de una familia relacionados con el accidente aéreo, deberé arrestarla por obstrucción a la justicia. Y eso incluye la propiedad amurallada.

—¿Qué coño está pasando aquí?

Mi estómago se encogió de ira.

Crowe se encogió de hombros.

—No estoy segura. Pero usted está fuera de esa investigación.

—¿Se me permite ir a la biblioteca pública?

Escupí.

La sheriff se frotó la nuca y apoyó la punta de la bota en el último escalón. Debajo de la cazadora podía ver el bulto de su arma.

—Aquí está pasando algo muy grave, sheriff.

—La escucho.

—Ayer alguien registró a fondo mi habitación poniéndolo todo patas arriba.

—¿Teorías?

Le hablé de las figuras de cerámica de la bañera.

—No es exactamente un saludo de los almacenes Hallmark.

—Probablemente *Boyd* está molestando a alguien.

Lo dije con cierto optimismo, pero en realidad no creía en lo que estaba diciendo.

Las orejas de *Boyd* se alzaron al oír su nombre. Le di un trozo de jamón.

—¿Ladra mucho?

—En realidad no. Le pregunté a Ruby si hace ruido cuando estoy ausente. Me dijo que aúlla un poco, pero nada extraordinario.

—¿Qué piensa Ruby?

—Secuaces de Satán.

—Tal vez tenga algo que alguien quiere.

—No se llevaron nada, aunque todos mis archivos estaban desparramados por el suelo. Toda la habitación estaba desordenada.

—¿Guardaba notas sobre ese pie?

—Me las había llevado conmigo a Oak Ridge.

Me miró durante cinco segundos, luego hizo un gesto característico con la cabeza.

—Lo cual hace que el incidente con el Volvo sea un poco más sospechoso. Cuídese.

—Sí, claro

Crowe se inclinó y limpió la puntera de su bota, luego echó un vistazo al reloj.

—Veré si puedo encontrar a la fiscal del distrito para insistir con la orden.

En ese momento el coche de alquiler de Ryan apareció en el valle. Llevaba la ventanilla del conductor bajada y se veía la oscura silueta en el interior del coche. Ambas observamos mientras ascendía la montaña y giraba en el camino particular. Momentos más tarde atravesaba el sendero de losas con una expresión tensa y sombría.

—¿Qué ocurre?

Oí el sombrero de Crowe que rozaba la parte superior del muslo.

Ryan dudó un momento antes de hablar.

—Todavía no hay señales del cuerpo de Jean.

En su semblante pude leer claramente la aflicción. Y más. El sentimiento de culpabilidad. La convicción de que su ausencia había provocado que Bertrand hubiese cogido aquel avión. Los detectives sin compañero están limitados en aquello que investigan. Lo cual hace que estén disponibles para tareas de correo.

—Le encontrarán —dije con voz queda.

Ryan desvió la vista hacia el horizonte, la espalda rígida, los músculos del cuello tensos como cuerdas trenzadas. Después de un minuto sacudió la cabeza y encendió un cigarrillo, protegiendo la llama con ambas manos.

—¿Cómo te fue la tarde?

Lanzó la cerilla.

Le conté la reunión que había tenido Crowe con el magistrado.

—Tal vez tu pie sea un callejón sin salida.

—¿Qué quieres decir?

Echó el humo por la nariz, luego sacó algo del bolsillo de la chaqueta.

—También encontraron esto.

Desplegó un papel y me lo dio.

15

Miré el papel, primero con perplejidad y luego tomando conciencia de lo que estaba leyendo.

Ryan acababa de entregarme una fotografía impresa a color. Había tres imágenes, en cada una de ellas se veía un trozo de plástico. En la primera pude descifrar las letras «b-i-o-l-ó-g». En la segunda, una frase inacabada: «rvicio laborat». Un símbolo rojo prácticamente saltaba de la tercera imagen. Había visto docenas de ellos en el laboratorio y lo reconocí al instante.

Miré a Ryan.

—Es un recipiente biológico.

Asintió.

—Que no estaba en el informe.

—No.

—Y todo el mundo piensa que contenía un pie.

—Eso parece.

Boyd me tocó la mano con el hocico y le di el resto del bocadillo. Me miró, como asegurándose de que no había ningún error, luego cogió su botín y optó por alejarse por si, después de todo, se había producido un malentendido.

—De modo que reconocen que el pie no pertenece a ninguno de los pasajeros.

—No exactamente. Pero no descartan esa posibilidad.

—¿Qué relación tiene esto con la orden? —pregunté a Crowe.

—No ayudará.

Se apartó de la escalera, se quedó de pie con los pies separados y volvió a ponerse el sombrero.

—Pero hay algo que apesta debajo de esa pared e intento averiguar qué es.

Nos obsequió con su característico movimiento de cabeza, se volvió y se alejó por el sendero. Momentos más tarde vimos la cúpula transparente del techo del coche patrulla que descendía por el sinuoso camino de la montaña.

Sentí la mirada de Ryan clavada en la espalda y me volví.

—¿Por qué vetó el magistrado la orden de registro?

—Aparentemente el tío es candidato a la Sociedad de la Tierra Plana. Además emitirá una orden por obstrucción si cambio de lugar una célula cutánea.

Las mejillas me ardían de indignación.

Boyd cruzó el porche y olisqueó el aire moviendo la cabeza de un lado a otro. Al llegar al columpio, me olió la pierna, luego se sentó y me miró con la lengua colgando.

Ryan se quitó el cigarrillo de los labios y lo lanzó al prado. Los ojos de *Boyd* se apartaron ligeramente y luego volvieron a mirarme.

—¿Has averiguado alguna cosa de H&F?

Ryan había ido a su «oficina» para telefonear a Delaware.

—Pensé que la solicitud podría tramitarse con mayor celeridad si procedía del FBI, de modo que le pedí a McMahon que hiciera la llamada. Yo estaré toda la tarde en el lugar donde están reconstruyendo el avión, pero puedo preguntárselo esta noche.

Reconstrucción. Ensamblar nuevamente el avión tal como era antes del accidente. La reconstrucción total significa un tremendo gasto de tiempo, dinero y mano de obra, cosas que al NTSB no le sobraban. No lo hacen en todas las catástrofes, lo hacen a regañadientes cuando el clamor público lo exige. Así ocurrió en el caso del TWA 800 porque los británicos lo habían hecho con el Pan Am 102, y no querían quedar en evidencia.

Con cincuenta estudiantes muertos, la reconstrucción del avión era imprescindible.

Durante las dos últimas semanas los camiones habían transportando los restos del vuelo 228 TransSouth a través de las montañas hasta un hangar alquilado del aeropuerto de Asheville. Las piezas eran colocadas sobre cuadrículas correspondientes a su posición en el Fokker-100. Aquellas partes que no podían asociarse claramente con alguna sección del avión, eran clasificadas según la posición en que hubieron sido recuperadas del lugar del accidente.

Finalmente, cada fragmento sería catalogado y sometido a una serie de pruebas, luego, se ensamblaría alrededor de una estructura de madera y alambre. Con el tiempo, un avión tomaría forma, como un rebobinado a cámara lenta con un millón de fragmentos uniéndose hasta formar un objeto reconocible.

Yo había visitado los lugares donde se realizaba este trabajo en otros accidentes y podía imaginarme perfectamente lo pesado que era. En este caso, el proceso se desarrollaría más rápidamente ya que el TransSouth Air 228 no se había estrellado contra el suelo. El avión se había partido en dos en el aire y caído a tierra en grandes trozos.

Pero yo no lo veía. Estaba exiliada. Mi rostro debió de reflejar mi abatimiento.

—Puedo postergar la reunión. —Ryan me apoyó una mano en el hombro.

—Estoy bien.

—¿Qué piensas hacer esta tarde?

—Voy a sentarme aquí y acabar mi almuerzo con *Boyd*. Luego cogeré el coche e iré al pueblo a comprar comida para perros, cuchillas de afeitar y champú.

—¿Estarás bien?

—Tal vez tenga problemas para encontrar cuchillas de doble hoja. Pero las conseguiré.

—Brennan, cuando quieres puedes ser insoportable.

—¿Lo ves? Estoy bien. —Me las arreglé para esbozar una sonrisa—. Vete a tu reunión.

Cuando Ryan se marchó, le di a *Boyd* las últimas patatas.

—¿Alguna marca preferida? —pregunté.

No me contestó.

Sospechaba que *Boyd* comería prácticamente cualquier cosa salvo huevos duros.

Estaba metiendo todos los envoltorios dentro de una bolsa cuando Ruby salió corriendo por la puerta y me cogió del brazo.

—¡Rápido! ¡Venga rápido!

—Qué...

Me arrancó del columpio y me metió en la casa. *Boyd* saltaba a mi alrededor, mordisqueándome los tejanos. No estaba segura de si era la urgencia de Ruby lo que le excitaba de ese modo o su acceso a un territorio prohibido.

Ruby me llevó directamente a la cocina, donde había una tabla de planchar con un par de Levi's extendidos encima. Debajo había un cesto de mimbre, lleno hasta el borde de ropa arrugada. Alrededor de la habitación, varias prendas perfectamente planchadas colgaban de los pomos de los armarios.

Ruby señaló un televisor blanco y negro de doce pulgadas que había sobre un mostrador al otro lado de la tabla de planchar. La banda de la parte inferior de la pantalla anunciaba últimas noticias. Un locutor hablaba por encima de las palabras que atravesaban la pantalla, el rostro sombrío, la voz serena. Aunque la recepción no era buena, no tuve ningún problema en identificar la figura que aparecía encima de su hombro izquierdo.

La habitación pareció retroceder a mi alrededor. Sólo era consciente de la voz y del paisaje nevado.

... una fuente interna ha revelado que la antropóloga ha sido despedida y que se ha abierto una investigación. Aún no se han presentado cargos y se ignora si la investigación del accidente se ha visto comprometida o si la identificación de las víctimas se ha visto afectada. Cuando nos pusimos en contacto con el doctor Larke Tyrell, forense jefe de Carolina del Norte, no hizo ningún comentario. En otras noticias...

—¿Es usted, verdad?

Ruby me devolvió a la realidad.

—Sí —dije.

Boyd había dejado de correr alrededor de la cocina y estaba oliendo el suelo junto al fregadero. Levantó la cabeza al oír mi voz.

—¿Qué está diciendo?

Los ojos de Ruby eran del tamaño de un Frisbee.

Algo se rompió en mi interior y me volví hacia ella como un tsunami.

—¡Es un error! ¡Un jodido error!

Era mi voz, áspera y aguda, aunque yo no había formado conscientemente las palabras.

En la habitación hacía calor, el olor a vapor y a almidón flotaban en el aire. Me volví y corrí hacia la puerta.

Boyd me siguió, arrugando la alfombra con las patas mientras corríamos por el pasillo. Atravesé la puerta y corrí por el prado, el sonido de las campanillas resonaba detrás de mí. Ruby debió de pensar que estaba poseída por el mismísimo Satanás.

Cuando abrí la puerta del coche, *Boyd* saltó dentro y se instaló en el asiento trasero, asomando la cabeza por la abertura que había entre los dos asientos delanteros. No me sentía con ánimos de detenerle.

Me deslicé detrás del volante, inspiré varias veces, esperando pasar página. Mi pulso se normalizó. Comencé a sentirme culpable por el estallido de ira, pero no podía obligarme a mí misma a volver a la cocina para disculparme.

Boyd escogió ese momento para lamerme la oreja.

Al menos el chow-chow no cuestiona mi integridad, pensé.

—Vamos.

Durante el viaje a Bryson City, contesté varias llamadas del móvil, cada una de un periodista. Después de siete «sin comentarios», apagué el aparato.

Boyd cambió de posición, entre el centro del asiento y la ventanilla trasera izquierda, reaccionaba con el mismo gruñido grave ante coches, peatones y otros animales. Después de un rato cesó de dejar constancia de quién era ante todo el mundo y se dedicó a contemplar plácidamente las vistas de las montañas que pasaban velozmente a lo lejos.

Encontré todo lo que necesitaba en el supermercado Ingles del límite sur del pueblo. Herbal Essence y Gillete Good News para mí, Kibbles N' Bits para *Boyd*. Incluso me abalancé sobre una caja de helados Milkbone.

Animada por haber encontrado las cuchillas de afeitar decidí dar un paseo.

Aproximadamente a cinco kilómetros más allá del límite de Bryson City, Everett Street se convierte en una carretera panorámica que serpentea a través del Parque Nacional de las Great Smoky Mountains sobre la orilla norte del lago Fontana. Oficialmente la carretera se llama Lakeview Drive. Pero la gente del lugar la llama la «carretera a ninguna parte».

En la década de los cuarenta, una carretera asfaltada de dos carriles llevaba desde Bryson City, bordeando los ríos Tuckasegee y Little Tennessee, hasta Deal's Gap, cerca de la frontera con Tennessee. Al darse cuenta de que la creación del lago Fontana inundaría la carretera, la Agencia del Valle del Tennessee prometió construir una nueva carretera en la orilla norte. Los trabajos de construcción se iniciaron en 1943 y finalmente se abrió un túnel de 400 metros de largo. Entonces la construcción se interrumpió, dejando al condado de Swain con una carretera y un túnel a ninguna parte y con la autoestima herida por la insignificancia de su posición en el orden universal de las cosas.

—¿Quieres dar un paseo?

Boyd mostró su entusiasmo apoyándome el hocico sobre el hombro derecho y lamiéndome la cara. Una cosa que admiraba de él era su naturaleza complaciente.

El paseo fue hermoso, y el túnel, un monumento perfecto a la locura federal. *Boyd* disfrutó corriendo de un extremo al otro mientras yo permanecía en el medio y lo observaba.

Aunque el paseo me animó, la alegría duró muy poco. Justo después de haber abandonado el parque, el motor hizo un ruido extraño. Cuatro kilómetros antes de llegar al pueblo volvió a hacerlo, lo repitió varias veces y luego se estabilizó en un ruido fuerte y persistente.

Aparqué en el arcén, apagué el motor, apoyé ambos brazos en el volante y dejé caer la frente en ellos, mi fugaz mejoría de ánimo dio paso a una sensación de abatimiento y ansiedad.

¿Se trataba de una simple avería o alguien había estado manipulando el motor?

Boyd me apoyó el hocico en el hombro, indicando que él también creía que era una pregunta inquietante y no totalmente paranoica.

Cuando llevábamos varios minutos en esa posición *Boyd* gruñó sin levantar la cabeza. Lo ignoré, suponiendo que había visto una ardilla o un Chevy. Entonces se irguió sobre sus patas y ladró tres veces, un sonido impresionante en el interior de un Mazda.

Alcé la vista y vi que un hombre se acercaba a mi coche desde el otro lado de la carretera. Era bajo, tal vez de un metro sesenta, con el pelo oscuro peinado hacia atrás. Llevaba un traje negro, perfectamente entallado, pero probablemente nuevo a comienzos de la década de los sesenta.

El hombre se acercó, alzó los nudillos y golpeó el cristal de la ventanilla, pero retrocedió ante la presencia de *Boyd*.

—Tranquilo, fiera.

Distinguí una vieja camioneta aparcada sobre el arcén al otro lado de la carretera con la puerta del conductor abierta. Parecía vacía.

—Veamos lo que este caballero tiene que decirnos.

Bajé el cristal sólo unos centímetros.

—¿Está enferma, señora?

La voz era rica y sonora y parecía nacer en lo más profundo de lo que permitía su pequeña estatura. El hombre tenía la nariz aguileña y los ojos vivos y oscuros. Me recordó a alguien, aunque no sabía a quién. Por el tono de su ladrido, podría afirmar que *Boyd* estaba pensando en Calígula.

—Me parece que he roto una varilla.

No tenía ni la más remota idea de lo que sería aquello, pero parecía coherente con el tipo de ruido que hacía el motor.

—¿Puedo ayudarla?

Boyd gruñó con desconfianza.

—Voy de camino al pueblo. No tendría inconveniente en dejarla en un taller, señora.

Súbita sinapsis. El hombre parecía un Johnny Cash en miniatura.

—Si hay algún taller mecánico que pueda recomendarme, llamaré y pediré una grúa.

—Sí, por supuesto. Hay uno un poco más arriba de la carretera. Tengo el número en la guantera.

Boyd seguía desconfiando.

—Shhh. —Extendí la mano hacia atrás y le acaricié la cabeza.

El hombre cruzó la carretera hacia su camioneta, buscó en el interior y regresó con una hoja de papel amarillo. Levanté el móvil para que lo viese, bajé el cristal unos centímetros más y acepté el papel.

Parecía una copia al carbón de una factura de reparación. La letra era casi ilegible, pero el encabezamiento identificaba el taller como P T Reparación Mecánica e incluía una dirección y un número de teléfono en Bryson City. Intenté descifrar la firma del cliente pero la tinta estaba desteñida.

Cuando encendí el teléfono, la pequeña pantalla me indicó que tenía once llamadas perdidas. Repasé la lista de números pero no reconocí ninguno de ellos. Marqué el número del taller mecánico.

Cuando atendieron la llamada expliqué mi situación y pedí un servicio de grúa.

¿Cómo pensaba pagar?

Con la Visa.

¿Dónde está?

Le di los datos del lugar.

¿Puede conseguir transporte?

Sí.

Venga aquí y deje el coche. Enviarían una grúa en una hora.

Le dije a quien hablaba al otro extremo que otro conductor me había recomendado su taller y que sería él quien me llevara hasta allí. Luego leí el número de la factura, esperando que P o T estuviese apuntándolo.

Una vez hecha la llamada, bajé completamente el cristal de la ventanilla, sonreí a Johnny Cash e hice otra llamada. Hablando en voz alta y clara dejé un mensaje para el teniente-detective Ryan, detallándole mi paradero. Luego miré a *Boyd*. Él miraba al hombre del traje negro.

Cerré la ventanilla, cogí el bolso y las cosas que había comprado.

—¿Es posible que la situación se ponga peor?

Boyd levantó las cejas pero no dijo nada.

Dejé las bolsas detrás del asiento, me senté en el medio y le dejé a *Boyd* la ventanilla. Cuando el buen samaritano cerró la puerta, el perro siguió con la cabeza su movimiento hasta la puerta del conductor. En ese momento pasó una camioneta con un par de faros extra en el techo de la cabina y el interés de *Boyd* cambió de dirección. Cuando intentó levantarse, le obligué a permanecer sentado.

—Es un buen perro, señora.

—Sí.

—Nadie la molestará con ese grandullón cerca.

—Puede llegar a ser terrible cuando me protege.

Viajamos en silencio. Sonó el teléfono. Comprobé el número e ignoré la llamada. Un momento después, mi salvador habló.

—La he visto en la tele, ¿puede ser?

—¿Me ha visto?

—No me gusta el silencio, así que pongo la tele cuando estoy solo en casa. No le presto mucha atención, sólo miro la pantalla de vez en cuando. Es como tener compañía. —Sonrió, reconociendo que parecía una tontería—. Pero tengo buena memoria para las caras. Es muy útil para mi trabajo.

Señaló en mi dirección. Vi que su mano era gris e increíblemente suave, como si la carne se hubiese estirado y luego contraído con sólo un vago recuerdo de su forma original.

—Estoy seguro de que la he visto hoy. —Volvió a apoyar la mano en el volante. Sus ojos de halcón se desviaron de la carretera hacia mí y luego de nuevo al asfalto—. Usted está con la investigación del accidente aéreo.

Sonreí. O no había escuchado la historia o sólo estaba siendo amable.

Tendió la mano hacia mí.

—Me llamo Bowman.

Se la estreché. Un apretón de acero.

—Temperance Brennan.

—Es un nombre poderoso, jovencita.

—Gracias.

—¿Es usted antibar?

—¿Cómo dice?

—Me encuentro entre los que consideran que el alcohol es la causa principal del crimen, la pobreza y la violencia en esta gran nación. El licor fermentado es la mayor amenaza para el núcleo familiar jamás sembrada por Lucifer.

Pronunció «nucular».

De pronto el nombre de Bowman se iluminó en mi cabeza.

—¿Es usted Luke Bowman?

—Así es.

—¿El reverendo Luke Bowman?

—¿Ha oído hablar de mí?

—Estoy alojada en casa de Ruby McCready en High Ridge House.

Era un dato irrelevante pero parecía seguro.

—La hermana McCready no forma parte de mi rebaño pero es una buena mujer. Lleva una buena casa cristiana.

—¿Existe un señor McCready?

Había sentido curiosidad por ese detalle pero nunca lo había preguntado.

Permaneció con los ojos fijos en la carretera. Pasaron varios segundos. Pensé que no me contestaría.

—Dejaré esa pregunta sin respuesta, señora. Es mejor dejar que la hermana McCready le cuente la historia como considere adecuado.

¿Ruby tenía una historia?

—¿Cuál es el nombre de su iglesia?

—La Casa de Dios de la Eterna Luz Sagrada Pentecostal.

La región del sur de los Apalaches es la sede de una secta cristiana fundamentalista conocida como la Iglesia de Dios de los Seguidores de los Signos o Iglesia de la Santidad. Inspirada en pasajes bíblicos, sus partidarios buscan el poder del Espíritu Santo arrepintiéndose de sus pecados y llevando vidas devotas. Sólo entonces puede uno ser ungido y, por lo tanto, ser capaz de seguir los signos. Estos signos incluyen un lenguaje propio, echar fuera a los demonios, curar a los enfermos, manipular serpientes e ingerir sustancias tóxicas.

En las zonas más pobladas, los predicadores establecen congregaciones con carácter permanente. En otros lugares trabajan en un circuito. Los servicios duran horas y la atracción principal suele ser la ingestión de estricnina y la manipulación de serpientes venenosas. Todos los años muere alguien.

La mano deformada adquirió sentido. A Bowman le habían mordido las serpientes más de una vez.

Bowman giró a la izquierda un par de manzanas más allá del supermercado donde yo había hecho las compras, luego hacia la derecha en una calle lateral. El taller de P & T estaba situado entre un par de tiendas que ofrecían colocación de cristales y reparación de pequeños aparatos eléctricos. El reverendo frenó y apagó el motor.

El taller era un rectángulo con los lados pintados de azul aluminio y una oficina en un extremo. A través de la puerta abierta vi una caja registradora, un mostrador y un trío de cabezas con gorras.

En el otro extremo del edificio había una zona de trabajo donde había una vieja camioneta Chevy colocada sobre un gato hidráulico con las puertas abiertas. Parecía que el coche iba a despegar en cualquier momento.

Había un viejo Pinto y dos furgonetas aparcados fuera de la oficina. No vi ninguna grúa.

Cuando Bowman bajó del coche, *Boyd* comenzó un gruñido que no era provocado por el Pinto. Seguí su mirada y descubrí un perro negro y marrón detrás de la puerta de la oficina. El gruñido se hizo más profundo.

Maldita sea. ¿Por qué no había llevado la correa?

Aferré con fuerza por el collar a *Boyd*, abrí la puerta y bajamos del coche. Bowman se acercó a nosotros con un trozo de cuerda.

—Tenga esto —dijo—. *Flush* tiene malas pulgas.

Le di las gracias y até la cuerda al collar. *Boyd* no apartaba la vista del otro perro.

—Puedo quedarme con el perro mientras usted habla con el mecánico.

Miré a *Boyd*. Él miraba fijamente a *Flush*, pensando en el filete que tenía al lado.

—Gracias. Es una buena idea.

Atravesé el taller y entré en la oficina evitando a *Flush*. Movió una oreja pero no levantó la vista. Tal vez los pit bull son tranquilos porque saben que pueden matar a cualquiera que los provoque. Esperaba que *Boyd* se quedase tranquilo y a una distancia prudencial.

La oficina exhibía los típicos detalles de buen gusto que uno puede apreciar en todos los talleres mecánicos. Un calendario con una foto del Gran Cañón. Una máquina de tabaco. Una caja de vidrio con linternas, mapas y una variada selección de artículos para el automóvil. Tres sillas de cocina. Un pit bull.

Un par de tíos ocupaban dos de las sillas. En la tercera se sentaba un hombre de mediana edad con un mono de trabajo manchado de grasa. Los hombres dejaron de hablar cuando entré, pero ninguno se levantó del asiento.

Imaginé que el más joven de ellos era P o T, me presenté y pregunté por la grúa.

Me contestó que iba de camino y que regresaría en unos veinte minutos. Le echaría un vistazo a mi coche tan pronto como acabase con el Chevy.

¿Cuánto tiempo le llevaría?

No podía decirlo pero me ofreció la silla si quería esperar.

El aire de la oficina estaba saturado por completo de olores. Gasolina, aceite, humo de cigarrillos, tíos, perro. Opté por esperar fuera.

Me reuní nuevamente con Luke Bowman, le agradecí su amabilidad y recuperé mi perro. *Boyd* tiraba de la cuerda, cada fibra de su cuerpo concentrada en el pit bull. *Flush* estaba dormido o bien se hacía el muerto, esperando que el chow-chow decidiera acercarse.

—¿Estará bien si se queda sola?

—El coche llegará en cualquier momento. Y hay un detective de camino. Si la reparación lleva tiempo, él me llevará de regreso a High Ridge House. Pero gracias otra vez. Ha sido mi salvador.

El teléfono volvió a sonar. Comprobé el número e ignoré la llamada. Bowman me observaba. Parecía no querer irse.

—La hermana McCready aloja en su casa a unos cuantos tíos encargados de la investigación del accidente, ¿verdad?

—Algunos se hospedan allí.

—Ese accidente es un asunto muy feo.

Se rascó la nariz y sacudió la cabeza.

No dije nada.

—¿Tienen alguna idea de la causa que provocó la caída del avión?

Bowman debió de advertir algo en la expresión de mi rostro.

—Ruby McCready no le hablaría de mí, ¿verdad, señorita Temperance?

—Salió en una de nuestras reuniones.

—Señor Dios Todopoderoso.

Los ojos oscuros parecieron volverse más oscuros por un instante. Luego bajó la barbilla, volvió a levantarla y se hizo un ligero masaje en las sienes.

—He pecado y mi Salvador quiere que confiese.

Oh, no.

Cuando Bowman volvió a mirarme, sus ojos estaban húmedos. Se le quebró la voz al pronunciar la siguiente sentencia:

—Y Dios Nuestro Señor la ha enviado a usted para que sea testigo.

16

Regresamos a la camioneta, a Luke Bowman le llevó media hora aliviar su alma. Durante ese tiempo recibí cuatro llamadas de la prensa. Al final decidí apagar el teléfono.

Mientras Bowman hablaba, la frase «obstrucción a la justicia» resonaba en mi mente. Comenzó a llover nuevamente. Observé las grandes gotas que se deslizaban por el parabrisas y formaban pequeños charcos fuera del taller. *Boyd* estaba echado a mis pies, convencido por fin de que dejar a *Flush* en paz era un plan mucho más inteligente.

Llegó mi coche, rodando detrás de la grúa como si lo hubiesen rescatado del mar. Bowman continuó con su extraño relato.

Bajaron el Chevy del gato hidráulico y lo llevaron junto al Pinto y las furgonetas. El hombre de la ropa manchada de grasa abrió una puerta y empujó mi Mazda hasta el interior del taller. Luego levantó el capó y echó un vistazo.

Bowman continuaba hablando, buscando la absolución.

Finalmente, el reverendo se calló, la historia había terminado y él había recuperado un lugar cerca de su dios. En ese momento Ryan llegó al taller.

Cuando bajó del coche, bajé el cristal de la ventanilla y le llamé. Se acercó a la camioneta, se inclinó sobre la puerta y apoyó los brazos en el borde de la ventanilla.

Le presenté a Bowman.

—Ya nos conocemos.

La humedad brillaba como un halo alrededor de la cabeza de Ryan.

—El reverendo me acaba de contar una historia muy interesante.

—¿De verdad?

Con ojos helados estudió a Bowman.

—Puede serle útil, detective. O puede que no. Pero es la honesta verdad de Dios.

—¿Cree que el diablo está recogiendo su cosecha, padre?

Bowman echó un vistazo al reloj.

—Dejaré que esta agradable mujer se lo explique, detective.

Hizo girar la llave de contacto y *Boyd* levantó la cabeza. Cuando Ryan retrocedió y abrió mi puerta, el chow-chow se estiró y saltó fuera de la camioneta ligeramente molesto.

—Le agradezco otra vez lo que ha hecho por mí.

—Ha sido un placer. —Miró a Ryan—. Ya sabe dónde puede encontrarme.

Observé la camioneta mientras atravesaba la zona exterior del taller, los neumáticos levantaban una cortina de agua al pasar por los pequeños baches inundados.

Nunca había entendido un tipo de fe como la de Bowman. ¿Por qué me había contado lo que le pasaba? ¿Miedo? ¿Culpa? ¿Quería cubrirse las espaldas? ¿En qué se ocupaban sus pensamientos? ¿En la eternidad? ¿En el arrepentimiento? ¿En las costillas de cerdo que había descongelado para la cena de esta noche?

—¿Qué problema tiene tu coche?

La pregunta de Ryan me devolvió a la realidad.

—Cuida de *Boyd* mientras voy a preguntarlo.

Corrí hacia el interior del taller, donde P o T aún estaba trabajando bajo la tapa del capó. Pensaba que el problema podía

estar en la bomba de agua, seguramente lo sabría al día siguiente.
Le di el número de mi móvil y le dije que me alojaba con Ruby
McCready.

Cuando regresé al coche, Ryan y *Boyd* ya estaban dentro. Me
reuní con ellos y me sacudí el agua del pelo.

—¿Una bomba de agua rota puede hacer un ruido fuerte?
—pregunté.

Ryan se encogió de hombros.

—¿Cómo es que has regresado de Asheville tan temprano?

—Ha surgido otra cosa. Escucha, me reuniré con McMahon
a la hora de la cena. Podrías entretenemos con la parábola de
Bowman.

—Primero dejaremos a *Rinty*.

Esperaba que la cena no fuese en Injun Joe's.

No era allí.

Después de haber dejado a *Boyd* en High Ridge House, nos
dirigimos al Bryson City Diner. El lugar era largo y estrecho
como un vagón de tren. Los reservados cromados se alineaban en
uno de los laterales del local, cada uno con una bandeja de condi-
mentos, un servilletero y un tocadiscos automático en miniatura.
El otro lateral del local estaba ocupado por un mostrador cro-
mado, con taburetes fijados al suelo a intervalos regulares. Tapi-
zados de plástico rojo. Pasteles dentro de recipientes de plástico.
Percheros en la puerta. Lavabos al fondo.

El lugar me gustó. Ninguna promesa de vistas a la montaña o
experiencias étnicas. Ningún acrónimo desconcertante. Ninguna
falta de ortografía para añadirle encanto. Era un restaurante tal
como el nombre decía.

Incluso para lo que es la vida en las montañas llegamos temprano, antes de que el lugar se llenase. Había unos cuantos pa-
rroquianos sentados al mostrador, comentando el tiempo o ha-

blando de sus problemas en el trabajo. La mayoría alzó la vista cuando entramos.

¿O estaban hablando de mí? Cuando nos dirigimos al reservado de la esquina sentí las miradas clavadas en mi espalda, los leves codazos dirigiendo la atención hacia mí. ¿Eran imaginaciones mías?

Acabábamos de sentarnos cuando una mujer de mediana edad, con un delantal blanco sobre un vestido rosa, se acercó a la mesa y nos entregó tres menús escritos a mano y protegidos por una funda de plástico. Sobre el pecho izquierdo llevaba bordado el nombre «Cynthia».

Elegí carne guisada al estilo sureño. Ryan y McMahon eligieron platos de carne mechada.

—¿Bebidas?

—Té helado, por favor. Sin azúcar.

—Lo mismo para mí —dijo McMahon.

—Limonada.

Ryan permanecía impasible, pero yo me imaginaba lo que estaba pensando.

Cynthia me miró largamente después de haber apuntado el pedido, luego apoyó el lápiz sobre la oreja. Rodeó el mostrador, cortó la hoja con el pedido y la colgó de un alambre que había encima de la ventana de servicio.

—Dos seis y un cuatro —gritó, luego se volvió a mirarme otra vez.

La paranoia se reavivó.

Ryan esperó pacientemente hasta que Cynthia trajo las bebidas, luego le dijo a McMahon que tenía una declaración de Luke Bowman.

—¿Qué coño estaba haciendo con Bowman?

En su voz había preocupación. Me pregunté si estaba preocupado por mi seguridad o por entrometerme en la investigación, lo cual podía llevarme a la cárcel.

229

—Tuve una avería. Bowman me ayudó. No me pregunte si eso le inspiró abrirme su alma. —Le quité la envoltura a una pajita y la metí en el té—. ¿Quiere oírlo?

—Adelante.

—Por lo visto los reverendos Bowman y Claiborne llevan un tiempo peleándose por los límites de sus respectivos ministerios. El movimiento de la Santidad ya no es lo que era, y los pastores se ven obligados a competir por los seguidores en una piscina cada vez más vacía. Esto exige espectáculo.

—¿Podríamos rebobinar? Estamos hablando de las serpientes de por aquí, ¿verdad? —preguntó Ryan.

Asentí.

—¿Qué tienen que ver las serpientes con la santidad?

Esta vez decidí no ignorar la pregunta de Ryan.

—Los seguidores de la Santidad interpretan la Biblia de forma literal y citan pasajes que ordenan la manipulación de serpientes.

—¿Qué pasajes? —dijo Ryan con una voz teñida de desprecio.

—«En mi nombre exorcizarán a los demonios; hablarán nuevas lenguas. Cogerán serpientes; y si beben cualquier cosa mortal, no sufrirán ningún daño», del Evangelio de san Marcos, capítulo dieciséis, versículos diecisiete y dieciocho.

Ryan y yo miramos a McMahon.

—«¡Mirad, os doy el poder de pisar serpientes y escorpiones, y sobre todo el poder del enemigo; y nada os hará daño de ninguna manera!», Lucas, capítulo diez, versículo diecinueve —continuó McMahon.

—¿Cómo sabe esas cosas?

—Todos tenemos nuestro bagaje.

—Creía que había estudiado ingeniería.

—Así es.

Ryan volvió al tema de los reptiles.

—¿Esas serpientes están domesticadas de alguna manera? ¿Están acostumbradas a que se las manipule, les han arrancado los colmillos o extraído el veneno?

—Aparentemente no —dijo McMahon—. Para sus ceremonias esos predicadores utilizan botas de agua y culebras de cascabel cazadas en las colinas. Muchos de ellos han muerto a causa de las picaduras.

—¿No es una práctica ilegal? —pregunté.

—Sí —dijo McMahon—. Pero en Carolina del Norte la manipulación de serpientes es simplemente una falta leve y casi nunca se castiga.

Cynthia llegó con nuestros platos y se marchó. Ryan y yo añadimos sal y pimienta. McMahon cubrió con jugo de carne todo lo que había en su plato.

—Continúa, Tempe —dijo.

—Intentaré reconstruir su historia lo mejor que pueda.

Probé una de las judías. Era perfecta, dulce y aceitosa después de horas cociéndose con azúcar y grasa de beicon. Dios bendiga a los estados del sur. Tenía muchas más.

—Aunque lo negó en su entrevista con el NTSB, lo cierto es que Bowman no estaba en casa aquel día. Y se dedicaba a lanzar cosas al cielo.

Hice una pausa para comer un bocado de carne. Estaba igual que las judías.

—Pero no misiles.

Los hombres esperaron mientras yo pinchaba otro trozo de carne y lo tragaba. Apenas era necesario masticarla.

—Esta comida está realmente buena.

—¿Qué dices que lanzaba?

—Palomas.

El tenedor de Ryan se detuvo a medio camino.

—¿Te refieres a pájaros?

Asentí.

—Parece que el reverendo confía en algunos efectos especiales para mantener vivo el interés de los fieles.

—¿Prestidigitación?

—Él prefiere considerarlo como una especie de teatro para el Señor. En cualquier caso, dice que estaba experimentando la tarde en que el vuelo 228 de TransSouth Air se vino abajo.

Ryan me hizo un gesto con el tenedor para que continuase la historia.

—Bowman estaba preparando un sermón sobre los diez mandamientos. Tenía planeado mostrar una copia de las tablas hechas con arcilla y acabar con una representación de Moisés destruyendo los originales, furioso porque el pueblo hebreo había abandonado su fe. Como gran final arrojaría las maquetas al suelo y reprendería a la congregación para que se arrepintiese. Cuando implorasen el perdón, Bowman accionaría unas palancas y una bandada de palomas saldría volando en medio de una nube de humo. Pensaba que sería muy efectivo.

—Impresionante —dijo Ryan.

—¿Ésa es su confesión? ¿Que estaba en el patio trasero jugando con palomas y humo? —dijo McMahon.

—Ésa es su historia.

—¿Acostumbra hacer esas cosas?

—Le gusta el espectáculo.

—¿Y mintió también cuando fue interrogado porque no podía arriesgarse a que sus feligreses descubriesen que estaban siendo engañados?

—Eso es lo que él dice. Pero entonces el Todopoderoso le palmeó el hombro y comenzó a temer por su alma.

—O por una paliza en una prisión federal.

El desdén de Ryan había aumentado.

Acabé de comer las judías.

—En realidad tiene sentido —dijo McMahon—. Los otros testigos, incluido Claiborne, afirmaron que vieron algo que salía disparado hacia el cielo. Conociendo la naturaleza poco fiable de los testigos presenciales, las golondrinas y el humo encajarían en la descripción.

—Palomas —corregí—. Son más papales.

—En cualquier caso, el NTSB ha descartado la teoría del misil —continuó McMahon.

—¿Por?

—Por varias razones.

—Deme una.

—No se ha encontrado el más mínimo vestigio de un misil en un radio de ocho kilómetros del lugar del accidente.

McMahon extendió una generosa cantidad de puré de patatas sobre un trozo de carne.

—Y no hay formación de agregados.

—¿Qué es la formación de agregados?

—Básicamente implica el agrietamiento de la estructura cristalina de metales como el cobre, el hierro o el acero. Para que se produzca ese fenómeno se necesitan fuerzas superiores a ocho mil metros por segundo. Eso significa un explosivo militar. Cosas como RDC o C4.

—¿Y no hay rastros de eso?

—Hasta el momento no.

—¿O sea?

—Los componentes habituales de las bombas, como pólvora, gelignitas y dinamita de baja intensidad no son lo bastante potentes. Sólo alcanzan fuerzas de mil metros por segundo. Esta potencia no alcanza a crear un choque suficiente como para producir la formación de agregados, aunque sí tiene fuerza para causar estragos en un avión. De modo que la ausencia de estos agregados no descarta la posibilidad de una detonación. —Vació el tenedor en su boca—. Y hay un montón de pruebas de una explosión.

En ese momento comenzó a sonar el móvil de Ryan. Escuchó

y contestó en un francés entrecortado. Aunque entendía las palabras, tenían poco sentido si se oía el resto de la conversación.

—De modo que el NTSB no ha progresado demasiado desde la semana pasada. Algo estalló en la parte trasera del avión, pero no tienen idea de qué o cómo.

—Más o menos —convino McMahon—. Aunque el marido rico ha sido descartado como sospechoso. Resulta que el tío fue candidato al sacerdocio. Hizo una donación de un cuarto de millón de dólares a la Sociedad Humana el año pasado cuando encontraron su gato perdido.

—¿Y el chico de Sri Lanka?

—El tío sigue hablando por la radio en Sri Lanka y no ha habido amenazas, notas, declaraciones públicas, no hay noticias de aquel país. Esa pista parece haber entrado en un callejón sin salida, pero seguimos investigando.

—¿La investigación ha pasado a la órbita del FBI?

—Oficialmente, no. Pero hasta que la hipótesis terrorista no haya sido descartada, no nos iremos.

Ryan acabó de hablar y buscó un cigarrillo. En su rostro había una expresión que no alcanzaba a descifrar. Recordé mi tropiezo con Danielle, no dije nada.

McMahon, sin embargo, no tenía tantos reparos.

—¿Qué ha pasado?

—La esposa de Pepper Petricelli ha desaparecido —dijo Ryan.

—¿Se ha largado?

—Tal vez.

Ryan encendió el cigarrillo y buscó un cenicero en la mesa. Al no encontrar ninguno hundió la cerilla en el puré de patata. Se produjo un incómodo silencio antes de que decidiera continuar.

—Ayer en Montreal detuvieron por posesión de drogas a un mal bicho llamado André Metraux. Como no le atraía demasiado la perspectiva de estar separado durante mucho tiempo de sus fármacos, Metraux ofreció información a cambio de un trato.

Ryan dio una profunda calada y luego expulsó el humo por la nariz.

—Metraux jura que vio a Pepper Petricelli en un restaurante de Plattsburgh, Nueva York, el sábado por la noche.

—Eso es imposible —exclamé—. Petricelli está muerto... —Mi voz se interrumpió en la última palabra.

Los ojos de Ryan barrieron el local y luego su mirada se detuvo en la mía. Su dolor era evidente.

—Cuatro pasajeros siguen sin ser identificados, incluyendo a Bertrand y Petricelli.

—Pero no pensarán que... Oh, Dios mío, ¿qué es lo que piensan?

Ryan y McMahon se miraron. Se me aceleró el pulso.

—¿Qué es lo que me están ocultando?

—No te pongas paranoica. No te estamos ocultando nada. Has tenido un día muy duro y pensamos que podía esperar hasta mañana.

Sentí que la ira se condensaba como la niebla en mi pecho.

—Dímelo —dije con voz calma.

—Tyrell asistió a la reunión de hoy y presentó un cuadro de lesiones actualizado.

Me sentí horriblemente mal por haber sido excluida y estallé.

—Así que hay nuevas noticias.

—Tyrell dice que tiene restos que no corresponden a nadie de la lista de pasajeros.

Me quedé mirándole, demasiado sorprendida para poder hablar.

—Sólo hay cuatro pasajeros que no han sido encontrados. Todos viajaban en la zona posterior izquierda del avión. Sus asientos estaban pulverizados, de modo que cabe suponer que a sus ocupantes no les fue muy bien.

Ryan volvió a dar una calada y a lanzar el humo por la nariz.

—Veintidós A y B estaban ocupados por estudiantes masculinos. Bertrand y Petricelli estaban detrás de ellos en la fila veintitrés. Tyrell afirma tener tejido que no corresponde a ninguno de los ochenta y cuatro pasajeros que ya han sido identificados y a ninguno de los cuatro desaparecidos.

—¿Por ejemplo?

—Un fragmento de hombro con un gran tatuaje.

—Alguien podría haberse hecho un tatuaje justo antes de volar.

—Un trozo de mandíbula con un elaborado trabajo odontológico.

—Huellas dactilares —añadió McMahon.

Me llevó un momento digerir aquello.

—¿Qué significa?

—Podría significar muchas cosas.

McMahon llamó a Cynthia y le pidió la cuenta.

—Tal vez los motoristas consiguieron un doble y Petricelli pasó el fin de semana tranquilamente en Nueva York.

La voz de Ryan era de acero templado.

—¿Qué estás sugiriendo?

—Si Petricelli no estaba a bordo de ese avión sólo puede significar dos cosas. O Bertrand decidió cambiar de carrera por la fuerza o por la codicia... —Ryan dio una última calada y luego sumó la colilla al puré— o fue asesinado.

Cuando regresé a mi habitación me permití el lujo de tomar un largo baño caliente de espuma, seguido de una sesión de polvos de talco. Sólo ligeramente relajada, pero oliendo a madreselva y lilas, me senté en la cama, levanté las rodillas hasta el pecho, me cubrí con la manta y conecté el teléfono. Había tenido diecisiete llamadas. Al no encontrar ningún número que me resultara familiar, borré los mensajes e hice una llamada que había estado postergando durante días.

Aunque las vacaciones de otoño ya habían acabado y las clases se habían reanudado el día anterior en la universidad, después de descubrir la mancha de descomposición de la casa amurallada, había solicitado un permiso temporal. Yo no lo había dicho, pero tampoco había corregido la suposición de mi jefe de que aún estuviera trabajando en la identificación de las víctimas del accidente. En cierto sentido, lo estaba.

Pero el revuelo actual de los medios de comunicación me había vuelto aprensiva. Inspiré profundamente, marqué el número de Mike Perrigio y pulsé «enviar». Después de siete tonos, estaba a punto de colgar cuando una mujer contestó la llamada. Pregunté por Mike. Hubo una larga pausa. Había bullicio de fondo y oí que un niño lloraba.

Cuando Mike se puso al teléfono, se mostró un tanto brusco, casi frío. Mis clases estaban cubiertas. Que siguiera en contacto. Colgó.

Seguía mirando el teléfono cuando volvió a sonar.

La voz me resultó totalmente inesperada.

Larke Tyrell me preguntó cómo me encontraba. Se había enterado de que había regresado a Bryson City. ¿Podía reunirme con él al día siguiente? ¿A las nueve de la mañana en el centro de asistencia familiar? Bien, bien. Cuídate.

Me quedé nuevamente con los ojos fijos en el pequeño aparato negro, sin saber si debía sentirme destrozada o animada. Mi jefe de la universidad obviamente estaba al tanto de las nuevas noticias relacionadas con el accidente aéreo. Y eso era malo. Pero Larke Tyrell quería hablar. ¿Acaso el forense jefe se había acercado a mis posiciones y aceptado mi punto de vista? ¿Aquel otro tejido errante le había convencido de que la gran controversia del pie no incluía restos del accidente?

Extendí la mano hacia la fina cadena de la lámpara que había en la mesilla de noche. Acostada en medio de un silencio interrumpido por los grillos sentí que finalmente mis problemas comenzaban a resolverse. Estaba segura de mi investigación y no cuestioné el lugar o el propósito de la reunión del día siguiente.

Fue un error.

17

Al abrir los ojos, lo primero que vi fue una hoja de papel debajo de la alfombra.

El reloj marcaba las siete y veinte.

Bajé de la cama, recogí el papel y examiné su contenido. Era un fax con una lista de seis nombres.

Temblando, todavía en ropa interior, comprobé el encabezamiento: «Remitente: Oficina del Fiscal General, Estado de Delaware. Destinatario: Agente especial Byron McMahon. Asunto: H&F, LLP.»

Era la lista de los integrantes de H&F. Seguramente McMahon olvidó mencionarlo la noche anterior y deslizó la nota por debajo de la puerta. Leí los nombres. Ninguno me dijo absolutamente nada.

Sin dejar de tiritar guardé el fax en el bolsillo exterior de la bolsa del ordenador, corrí de puntillas hasta el cuarto de baño y me metí bajo el chorro de la ducha. Al buscar el champú sufrí la primera derrota del día.

¡Maldita sea! Había dejado la bolsa con la compra del supermercado en la camioneta de Luke Bowman.

Llené con agua la botella de champú casi vacía y me lavé la cabeza con un pobre baño de espuma. Después de secarme el pelo y maquillarme, me puse unos pantalones caqui y una blusa blanca de algodón, luego estudié la imagen que reflejaba el espejo.

La mujer del espejo tenía un aspecto suficientemente recatado pero tal vez demasiado informal. Añadí una chaqueta de punto, abotonada hasta el cuello según las instrucciones de Katy. No quería parecer una turista.

Volví a mirarme al espejo. Elegante pero profesional. Bajé rápidamente la escalera.

Demasiado tensa para desayunar, bebí una taza de café, llené el plato de *Boyd* con los últimos restos de comida que quedaban en la bolsa y cogí mi bolso. Acababa de cruzar la puerta principal cuando me paré en seco.

No tenía coche.

Estaba de pie en el porche de la casa, aunque mi aspecto era bastante bueno, el pánico empezaba a apoderarse de mí, cuando la puerta se abrió de par en par y salió un chico de unos diecisiete años. Llevaba el pelo teñido de azul y rasurado a los lados, dejando una franja que se extendía desde la frente hasta la nuca. La nariz, cejas y lóbulos llevaban más adornos metálicos que una tienda de Harley.

Sin ni siquiera mirarme, el chico bajó el corto tramo de escalera y desapareció al otro lado de la casa.

Segundos más tarde apareció Ryan, soplando el humo que salía de una taza de café.

—¿Qué hay, cielo?

—¿Quién coño era ese chico?

—¿El niño de los clavos? —Probó el café con cuidado—. El sobrino de Ruby, Eli.

—Un aspecto muy agradable. Ryan, detesto hacerlo, pero tengo que encontrarme con Tyrell dentro de veinte minutos y acabo de recordar que no tengo coche.

Metió la mano en el bolsillo y me lanzó sus llaves.

—Puedes llevarte el mío. Yo iré con McMahon.

—¿Estás seguro?

—Tú no figuras en el contrato de alquiler. Intenta que no te arresten.

En el pasado, los centros de asistencia familiar se establecían en las proximidades del lugar del accidente a fin de facilitar la transferencia de información. Esta práctica fue abandonada, sin embargo, cuando los psicólogos comenzaron a darse cuenta del impacto emocional que significaba para los familiares de las víctimas permanecer tan cerca de la escena de la tragedia.

El Centro de Asistencia Familiar para el vuelo 228 del Trans-South Air se encontraba en el Sleep Inn, en Bryson City. Diez habitaciones habían sido convertidas en otras tantas oficinas reemplazando camas y armarios con escritorios, sillas, teléfonos y ordenadores portátiles. Era allí donde se habían recogido los datos de las víctimas, celebrado las reuniones y era donde las familias habían sido informadas de las identificaciones.

Todo ese proceso ya había concluido. Con la excepción de un par de habitaciones individuales, las que hacía unos días habían estado llenas de parientes rotos por el dolor, personal del NTSB, investigadores del departamento del forense y representantes de la Cruz Roja, habían recuperado su función original.

La seguridad tampoco era la de antes. Al llegar al aparcamiento me sorprendió ver a los periodistas hablando y bebiendo café, evidentemente estaban esperando alguna nueva noticia.

Estaba tan concentrada en llegar a tiempo a mi cita con Tyrell que no se me pasó por la cabeza que la noticia era yo.

Entonces uno de ellos me enfocó con su minicámara.

—Allí está.

Otras cámaras se unieron a la primera. Aparecieron micrófonos y los objetivos sonaron como la grava en una moledora de cemento.

—¿Por qué movió los restos?

—¿Manipuló sin autorización los paquetes de las víctimas del desastre?

—Doctora Brennan...

—¿Es verdad que han desaparecido pruebas de casos investigados por usted?

—Doctora...

Las luces de los flashes estallaban en mi cara. Los micrófonos me rozaban la barbilla, la cabeza, el pecho. Los cuerpos se apretaban contra mí, se movían conmigo, como si fuese un alga marina que se enredase en brazos y piernas.

Mantuve la mirada recta, sin reconocer a nadie. El corazón me retumbaba en el pecho mientras luchaba por abrirme paso, un nadador haciendo un último esfuerzo por llegar a la playa. La distancia que me separaba del motel parecía un océano insuperable.

Entonces sentí una mano fuerte que me cogía del brazo y un momento más tarde me encontraba en el vestíbulo. Un policía estatal cerró las puertas acristaladas mientras observaba a la multitud que había quedado fuera.

—¿Está bien, señora?

No respondí porque no confiaba en mi voz.

—Por aquí, por favor.

Le seguí hasta un grupo de ascensores. El policía esperó tranquilamente con las manos cruzadas y los pies separados mientras subíamos. Mis pies parecían de mantequilla, trataba de ordenar las ideas.

—¿Cómo se enteró la prensa de esto? —pregunté.

—No sabría decírselo, señora.

En el segundo piso, el policía se dirigió hacia la habitación 201 y apoyó los hombros contra la pared que había junto a la puerta.

—No está cerrada.

Clavó los ojos en algo que no era yo.

Respiré un par de veces para relajarme, hice girar el pomo y entré en la habitación.

Detrás de un escritorio situado en el otro extremo de la habitación estaba sentado el vicegobernador de Carolina del Norte. De los cien mil millones de pensamientos que en ese momento pasaron volando por mi cabeza, sólo recuerdo uno: el color de Parker Davenport había mejorado desde el día del accidente.

A la izquierda del vicegobernador estaba sentado el doctor Larke Tyrell, y Earl Bliss a su derecha. El forense me miró y asintió con la cabeza. Los ojos del jefe del DMORT evitaron los míos.

—Doctora Brennan, tome asiento, por favor.

El vicegobernador señaló un sillón colocado delante de su escritorio.

Cuando me senté, Davenport se apoyó en el respaldo de su sillón y encajó los pulgares en el chaleco. La vista que podía contemplarse detrás de él era realmente espectacular, una postal de las Smoky Mountains en explosivos colores otoñales. Al entornar los ojos por la claridad que entraba a través del amplio ventanal, reconocí de inmediato mi desventaja. Si Tyrell hubiese estado a cargo de aquella reunión, yo hubiese sabido que la disposición de los asientos era una estrategia. No estaba segura de que Davenport fuese tan listo.

—¿Quiere una taza de café? —preguntó Davenport.

—No, gracias.

Mirando a Davenport me resultaba difícil imaginar cómo había durado tanto tiempo en la función pública. No era ni alto ni bajo, ni oscuro ni claro, ni suave ni brusco. El pelo y los ojos eran de un marrón indefinido, su forma de hablar llana y sin ninguna elocuencia. En un sistema que elige a sus líderes basándose en el aspecto y la elocuencia, Davenport era claramente un perdedor.

En resumen, el hombre era insignificante. Pero tal vez fuese ésa su principal virtud. La gente votaba por Davenport y luego se olvidaba de él.

El vicegobernador desenganchó los pulgares del chaleco, se examinó las palmas de las manos y luego me miró.

—Doctora Brennan, se han presentado algunas alegaciones muy serias que debo considerar.

—Me alegra que nos hayamos reunido para aclarar todo este asunto.

—Sí.

Davenport se inclinó sobre el escritorio y abrió una carpeta. A su izquierda había una cinta de vídeo. Nadie habló mientras seleccionaba un documento y lo examinaba.

—Vayamos al quid de la cuestión.

—De acuerdo.

—¿Entró usted en el lugar del accidente de TransSouth Air el cuatro de octubre antes de la llegada del NTSB o de los oficiales del forense?

—Puesto que me encontraba en la zona, Earl Bliss me pidió que me acercase al lugar del accidente.

Miré al jefe del DMORT. Permanecía con los ojos clavados en las manos, que descansaban sobre su regazo.

—¿Tenía usted órdenes oficiales para ir allí?

—No, señor, pero...

—¿Se identificó usted falsamente como un oficial representante del NDMS?

—No, no lo hice.

Davenport comprobó otro de los documentos.

—¿Interfirió usted con las autoridades locales en los esfuerzos de búsqueda y recuperación?

—¡Por supuesto que no!

Sentí que una ola de calor me invadía el cuello y subía hasta mis mejillas.

—¿Ordenó usted al ayudante Anthony Skinner que le quitase la cubierta protectora a una de las víctimas del accidente, sabiendo que existía el riesgo de que sufriese la acción de animales carroñeros?

—Es el procedimiento habitual.

Me volví hacia Earl y Luke. Ninguno de los dos me miraba. Mantén la calma, me dije.

—Se ha alegado que usted rompió el «procedimiento» —Davenport enfatizó la palabra—, quitando unos restos antes de que fuesen debidamente anotados.

—Porque era un caso especial que requería una acción inmediata. Fue una decisión de sentido común, y así se lo expliqué al doctor Tyrell.

Davenport se inclinó aún más hacia adelante y endureció el tono de su voz.

—¿Robar esos restos también?

—¿Qué?

—El caso al que nos estamos refiriendo ya no está en el depósito.

—No sé absolutamente nada de eso.

Davenport entrecerró los insulsos ojos marrones.

—¿De verdad?

Davenport cogió la cinta, fue hasta un aparato de vídeo y la introdujo en la ranura. Cuando pulsó «play», una escena gris y espectral llenó la pantalla y supe al instante que estaba viendo una cinta de vigilancia.

Reconocí la carretera y la entrada al aparcamiento del depósito.

Unos segundos más tarde apareció mi coche. Un guardia me hizo señas de que me alejara. Apareció Primrose, habló con el guardia, siguió hasta mi coche y me entregó una bolsa. Intercambiamos unas pocas palabras, luego me dio unas palmadas en el hombro y yo me marché.

Davenport pulsó «stop» y rebobinó la cinta. Cuando regresó a su silla yo miré a los otros dos hombres. Ambos me estudiaban con rostros inescrutables.

—Permítame que resuma la situación —dijo Davenport—. Tras esa cadena de acontecimientos sumamente irregulares, el espécimen en cuestión, el espécimen que usted afirma haberles arrebatado a los coyotes, ha desaparecido.

—¿Qué tiene eso que ver conmigo?

Davenport cogió otro de los papeles que guardaba en la carpeta.

—El domingo por la mañana, una procesadora de datos llamada Primrose Hobbs retiró una pieza de tejido humano fragmentado que llevaba el número 387 de un camión frigorífico que contenía casos en proceso de examen. Luego se dirigió a la sección de admisiones y retiró el PVD asociado a esos restos. Más tarde, esa misma mañana, la señorita Hobbs fue vista mientras le entregaba ese paquete en el aparcamiento del depósito. Esa transacción quedó debidamente grabada y registrada y acabamos de verla. —me taladró con la mirada—. Esos restos y ese paquete han desaparecido, doctora Brennan, y creemos que están en su poder.

—Yo le sugeriría enérgicamente que hablase con la señorita Hobbs. —dije con toda la frialdad de la que era capaz.

—Ése fue, como debe usted suponer, nuestro primer movimiento. Lamentablemente, la señorita Hobbs no se ha presentado a trabajar esta semana.

—¿Dónde está?

—No lo sabemos.

—¿Se marchó del hotel?

—Doctora Brennan, me hago cargo de que usted es una antropóloga forense de fama internacional. Sé que ha trabajad, con el doctor Tyrell en el pasado, así como con investigadores de todo el mundo. Me han dicho que sus credenciales son intachables.

Todo eso contribuye a que su comportamiento e] este asunto sea aún más desconcertante.

Davenport se volvió hacia sus acompañantes como si buscase apoyo.

—Ignoramos por qué razón se ha obsesionado con este caso, pero es obvio que su interés ha ido mucho más allá de lo que podríamos considerar profesional o ético.

—No he hecho nada ilegal.

Earl habló por primera vez.

—Tal vez tus intenciones sean buenas, Tempe, pero retirar sin autorización los restos de una víctima demuestra muy poco criterio.

Bajó la mirada y se quitó una partícula inexistente de los pantalones.

—Y es un delito —añadió Davenport.

Me dirigí al jefe del DMORT.

—Earl, tú me conoces. Sabes que yo jamás haría eso.

Antes de que Earl pudiese contestar, Davenport cambió el papel que tenía en la mano por un sobre marrón y sacó dos fotografías de su interior. Echó un vistazo a la más grande, la dejó sobre el escritorio y luego la empujó hacia mí con un dedo.

Por un momento pensé que se trataba de una broma.

—Es usted, doctora Brennan, ¿verdad?

Ryan y yo estábamos comiendo frankfurts delante de la estación de ferrocarril de las Great Smoky Mountains.

—Y el teniente detective Andrew Ryan de Quebec.

Lo pronunció «quibec».

—¿Qué relevancia tiene esto, señor Davenport?

Aunque me ardía la cara, mi voz era helada.

—¿Cuál es exactamente la relación que usted mantiene con este hombre?

—El detective Ryan y yo hemos trabajado juntos durante años.

—Pero ¿me equivoco al afirmar que esa relación va más allá del ámbito estrictamente profesional?

—No tengo intención de responder absolutamente ninguna pregunta relacionada con mi vida privada.

—Comprendo.

Davenport empujó la segunda fotografía a través del escritorio.

Estaba demasiado sorprendida para poder hablar.

—Veo por su reacción que conoce al caballero que aparece en la fotografía junto al detective Ryan.

—Jean Bertrand era el compañero de Ryan. —Una corriente eléctrica atravesaba cada una de las células de mi cuerpo.

—¿Sabía usted que ese tal Bertrand está siendo investigado en relación al accidente de la TransSouth Air?

—¿Adónde quiere ir a parar con todo esto?

—Doctora Brennan, no tendría por qué decirle esto. Su... —simuló no encontrar la palabra adecuada— colega está vinculado a uno de los principales sospechosos. Usted misma ha actuado... —nuevamente la cuidadosa búsqueda del término preciso— irregularmente.

—No he hecho nada ilegal —repetí.

Davenport ladeó la cabeza e hizo un movimiento con la boca, un gesto que no era una sonrisa y tampoco una mueca. Luego suspiró, indicando la pesada carga que aquel asunto significaba para todos nosotros.

—Tal vez, como ha sugerido el señor Bliss, su único delito haya sido un error de juicio. Pero en las tragedias de esta naturaleza, con tanta atención de los medios de comunicación y tantas familias destrozadas, es de suma importancia que todos los implicados eviten incluso la apariencia de deshonestidad.

Esperé. Davenport comenzó a reunir los papeles.

—Hemos enviado informes de conducta sospechosa al Sistema Médico para Desastres Nacionales, la Junta Americana de Antropología Forense y el Comité de Ética de la Academia Americana de Ciencias Forenses. El decano de su universidad también será debidamente informado.

Un frío helado me recorrió el cuerpo.

—¿Acaso soy sospechosa de haber cometido un delito?

—Debemos considerar todas las posibilidades, cuidadosa e imparcialmente.

En ese momento algo estalló dentro de mí. Me puse de pie con los puños cerrados, sintiendo que las uñas se me clavabar en las palmas de las manos.

—En esta reunión no hay absolutamente nada que sea im parcial, señor Davenport, y usted no tiene ninguna intención de tratarme con justicia, a mí o al detective Ryan. Aquí pasa algo que está mal, muy mal, y me han elegido como una especie de chivo expiatorio.

Las lágrimas me quemaban el interior de los párpados. Es la luz que entra por la ventana, me dije. ¡Ni se te ocurra llorar!

—¿Quién ha convertido esta reunión en un circo publicitario?

Las mejillas de Davenport se sonrojaron, pareciendo extraña-mente fuera de lugar en su tez blanda e insulsa.

—No tengo ni idea de cómo ha podido enterarse la prensa de esta reunión. La filtración no ha salido de mi oficina.

—¿Y la fotografía de vigilancia? ¿De dónde ha salido esa orden?

Davenport no contestó. En la habitación se hizo un silencio sepulcral.

Abrí las manos y respiré profundamente. Luego empalé a Da-venport con la mirada.

—Hago mi trabajo escrupulosa y éticamente, me preocupo tanto por los muertos cuanto por los vivos, vicegobernador Da-venport —no alteré el tono de mi voz—, no acostumbro desviar-me del procedimiento. El doctor Tyrell lo sabe y el señor Bliss también.

Mis ojos buscaron a Larke, pero apartó la mirada. Earl continuaba concentrando la atención en sus pantalones. Me volví hacia Davenport.

—No sé qué es lo que está pasando ni por qué, pero lo descubriré.

Le señalé con un dedo para enfatizar cada palabra.

—Yo. Lo descubriré.

Después me di la vuelta y salí de la habitación, cerrando suavemente la puerta a mi espalda. El policía me acompañó por el corredor, bajó conmigo en el ascensor y juntos atravesamos el vestíbulo del motel.

En el aparcamiento se produjo una repetición de mi llegada. Aunque mi escolta defendía uno de los flancos, me abordaban por todos los demás. Las cámaras rodaban, los micrófonos oscilaban alrededor de mí y los flashes estallaban por todas partes. Me acribillaban a preguntas. Empujando hacia adelante, con la cabeza gacha y los brazos apretados contra el pecho, me sentía más atrapada que ante la manada de coyotes.

Al llegar al coche de Ryan, el policía contuvo el asalto extendiendo ambos brazos mientras yo abría la puerta. Luego empujó a la multitud hacia atrás y pude salir del aparcamiento y enfilar la carretera.

Mientras conducía, el calor abandonó lentamente mi rostro y el pulso se me normalizó, pero en mi cerebro bullían un millón de preguntas. ¿Cuánto tiempo había estado bajo vigilancia? ¿Podía eso explicar el registro de mi habitación? ¿Hasta dónde pensaban llegar? ¿Por qué?

¿Regresarían?

¿Quiénes eran «ellos»?

¿Dónde diablos estaba el pie? ¿Seguro que lo habían robado? Y si así había sido, ¿con qué propósito?

¿Cómo sabían que había desaparecido? ¿Quién quería aquel pie el lunes? ¿Por qué?

¿Dónde estaba Primrose Hobbs?

La oficina del vicegobernador del Estado no solía estar incluida en el circuito de investigación del desastre. ¿Por qué mostraba Davenport tanto interés en este asunto?

¿Tendría que enfrentarme realmente a una presentación de cargos criminales? ¿Debería buscar asesoramiento legal?

Estaba completamente absorbida en estas preguntas, conducía de forma automática, veía y reaccionaba a las cosas que me rodeaban, pero no de forma consciente. No sé cuánto tiempo llevaba conduciendo cuando una estridente sirena me hizo mirar hacia atrás por el retrovisor.

Llevaba un coche patrulla pegado al parachoques trasero con los faros destellando como un cartel de neón.

18

Reduje la velocidad y me desvié hacia el arcén. El coche patrulla hizo lo propio hasta detenerse detrás de mí.

El tráfico continuó incesante, gente normal de camino a lugares comunes.

Estaba mirando a través del retrovisor cuando la puerta del coche patrulla se abrió y Lucy Crowe salió del vehículo. Mi primera reacción fue de alivio. Luego se puso el sombrero y se lo acomodó con cuidado, dando a entender que no paraba sólo para saludar. Me pregunté si yo también debía bajar del coche, pero decidí quedarme donde estaba.

Crowe se acercó al coche, alta y poderosa enfundada en su uniforme. Abrí la puerta.

—Buenos días —dijo, acompañando el saludo con su clásico movimiento de alzamiento de cabeza.

La saludé del mismo modo.

—¿Coche nuevo?

Separó los pies y apoyó las manos en las caderas.

—Prestado. El mío se ha tomado una temporada sabática imprevista.

Lucy Crowe no me pedía el carnet de conducir ni formulaba las preguntas habituales, de modo que supuse que no se trataba de una detención de tráfico. Me pregunté si iba a arrestarme.

—Tengo algo que probablemente no le gustará oír.

La radio que llevaba en el cinturón lanzó un chirrido y Crowe ajustó un botón.

—Daniel Wahnetah apareció anoche.

Apenas pude preguntarle:

—¿Vivo?

—Completamente. Llamó a la puerta de su hija alrededor de las siete, cenó con la familia y luego se fue a dormir a su casa. Su hija me llamó esta mañana.

Hablaba en voz alta para hacerse oír sobre el ruido del tráfico.

—¿Dónde estuvo los últimos tres meses?

—En Virginia Occidental.

—¿Qué hacía?

—Su hija no me lo dijo.

Daniel Wahnetah no estaba muerto. No podía creerlo.

—¿Algún progreso con respecto a George Adair o Jeremiah Mitchell?

—Ni una palabra.

—Ninguno encaja realmente con mi perfil —dije con voz tensa.

—Supongo que todo esto no la ayuda mucho.

—No.

Aunque nunca me había permitido decirlo, confiaba en que el pie perteneciera a Wahnetah. Ahora no tenía nada.

—Pero me alegro por la familia Wahnetah.

—Son buenas personas.

Observó mis dedos aferrados al volante.

—He oído las noticias.

—He tenido que desconectar el teléfono porque me estaban volviendo loca. Acabo de abandonar una reunión con Parker Davenport y había un circo mediático en torno al Sleep Inn.

—Davenport. —Apoyó un codo sobre el techo del coche—. Un blanco pobre que vive entre negros.

—¿Qué quiere decir?

Miró hacia la carretera y luego volvió a concentrarse en mí. La luz del sol se reflejaba en sus gafas de aviador.

—¿Sabía que Parker Davenport nació muy cerca de aquí?

—No, no lo sabía.

Se quedó en silencio un momento, perdida en recuerdos que sólo le pertenecían a ella.

—Me parece que ese hombre no le gusta.

—Digamos que nunca colgaré su póster encima de mi cama.

—Davenport me dijo que el pie ha desaparecido y me acusa de ser la responsable. —Tuve que hacer una pausa para reprimir el temblor de la voz—. Y añadió que una procesadora de datos, que me ayudó a comprobar unas medidas, también ha desaparecido.

—¿De quién se trata?

—Una mujer negra, mayor, llamada Primrose Hobbs.

—Preguntaré por ahí.

—Usted sabe que todo esto son tonterías —dije—. Lo que no llego a comprender es por qué Davenport va a por mí.

—Parker Davenport tiene sus propias ideas sobre algunas cosas.

Un camión pasó junto a nosotras, envolviéndonos en una ola de aire caliente. Crowe se irguió.

—Iré a hablar con nuestra fiscal de distrito, veré si puedo conseguir esa orden de registro.

En ese momento recordé algo. Aunque Larke Tyrell había citado la invasión ilegal de propiedad cuando me apartó de la investigación, la cuestión de la casa con el recinto amurallado no se había mencionado en la reunión de hoy.

—Estuve buscando a sus propietarios.

—La escucho.

—La propiedad ha pertenecido desde 1949 a un grupo de inversiones llamado H&F. Antes de esa fecha pertenecía a Edward E. Arthur, y anteriormente a Victor T. Livingstone.

Crowe sacudió la cabeza.

—Está hablando de una época muy anterior a la mía.

—En mi habitación tengo una lista de las personas que forman parte de H&F. Tengo que ir a ver cómo está el coche, pero después podría llevarla a su oficina.

—Después de ver a la fiscal de distrito debo ir al lago Fontana. Allí tenemos a un Fox *Jodido* Mulder que está convencido de haber encontrado a un alienígena. —Miró el reloj—. Debería volver a la oficina a las cuatro.

Conduje todo el camino hasta High Ridge House presa de una enorme ansiedad. Para aliviar la tensión le ofrecí a *Boyd* salir a correr un rato. También sentí que debía compensar la frugalidad del desayuno. Lejos de quejarse, *Boyd* aceptó con entusiasmo la propuesta.

El camino todavía estaba húmedo por la lluvia que había caído el día anterior y con los pies producíamos sonidos sordos sobre la grava fangosa. *Boyd* jadeaba y movía la cola como un abanico. Gorriones y grajos eran las únicas criaturas que alteraban el silencio del lugar.

La vista era otro fresco impresionista, una interminable extensión de valles y colinas pulida por el brillante sol de la mañana. Pero el viento había cambiado durante la noche y en aquel momento era más frío. Cuando entrábamos en una zona de sombra podía sentir la proximidad del invierno y los días más cortos.

El ejercicio me tranquilizó, pero no demasiado. Cuando subía la escalera hacia Magnolia, sentí un nudo en el pecho al recordar la intrusión del lunes. Pero la puerta de la habitación estaba cerrada y todas mis cosas intactas y ordenadas.

Me duché y me cambié de ropa. Fui a coger el teléfono y comenzó a sonar en mi mano. Contesté con los dedos rígidos. Otro periodista. Colgué y marqué el número de Peter.

Como siempre, un contestador recibió la llamada. Aunque estaba ansiosa por tener una opinión autorizada sobre mi situación legal, sabía que sería inútil intentar localizarle en sus otros números. Pete tenía móvil y teléfono en el coche, pero casi nunca recargaba la batería. Si conseguía hacerlo, olvidaba encenderlo o bien lo dejaba sobre el salpicadero o la cómoda de una habitación.

Frustrada, busqué el fax que me había dejado McMahon, lo metí en el bolso y bajé la escalera.

Me estaba preparando un bocadillo de ensalada de huevo cuando Ruby entró en la cocina con un cesto azul de plástico con ropa para lavar. Llevaba una blusa blanca, un collar de perlas falsas, pantalón de chándal, calcetines y pantuflas. El moño de la coronilla parecía haber recibido un generoso baño de laca. Su aspecto sugería una salida matinal, seguido de un cambio de opinión de cintura para abajo.

—¿Puedo ayudarla? —preguntó.

—No, está bien.

Dejó el cesto con la ropa y se acercó al fregadero, las pantuflas chocaban contra los talones.

—Lamento sinceramente lo sucedido en su habitación.

—No tenía nada de valor.

—Alguien debió de entrar en la casa cuando yo estaba en el mercado. —Cogió un paño de cocina, lo olió—. A veces me pregunto dónde iremos a parar. El Señor...

—Son cosas que pasan...

—Jamás habíamos tenido un robo en esta casa. —Se volvió hacia mí con el paño enrollado entre las manos—. No la culpo por estar enfadada.

—No estoy enfadada con usted.

Inspiró brevemente, abrió la boca y la cerró. Tuve la impresión de que estaba a punto de decirme algo y había cambiado de idea, como si temiera el efecto que aquello pudiera tener sobre su vida. Bien. Yo no me sentía con ánimos para escuchar una confesión.

—¿Puedo servirle algo de beber?

—¿Tiene limonada?

Metió el paño de cocina junto con el resto de la ropa sucia y abrió la nevera. Sacó una jarra de plástico, llenó un vaso y lo puso en la mesa junto a mi bocadillo.

—Y todo ese asunto de la televisión.

—Jamás he sido muy popular.

Sonreí. No quería que Ruby viese cuán alterada estaba. Pero mi gesto debió reflejar la tensión que sentía.

—No es divertido. No debería permitir que le hagan esto.

—No puedo controlar a la prensa, Ruby.

Buscó un plato de cartón para el bocadillo.

—¿Galletas?

—Vale.

Añadió tres Oreos y luego me miró directamente a los ojos.

—«Bendito eres cuando los hombres te injurian y te persiguen y lanzan contra ti toda clase de maldades falsamente.»

—La gente que realmente me importa sabe perfectamente que estas acusaciones son falsas.

Mantén la calma.

—Entonces tal vez necesite controlar a alguna otra persona.

Apoyó el cesto contra la cadera y abandonó la cocina sin mirar atrás.

Necesitaba una conversación más racional, así que salí al porche para comer con *Boyd*. No me decepcionó. El chowchow olió las galletas y luego observó sin hacer ningún comentario cómo me comía el bocadillo y consideraba mi situación.

Cuando llegué al taller me enteré de que el problema de mi coche no era nada grave, pero necesitaba una bomba de agua nueva.

La letra ausente, ya fuese P o T, se había marchado a Asheville e intentaría conseguir la pieza de recambio. Suponiendo que no hubiese ningún problema imprevisto, la reparación estaría terminada la tarde siguiente.

Tal vez. Comprobé que el Pinto, el Chevy y las dos furgonetas seguían exactamente en el mismo lugar que el día anterior.

Miré la hora. Las dos y media. Crowe aún no habría regresado de su misión del lago Fontana.

¿Y ahora qué?

Pedí un listín telefónico y me dieron una edición de 1996, con las puntas rotas o dobladas y llena de manchas de grasa. Se necesitaban las dos manos para separar las páginas.

Aunque no había ninguna entrada correspondiente a la Casa de Dios de la Eterna Luz Sagrada Pentecostal, encontré una dirección correspondiente a L. Bowman en Swayney Creek Road. P o T conocía ese cruce pero no pudo darme más información. Le di las gracias y regresé al coche de Ryan.

Siguiendo las instrucciones de P o T me dirigí hacia las afueras del pueblo. Tal como me había dicho, Swayney Creek acababa en la Autopista 19 entre Ela y Bryson City. Me detuve en una estación de servicio para preguntar la dirección de la casa de Bowman.

El empleado era un crío de unos dieciséis años con el pelo negro y grasiento, con la raya en medio y metido detrás de las orejas. Unas manchas blancas salpicaban la raya como copos de nieve en un arroyo turbio.

El chico dejó el cómic que estaba leyendo y me miró, entrecerrando los ojos como si fuesen demasiado sensibles a la luz. Cogió un cigarrillo que quemaba en un plato de metal ondulado, dio una calada y señaló con la barbilla en dirección a Swayney Creek.

—Cae a unos cuatro kilómetros al norte.

El humo salió junto con la respuesta.

—¿De qué lado?

—Busque un buzón verde.

Cuando me marchaba sentí sus ojos pequeños clavados en mi espalda.

Swayney Creek era una delgada lengua negra que descendía abruptamente una vez que se abandonaba la autopista. El camino continuaba aproximadamente un kilómetro, luego se nivelaba y atravesaba un estrecho tramo ocupado por un bosque de coníferas. A un lado corría un arroyo de aguas tan claras que podía ver perfectamente las piedras que cubrían el fondo.

Continué hacia el norte y apenas vi señales de presencia humana. Luego el camino torcía hacia el este, ascendía ligeramente y alcancé a divisar un claro entre los árboles con un buzón verde oxidado a la derecha. Al acercarme leí el nombre «Bowman» tallado en una placa que colgaba de dos cortos trozos de cadena debajo de la caja.

Giré hacia el polvoriento camino y comencé a ascender, esperaba que fuese el Bowman que andaba buscando. Pinos, abetos y cicutas se alzaban hacia el cielo dejando que la luz apenas se filtrase entre sus frondosas ramas. Unos treinta metros más adelante, la casa de Bowman se alzaba como un centinela solitario que protegiera el camino forestal.

El reverendo vivía en una cabaña que había conocido mejores tiempos, con un porche en un extremo y un cobertizo en el otro. Había leña suficiente para calentar un castillo medieval. A ambos lados de la puerta principal había ventanas cubiertas por marquesinas de color turquesa y, en aquella penumbra, parecían tan fuera de lugar como los arcos dorados de una sinagoga.

El patio delantero estaba a la sombra y en el suelo se extendía una espesa alfombra de hojas y pinaza. Un sendero de grava lo cruzaba y unía la puerta con un rectángulo de grava al extremo del camino.

Aparqué junto a la camioneta de Bowman, apagué el motor y conecté el teléfono. Antes de que hubiese bajado del coche, se abrió la puerta de la casa y el reverendo apareció en el porche. Vestía nuevamente de negro, como si quisiera recordarse incluso a sí mismo la sobriedad de su vocación.

Bowman no sonrió, pero relajó su expresión al reconocerme. Salí del coche y recorrí el sendero hacia la casa. A cada lado crecían pequeñas setas marrones.

—Lamento molestarle, reverendo Bowman. Me dejé la bolsa de la compra en su camioneta.

—Así es. Está en la cocina. —Dio un paso hacia atrás—. Por favor, adelante.

Pasé junto a él y accedí a un interior oscuro con un fuerte olor a beicon quemado.

—¿Quiere beber algo?

—No, gracias. No puedo quedarme.

—Por favor, siéntese.

Señaló una pequeña sala de estar llena de muebles. Parecía como si hubiesen sido comprados todos juntos para luego disponerlos como en una exposición. Solo que más juntos.

—Gracias.

Me senté en un sofá tapizado con una tela marrón parecida al terciopelo, el centro de un grupo de tres piezas aún cubiertas con plástico. Aunque el tiempo era fresco, las ventanas estaban abiertas y las cortinas de tela escocesa marrón a juego con los muebles se hinchaban con la brisa.

—Iré a buscar sus cosas.

El reverendo desapareció y se abrió una puerta, me llegaron claramente las voces, los sonidos y los aplausos de un concurso de la televisión. Eché un vistazo a mi alrededor.

No había objetos personales en la habitación. No había fotos de boda o de graduación. Ni una sola instantánea de los niños en la playa mi del perro jugando a destrozar sombreros. Las únicas imágenes pertenecían a seres rodeados con un halo. Reconocí a Jesús y a un tío que pensé que podía ser Juan Bautista.

El reverendo Bowman regresó unos minutos después. La funda de plástico crujió cuando me levanté.

—Gracias.

—Ha sido un placer, señorita Temperance.

—Y gracias otra vez por su ayuda ayer.

—Me alegra haber podido ayudarla. Peter y Timothy son los mejores mecánicos del condado. Hace años que les llevo mis camionetas.

—Reverendo Bowman, hace mucho tiempo que usted vive en esta zona, ¿verdad?

—Toda la vida.

—¿Sabe usted algo acerca de una casa con paredes de piedra y un patio cerca del lugar donde cayó el avión?

—Recuerdo que mi padre hablaba de un campamento cerca de Running Goat Branch, pero nunca de una casa.

Tuve un presentimiento. Cambié el bolso de lado, saqué el fax de McMahon y se lo enseñé a Bowman.

—¿Alguno de los nombres de esta lista le resulta familiar?

Dobló el papel y lo leyó. Le observé atentamente pero no se produjo ningún cambio en su expresión.

—Lo siento.

Me devolvió el fax y volví a guardarlo en el bolso.

—¿Alguna vez ha oído hablar de un hombre llamado Victor Livingstone?

Bowman sacudió la cabeza.

—¿Edward Arthur?

—Conozco a un Edward Arthur que vive cerca de Sylva. Durante un tiempo perteneció a la congregación, pero hace años que abandonó el movimiento. El hermano Arthur solía afirmar que había sido conducido ante el Espíritu Santo por el mismísimo George Hensley.

—¿George Hensley?

—El primer hombre que trabajó con serpientes. El hermano

261

Arthur decía que se habían conocido cuando el reverendo Hensley estuvo en Grasshopper Valley.

—Comprendo.

—El hermano Arthur debe rondar ya los noventa años.

—¿Aún vive?

—Igual que la palabra sagrada de Dios.

—¿Era miembro de su iglesia?

—Fue uno de los fieles de mi padre, uno de los hombres más devotos que ha respirado el aire del Señor. El ejército le cambió. Cuando acabó la guerra conservó la fe durante algunos años, luego simplemente dejó de seguir los signos.

—¿Cuándo fue eso?

—Aproximadamente en el cuarenta y siete o el cuarenta y ocho. No. No es correcto. —Señaló con un dedo deformado—. El último servicio al que asistió el hermano Arthur fue cuando falleció la hermana Edna Farrell. Lo recuerdo bien porque mi padre había estado rezando por la renovación de la fe del hombre. Aproximadamente una semana después del funeral, mi padre visitó al hermano Arthur y se lo encontró rezando ante el cañón de una escopeta. Después de eso, lo dejó.

—¿Cuando murió Edna Farrell?

—En mil novecientos cuarenta y nueve.

Edward Arthur le había vendido su tierra al Grupo de Inversiones H&F el 10 de abril de 1949.

19

Encontré a Edward Arthur en un huerto detrás de su cabaña. Llevaba una camisa de leñador sobre un mono de tejano, botas de goma y un sombrero de paja raído que alguna vez podría haber pertenecido a un gondolero. Al verme dejó de trabajar un momento, luego volvió a remover la tierra con un rastrillo.

—¿Señor Arthur? —pregunté.

El anciano continuó clavando el rastrillo en la tierra y luego pisándolo con un pie tembloroso. Tenía tan poca fuerza que las púas apenas penetraban en el suelo, pero insistía en repetir el movimiento una y otra vez.

—¿Edward Arthur? —volví a preguntar alzando la voz.

No contestó. El rastrillo hacía un ruido sordo cada vez que golpeaba la tierra.

—Señor Arthur, veo que está ocupado pero me gustaría hacerle unas preguntas.

Dibujé una expresión que esperaba que fuese una sonrisa alentadora.

Arthur se irguió lo mejor que pudo y se dirigió hacia una carretilla cargada de piedras y hierbas secas. Cuando se quitó la camisa vi que sus brazos y sus manos huesudas estaban cubiertos de manchas hepáticas del tamaño de frijoles. Cambió el rastrillo por una azada y regresó al surco de tierra donde había estado trabajando.

—Me gustaría preguntarle por una propiedad que se encuentra cerca de Running Goat Branch.

Arthur me miró por primera vez. Sus ojos estaban cubiertos como por un velo traslúcido, con los bordes rojos y los iris tan pálidos que eran casi incoloros.

—Tengo entendido que usted poseía unas tierras en esa zona.

—¿Por qué viene a verme?

Su respiración sonaba agitada, como si aspirase el aire a través de un filtro.

—Siento curiosidad por saber quién le compró la tierra.

—¿Es del FBI?

—No.

—¿Es una de los que han venido por el accidente?

—Formaba parte de la investigación, pero ya no.

—¿Quién la ha enviado aquí?

—Nadie me ha enviado, señor Arthur. Le encontré a través de Luke Bowman.

—¿Por qué no le hace sus preguntas a Luke Bowman?

—El reverendo Bowman no sabe nada acerca de sus tierras, excepto que en una época pudieron haber sido un terreno utilizado para organizar campamentos.

—Eso fue lo que él le dijo, ¿verdad?

—Sí, señor.

Arthur sacó del bolsillo un pañuelo verde chillón y se enjugó el rostro. Luego dejó caer la azada y se acercó cojeando, con la espalda tan curvada como la de un buitre. Cuando estuvo frente a mí pude ver los pelos blancos y gruesos que poblaban su nariz, cuello y orejas.

—No puedo decir mucho acerca del hijo, pero Thaddeus Bowman era uno de los hombres más pesados que han pisado esta tierra. Dirigió una casa de oraciones durante cuarenta años.

—¿Usted era uno de los seguidores de Thaddeus Bowman?

—Hasta que me di cuenta de que todo ese rollo de expulsar a los demonios y esa jerigonza no eran más que un montón de mentiras.

Arthur carraspeó y escupió en el suelo.

—Comprendo. ¿Usted vendió la tierra después de la guerra?

Continuó como si yo no hubiese hablado.

—Thaddeus Bowman siguió persiguiéndome para que me arrepintiese, pero yo ya estaba en otras cosas. Ese maldito imbécil no aceptó mi marcha hasta que le convencí con mi escopeta.

—Señor Arthur, estoy aquí para preguntarle por la propiedad que usted le compró a Victor Livingstone.

—Yo no le compré ninguna propiedad a Victor Livingstone.

—Las escrituras indican que Livingstone le transfirió a usted el título de esa propiedad en 1933.

—En 1933 yo tenía diecinueve años. Me casé ese año.

Aquello no parecía conducir a ninguna parte.

—¿Conocía usted a Victor Livingstone?

—Sarah Masham. Murió durante el parto.

Sus respuestas eran tan incongruentes que me pregunté si estaría senil.

—Los diecisiete acres fueron nuestro regalo de bodas. Tenían una palabra para eso.

La concentración hizo más profundas las arrugas alrededor de sus ojos.

—Señor Arthur, lamento haberle interrumpido en su trabajo pero...

—Dote. Ésa es la palabra. Fue la dote de Sarah.

—¿Qué fue su dote?

—¿No me está preguntando por las tierras de URNG Goat?

—Sí, señor.

—El padre de Sarah nos regaló esa tierra. Luego ella murió.

—¿Victor Livingstone era el padre de su esposa?

—Sarah Masham Livingstone. Ésa fue mi primera esposa. Hacía tres años que nos habíamos casado cuando ella murió. Sólo tenía dieciocho años. Su padre estaba tan destrozado que también murió.

—Lo siento, señor Arthur.

—Fue entonces cuando me vine a vivir aquí y acompañé a George Hensley a Tennessee. Fue él quien me enseñó a trabajar con las serpientes.

—¿Qué ocurrió con la propiedad de Running Goat?

—Un tío de la ciudad me preguntó si podía alquilarla para instalar un pequeño campamento. Yo no quería saber nada de ese lugar, de modo que acepté. Me parecía que era dinero fácil.

Volvió a carraspear y a escupir.

—¿Era un lugar de acampada?

—Llegaban para cazar y pescar, pero era sobre todo para esconderse de sus esposas.

—¿Había una casa en ese lugar?

—Instalaban tiendas y encendían hogueras y todo eso, hasta que yo decidí construir la cabaña. —Sacudió la cabeza—. Me asombra lo que algunos consideran diversión.

—¿Cuándo construyó la cabaña?

—Antes de la guerra.

—¿Tenía un patio amurallado?

—¿Qué significa eso?

—¿Levantó usted un muro de piedra y construyó un patio?

—No estaba construyendo un jodido Camelot.

—¿Usted vendió la tierra en 1949?

—Supongo.

—¿El año que rompió relaciones con Thaddeus Bowman?

—Así es.

—Luke Bowman me dijo que usted abandonó la congregación de su padre justo después de que Edna Farra muriese.

Nuevamente las arrugas alrededor de los ojos.

—¿Está usted sugiriendo alguna cosa, jovencita?

—No, señor.

—Edna Farrell era una buena cristiana. Deberían haber hecho algo por ella.

—¿Podría decirme quién compró el campamento?

—¿Podría decirme por qué está tan interesada en mis asuntos?

Repasé rápidamente mi opinión sobre Edward Arthur. Como era un hombre viejo y taciturno, había supuesto que sus facultades podrían estar mermadas. Pero el hombre que tenía delante era tan astuto como Kasparov. Decidí ir al grano.

—Ya no formo parte de la investigación del accidente aéreo porque me han acusado de actuar de forma deshonesta. Las acusaciones son falsas.

—Ya.

—Creo que en esa cabaña hay algo extraño y quiero saber qué es. La información puede ayudar a limpiar mi nombre, pero creo que intentan obstruir mis investigaciones.

—¿Ha estado allí?

—En el interior de la casa, no.

Comenzó a hablar pero una súbita ráfaga de viento le arrancó el raído sombrero de paja y lo envió rodando a través del jardín. Los labios púrpura se le replegaron sobre las encías desdentadas y extendió un brazo de espantapájaros en dirección al sombrero.

Corrí tras él y lo sujeté con el pie contra la tierra. Luego lo recogí, le quité el polvo y se lo di a Arthur.

El anciano tembló al coger el sombrero y lo apretó contra el pecho.

—¿Quiere su camisa, señor?

—Está refrescando —dijo y echó a andar hacia la carretilla.

Cuando acabó de abotonarse, le ayudé a recoger las herramientas y a guardarlas junto a la carretilla en un cobertizo que había junto a la cabaña. En cuanto hubo cerrado la puerta, volví a hacerle la pregunta.

—¿Quién compró la tierra, señor Arthur?

Aseguró la puerta con un candado, tiró de él un par de veces y luego se volvió hacia mí.

—Será mejor que se mantenga alejada de ese lugar, jovencita.

—Señor, le prometo que no iré sola a ese lugar.

Arthur se me quedó mirando durante tanto tiempo que pensé que no iba a contestarme. Luego se acercó y alzó el rostro hacia el mío.

—Prentice Dashwood.

Pronunció «Prentice» con tanta fuerza que la saliva me salpicó la barbilla.

—¿Prentice Dashwood le compró la tierra?

Arthur asintió y sus ojos acuosos se oscurecieron.

—El mismísimo demonio —siseó.

Cuando llamé a la oficina de Lucy Crowe, uno de sus ayudantes me informó de que la sheriff aún se encontraba en el lago Fontana. Me quedé sentada un momento, golpeando las llaves contra el volante y mirando la cabaña de Arthur.

Luego puse el coche en marcha y me alejé.

Aunque el cielo comenzaba a cubrirse rápidamente de densos nubarrones color verde oscuro, conduje con las ventanillas abiertas, el aire me abofeteaba la cara. Sabía que muy pronto el viento azotaría los árboles y la lluvia bañaría el asfalto y las laderas de la montaña, pero por el momento el aire era muy agradable.

Regresé a Bryson City por la Autopista 19. A unos tres kilómetros del pueblo divisé un pequeño cartel de madera y giré hacia un camino de grava.

El Riverbank Inn se alzaba a unos quinientos metros camino abajo, a orillas del río Tuckasegee. Era una construcción de estuco amarillo de una sola planta edificada, según el diseño de los ranchos de la década de los cincuenta. Las dieciséis habitaciones se extendían a derecha e izquierda de una oficina central, cada una con su propia entrada en el frente y un porche trasero. En los porches colgaban calabazas de Halloween de plástico a modo de lámparas y un esqueleto eléctrico pendía de un árbol delante de la entrada principal.

El encanto de la posada radicaba obviamente en el lugar en donde se encontraba y no precisamente por su decoración o estilo arquitectónico.

Aparqué delante de la oficina central y sólo vi otros dos vehículos, un Pontiac Grand Am rojo con matrícula de Alabama y un Ford Taunus azul con matrícula de Carolina del Norte. Los coches estaban aparcados delante de los bloques dos y siete.

Cuando pasé junto al esqueleto lanzó un gruñido gutural, seguido de una risa chillona y mecánica. Me pregunté cuánto tiempo había tenido que soportar Primrose tal exhibición.

El vestíbulo del motel tenía la misma atmósfera que High Ridge House. Campanillas colgadas de la puerta, cortinas de algodón, pino nudoso. Una placa que me daba la bienvenida presentaba a los propietarios como Ralph y Brenda Stover. Otra calabaza sonreía desde el mostrador.

Junto a la calabaza había un hombre con un suéter de los Redskins que hojeaba un ejemplar de *PCWorld*. Alzó la vista al oír las campanillas y me sonrió desde el vestíbulo. Supuse que se trataba de Ralph.

—¿Puedo ayudarla?

Ralph tenía el pelo rubio y fino y la piel rosada y brillante.

—Soy la doctora Tempe Brennan —dije, extendiendo la mano.

—Ralph Stover.

Cuando nos estrechamos las manos su pulsera de identificación tintineó igual que las campanillas de la puerta.

—Soy amiga de Primrose Hobbs —dije.

—¿Sí?

—¿La señora Hobbs ha estado alojada aquí durante las dos últimas semanas?

—Así es.

—Está trabajando en la investigación del accidente aéreo.

—Conozco a la señora Hobbs.

La sonrisa de Ralph no vaciló en ningún momento.

—¿Está aquí?

—Puedo llamar a su habitación si lo desea.

—Por favor.

Levantó el auricular, marcó un número, esperó un momento y colgó.

—La señora Hobbs no contesta. ¿Quiere usted dejarle algún recado?

—Supongo que no ha dejado el motel.

—La señora Hobbs sigue registrada aquí.

—¿La ha visto hoy?

—No.

—¿Cuándo la vio por última vez?

—No puedo estar al tanto de los movimientos de todos nuestros huéspedes.

—La señora Hobbs no se ha presentado a su puesto de trabajo desde el domingo y estoy preocupada por ella. ¿Me podría decir cuál es su habitación?

—Lo siento, pero no puedo hacer lo que me pide. —Su sonrisa se ensanchó—. Normas de la casa.

—Podría estar enferma.

—La asistenta hubiese informado de la presencia de un huésped enfermo.

Ralph era tan amable como un policía en un stop de carretera. Muy bien. Yo también podía ser amable.

—Esto es realmente importante. —Apoyé con suavidad la palma de la mano sobre su muñeca y le miré a los ojos—. ¿Puede decirme qué coche conduce la señora Hobbs para ver si está en el aparcamiento?

—No, no puedo hacerlo.

—¿Podemos ir juntos a echar un vistazo a su habitación?

—No.

—¿Puede ir usted mientras yo espero aquí?

—No, señora.

Retiré la mano e intenté otro camino.

—¿Cree usted que la señora Stover recordará cuándo vio por última vez a la señora Hobbs?

Ralph entrelazó los dedos y apoyó ambas manos sobre la revista. El vello de sus antebrazos parecía pálido y fuerte sobre la piel rosada.

—Me está haciendo las mismas preguntas que me hicieron los otros y tanto mi esposa como yo le daremos las mismas respuestas que a los demás. A menos que nos presenten una orden en toda regla no abriremos ninguna habitación ni daremos ninguna información sobre nuestros huéspedes.

Su voz era suave y melosa.

—¿Qué otros?

Ralph suspiró pacientemente.

—¿Hay alguna otra cosa que pueda hacer para ayudarla?

Le dije con el tono de voz de un escalpelo afilado:

—Si resulta que Primrose Hobbs ha sufrido algún daño debido a sus «normas», le aseguro que deseará no haber enviado nunca la solicitud para los cursos de administración de hotel de carretera.

Ralph Stover entrecerró los ojos pero mantuvo la sonrisa firmemente en sus labios.

Saqué una tarjeta de mi bolso y apunté el número de mi móvil.

—Si cambia de opinión, llámeme. —Me volví y me dirigí hacia la puerta.

—Que tenga un buen día, señora.

Oí que pasaba una hoja y el tintineo de la pulsera.

Puse el coche en marcha, abandoné el aparcamiento del motel y enfilé la autopista.

Me detuve en el arcén a unos cincuenta metros en dirección norte. Si conocía algo de la naturaleza humana, era que la curiosidad llevaría a Stover a la habitación de Primrose. E iría inmediatamente.

Cerré el coche, regresé corriendo al desvío de Riverbank, y me adentré en el bosque. Continué avanzando en paralelo al camino de grava hasta que tuve una vista sin obstáculos del motel.

Mi intuición no me había engañado. Ralph estaba llegando al bloque cuatro. Miró a derecha e izquierda, abrió la puerta con la llave y se deslizó dentro de la habitación.

Pasaban los minutos. Cinco. Diez. Mi respiración recuperó el ritmo normal. El cielo se oscureció y el viento comenzó a soplar con más fuerza. Por encima de mi cabeza, los pinos se arqueaban e inclinaban como bailarinas en la posición *sur les pointes*.

Pensé en Primrose. Aunque hacía años que nos conocíamos, era muy poco lo que sabía sobre ella. Se había casado, divorciado, tenía un hijo en alguna parte. Aparte de eso, su vida era un espacio en blanco. ¿Por qué? ¿Se había mostrado reticente a compartir su intimidad o yo jamás me había molestado en preguntar? ¿Había tratado a Primrose como a una de las muchas personas que pasan algún tiempo con nosotros, envían el correo, pasan a limpio los informes, limpian la casa, mientras nosotros perseguimos nuestros intereses, ignorando los de ellos?

Tal vez. Pero conocía a Primrose Hobbs lo bastante bien para estar segura de una cosa: jamás dejaría voluntariamente un trabajo sin terminar.

Esperé. Un relámpago surgió de una enorme nube, iluminándola como con un millón de vatios. El trueno hizo temblar la tierra. La tormenta no se haría esperar.

Finalmente, Stover salió de la habitación, cerró la puerta con llave y probó el pomo un par de veces. Luego se apresuró a regresar a la oficina. Cuando estuvo seguro en su interior, comencé a avanzar haciendo eses. Mantenía la distancia y utilizaba los árboles para ocultarme. La parte trasera del motel se extendía delante de mí a un lado, el río al otro, el bosque entre ambos. Avancé entre los árboles hasta un punto que calculé que se encontraba al otro lado del bloque cuatro, luego me detuve para escuchar.

Agua cayendo sobre las piedras. Las ramas agitadas por el viento. El pitido de un tren. Los latidos de mi corazón retumbaron en mi pecho. Un trueno, más fuerte. Más rápido.

Me arrastré hasta el borde de la línea de árboles y eché un vistazo.

Una hilera de porches de madera salía de la parte posterior del motel, cada uno con un número negro de hierro forjado colgado de la barandilla. Mis instintos habían acertado otra vez. Apenas dos metros de hierba me separaban del bloque cuatro.

Respiré profundamente, salvé esa breve distancia y subí de dos en dos los cuatro escalones. Atravesé el porche y tiré de la puerta con mosquitera. Se abrió con un crujido chirriante. El viento había cesado de golpe y el sonido pareció romper el aire cargado de tormenta. Me quedé inmóvil.

Silencio.

Mientras me deslizaba entre la puerta con mosquitera y la puerta interior, me incliné y atisbé a través del cristal. Un tejido de plástico verde y blanco me bloqueaba la visión. Probé el tirador. Nada.

Cerré con cuidado la puerta con mosquitera, me acerqué a la ventana y volví a intentarlo. Más plástico.

Vi que había un pequeño espacio donde el borde inferior se unía al alféizar, apoyé las palmas en el marco de la ventana e hice fuerza hacia arriba. Los dedos se me llenaron de pequeñas manchas blancas.

Aumenté la presión y la ventana se levantó un par de centímetros con un chirrido. Me quedé inmóvil otra vez. Sonó una alarma en mi mente, ya veía a Ralph corriendo desde la oficina con una Smith & Wesson en la mano.

Giré las palmas hacia arriba e introduje los dedos en la abertura.

Lo que estaba haciendo era ilegal. Lo sabía. Irrumpir por la fuerza en la habitación de Primrose era lo peor en mi situación actual. Pero necesitaba asegurarme de que estaba bien. Si al final resultaba que no lo estaba, quería estar segura de haber hecho todo lo posible por ayudarla.

Y, para ser sincera, necesitaba hacerlo también por mí misma. Tenía que descubrir qué había pasado con el pie. Debía localizar a Primrose y demostrar a aquel puñado de hombres que estaban equivocados.

Separé los pies y empujé. La ventana se abrió unos centímetros más.

Oí las primeras gotas que caían sobre el suelo de madera del porche. Las manchas del tamaño de una moneda se multiplicaron y se unieron alrededor de mis botas.

Conseguí abrir la ventana otro par de centímetros.

Fue entonces cuando se desató la tormenta. El cielo se llenó de relámpagos, los truenos estremecieron la tierra y la lluvia comenzó a caer de forma torrencial, convirtiendo el porche en una pista de patinaje.

Me aparté de la ventana y apreté el cuerpo contra la pared, para protegerme del agua que caía del voladizo. En pocos segundos el agua me empapó el pelo y comenzó a gotearme de las orejas y la nariz. La ropa moldeaba mi cuerpo como papel maché sobre una estructura de alambre.

Millones de gotas formaban una cascada desde el techo y el porche. Caían sobre el prado, se encontraban y formaban canales entre la hierba. En el canal del tejado que había encima de mi cabeza se formó un río. El viento pegaba hojas a la pared y en torno a mis piernas, a otras las enviaba dando vueltas sobre el suelo empapado. Traía el aroma de la tierra y de la madera mojadas, de innumerables criaturas acurrucadas en nidos y madrigueras.

Temblando, esperé allí fuera, la espalda pegada a la pared, las manos debajo de las axilas. Observé cómo las gotas ensartaban una tela de araña y luego doblaban las fibras. Su ocupante, un pequeño manojo marrón en un filamento externo, también las miraba.

Nacían islas aquí y allá. Las placas continentales se movían. Un montón de especies desaparecía del planeta para siempre.

De pronto comenzó a sonar el móvil y casi me hizo saltar fuera del porche.

Lo conecté.

—¡Sin comentarios! —grité, imaginando que se trataba de otro periodista.

Un relámpago iluminó las copas de los árboles. Otro trueno rompió el aire.

—*¿Dónde diablos está?* —preguntó Lucy Crowe.

—Me sorprendió la tormenta.

—*¿Está al aire libre?*

—¿Ha vuelto a Bryson City?

—No, *aún estoy en el lago Fontana. ¿Quiere llamarme cuando se haya puesto a cubierto?*

—Eso tardará un buen rato.

No tenía intención de decirle por qué.

Crowe habló con alguien y luego conmigo.

—*Me temo que tengo más malas noticias para usted.*

Oía voces de fondo y luego el chisporroteo estático de una radio policial.

—*Parece que hemos encontrado a Primrose Hobbs.*

20

Mientras yo estaba reunida con nuestro querido vicegobernador y sus amigos, los propietarios de un pequeño puerto deportivo encontraban un cadáver.

Como de costumbre desde hacía años, Glenn e Irene Boynton se levantaron al amanecer y comenzaron con las tareas de la mañana, alquilaban equipos, vendían cebos, llenaban las neveras con hielo, bocadillos y latas de bebidas. Cuando Irene fue a inspeccionar una embarcación que había regresado tarde el día anterior, una extraña ondulación en la superficie del agua la llevó hasta el extremo del muelle. La mujer se quedó aterrorizada cuando dos ojos sin párpados le devolvieron la mirada.

Siguiendo las instrucciones que me había dado Lucy Crowe encontré el lago Fontana, luego el estrecho camino de tierra que llevaba hasta el puerto deportivo.

Había dejado de llover, aunque encima de mi cabeza las hojas seguían goteando.

Me dirigí hacia el lago a través de los charcos mientras los neumáticos levantaban una fina llovizna de agua y barro.

Cuando me acercaba al puerto deportivo vi una grúa, una ambulancia y un par de coches patrulla que iluminaban el aparcamiento con luces giratorias azules, rojas y amarillas. El pequeño puerto se extendía a lo largo de la orilla en el extremo más alejado del terreno. Consistía en una oficina-gasolinera-tienda de artículos diversos, alquilada y en un estado ruinoso, con estrechos muelles de madera que sobresalían del agua a ambos extremos. Una manga de viento ondeaba en una esquina de la construcción, sus brillantes colores daban vida a la brisa en abierto contraste con la lúgubre escena que se desarrollaba debajo.

Un ayudante del sheriff estaba interrogando en el muelle sur a una pareja con pantalones cortos tejanos y cazadoras de algodón con capucha. Sus cuerpos estaban tensos, los rostros del color de la masilla.

Crowe estaba en la escalera que llevaba a la oficina hablando con Tommy Albright, un patólogo del hospital que en ocasiones practicaba autopsias para el forense. Albright era un hombre flaco y arrugado con escaso pelo blanco peinado sobre la coronilla. Llevaba realizando incisiones desde el principio de los tiempos, pero nunca había trabajado con él.

Albright vio que me acercaba y extendió la mano.

Se la estreché y saludé a Crowe con un leve movimiento de la cabeza.

—Tengo entendido que conocía a la víctima.

Albright señaló con la cabeza en dirección a la ambulancia. Las puertas estaban abiertas, se podía ver una brillante bolsa de plástico blanco sobre una camilla plegable. Los bultos me indicaron que la bolsa ya estaba ocupada.

—La sacamos del agua justo antes de que se desatara la tormenta. ¿Quiere echar un rápido vistazo?

—Sí.

¡No! No quería hacerlo. No quería estar allí. No quería identificar el cuerpo sin vida de Primrose Hobbs.

Caminamos hasta la ambulancia y subimos a la parte trasera. Aun con las puertas abiertas el olor era penetrante. Hice un esfuerzo para tragar.

Albright abrió la cremallera de la bolsa y un olor pestilente nos envolvió, un cóctel nauseabundo de barro estancado, algas, criaturas del lago y tejidos en estado de putrefacción.

—Calculo que llevaba en el agua dos o tres días. El cuerpo no está demasiado devorado.

Contuve el aliento y eché un rápido vistazo al contenido de la bolsa.

Era Primrose Hobbs pero no lo era. Tenía el rostro inflado, los labios hinchados como los de un pez tropical en un acuario. La piel oscura se había desprendido en pequeños trozos, revelando el pálido interior de la epidermis, dándole al cuerpo una apariencia moteada. Los peces o las anguilas le habían devorado los párpados y mordisqueado la frente, las mejillas y la nariz.

—No habrá demasiados problemas para determinar la causa de la muerte —dijo Albright—. Tyrell, por supuesto, querrá una autopsia completa.

Las muñecas de Primrose estaban atadas con cinta adhesiva y vi que tenía un alambre fino incrustado en el cuello.

Sentí que una oleada de bilis me subía hasta la garganta.

—¿Estrangulada?

Albright asintió.

—El cabrón pasó el alambre alrededor del cuello y luego hizo fuerza hacia atrás con alguna clase de herramienta. Muy efectivo para cortar la tráquea.

Me cubrí la nariz y la boca con la mano y me incliné sobre el cuerpo. Unas líneas dentadas marcaban un lado del cuello de Primrose, heridas de uñas que debió hacerse mientras luchaba por su vida con las manos atadas.

—Es ella —dije y salté fuera de la ambulancia. Necesitaba aire. Kilómetros y kilómetros de aire fresco y puro.

Corrí hasta el extremo más alejado del desierto muelle y me detuve un momento sujetándome con los brazos el estómago.

Una embarcación gimió a lo lejos, el sonido aumentó por un momento y luego se fue apagando. Las olas llegaban a la arena bajo mis pies. Las ranas croaban desde la maleza que bordeaba la playa. La vida continuaba, indiferente a la muerte de una de sus criaturas.

Pensé en Primrose, recordé su andar renqueante durante nuestro último encuentro en el aparcamiento del depósito. Una mujer negra de sesenta y dos años con un título de enfermera, problemas de peso, habilidad con las cartas y debilidad por el pastel de ruibarbo. Sí. Algo sabía acerca de mi amiga.

Mi pecho se estremeció.

Calma.

La respiración era entrecortada.

Piensa.

¿Qué podría haber hecho, sabido o visto Primrose que desatara sobre ella una violencia tan horrible? ¿Acaso la habían asesinado por su relación conmigo?

Otro estremecimiento. Abrí la boca buscando aire.

¿O quizás estaba magnificando la importancia de mi papel? ¿Había sido casual la muerte de Primrose? Los estadounidenses alcanzamos el porcentaje más alto de comisión de homicidios del mundo. ¿Habrían atado y estrangulado a Primrose Hobbs sólo para robarle su coche? Eso no tenía ningún sentido. Tampoco el estrangulamiento y la cinta adhesiva. Había sido un asesinato perfectamente planeado y ella era la víctima prevista. Pero ¿por qué?

Me volví al oír el ruido de puertas que se cerraban. Los enfermeros subían a la cabina de la ambulancia. Unos segundos más tarde el motor se puso en marcha y el vehículo enfiló el camino de tierra.

Adiós, vieja amiga. Si fui yo la causante de esto, por favor, por favor, perdóname. Me temblaba el labio inferior y me lo mordí con fuerza.

No llorarás. Pero ¿por qué no? ¿Por qué reprimir las lágrimas de dolor por una persona buena y generosa?

Miré hacia la otra orilla del lago. El cielo comenzaba a aclararse y la línea de pinos de la playa lejana se alzaban azules y oscuros contra los primeros rayos rosados del anochecer. En ese momento recordé algo más.

A Primrose Hobbs le encantaban las puestas de sol. Me quedé contemplando el crepúsculo y lloré hasta que me sentí furiosa. Más que furiosa. Sentía una ira incontenible que me quemaba por dentro.

Refrénala, Brennan. Úsala.

Juré solemnemente que encontraría las respuestas, me llené los pulmones de aire y recorrí el muelle hasta reunirme con Crowe y Albright.

—¿Qué coche conducía? —pregunté.

Crowe consultó su cuaderno de notas.

—Un Honda Civic azul. Del noventa y cuatro. Matrícula de Carolina del Norte.

—No está aparcado en el Riverbank Inn.

Crowe me miró de un modo extraño.

—El coche podría estar de camino a Arabia Saudí en este momento —dijo Albright.

—Le dije que la víctima me estaba ayudando en mi investigación.

—Quiero hablar más tarde de eso con usted. —dijo Crowe.

—¿Han encontrado algo aquí? —pregunté.

—Aún estamos buscando.

—¿Huellas de neumáticos? ¿Pisadas?

Me di cuenta de que eran preguntas estúpidas tan pronto como salieron de mi boca. La lluvia seguramente habría borrado cualquier rastro.

Crowe sacudió la cabeza.

Examiné las camionetas y los todoterrenos dejados por los

pescadores y los navegantes de fin de semana. Dos fuerabordas de cuatro metros con casco de aluminio flotaban en sus embarcaderos.

—¿Hay algún amarre permanente en el puerto?

—Es un negocio únicamente de alquiler.

—Eso significa que un montón de gente entra y sale todos los días. Un lugar muy concurrido para deshacerse de un cuerpo.

—Los botes de alquiler deben estar de regreso a las ocho de la tarde. Aparentemente las cosas se calman después de esa hora.

Señalé a la pareja con los rostros de masilla descolorida. Permanecían solos en el muelle, con las manos en los bolsillos, sin saber qué debían hacer a continuación.

—¿Son los propietarios de este lugar?

—Glenn e Irene Boynton. Dicen que se quedan aquí todos los días hasta las once de la noche y regresan a las seis de la mañana. Viven un poco más arriba de la carretera.

Crowe hizo una seña hacia el camino de tierra.

—Dicen que vienen coches por la noche. Les preocupa que los chicos se metan con sus botes. Ninguno de los dos ha oído o visto nada en los últimos tres días. Aunque es una información que no tiene valor. Cualquiera se cuidaría muy bien de anunciar que está utilizando tu muelle para enviar un cadáver al fondo del mar.

Sus ojos recorrieron el paisaje y a continuación volvieron a concentrarse en mí.

—Pero tiene razón. Ésta sería una mala elección. Aproximadamente a un kilómetro de aquí hay una pequeña carretera que llega hasta la playa. Pensamos que fue allí donde arrojaron el cuerpo. Dos, tres días parece demasiado tiempo para que la corriente haya arrastrado el cuerpo hasta aquí —añadió Albright—. Es posible que hayan lastrado el cuerpo.

—¿Lastrado? —exclamé, furiosa por su insensibilidad.

—Lo siento. Es un viejo término maderero. Se refiere a los tocones sumergidos.

Tenía miedo de hacer la siguiente pregunta.

—¿La atacaron sexualmente?

—Estaba vestida y llevaba la ropa interior en su sitio. Buscaré rastros de semen, pero lo dudo.

Los tres permanecimos en silencio en medio de la creciente oscuridad. Detrás de nosotros, los muelles crujían y se movían al influjo de las olas. Una brisa fría llegaba desde el mar, en el aire flotaba un inconfundible olor a pescado y gasolina.

—¿Por qué estrangularía nadie a una mujer mayor?

Aunque hablaba en voz alta, la pregunta era en realidad para mí y no para mis acompañantes.

—¿Por qué esos cabrones enfermos hacen cualquiera de las cosas que hacen? —contestó Albright.

Les dejé y eché andar hacia el coche de Ryan. La ambulancia y la grúa ya se habían ido, pero los coches patrulla seguían en su sitio, arrojando su titilante luz azul a través del terreno lleno de lodo. Me senté un momento, contemplé los centenares de huellas que habían dejado las pisadas de los enfermeros, los mecánicos, los policías, el patólogo y yo misma. El escenario del último desastre de Primrose.

Hice girar la llave del contacto y regresé a Bryson City con las mejillas bañadas en lágrimas.

Aquella noche, al comprobar los mensajes que tenía en el teléfono, encontré uno de Lucy Crowe. Le devolví la llamada y le conté todo lo que sabía de Primrose Hobbs, acabé con nuestra cita en el aparcamiento del depósito el domingo por la mañana.

—¿Y ese pie y toda la documentación han desaparecido?

—Eso me dijeron. Primrose fue probablemente la última persona que los vio.

—Parker Davenport le dijo que ella firmó la salida de ese material. ¿Firmó también cuando devolvió el material?

—Buena pregunta.

—*Hábleme de la seguridad.*

—Todo el personal del DMORT y del Departamento del Forense posee credenciales de identificación, al igual que la gente de su departamento y del Departamento de Policía de Bryson City que trabaja en tareas de seguridad. Un guardia comprueba las credenciales de identificación en la valla que rodea el perímetro del depósito y dentro hay una hoja donde se firma la entrada y la salida del recinto. Todos los días llevas en tu credencial un punto de color diferente que representa un código específico.

—*¿Por qué?*

—En caso de que alguien consiga manipular la credencial, no tiene forma de saber qué color utilizarán ese día.

—*¿Y después del trabajo?*

—Ahora probablemente en el depósito hay una dotación más reducida, en su mayor parte personal encargado de archivos e informática, y algo de personal médico. Por la noche no queda nadie, excepto su ayudante o un policía de Bryson City.

Recordé al vicegobernador y la cinta de vídeo.

—En la puerta principal hay una cámara de vigilancia.

—*¿Qué puede decirme de los ordenadores?*

—Cada usuario VIP posee una contraseña y sólo un número restringido de personas puede entrar o borrar los datos.

—*Suponiendo que Hobbs lo hubiese devuelto, ¿dónde hubiese estado ese pie?*

—Al acabar cada jornada todo el material se lleva a camiones frigoríficos con un cartel de «sin procesar», «en proceso» o «identificado», según cada caso. Todos y cada uno de los casos se localizan mediante un sistema de búsqueda informático.

—*¿Sería muy difícil entrar en el sistema?*

—Hay críos del instituto que han conseguido entrar en el sistema informático del Pentágono.

Oía una conversación distante, como voces que se filtran a través de un agujero en el espacio.

—Sheriff, creo que Primrose Hobbs fue asesinada a causa de ese pie.

—*O podría tratarse de un espécimen biológico.*

—Una mujer examina un objeto que es motivo de disputas, ese objeto desaparece y la mujer es encontrada muerta tres días más tarde. Si no hay relación entre ambos hechos que baje Dios y lo vea.

—*Estamos considerando todas las posibilidades.*

—¿Se sabe por qué nadie informó de su desaparición?

—*Por lo visto una parte de la operación se está trasladando a Charlotte. Cuando Hobbs no se presentó en el depósito el lunes, sus compañeros pensaron que había ido allí. Los tíos de Charlotte supusieron que aún se encontraba en Bryson City. Ella solía llamar por teléfono a su hijo los sábados, de modo que él no podía saber que algo andaba mal.*

Me pregunté por el hijo de Primrose. ¿Estaba casado? ¿Tendría hijos? ¿En el ejército? ¿Gay? ¿Estaban unidos madre e hijo? En ocasiones, mi trabajo me convierte en la portadora de las noticias más terribles. En una sola visita, las familias quedan hechas pedazos, sus vidas alteradas para siempre. Pete había dicho que la mayoría de los oficiales de marina en la época de la guerra de Vietnam preferían entrar en combate con el enemigo que visitar un hogar de Estados Unidos para entregar una notificación de muerte. Compartía esos sentimientos de todo corazón.

Imaginé el rostro del hijo, inexpresivo al principio, confundido. Luego, al asimilarlo, la angustia, la tristeza y el dolor de una herida abierta. Cerré los ojos, en ese momento compartía su desesperación.

—*Me dejé caer por el Riverbank Inn.*

La voz de Crowe me devolvió a la realidad.

—*Después de marcharme del puerto fui a hablar un rato con*

Ralph y Brenda —dijo—. *Reconocieron que no habían visto a Hobbs desde el domingo, pero no lo consideraron extraño. Durante su estancia en el motel se había marchado dos veces sin avisar, de modo que esta vez supusieron que se había vuelto a marchar.*

—¿Marcharse adónde?

—*Pensaron que había ido a visitar a su familia.*

—¿Y?

—*Su habitación indicaba otra cosa. Todo seguía allí, el cepillo de dientes, el hilo dental, la crema para la cara, las cosas que una mujer lleva cuando viaja. Su ropa seguía en el armario, la maleta estaba abierta debajo de la cama. En la mesilla de noche encontramos la medicación que tomaba para la artritis.*

—¿Bolso? ¿Llaves del coche?

—*Nada. Parece que se marchó de la habitación por su cuenta, pero no pensaba pasar la noche fuera.*

Crowe escuchó con atención cuando le describí mi visita al motel, sin escatimar ningún detalle excepto mis intentos de irrumpir por la fuerza en la habitación de Primrose.

—¿Por qué supone que Ralph entró en su habitación?

—*Su intuición puede haber sido acertada. Curiosidad. O tal vez sabe más de lo que dice. Tal vez quería sacar algo de la habitación. Aún no lo sé, pero estaremos vigilando al señor Stover. También hablaremos con cualquiera que conociera a la víctima, buscaremos testigos que pudieran haberla visto durante el tiempo que estuvo desaparecida. Ya conoce la rutina.*

—Reunir a los sospechosos habituales.

—*En el condado de Swain no son muchos.*

—¿Había alguna cosa en su habitación que aclarase adónde podría haber ido? ¿Una dirección? ¿Un mapa? ¿Algún comprobante de peaje?

Se oyó un zumbido en la línea.

—*Encontramos dos números junto al teléfono.*

Mientras leía los dígitos se me hizo un nudo en el estómago. El primero de los números correspondía a High Ridge House. El segundo al móvil que llevaba sujeto en el cinturón.

Una hora más tarde estaba acostada en la cama tratando de clasificar y evaluar la información que tenía.

Hecho: el pie misterioso no pertenecía a Daniel Wahnetah. Posibilidad: el pie procedía de un cadáver de la casa amurallada. La mancha de tierra contenía ácidos grasos volátiles. Algo se había descompuesto en ese lugar. Posibilidad: el pie procedía del vuelo 228 de TransSouth Air. Recipientes con muestras y otras partes del cuerpo con problemas habían sido recuperadas cerca del lugar del accidente.

Hecho: el pie y el dossier completo habían desaparecido. Posibilidad: Primrose Hobbs había conservado ese material. Posibilidad: Primrose Hobbs había devuelto el material, que luego fue sustraído por otra persona.

Hecho: los restos de Jean Bertrand y Pepper Petricelli no habían sido identificados. Posibilidad: ninguno de ellos estaba en el avión. Posibilidad: tanto el detective como su prisionero estaban a bordo del aparato y sus cuerpos fueron pulverizados por la explosión.

Hecho: Jean Bertrand era ahora un sospechoso.

Hecho: un testigo afirmaba haber visto a Pepper Petricelli al norte del estado de Nueva York. Posibilidad: Bertrand se había pasado al otro bando. Posibilidad: Bertrand había sido asesinado.

Hecho: me habían acusado de robar pruebas. Posibilidad: ya no confiaban en mí debido a mi relación con Andrew Ryan, el compañero de Jean Bertrand en la Sûreté de Quebec. Posibilidad: me habían escogido como chivo expiatorio para impedir que participase en la investigación. Pero ¿qué investigación, el accidente del avión o la casa amurallada? Posibilidad: yo corría peligro. Alguien había intentado arrollarme con un coche y había registrado mi habitación.

Una punzada de temor. Contuve el aliento, escuchando. Silencio.

Hecho: Primrose Hobbs había sido asesinada. Posibilidad: su muerte había sido un acto de violencia fortuito. Más probablemente: su muerte estaba relacionada con el pie desaparecido.

Hecho: Edward Arthur obtuvo la propiedad de Running Goat Branch en 1933 a través de su matrimonio con Sarah Livingstone. Alquiló el lugar como sitio de acampada, luego construyó una cabaña, le vendió la tierra en 1949 a un hombre llamado Prentice Dashwood, pero el título de la propiedad quedó registrado a nombre del Grupo de Inversiones H&F, Sociedad Limitada. Arthur no había construido ningún patio y tampoco había levantado paredes de piedra. ¿Quién era Prentice Dashwood?

Encendí la lámpara de la mesilla de noche, busqué el fax de Delaware que me había dejado McMahon y regresé a la cama tiritando. Me metí debajo de las mantas y releí la lista de nombres.

W. G. Davis, F. M. Payne, C. A. Birkby, F. L. Warren, P. H. Rollins, M. P. Veckhoff.

El único nombre que me resultaba remotamente familiar era el de Veckhoff. Un tío de Charlotte llamado Pat Veckhoff había sido senador de Carolina del Norte durante dieciséis años. Murió súbitamente el pasado invierno. Me pregunté si habría alguna relación con el M. P. Veckhoff que figuraba en la lista.

Apagué la luz y permanecí en la oscuridad buscando alguna conexión entre las cosas que sabía. Era inútil. Las imágenes de Primrose seguían alterando mi concentración.

Primrose sentada delante de su ordenador, con las gafas en la punta de la nariz. Primrose en el aparcamiento. Primrose en el escenario de un accidente aéreo, 1997, Kingston, Carolina del

Norte. Primrose al otro lado de una mesa de cartas, jugando al póquer. Primrose en Charlotte. La cafetería del Hospital Presbiteriano. Yo estaba comiendo una pizza vegetal hecha con guisantes y espárragos de lata. Recordaba que la pizza sabía fatal, pero no cómo había conocido a Primrose allí.

Primrose metida en una bolsa de plástico.

¿Por qué, Dios mío?

¿Fue cuidadosamente escogida, investigada, acechada y luego asesinada como parte de un complicado plan? ¿O fue elegida por casualidad? El impulso de alguna mente enferma. El primer Honda azul. La cuarta mujer que salga del centro comercial. El próximo negro. ¿La muerte formaba parte del plan o las cosas se complicaron, fuera de control hasta alcanzar una situación irreversible?

La violencia contra las mujeres no es un fenómeno reciente. Los huesos de mis hermanas cubren la historia y la prehistoria. La tumba masiva de Cahokia. El cenote sagrado de Chichén Itzá. La muchacha de la edad de hierro en la ciénaga con el pelo rapado, los ojos vendados y atada.

Las mujeres están acostumbradas a ser precavidas. Caminar más rápido al oír pasos a su espalda. Mirar a través de la mirilla antes de abrir la puerta. Colocarse junto a los botones en un ascensor vacío. Temer a la oscuridad. ¿Fue Primrose simplemente una más del desfile de víctimas femeninas?

¿A quién intentaba engañar? Conocía el motivo. No tenía absolutamente ninguna duda.

Primrose había sido asesinada por responder a una solicitud. Mi solicitud. Ella había aceptado un fax, tomado medidas y proporcionado datos. Ella me había ayudado y, al hacerlo, había amenazado a alguien.

Yo la había implicado en la investigación y alguien la había asesinado por ello. La culpa y la pena me pesaban físicamente, me aplastaban el pecho.

Pero ¿de qué modo había representado Primrose una amenaza? ¿Había descubierto alguna cosa que yo ignoraba? ¿Había comprendido la importancia de ese hallazgo o no se había dado cuenta de ello? ¿La habían silenciado por lo que sabía o por lo que alguien temía que pudiese descubrir?

¿Y qué pasaba conmigo? ¿Representaba yo también una amenaza para algún chiflado homicida?

Mis pensamientos fueron interrumpidos por un suave gemido que llegaba desde abajo. Aparté las mantas, me puse tejanos y una camiseta y las náuticas. Luego recorrí la casa de puntillas y salí por la puerta trasera.

Boyd estaba sentado junto a su perrera, la nariz apuntaba hacia el cielo estrellado. Al verme se levantó de un salto y comenzó a menear la mitad posterior del cuerpo. Luego corrió hacia la valla metálica y adoptó una postura de bípedo. Apoyándose en las patas delanteras estiró el cuello y lanzó una serie de aullidos.

Extendí la mano y le acaricié la cabeza. Me lamió la mano, mareado de excitación.

Cuando entré en su recinto y le puse la correa, *Boyd* se volvió hiperactivo, girando sobre sí mismo y levantando tierra con las patas.

—Tranquilo. —Apunté un dedo hacia su hocico—. Esto va contra las reglas.

Me miró con la lengua colgando, las cejas bailaban sobre los ojos brillantes. Lo llevé a través del prado y entramos en la casa.

Momentos más tarde ambos yacíamos en la oscuridad, *Boyd* en la alfombra junto a mi cama. Le oí suspirar y apoyar el hocico sobre las patas delanteras.

Me dormí con la mano apoyada en su cabeza.

21

A la mañana siguiente me desperté temprano, sintiéndome fría y vacía pero sin saber muy bien por qué. Llegó a mí en una oleada densa y horrible.

Primrose estaba muerta.

La angustiosa combinación de pérdida y culpa era casi paralizante y me quedé inmóvil durante largo rato, sin querer tener nada que ver con el mundo.

Entonces *Boyd* me rozó la cadera con el hocico. Me giré en la cama y le rasqué detrás de las orejas.

—Tienes razón. La autocompasión no es buena.

Me levanté, me vestí y salí a dar un paseo con *Boyd*. Durante mi ausencia una nota apareció en la puerta de Magnolia. Ryan pasaría otro día con McMahon y no necesitaría el coche. Las llaves que había dejado en su casillero ahora estaban en el mío.

Cuando encendí el teléfono, tenía cinco mensajes. Cuatro periodistas y P T. Llamé al taller y borré el resto.

La reparación estaba llevando más tiempo del previsto. El coche debería estar listo el día siguiente.

Habíamos pasado de «podría estar» a «debería estar». Me sentí animada.

Pero ¿ahora qué?

Una idea surgió desde las profundidades de mi pasado. El refugio preferido de una niña preocupada o inquieta. No podía hacer daño y podría descubrir algo útil.

Y al menos durante algunas horas sería alguien anónimo e inaccesible.

Después de las tostadas y los cereales con leche conduje hasta la biblioteca pública Black Marianna, una caja de ladrillo rojo de una sola planta que se alzaba en la esquina de Everett con Academy. Esqueletos de cartón flanqueaban la entrada, cada uno con un libro entre las manos.

En el mostrador de la entrada principal había un hombre negro, alto y delgado, con varios dientes de oro. Una mujer mayor trabajaba a su lado, estaba grapando una ristra de calabazas anaranjadas encima de sus cabezas. Ambos se volvieron cuando entré.

—Buenos días —dije.

—Buenos días.

El hombre exhibió una amplia sonrisa de metal precioso. Su compañera de pelo color lila me miró con suspicacia.

—Me gustaría consultar algunos ejemplares atrasados del periódico local.

Sonreí de un modo realmente encantador.

—¿El *Smoky Mountain Times*? —preguntó la bibliotecaria, dejando su grapadora.

—Sí.

—¿Como cuánto de atrasados?

—¿Tienen material de los años treinta y cuarenta?

La arruga de su ceño se hizo más pronunciada.

—La colección comienza en 1895. Entonces era el *Bryson City Times*. Un semanario. Las publicaciones más antiguas están en microfilm, por supuesto. No puede ver los originales.

—El microfilm será suficiente.

El bibliotecario comenzó a abrir y apilar libros. Vi que tenía las uñas pulidas y la ropa inmaculada.

—El proyector está en la habitación del fondo, junto a la sección de genealogía. Sólo puede utilizar una caja a la vez.

—Gracias.

La bibliotecaria abrió uno de los dos armarios metálicos que había detrás del mostrador y sacó una pequeña caja gris.

—Será mejor que le explique cómo funciona la máquina.

—Por favor, no es necesario que se moleste. Estoy familiarizada con los proyectores de microfilmes. No tendré problemas.

Leí la expresión de su rostro cuando me dio la caja con los microfilmes. Una civil perdida entre las estanterías. Era su peor pesadilla.

Me instalé delante de la máquina y comprobé la etiqueta de la caja: «1931-1937».

Una imagen de Primrose cruzó por mi cabeza y las lágrimas me empañaron los ojos.

Basta. Nada de lamentos.

Pero ¿por qué estaba aquí? ¿Cuál era mi objetivo? ¿Tenía alguno o simplemente me estaba escondiendo?

No. Tenía una meta.

Aún estaba convencida de que la propiedad del recinto amurallado era el centro de mis problemas y quería saber más acerca de quién había estado asociado con ella. Arthur me había dicho que le había vendido la tierra a un tal Prentice Dashwood. Pero aparte de eso, y de los nombres que constaban en el fax de Mc-Mahon, no estaba segura de qué buscaba.

En realidad tenía pocas esperanzas de encontrar alguna información útil, pero me había quedado sin ideas. Se habían presentado cargos contra mí y era necesario que hiciera algo al respecto. No podía regresar a Charlotte hasta que mi coche estuviese reparado y me habían excluido de cualquier otra clase de investigación. Qué importaba. La historia siempre podría enseñarme algo.

Durante su servicio militar, un póster había decorado la oficina de Pete, palabras adoptadas por los abogados no comprometidos con el sistema militar: «La indecisión es la clave de la flexibilidad».

Si la máxima era lo bastante buena para los abogados-oficiales del Cuerpo de Infantes de Marina de Estados Unidos, parecía buena para mí. Buscaría cualquier cosa.

Inserté el microfilm y comencé a pasarlo por el proyector. La máquina era un antiguo modelo accionado a manivela, fabricado probablemente antes de que los hermanos Wright levantaran el vuelo en Kitty Hawk. El texto y las fotografías entraban y salían de la pantalla continuamente. A los pocos minutos sentí que se estaba preparando una buena jaqueca.

Pasé de una bobina a otra, hice varios viajes al mostrador principal. Al llegar a finales de la década de los cuarenta, la bibliotecaria se apiadó de mí y me permitió llevar media docena de cajas a la vez.

Examiné superficialmente actos de beneficencia, lavados de coches, reuniones religiosas y sucesos locales. Los delitos eran en su mayoría insignificantes, infracciones de tráfico, embriaguez y desórdenes públicos, objetos desaparecidos y vandalismo. Se anunciaban nacimientos, fallecimientos y bodas junto con anuncios de ventas de garajes y graneros.

La guerra cobró un generoso tributo en el condado de Swain. Desde 1942 hasta 1945 las páginas del periódico estaban llenas de nombres y fotografías. Cada muerte era una historia destacada.

Algunos ciudadanos se las habían ingeniado para morir en la cama. En diciembre de 1943, el fallecimiento de Henry Arlen Preston fue noticia de primera página. Preston había vivido toda su vida en el condado de Swain, abogado, juez y periodista de media jornada. Su carrera estaba narrada con todo lujo de detalles, destacaban sobre los demás un período en Raleigh como senador del estado y la publicación de una obra en dos volúmenes sobre los pájaros de Carolina del Norte. Preston murió a los ochenta y nueve años, dejó una viuda, cuatro hijos, catorce nietos y veintitrés bisnietos.

Una semana después de la muerte de Preston, el *Times* informó de la desaparición de Tucker Adams. Una noticia a dos columnas en la página seis. Sin foto.

Esa oscura y pequeña noticia accionó algún resorte dentro de mí. ¿Se había alistado Adams en secreto, para morir luego en el extranjero como uno de nuestros numerosos desconocidos? ¿Había regresado, sorprendiendo a sus vecinos con historias de Italia o Francia, para irse luego a vivir su vida? ¿Se había despeñado? ¿Marchado a Hollywood? Aunque busqué más información sobre esa noticia no encontré ningún otro dato sobre la desaparición de Adams.

El escarpado terreno también había reclamado sus víctimas. En 1939 una mujer llamada Hilda Miner salió de su casa para llevarle a su nieta un pastel de fresas. Nunca llegó a su destino y el recipiente del pastel fue encontrado junto al crecido río Tuckasegee. Hilda fue declarada ahogada, si bien su cuerpo jamás fue hallado. Diez años más tarde, las mismas aguas se tragaron al doctor Sheldon Brodie, un biólogo de la Universidad Estatal de los Apalaches. Un día después de que el cuerpo del profesor apareciera en la orilla, Edna Farrell, aparentemente, se cayó al río. Al igual que Miner, los restos de Farrell jamás fueron recuperados.

Me apoyé en el respaldo de la silla y me froté los ojos. ¿Qué era lo que había dicho el anciano sobre Farrell? Ellos deberían haber hecho algo por ella. ¿Quiénes eran «ellos»? ¿Algo en qué sentido? ¿Se estaba refiriendo acaso al hecho de que el cuerpo de Edna Farrell no hubiera sido recuperado? ¿O no estaba conforme con la calidad del funeral oficiado por Thaddeus Bowman?

En 1959 la fauna reclamó al indio cherokee de setenta y cuatro años llamado Charlie Wayne Tramper. Dos semanas después de su desaparición, el rifle de Charlie Wayne apareció en un remoto valle dentro del territorio de la reserva. Las huellas de un oso sugirieron la causa de la muerte. El anciano fue enterrado en medio de una gran ceremonia tribal.

Yo había trabajado con víctimas atacadas por osos y sabía qué era lo que había quedado de Charlie Wayne. Aparté su imagen de mi cabeza.

La lista de peligros medioambientales cortesía de la Madre Naturaleza continuaba. En 1972 una niña de cuatro años abandonó un lugar de acampada en Maggie Valley. El pequeño cuerpo fue sacado de un lago al día siguiente. El invierno siguiente dos esquiadores de fondo murieron congelados al ser sorprendidos por una tempestad de nieve. En 1986 un cultivador de manzanas, llamado Albert Odell, salió en busca de hierba mora y nunca regresó.

No encontré ninguna referencia a Prentice Dashwood, a la propiedad de Arthur o a los integrantes del Grupo de Inversiones H&F. El dato más actual era una noticia de mayo de 1959 sobre un terrible accidente de circulación en la Autopista 19. Seis heridos, cuatro muertos. Las fotografías mostraban los restos retorcidos de los vehículos. El doctor Anthony Allen Birkby, sesenta y ocho años, de Cullowhee, murió tres días más tarde debido a las múltiples heridas. Tomé nota. Aunque el apellido no era raro, un C. A. Birkby figuraba en la lista del fax de McMahon.

Al mediodía me estallaba la cabeza y el azúcar en sangre había descendido a un nivel incapaz de mantener a un ser vivo. Saqué una barra de chocolate con cereales de mi bolso, le quité el envoltorio y lo comí en silencio mientras seguía pasando una bobina tras otra por el proyector.

Los sucesos de años recientes aún no habían sido microfilmados y, hacia media tarde, pude acceder a las fotocopias. Pero el dolor de cabeza había pasado de una ligera molestia a un dolor importante que me cruzaba la cabeza a través de los lóbulos frontal, temporal y occipital y latía en un epicentro localizado detrás del ojo derecho.

Mierda.

Estaba examinando diarios del año en curso, leyendo atentamente los titulares y estudiando las fotografías, cuando un nombre me llamó la atención. George Adair. El pescador desaparecido.

La cobertura de la desaparición de Adair era minuciosa, proporcionaba el momento y el lugar exactos de la fatal excursión de pesca, una descripción de la víctima y un relato pormenorizado de la ropa que llevaba, incluyendo su anillo de graduación del instituto y su medalla de San Blas.

Otro relámpago del pasado. El sacerdote de la parroquia. La bendición de las gargantas el día de San Blas. ¿Cuál era la historia? Blas era famoso por haber impedido que un niño muriese asfixiado por una espina de pescado. La medalla tenía sentido. Crowe había dicho que Adair se quejaba de problemas de garganta.

Habían entrevistado al compañero de Adair, al igual que a su esposa, amigos, ex jefe y sacerdote. Una fotografía granulada estaba impresa junto a la historia, la medalla era claramente visible alrededor del cuello.

¿Quién era el otro desaparecido que había mencionado Crowe? Busqué en mi dolorido cerebro. Jeremiah Mitchell. Febrero. Retrocedí casi ocho meses e inicié una lectura más cuidadosa. Algunos detalles comenzaron a conectarse.

Se informaba de la desaparición de Jeremiah Mitchell en un breve párrafo. El 15 de febrero un hombre negro de setenta y dos años abandonó el Mighty High Tap y se perdió en el olvido. Cualquier persona que tuviese información bla, bla, bla...

Algunas cosas no cambian, pensé, sintiendo una punzada de ira. Un hombre blanco desaparece: historia de primera página. Un hombre negro desaparece: una breve nota en la página diecisiete. O tal vez se tratase de una ley de vida. George Adair tenía un trabajo, amigos, familia. Jeremiah Mitchell era un alcohólico en paro que vivía solo.

Pero alguna vez Mitchell tuvo parientes. A comienzos de marzo apareció una nueva noticia, otra vez un simple párrafo, buscando información y citando el nombre de su abuela, Martha Rose Gist. Me quedé mirando el nombre. ¿Dónde lo había visto antes?

Volví a las cajas y revisé los microfilmes por semanas. La necrológica apareció el 16 de mayo de 1952, junto con una breve nota en la columna dedicada a arte. Martha Rose Gist había sido una importante ceramista local. El artículo incluía una fotografía de una pieza de cerámica bellamente decorada, pero ninguna de la artista.

¡Maldita sea!

Después de haber comprobado que en la habitación no había nadie más, conecté el móvil. Seis mensajes. Los ignoré y marqué el número de Crowe, amortiguando el sonido con mi cazadora.

—*Sheriff Crowe.*

No me molesté en anunciarme.

—¿Está familiarizada con Sequoyah? —pregunté en un susurro.

—*¿Está en la iglesia?*

—En la biblioteca de Bryson City.

—*Si Iris la descubre le arrancará la lengua y la meterá en una trituradora.*

Deduje que Iris era el dragón de cabellera lila que había conocido en la entrada.

—¿Sequoyah?

—*Sequoyah inventó un alfabeto para la lengua cherokee. Si se queda por esta zona el tiempo suficiente, alguien acabará comprándole un cenicero decorado con los símbolos.*

—¿Cuál era el apellido de Sequoyah?

—*¿Quiere una respuesta ahora?*

—Hablo en serio.

—*Guess.*

—Esto es importante[13] —siseé.

—*Su apellido era Guess. O Gist, depende de cómo lo pronuncie. ¿Por qué?*

—La abuela materna de Jeremiah Mitchell era Martha Rose Gist.

—*¿La ceramista?*

—Sí.

—*No puedo creerlo.*

—¿Sabe lo que significa eso? —No esperé su respuesta—. Mitchell era medio cherokee.

—¡Esto es una biblioteca!

Las palabras de Iris estallaron al lado de mi oído.

Alcé un dedo.

—¡Cuelgue inmediatamente!

Iris hablaba tan alto como puede hacerlo un ser humano sin utilizar las cuerdas vocales.

—¿Se edita algún periódico en la reserva?

—*El* Cherokee One Feather. *Y creo que en el museo hay un archivo fotográfico de la tribu.*

—Tengo que colgar.

Colgué el teléfono.

—Tendré que pedirle que se marche.

Iris estaba de pie con las manos apoyadas en las caderas, la protectora de la gestapo del mundo impreso.

—¿Quiere que devuelva las cajas a su sitio?

—No será necesario.

---

13. La protagonista lo dice porque *guess* significa, entre otras acepciones, «adivinar» y supone que su interlocutora no la toma en serio. *(N. del t.)*

Tuve que hacer tres paradas hasta encontrar lo que necesitaba. Un viaje a las oficinas del *Cherokee One Feather*, ubicadas en el Centro del Consejo Tribal, reveló que el periódico se editaba desde 1966. Aunque años antes se había editado otro periódico, *The Cherokee Phoenix*, el personal actual no disponía de fotografías y tampoco de ejemplares de aquella época.

La Asociación Histórica Cherokee tenía fotografías, pero la mayoría se habían empleado para promocionar la producción teatral al aire libre *Hacia esas colinas*.

Encontré una mina de oro en el Museo de los Indios Cherokee, que se alzaba justo al otro lado de la calle. Cuando repetí mi petición me llevaron a una oficina del segundo piso, me proporcionaron guantes de algodón y me permitieron examinar sus archivos con periódicos y fotografías.

Una hora más tarde tenía la confirmación.

Martha Rose Standingdeer había nacido en 1889 en el Término de Qualla. Se casó con John Patrick Gist en 1908 y dio a luz a una niña, Willow Lynette, al año siguiente.

A los diecisiete años, Willow contrajo matrimonio con Jonas Mitchell en la Iglesia de Sión AME en Greenville, Carolina del Sur. La fotografía de la boda muestra a una muchacha de rasgos delicados con un sombrero provisto de un velo, un vestido estilo imperio y un ramillete de margaritas en la mano. A su lado se ve a un hombre con la piel mucho más oscura que la de la novia.

Estudié la foto. Aunque flaco y de facciones comunes, Jonas Mitchell poseía un extraño atractivo. Hoy podría haber posado como modelo de los anuncios de Benetton.

Willow Mitchell dio a luz a Jeremiah en 1929 y murió de tuberculosis el invierno siguiente. Después de esa fecha no encontré ninguna mención de su esposo o de su hijo.

Me apoyé en el respaldo, procesando lo que había encontrado.

Jeremiah Mitchell era al menos medio indio. Cuando desapareció tenía setenta y dos años. El pie seguramente era de él.

Mis dotes de deducción comenzaron a funcionar de inmediato. Las fechas no coincidían.

Mitchell había desaparecido en febrero. El perfil VFA proporciona un intervalo post mortem de seis a siete semanas, eso situaba el momento de la muerte a finales de agosto o principios de septiembre.

Tal vez Mitchell sobrevivió a la noche del *Mighty High Tap*. Tal vez se marchó, luego regresó y murió a la intemperie seis meses más tarde.

¿Se marchó?

De viaje.

¿Un alcohólico de setenta y dos años sin coche ni dinero?

Suele suceder.

Ja, ja. ¿Murió a la intemperie en pleno verano?

Me quedé sentada, confusa y frustrada por un millón de hechos que no podía relacionar.

Deseé que las fotografías fuesen más condescendientes con el dolor de cabeza y pasé a examinar el otro archivo.

Nuevamente, pequeños detalles llamaron mi atención.

Había examinado cincuenta o sesenta carpetas, cuando una instantánea en blanco y negro de ocho por diez despertó mi interés. Un ataúd cubierto de flores. Personas que acompañaban al muerto, algunos vestidos con trajes holgados y otros con la vestimenta típica cherokee. Eché un vistazo al reverso. Una etiqueta amarillenta desteñida por el tiempo identificaba el acontecimiento con tinta: Funeral de Charlie Wayne Tramper. 17 de mayo, 1959. El anciano que había desaparecido y había sido atacado por un oso.

Recorrí los rostros con la mirada y me detuve en uno de dos jóvenes que estaban apartados de la multitud. Mi sorpresa fue tan grande que me quedé boquiabierta.

Aunque cuarenta años más joven, el rostro era inconfundible. En 1959 estaría a punto de llegar a los treinta, recién llegado de

Inglaterra. Profesor de arqueología en la Universidad de Duke. Una superestrella académica que pronto comenzaría a declinar.

¿Por qué estaba Simon Midkiff en el funeral de Charlie Wayne Tramper?

Mis ojos se deslizaron hacia la derecha y esta vez mi asombro fue audible. Simon Midkiff se encontraba junto a un hombre que más tarde ocuparía el cargo de vicegobernador del estado.

Parker Davenport.

¿O no era él? Examiné sus rasgos. Sí. No. Este hombre era mucho más joven, más delgado.

Dudé un momento, miré a mi alrededor. Hacía cincuenta años que nadie había husmeado en aquel archivo. No era robar. Devolvería la fotografía en un par de días, no le hacía daño a nadie.

Metí la foto en mi bolso, devolví la carpeta a su cajón y me marché.

Una vez fuera del edificio llamé a Información de Raleigh, pedí el número del Departamento de Recursos Culturales y esperé mientras pasaban la llamada. Cuando una voz respondió, pregunté por Carol Burke. Se puso al teléfono en menos de diez segundos.

—*Carol Burke.*

—Carol, soy Tempe Brennan.

—*Justo a tiempo. Estaba a punto de marcharme. ¿Estás planeando excavar otro cementerio?*

Entre sus muchas tareas, el Departamento de Recursos Culturales de Carolina del Norte es responsable de la preservación del patrimonio cultural. Cuando se propone algún proyecto que necesita fondos, permisos, licencias o tierras estatales o federales, Carol y sus colegas ordenan estudios y excavaciones a fin de determinar si lugares históricos o prehistóricos se verán amenazados por las obras. Proyectos de construcción de autopistas, aeropuertos, redes de alcantarillado... Sin su autorización no se mueve ni una sola piedra.

Carol y yo nos conocimos cuando la arqueología era mi ocupación principal. Gente de negocios de Charlotte contrató mis servicios en dos ocasiones para que ayudara a establecer unos cementerios históricos en un nuevo asentamiento. Carol había supervisado ambos proyectos.

—Esta vez no. Necesito información.

—*Haré lo que pueda.*

—Siento curiosidad por la zona en la que Simon Midkiff está excavando para vosotros.

—*¿Actualmente?*

—Sí.

—*En este momento Midkiff no está haciendo ningún trabajo para nosotros. Al menos ninguno del que yo esté enterada.*

—¿No está trabajando en el condado de Swain?

—*Creo que no. Espera un momento.*

Para cuando volvió a ponerse al teléfono, yo había llegado al coche de Ryan y había abierto la puerta.

—*No. Midkiff no ha trabajado para nosotros desde hace dos años y no es probable que lo haga en el futuro porque aún nos debe un informe de su último trabajo.*

—Gracias.

—*Ojalá todos las solicitudes que recibo fuesen así de simples.*

Acababa de cortar la comunicación cuando el teléfono volvió a sonar. Un periodista del *Charlotte Observer*. Un recordatorio de mi reciente notoriedad. Corté sin hacer ningún comentario.

En mi cabeza latían un millar de vasos craneales. Nada tenía sentido. ¿Por qué había mentido Midkiff? ¿Por qué habían asistido Davenport y él a los funerales de Tramper? ¿Ya se conocían entonces?

Necesitaba una aspirina. Necesitaba comer. Necesitaba un interlocutor objetivo.

Boyd.

Después de tragarme dos aspirinas, recogí al chow-chow y nos marchamos. *Boyd* viajaba con la cabeza asomada por la ventanilla del acompañante, olfateando el aire, girando y estirándose para captar cualquier olor discernible. Al observarlo en el Burger King pensé en la ardilla muerta y luego en la pared de la casa de piedra. ¿Qué era lo que su antiguo dueño le había entrenado a encontrar?

De pronto, tuve una idea. Un lugar para merendar al aire libre y comprobar unos cuantos nombres.

El cementerio de Bryson City está situado en Schoolhouse Hill, mirando al Veteran's Boulevard de un lado y a un valle montañoso del otro. El viaje me llevó siete minutos. *Boyd* no entendía la causa de la demora y seguía oliendo y lamiendo la bolsa con la comida. Cuando entré en el cementerio, la bandeja de cartón estaba tan mojada que tuve que sostenerla con ambas manos.

Boyd me arrastró de una lápida a otra, orinando sobre varias de ellas y arrojando trozos de tierra hacia atrás con sus patas posteriores. Finalmente, se detuvo ante una columna de granito rosado, se volvió y aulló.

SYLVIA HOTCHKINS
Entró en este mundo el 12 de enero de 1945.
Se marchó de este mundo el 20 de abril de 1968.
Se la llevaron demasiado pronto en la primavera de su vida.

El sesenta y ocho fue un año muy difícil para todos nosotros, Sylvia.

Segura de que disfrutaría de la compañía, me instalé en la base de un gran roble cuya sombra se proyectaba sobre la tumba de Sylvia y ordené a *Boyd* que se sentase junto a mí. Obedeció con los ojos fijos en la bandeja que tenía en las manos.

Cuando saqué una hamburguesa, se irguió de un salto.

—Siéntate.

Se sentó. Le quité el papel y le di la hamburguesa. Se levantó, separó los diversos componentes, luego se comió la carne, el panecillo y la guarnición de tomate y lechuga por ese orden. Cuando hubo terminado, con el hocico todavía manchado con ketchup, concentró su atención en mi Whopper.

—Siéntate.

Se sentó. Volqué algunas patatas fritas en la tierra y comenzó a cogerlas cuidadosamente de modo que no se hundiesen en la hierba. Le quité el papel a la Whopper e introduje una pajita en la bebida.

—Bien, la situación es ésta.

Boyd me miró y luego volvió a concentrarse en las patatas.

—¿Por qué había asistido Simon Midkiff al funeral de un indio cherokee de setenta y cuatro años atacado por un oso en 1959?

Ambos comimos y pensamos en ello.

—Midkiff es un arqueólogo. Podría haber estado estudiando a los cherokee de la Partida Oriental. Quizá Tramper era su guía e historiador.

La atención de *Boyd* se desvió hacia mi hamburguesa. Le di más patatas.

—Muy bien. Acepto esa posibilidad.

Mordí un trozo de carne, lo mastiqué y lo tragué.

—¿Por qué estaba Parker Davenport allí?

Boyd me miró sin levantar la cabeza de las patatas fritas.

—Davenport se crió cerca de aquí. Probablemente conocía a Tramper.

Boyd sacudió las orejas adelante y atrás. Se acabó la última patata frita y miró las mías. Le arrojé unas cuantas más.

—Tal vez Tramper y Davenport tenían amigos comunes en la reserva. O quizá Davenport ya estaba empezando su carrera política en aquella época.

Arrojé otra media docena de patatas fritas. *Boyd* volvió al ataque.

—A ver cómo te suena esto. ¿Se conocían Davenport y Midkiff en aquellos días?

Boyd levantó la cabeza. Sus cejas se movieron y la lengua quedó colgando fuera de la boca.

—Y si era así, ¿cómo?

Levantó nuevamente la cabeza y observó mientras terminaba la hamburguesa. Le di el resto de las patatas y se las comió mientras yo bebía la Coca-cola light.

—Y ahí va lo mejor, *Boyd*.

Recogí los papeles e hice una pelota junto con los restos de la bolsa. Al ver que no quedaba más comida, *Boyd* se echó de lado, suspiró sonoramente y cerró los ojos.

—Midkiff me mintió. Davenport quiere mi cabeza clavada en un palo. ¿Hay alguna relación?

Boyd no tenía respuesta para eso.

Me senté con la espalda apoyada en el tronco del roble, absorbiendo el calor y la luz. La hierba olía a recién cortada, las hojas estaban secas y quemadas por el sol. En un momento dado *Boyd* se levantó, dio cuatro vueltas y volvió a sentarse a mi lado.

Unos minutos más tarde, un hombre llegó a la cima de la colina llevando un collie sujeto con una larga correa. *Boyd* se levantó y comenzó a ladrar, aunque no hizo ningún movimiento agresivo. El sol del atardecer estaba suavizando a la mujer y a la bestia. Cogí la correa y me puse de pie.

Caminamos entre las tumbas mientras el sol se ocultaba en el horizonte. Aunque no había encontrado ninguna relacionada con la lista de H&F, y ningún Dashwood tampoco, sí había algunos nombres familiares. Thaddeus Bowman. Victor Livingstone y su hija, Sarah Masham Livingstone. Enoch McCready.

En ese momento recordé las palabras de Luke Bowman y me pregunté qué había provocado la muerte del esposo de Ruby en

1986. En lugar de respuestas estaba encontrando más preguntas.

Pero uno de los misterios estaba resuelto. Una persona desaparecida había sido encontrada. Al volverme para abandonar el cementerio, tropecé con una lápida sencilla en una esquina del extremo sur. En ella había una simple inscripción.

TUCKER ADAMS

1871-1943

R.I.P.

22

Después de abandonar el cementerio regresé a High Ridge House, dejé a *Boyd* en su perrera y subí a mi habitación, ignorando que tendría la velada telefónica más agitada desde los tiempos del instituto.

Apenas encendí el aparato recibí una llamada de Pete.

—*¿Cómo está el Gran B?*

—Disfrutando de la comida y la fauna de la montaña. ¿Estás de vuelta en Charlotte?

—*Colgado en el estado Hoosier.*[14] *¿Está poniendo a prueba tu paciencia?*

—*Boyd* tiene una manera muy original de ver la vida.

—*¿Alguna novedad?*

Le hablé de Primrose.

—*Oh, cariño. Realmente lo siento mucho. ¿Tú estás bien?*

—Lo estaré —mentí—. Hay más.

Hice un resumen del interrogatorio al que me había sometido Davenport y enumeré las quejas que el vicegobernador tenía intención de presentar.

—*Suena a una jodida jugada de las clases influyentes de la comunidad.*

---

14. Referido al estado de Indiana y a los nacidos allí. *(N. del t.)*

—No intentes impresionarme con la jerga legal.

—*Todo esto debe tener una motivación política. ¿Alguna idea de por qué lo hacen?*

—A Davenport no le gusta mi peinado.

—*A mí sí. ¿Has descubierto alguna otra cosa sobre el pie?*

Le hablé de la edad histológica estimada, de la clasificación racial y acerca de los todavía desaparecidos Daniel Wahnetah y Jeremiah Mitchell.

—Mitchell parece el mejor candidato para el pie.

Le describí a Pete la fotografía tomada durante los funerales de Charlie Wayne Tramper y le hablé de la llamada que había hecho a Raleigh.

—*¿Por qué te mentiría Midkiff acerca de una excavación?*

—A él tampoco le gusta mi peinado. ¿Debería buscarme un abogado?

—*Ya tienes uno.*

—Gracias, Pete.

Luego le tocó el turno a Ryan. McMahon y él habían acabado tarde y regresarían al lugar donde estaban montando el avión al amanecer, de modo que pasarían la noche en Asheville.

—*¿Problemas con el teléfono?*

—La prensa y la televisión están oliendo sangre, de modo que tuve que apagarlo. Además, pasé la mayor parte del día en la biblioteca pública.

—*¿Aprendiste algo?*

—La vida en las montañas es muy dura para la gente mayor.

—*¿Qué quieres decir?*

—No lo sé. Por lo visto un montón de ancianos se ahogaron, congelaron o acabaron formando parte de la cadena alimenticia por estos alrededores. Prefiero la llanura, gracias. ¿Qué me dices de la investigación?

—*Los tíos encargados de los restos químicos están encontran-do algunos vestigios extraños.*

—¿Explosivos?

—*No necesariamente. Mañana tendré más información para darte.*

—¿Han encontrado a Bertrand y a Petricelli?

—*No.*

En ese momento recibí una llamada de Lucy Crowe y me despedí de Ryan. Tenía poco que añadir a lo que ya sabíamos y no había conseguido la orden de registro.

—*La fiscal del distrito no quiere parecer más lista que el magistrado sin tener pruebas más sólidas.*

—¿Qué diablos quiere esta gente? ¿A la señorita Escarlata en la biblioteca con un candelabro en la mano?

—*Opina que es contradictorio.*

—¿Contradictorio?

—*El perfil VFA dice que algo murió durante el verano. Mitchell desapareció en febrero. La señora fiscal está convencida de que la mancha pertenece a un animal. Dice que no se puede arrestar a un ciudadano por sazonar carne en su patio trasero.*

—¿Y el pie?

—*Pertenece a una de las víctimas del accidente aéreo.*

—¿Alguna novedad sobre el asesinato de Primrose?

—*Parece que Ralph Stover no es ningún paleto. El caballero posee una compañía en Ohio y es dueño de las patentes de varios microchips. En el ochenta y seis, Ralph experimentó una metamorfosis después de haber sufrido un problema cardíaco. Vendió sus posesiones por un montón de pasta y compró el Riverbank. Desde entonces es el propietario de un motel rural.*

—¿Algún antecedente policial?

—*Dos infracciones por conducir sin carnet en los años setenta. Aparte de eso, el tío está limpio.*

—¿Todo esto tiene sentido para usted?

—*Tal vez vio demasiadas reposiciones de* Newheart *y soñaba con ser el dueño de una posada en el campo.*

La siguiente llamada fue de mi amigo de Oak Ridge. Laslo Sparkes me preguntó si estaría disponible a la mañana siguiente. Quedamos en encontrarnos a las nueve. Bien. Tal vez tuviese más resultados de las muestras de tierra.

La última llamada fue de mi jefe de departamento. Empezó disculpándose por su brusquedad durante nuestra conversación del martes por la noche.

—*Mi hija de tres años metió al gato en la secadora después de que se cayera en el váter. Mi esposa acababa de rescatar al pobre animal y todo el mundo estaba histérico. Los niños lloraban. Mi esposa lloraba mientras intentaba que el gato respirara.*

—Qué horrible. ¿Se encuentra bien?

—*El pobre animal se ha recuperado, pero no creo que vea muy bien.*

—Lo superará.

Hubo una pausa. Podía oír su respiración contra el auricular.

—*Bien, Tempe, no hay una manera fácil de hacerlo, de modo que me limitaré a decirlo. El rector me pidió que me reuniese hoy con él. Ha recibido una queja formal de tu comportamiento durante la investigación del accidente aéreo y ha decidido suspenderte hasta que se lleve a cabo una investigación a fondo.*

Permanecí en silencio. Nada de lo que estaba haciendo en Bryson City estaba bajo los auspicios de la universidad, pero seguía en nómina.

—*Con tu sueldo, naturalmente. Dice que no cree una sola palabra de todo esto pero que no tiene otra alternativa.*

—¿Por qué no? —Ya conocía la respuesta.

—*Teme la publicidad negativa, siente que debe proteger la universidad. El vicegobernador está dirigiendo personalmente este caso y te aseguro que ha sido como tener un grano en el culo.*

—Y, como todo el mundo sabe, la universidad recibe sus fondos del gobierno. —Yo aferraba el teléfono con fuerza.

—*Intenté todos los argumentos que se me ocurrieron, Tempe. No quiere arriesgarse.*

—Gracias, Mike.

—*Serás bienvenida en el departamento cuando te apetezca. Podrías presentar un pliego de descargo.*

—No. Primero resolveré esto.

Celebré mi ritual habitual de todas las noches con pasta de dientes, jabón, aceite de Olay, crema de manos. Limpia e hidratada, apagué las luces, me acurruqué debajo del edredón y grité con todas mis fuerzas. Luego me abracé las rodillas contra el pecho y, por segunda vez en dos días, comencé a llorar.

Era hora de dejarlo. No soy una desertora, pero tenía que enfrentarme a la realidad. No iba a ninguna parte. No había encontrado nada que fuese lo bastante persuasivo para conseguir una orden de registro, apenas si había descubierto nada en la casa del bosque o en los periódicos viejos. Había robado material de la biblioteca pública y casi allanado la habitación de un motel.

No merecía la pena. Podía disculparme ante el vicegobernador, renunciar al DMORT y regresar a mi vida normal.

Mi vida normal.

¿Cuál era mi vida normal? Autopsias. Exhumaciones. Víctimas de catástrofes.

Me preguntan continuamente por qué elegí una profesión tan morbosa. Por qué trabajo con cuerpos mutilados y descompuestos.

Con el tiempo y la reflexión he llegado a comprender los motivos. Quiero ser útil tanto a los vivos como a los muertos. Los muertos tienen derecho a ser identificados. A que sus historias tengan un final y a ocupar el lugar que se merecen en nuestros recuerdos. Si murieron a manos de otro ser humano, también tienen el derecho a pedir cuentas a esas manos.

Los vivos también merecen nuestro apoyo cuando la muerte de otro altera sus vidas. El padre desesperado por recibir noticias de un hijo desaparecido. La familia esperanzada por disponer de los restos encontrados en Iwo Jima o Chosin o Hué. Los campesinos desnudos en una tumba colectiva de Guatemala o Kurdistán. Las madres, los maridos, los amantes y los amigos asustados ante la identificación de los cadáveres en las Smoky Mountains. Ellos tienen derecho a la información, a las explicaciones, y también derecho a que las manos asesinas sean llevadas ante la justicia.

Es por esas víctimas y por sus familiares que extraigo de los huesos historias póstumas. Los muertos seguirán muertos, cualesquiera que sean mis esfuerzos, pero tiene que haber respuestas y responsabilidades. No podemos vivir en un mundo que acepta la destrucción de la vida sin que haya explicaciones ni consecuencias.

Una violación del código ético, naturalmente, significaría el final de mi carrera en el campo forense. Si el vicegobernador del estado conseguía su propósito, yo no podría seguir ejerciendo mi profesión. Un experto bajo sospecha de falta de ética es un fracaso anunciado en un interrogatorio ante un tribunal. ¿Quién podría confiar en cualquier opinión mía?

La ira reemplazó a la autocompasión. No me expulsarían de la práctica forense por acusaciones e insinuaciones infundadas. No podía arrojar la toalla. Tenía que demostrar que estaba en lo cierto. Me lo debía a mí misma. Y más aún, se lo debía a Primrose Hobbs y a su pobre hijo.

Pero ¿cómo?

¿Qué podía hacer?

Di vueltas en la cama como aquella pobre araña bajo la lluvia que destrozaba su tela. Mi mundo estaba siendo atacado por fuerzas mucho más poderosas y carecía del poder necesario para resistir.

Finalmente conseguí conciliar el sueño pero no supuso alivio ninguno.

Cuando estoy agitada mi cerebro convierte los pensamientos en collages psicodélicos. Durante toda la noche, un montón de imágenes inconexas flotaron en mi cabeza entrando y saliendo.

Me encontraba en el depósito provisional, clasificando partes del cuerpo. Ryan pasaba velozmente junto a mí. Le llamaba preguntándole qué había pasado con el pie. Pero él seguía su camino. Intentaba alcanzarle, pero mis pies se negaban a moverse. Seguía gritando, extendía los brazos pero él se alejaba cada vez más.

Boyd corría alrededor de un cementerio con una ardilla muerta colgando de su boca.

Willow Lynette Gist y Jonas Mitchell posaban para una fotografía de boda. La novia cherokee llevaba en las manos el pie que yo había rescatado de los coyotes.

El juez Henry Arlen Preston intentaba darle un libro a un hombre mayor. El anciano comenzaba a alejarse pero Preston le seguía, insistiendo en que aceptara el regalo. El anciano se volvía y Preston dejaba caer el libro al suelo. *Boyd* lo cogía y echaba a correr por un largo camino de grava. Cuando conseguía sujetarlo y quitarle lo que llevaba en la boca, ya no se trataba de un libro sino de una lápida de piedra con el nombre de «Tucker Adams» grabado en la pulida superficie, y 1943, el año en que ambos murieron, uno de ellos un eminente ciudadano y el otro un hombre anónimo.

Simon Midkiff sentado en una silla en el taller de P & T. Junto a él había un hombre con largas trenzas grises y una cinta para el pelo cherokee.

—¿Por qué estás aquí? —me preguntaba Midkiff.

—No puedo conducir —contestaba—. Ha habido un accidente. Han muerto muchas personas.

—¿Birkby ha muerto? —preguntaba trenzas grises.

—Sí.

—¿Han encontrado a Edna?

—No.

—Tampoco me encontrarán a mí.

El rostro de trenzas grises se convertía en el de Ruby McCready, luego en los rasgos hinchados de Primrose Hobbs.

Comencé a gritar y me incorporé en la cama. Mis ojos buscaron el reloj. Las cinco y media.

Aunque la habitación estaba helada, tenía la espalda empapada de sudor y el pelo pegado a la frente. Aparté el edredón y corrí de puntillas al cuarto de baño a beber un poco de agua. Me miré al espejo y me pasé el vaso frío por la frente húmeda.

Regresé al dormitorio y encendí la luz. La ventana aún estaba opaca por la tenue oscuridad que anuncia el amanecer. En las esquinas del cristal, el frío formaba telas de araña heladas.

Me puse calcetines y un suéter, cogí el cuaderno de notas y me instalé en la,mesa. Después de partir en tres varias hojas, comencé a apuntar las imágenes de mi sueño.

Henry Arlen Preston. El pie de los coyotes. El anciano de trenzas grises con el tocado cherokee. ¿Era Charlie Wayne Tramper? Escribí el nombre seguido de un signo de interrogación. Edna Farrell. Tucker Adams. Birkby. Jonas y Willow Mitchell. Ruby McCready. Simon Midkiff.

A continuación añadí lo que sabía de cada uno de esos personajes.

Henry Arlen Preston: fallecido en 1943. Ochenta y nueve años. Abogado, juez, escritor. Pájaros. Padre de familia.

Pie de los coyotes: varón mayor. Antepasados indios. Altura aproximada metro ochenta. Muerto el último verano. Encontrado cerca de la propiedad Arthur/H&F. ¿Pasajero de TransSouth Air?

Charlie Wayne Tramper: cherokee. Fallecido en 1959. Setenta y cuatro años. Ataque de un oso. Midkiff y Davenport asistieron a sus funerales.

Edna Farrell: fallecida en 1949. Seguidora de la Santidad. Ahogada. Restos nunca recuperados.

Tucker Adams: nacido en 1871. Desaparecido y luego muerto, 1943.

Anthony Allen Birkby: fallecido en 1959. Accidente de circulación. C. A. Birkby en la lista de componentes de H&F.

Jonas Mitchell: afroamericano. Casado con Willow Lynette Gist. Padre de Jeremiah Mitchell.

Willow Lynette Gist: hija de Martha Rose Gist, ceramista cherokee. Madre de Jeremiah Mitchell. Muerta de tuberculosis, 1930.

Aunque no había aparecido en mi sueño, decidí incluir también a Jeremiah Mitchell. Afroamericano cherokee. Nacido en 1929. Solitario. Desaparecido en febrero pasado.

Ruby McCready: estaba viva y en buen estado de salud. Esposo Enoch fallecido en 1986.

Simon Midkiff: doctorado por la Universidad de Oxford, 1955. Universidad de Duke, 1955 a 1961. Universidad de Tennessee, 1961 a 1968. Asistió a los funerales de Tramper en 1959. Conocía a Davenport (o, al menos, se encontraba en el mismo funeral). Mintió cuando dijo que trabajaba para el Departamento de Recursos Culturales.

Cuando acabé de apuntar todos los datos extendí las hojas sobre la mesa y las estudié detenidamente. Luego comencé a ordenarlas siguiendo diferentes criterios, empezando por el género. Los dos montones estaban desequilibrados, el más pequeño contenía sólo a Edna Farrell, Willow Lynette Gist y Ruby McCready. Decidí crear una ficha para Martha Rose Gist. Nada parecía relacionar a las cuatro mujeres.

Luego lo intenté por razas. Charlie Wayne Tramper y el linaje Gist-Mitchell fueron a parar a un montón, junto con el pie de los coyotes. Comencé a trazar un cuadro y uní a Jeremiah Mitchell con el pie.

Edad. Nuevamente me asombró la cantidad de gente mayor. Aunque Henry Arlen Preston se las había ingeniado para morir en la cama, una circunstancia apropiada, tal vez, para un distinguido juez, muy pocos de la lista había disfrutado del mismo lujo. Tucker Adams, setenta y dos. Charlie Wayne Tramper, setenta y cuatro. Jeremiah Mitchell, setenta y dos. Decidí crear una ficha para el pescador desaparecido, George Adair, sesenta y siete. Todos eran mayores.

La luz de la ventana estaba cambiando de negro a amarillo. Decidí hacer una clasificación por fechas de nacimiento. Nada. Lo intenté con las fechas de sus fallecimientos.

El juez Henry Arlen Preston había muerto en 1943. Según lo que podía leerse en su lápida, Tucker Adams también había fallecido en 1943. Recordé el artículo en primera plana que había aparecido sobre Preston y la breve nota interior dando cuenta de la desaparición de Tucker Adams menos de una semana más tarde. Coloqué ambas fichas juntas.

A. Birkby había muerto en 1959. Charlie Wayne Tramper lo hizo ese mismo año. ¿Cuándo se había producido el accidente que le costó la vida a Birkby? El mismo mes de la desaparición de Charlie Wayne. Vaya.

Coloqué ambas hojas juntas.

Edna Farrell había muerto en 1949. ¿No se había ahogado alguien más el día anterior?

Sheldon Brodie, profesor de biología de la Universidad Estatal de los Apalaches. El cuerpo de Brodie pudo ser encontrado. No así el de Edna.

Hice una ficha para Brodie y la coloqué junto con la correspondiente a Edna Farrell.

Miré los tres montones que había hecho con las improvisadas fichas. ¿Se trataba acaso de una pauta? ¿Alguien muere o es asesinado a los pocos días de que se haya producido otra muerte? ¿Estaban muriendo a pares?

Comencé una lista de preguntas.

¿La edad de Edna Farrell?

Otra persona muerta ahogada antes que ella. Pastel de fresas. ¿Edad? ¿Fecha?

¿Causa de la muerte de Tucker Adams?

Jeremiah Mitchell, febrero.

George Adair, septiembre.

¿Otros?

La habitación tenía el color del sol naciente y podía oír el canto de los pájaros a través de la ventana cerrada. Un rectángulo de luz caía sobre la mesa, iluminando mis preguntas y notas garabateadas.

Miré las fichas emparejadas y sentí que había algo más. Algo importante. Algo que mi inconsciente no había tenido tiempo de colocar en el *collage*.

Laslo estaba devorando galletas y salsa de carne cuando llegué al restaurante Everett Street. Pedí tortitas de maíz, zumo y café. Mientras comíamos, Laslo me habló de la conferencia a la que asistiría en la Universidad de Carolina del Norte-Asheville. Yo le hablé de los problemas de Lucy Crowe para conseguir una orden de registro.

—De modo que esos buenos chicos se muestran escépticos —dijo, haciendo una seña a la camarera para indicarle que había terminado.

—Y las chicas. El fiscal de distrito es una mujer.

—Entonces esto tal vez no nos ayude.

Sacó un papel de su maletín y me lo dio. Mientras lo leía la camarera volvió a llenar las tazas de café. Cuando acabé de leer el documento levanté la vista.

—Básicamente el informe coincide con lo que me dijiste el lunes en el laboratorio.

—Sí. Excepto la parte que se refiere a las concentraciones de ácidos caproico y heptanoico.

—La conclusión es que esas cantidades parecen inusualmente elevadas.

—Así es.

—¿Y qué significa eso?

—Habitualmente los niveles elevados de los AGV de cadenas más largas significan que el cadáver ha estado expuesto al frío, o que experimentó un período de decreciente actividad de insectos y bacterias.

—¿Altera eso de alguna manera tu cálculo del tiempo transcurrido desde la muerte?

—Sigo pensando que la descomposición comenzó a finales del verano.

—¿Entonces cuál es el significado?

—No estoy seguro.

—Pero ¿es algo normal?

—En realidad no.

—Genial. Eso servirá para convertir a los incrédulos.

—Tal vez esto nos resulte más útil. —Sacó de su maletín un pequeño frasco de plástico—. Encontré esto cuando estaba filtrando el resto de la muestra de tierra que me trajiste.

El recipiente contenía una pequeña astilla blanca, del tamaño de un grano de arroz. Quité la tapa del frasco, coloqué el diminuto objeto en la palma de la mano y lo examiné con mucho cuidado.

—Es un fragmento de la raíz de un diente —dije.

—Eso fue lo que yo pensé, de modo que no lo traté con ninguna sustancia, sólo le quité la tierra.

—¡Joder!

—Eso fue lo que pensé.

—¿Lo examinaste bajo el microscopio?

—Sí.

—¿Qué aspecto tenía la pulpa?

—Estaba a rebosar.

Laslo y yo firmamos los impresos para poder quedarme con las pruebas, volví a tapar el frasco y lo metí dentro de mi maletín.

—¿Puedo pedirte un último favor?

—Por supuesto.

—Si mi coche ya está reparado, ¿podrías ayudarme a devolver el que estoy conduciendo y luego llevarme hasta el taller donde dejé el mío?

—No hay problema.

Cuando llamé al taller de P & T se había producido el milagro: la reparación estaba terminada. Laslo me siguió hasta High Ridge House, me llevó a P & T y luego siguió viaje a Asheville para asistir a la conferencia. Después de una breve discusión sobre bombas y manguitos con una de las letras, pagué la factura y me puse al volante.

Antes de abandonar el taller, encendí el teléfono, busqué un número en la agenda y pulsé «marcar».

—*Laboratorio Criminal del Departamento de Policía de Charlotte-Mecklenburg.*

—Con Ron Gillman, por favor.

—*¿Quién le llama, por favor?*

—Tempe Brennan.

Ron se puso al teléfono pocos segundos después.

—*La tristemente célebre doctora Brennan.*

—Te has enterado.

—*Oh, sí. ¿Te tomaremos las huellas y formularemos los cargos contra ti aquí?*

—Muy divertido.

—*Supongo que no lo es. Ni siquiera preguntaré si hay algo de cierto. ¿Estás consiguiendo que se aclaren las cosas?*

—Lo estoy intentando. Tal vez necesite un favor.

—*Dime.*

—Tengo un fragmento de diente y necesito un perfil de ADN. Luego quiero que compares ese perfil con otro que tú realizaste de la muestra de un hueso procedente del accidente del avión de TransSouth Air. ¿Puedes hacerlo?

—*No veo por qué no.*

—¿Cuándo?

—*¿Es urgente?*

—Mucho.

—*Le daré prioridad. ¿Cuándo puedes entregarme la nueva muestra?*

Miré el reloj.

—A las dos.

—*Llamaré ahora al departamento de ADN para agilizar el trámite. Te veré a las dos.*

Puse el coche en marcha y me incorporé al tráfico. Antes de abandonar Bryson City tenía que hacer un par de cosas más.

23

Esta vez la bruja de la biblioteca estaba sola.

—Sólo necesito comprobar algunos detalles en el microfilm —dije con la mejor de mis sonrisas.

Su rostro compuso un *ménage à trois* de emociones. Sorprendida. Recelosa. Inflexible.

—Me resultaría realmente muy útil si pudiese llevarme varias bobinas a la vez. Fue usted tan amable ayer.

Su expresión se suavizó ligeramente. Suspirando sonoramente, fue hasta el armario, cogió seis cajas y las colocó sobre el mostrador.

—Muchísimas gracias —susurré.

Cuando me alejaba hacia la habitación donde estaba el proyector oí el crujido de un taburete y supe que la bruja estaba estirando el cuello en mi dirección.

—¡Los portátiles están terminantemente prohibidos en la biblioteca! —siseó a mis espaldas.

A diferencia de mi visita anterior, examiné rápidamente el material microfilmado, tomando notas sobre algunos temas concretos.

En menos de una hora tenía todo lo que necesitaba.

Tommy Albright no estaba en su despacho, pero una cansina voz femenina me prometió que le daría el mensaje. El patólogo me llamó antes de que hubiese llegado a los suburbios de Bryson City.

—En 1959 un cherokee llamado Charlie Wayne Tramper murió como consecuencia del ataque de un oso. ¿Crees que se conservará un archivo tan viejo?

—*Tal vez sí, tal vez no. Eso ocurrió antes de que centralizáramos los servicios. ¿Qué es lo que necesitas saber?*

—¿Recuerdas el caso? —No podía creerlo.

—*Diablos, sí. Fui yo quien tuvo que examinar lo que quedaba de ese pobre tipo.*

—¿Y qué era lo que quedaba?

—*Pensaba que ya lo había visto todo, pero Tramper fue el peor. Esos cabrones le arrancaron las entrañas. Y se llevaron la cabeza.*

—¿No pudiste recuperar el cráneo?

—*No.*

—¿Cómo lo identificaste?

—*Su esposa reconoció el rifle y la ropa.*

Encontré al reverendo Luke Bowman recogiendo ramas caídas del césped que quedaba a la sombra. Llevaba una cazadora de algodón negra, por lo demás iba vestido exactamente como en nuestros encuentros anteriores.

Bowman me observó aparcar junto a su camioneta, dejó las ramas en una pila que había formado junto al camino y se acercó a mi coche. Hablamos a través de la ventanilla abierta.

—Buenos días, señorita Temperance.

—Buenos días. Hermosa mañana para trabajar al aire libre.

—Sí, señora, ya lo creo que lo es.

De su cazadora colgaban trozos de corteza y hojas secas.

—¿Puedo preguntarle algo, reverendo Bowman?

—Por supuesto.

—¿Qué edad tenía Edna Farrell cuando murió?

—Creo que la hermana Edna estaba a punto de cumplir los ochenta.

—¿Recuerda a un hombre llamado Tucker Adams?

Sus ojos se entrecerraron y pasó la punta de la lengua por el labio superior.

—Adams era mayor, murió en 1943 —añadí.

La lengua desapareció dentro de la boca y me señaló con uno de sus dedos deformes.

—Claro que me acuerdo de él. Yo tenía unos diez años cuando ese viejo desapareció de su granja. Ayudé a buscarle. El hermano Adams era ciego y medio sordo, de modo que todo el mundo salió en su busca.

—¿Cómo murió Adams?

—Todo el mundo supuso que murió en el bosque. Jamás le encontramos.

—Pero en el cementerio de Schoolhouse Hill hay una tumba con su nombre.

—Allí no hay nadie enterrado. La hermana Adams hizo colocar la lápida unos años después de que su esposo desapareciera.

—Gracias. Su información me ha asido de mucha utilidad.

—Veo que los muchachos consiguieron reparar su coche.

—Sí.

—Espero que no le hayan cobrado mucho.

—No, señor. Me pareció un precio justo.

Llegué al aparcamiento del departamento del sheriff justo detrás de Lucy Crowe. Ella aparcó su coche patrulla y luego esperó con las manos apoyadas en las caderas a que yo apagara el motor y cogiera mi maletín. La expresión de su rostro era sombría.

—¿Una mañana dura?

—Unos cabrones robaron un carrito de golf del club de campo y lo dejaron a un par de kilómetros de Conleys Creek Road. Dos críos de siete años encontraron el chisme y chocaron contra un árbol. Uno de ellos se rompió una clavícula y el otro tiene una fuerte contusión.

—¿Adolescentes?

—Probablemente.

Hablamos mientras nos dirigíamos a su oficina.

—¿Alguna novedad en el asesinato de Hobbs?

—Uno de mis ayudantes estaba de servicio el domingo por la mañana. Recuerda haber visto a Hobbs entrando en el depósito aproximadamente a las ocho, la recuerda a usted. El ordenador muestra que ella apuntó la salida del pie a las nueve y cuarto y su devolución a las dos.

—¿Lo conservó con ella todo ese tiempo después de haber hablado conmigo?

—Eso parece.

Subimos la escalera, un zumbido nos indicó que nos franqueaban el paso desde el interior del edificio y atravesamos una puerta con barrotes. Seguí a Crowe por un corredor y pasamos por una sala de trabajo hasta llegar a su oficina.

—Hobbs firmó su salida del depósito a las tres y diez. Un tío del Departamento de Policía de Bryson City hacía el turno de tarde. No recuerda haber visto que abandonaba el depósito.

—¿Qué me dice de la cámara de vigilancia?

—Eso es lo mejor.

Crowe desprendió la radio del cinturón, la dejó en un armario y se dejó caer en su sillón. Yo me senté en uno de los dos que ocupaban el otro lado del escritorio.

—El chisme dejó de funcionar aproximadamente a las dos de la tarde del domingo y permaneció así hasta las once de la mañana del lunes.

—¿Vio alguien a Primrose después de que abandonara el depósito?

—No.

—¿Descubrió alguna cosa en su habitación del motel?

—Esa mujer era una aficionada a los Post-its. Números de teléfono. Horas. Nombres. Un montón de notas, la mayoría de ellas relacionadas con su trabajo.

—Primrose siempre estaba perdiendo las gafas. Las llevaba colgando de un cordel alrededor del cuello. Le preocupaba olvidarse de las cosas. —Sentí una punzada helada en el pecho—. ¿Alguna pista de su paradero el sábado por la tarde?

—Nada.

Uno de los ayudantes entró y dejó un papel sobre el escritorio de la sheriff. Crowe le echó un vistazo y luego volvió su atención hacia mí.

—Veo que ha recuperado el coche.

Mi Mazda era la comidilla del condado de Swain.

—Me marcho a Charlotte pero quiero mostrarle un par de cosas antes de irme.

Le entregué la fotografía robada de los funerales de Tramper.

—¿Reconoce a alguno de los presentes?

—Que me cuelguen. Parker Davenport, nuestro venerable vicegobernador. Parece que ese idiota tenga quince años. —Me devolvió la foto—. ¿Qué significa?

—No estoy segura.

Luego le entregué el informe de Laslo y esperé mientras lo leía.

—De modo que la fiscal de distrito tenía razón.

—O yo tenía razón.

—¿Cómo?

—Consideremos este argumento. Jeremiah Mitchell murió después de haberse marchado del *Mighty High Tap* en febrero pasado. Supongamos que su cuerpo fue conservado en un congelador o una nevera, luego sacado de allí y colocado en el exterior.

—¿Por qué?

Crowe intentó que el escepticismo no tiñese el tono de su voz.

Saqué las notas que había tomado en la biblioteca, inspiré profundamente y comencé.

—Henry Arlen Preston murió aquí en 1943. Tres días más tarde desapareció un granjero llamado Tucker Adams. Tenía setenta y dos años. El cuerpo de Adams jamás fue hallado.

—¿Qué tiene eso que ver con...?

Levanté una mano.

—En 1949 un profesor de biología llamado Sheldon Brodie murió ahogado en el río Tuckasegee. Un día más tarde Edna Farrell desapareció. Tenía alrededor de ochenta años. Jamás encontraron su cuerpo.

Crowe cogió una pluma, apoyó la punta en el papel secante del escritorio y la deslizó entre los dedos.

—En 1959 Allen Birkby se mató en un accidente de tráfico en la Autopista 19. Dos días después de ese hecho desapareció Charlie Wayne Tramper. Tramper tenía setenta y cuatro años. Su cuerpo fue recuperado, pero estaba gravemente mutilado y le faltaba la cabeza. La identificación de los restos fue estrictamente circunstancial. —La miré.

—¿Eso es todo?

—¿Qué día desapareció Jeremiah Mitchell?

Crowe dejó la pluma, abrió un cajón y sacó un archivo.

—El quince de febrero.

—Martin Patrick Veckhoff murió en Charlotte el doce de febrero.

—Mucha gente muere en febrero. Es un mes horrible.

—El nombre «Veckhoff» está en la lista de componentes de H&F.

—¿El grupo de inversiones que es dueño de esa extraña propiedad cerca de Running Goat Branch?

Asentí.

—Al igual que «Birkby».

Se reclinó en el sillón y se frotó un ojo. Saqué el frasco con el hallazgo de Laslo y lo coloqué delante de ella.

—Laslo Sparkes encontró esto en la tierra que recogimos junto a la pared de piedra de la casa de Running Goat.

Crowe lo estudió sin coger el frasco.

—Es un fragmento de diente. Lo llevo a Charlotte para hacerle la prueba del ADN a fin de establecer si se corresponde con el pie.

En ese momento sonó su teléfono. Crowe lo ignoró.

—Necesita conseguir una muestra de Mitchell.

Dudó un momento. Luego:

—Puedo investigarlo.

—Sheriff.

Los ojos color kiwi se encontraron con los míos.

—Esto puede ser más grande que Jeremiah Mitchell.

Tres horas más tarde, *Boyd* y yo cruzábamos Little Rock Road en dirección norte por la 1-85. A lo lejos se levantaba la línea del cielo de Charlotte, como un paisaje de saguaros del desierto de Sonora.

Le señalé a *Boyd* los edificios más notables. El falo gigante del Bank of America Corporate Center. El edificio de oficinas en forma de jeringa de la plaza que albergaba el Charlotte City Club, con la cubierta verde circular a modo de terrado y las antenas emergiendo desde el centro. El contorno de gramola del One First Union Center.

—Mira eso, muchacho. Sexo, drogas y rock and roll.

Boyd alzó las orejas pero no dijo nada.

Mientras que los barrios de Charlotte pueden ser lugares agradables de una ciudad pequeña, el centro es una ciudad de piedra pulida y cristales coloreados y su actitud ante el crimen es la habitual. El Departamento de Policía de Charlotte-Mecklenburg se encuentra en el Centro de Aplicación de la Ley, una enorme estructura de hormigón en la Cuarta con MacDowell. El DPCM emplea aproximadamente a 1 900 oficiales y a 400 miembros de personal de apoyo, y dispone de su propio laboratorio criminal, sólo superado por el del SBI. No está mal para una población que no alcanza los 600 000 habitantes.

Salí de la autopista, atravesé el centro de la ciudad y aparqué en la zona destinada a los visitantes en el Centro de Aplicación de la Ley.

Los policías entraban y salían del edificio, todos ellos con uniformes azul oscuro. *Boyd* gruñó levemente cuando uno pasó junto al coche.

—¿Ves el emblema que llevan en el hombro? Es el nido de un avispón.

Boyd hizo un sonido similar al de un cantante tirolés pero siguió con el hocico pegado al cristal.

—Durante la Revolución, el general Cornwallis encontró unos focos de resistencia tan fuertes en Charlotte que bautizó la zona como un nido de avispones.

Sin comentarios.

—Debo entrar, *Boyd*. Pero tú tienes que quedarte aquí.

A pesar de no estar de acuerdo, *Boyd* se quedó en el coche.

Le prometí que regresaría antes de una hora, le di la última barra de chocolate con cereales para emergencias, cerré las ventanillas y lo dejé.

Encontré a Ron Gillman en su oficina de la esquina en el cuarto piso.

Ron era un hombre alto, de pelo gris con un cuerpo que sugería baloncesto o tenis. El único defecto era un agujero en la dentadura superior.

Me escuchó sin interrumpir mientras le hablaba de mi teoría acerca de Mitchell y el pie. Cuando terminé de hablar, extendió una mano.

—Echémosle un vistazo.

Se colocó unas gafas con una montura de concha y examinó el diminuto fragmento, haciendo girar el frasco entre los dedos. Luego cogió el teléfono y habló con alguien de la sección de ADN.

—Las cosas se mueven más rápido si la solicitud procede de aquí —dijo, colgando el teléfono.

—Cuanto más rápido, mejor —dije.

—Ya he examinado tu muestra ósea. Eso está hecho y el perfil ha sido incorporado a la base de datos que creamos para las víctimas del accidente. Si obtenemos algún resultado de esto —dijo, señalando el frasco—, también lo incorporaremos a la base de datos y buscaremos algún rasgo común.

—No puedo decirte cuánto te agradezco lo que estás haciendo.

Se reclinó en su sillón y entrelazó las manos detrás de la cabeza.

—Realmente le has metido el dedo en el ojo a alguien importante, doctora Brennan.

—Supongo que sí.

—¿Alguna idea de quién puede ser?

—Parker Davenport.

—¿El vicegobernador?

—El mismo.

—¿Cómo conseguiste irritar a Davenport?

Levanté las palmas y me encogí de hombros.

—Es difícil evitarlo si no eres amable.

Le miré, apesadumbrada. Yo había compartido mi teoría con Lucy Crowe. Pero aquello era el condado de Swain. Aquí estaba en mi casa. Ron Gillman dirigía el segundo laboratorio criminal más importante del estado. Mientras que el cuerpo de policía recibía fondos locales, el dinero llegaba al laboratorio a través de subvenciones federales administradas en Raleigh.

Como el departamento del forense. Como la universidad.

¡Qué diablos!

Le di una versión resumida de lo que le había explicado a Lucy Crowe.

—¿De modo que el M. P. Veckhoff de tu lista es el senador del estado Pat Veckhoff de Charlotte?

Asentí.

—¿Y Pat Veckhoff y Parker Davenport están relacionados de alguna manera?

Volví a asentir.

—Davenport y Veckhoff. El vicegobernador y un senador del estado. Eso es muy fuerte.

—Henry Preston era juez.

—¿Cuál es la relación?

Antes de que pudiese responderle, un hombre apareció en la puerta, con el nombre «Krueger» bordado sobre el bolsillo de su bata de laboratorio. Gillman presentó a Krueger como técnico jefe de la sección de ADN. Él, junto con otros analistas, examinaban todas las pruebas de ADN del laboratorio. Me levanté y nos estrechamos las manos.

Gillman le entregó a Krueger el frasco con el fragmento dental y le explicó lo que yo deseaba.

—Si allí hay alguna cosa, la encontraremos —dijo, levantando el pulgar.

—¿Cuánto tiempo les llevará?

—Tendremos que purificar, ampliar y documentar el material durante el proceso. Podría darle un informe verbal en cuatro o cinco días.

—Eso sería genial.

Cuarenta y ocho horas sí hubiera sido genial, pensé.

Krueger y yo firmamos los impresos de transferencia de pruebas y se marchó con la muestra. Esperé a que Gillman hiciera una llamada. Cuando colgó el teléfono, le hice una pregunta.

—¿Conocías a Pat Veckhoff?

—No.

—¿A Parker Davenport?

—Le he visto algunas veces.

—¿Y?

—Es un tío popular. La gente le vota.

—¿Y?

—Es como un enorme grano en el culo.

Saqué la fotografía de los funerales de Tramper.

—Es él. Pero hace muchos años.

—Sí.

Me devolvió la fotografía.

—¿Cómo te explicas todo esto?

—No tengo ni idea.

—Pero la tendrás.

—La tendré.

—¿Puedo ayudarte?

—Hay algo que puedes hacer por mí.

Encontré a *Boyd* profundamente dormido junto a algunas migajas de cereales. Al oír el sonido de las llaves se levantó de un brinco y comenzó a ladrar. Al comprender que no se trataba de un ataque por sorpresa apoyó una pata sobre cada asiento delantero y meneó la cola. Me deslicé detrás del volante y comenzó a quitarme el maquillaje de un lado de la cara.

Cuarenta minutos más tarde me detuve delante de la dirección que Gillman me había dado. Aunque la residencia se encontraba a sólo diez minutos del centro de la ciudad, y a cinco minutos de la urbanización de Carol Hall, me había llevado todo ese tiempo abrirme paso a través de la habitual confusión de Queens Road.

Los nombres de las calles de Charlotte reflejan su personalidad esquizoide. Por un lado la elección de los nombres de las calles era simple: encontraban un nombre y lo exprimían. La ciudad tenía Queens Road, Queen Road West y Queens Road East. Sharon Road, Sharon Lane, Sharon Amity, Sharon View y Sharon Avenue. Yo me había detenido en el cruce de Rea Road y Rea Road, Park Road y Park Road. También había una influencia bíblica: Providence Road, Carmel Road, Sardis Road.

Por otro lado, ninguna denominación parecía adecuada para más que unos pocos kilómetros. Las calles cambian de nombre de forma caprichosa. Tyvola se convierte en Fairview y luego en Sardis. En un determinado punto Providence Road llega a un cruce en el que un brusco giro a la derecha lo mantiene a uno en Providence; si se continúa recto se llega a Queens Road, que inmediatamente se convierte en Morehead; y desviarse a la izquierda significa llegar a Queens Road, que inmediatamente se convierte en Selwyn. La avenida Billy Graham da origen a Woodlawn, luego a Runnymede. Wendower es el origen de Eastway.

Las hermanas Queen son, con diferencia, las peores. A todos los visitantes o recién llegados a la ciudad les doy un método práctico para circular: si llega a cualquier calle llamada Queens, lárguese inmediatamente de allí. Es un truco que a mí siempre me ha dado resultado.

Marion Veckhoff vivía en una gran casa de piedra estilo Tudor en Queens Road East. El estuco era color crema, la madera oscura y todas las ventanas de la planta baja exhibían un elaborado trabajo de plomo y cristal. La propiedad estaba rodeada por un seto perfectamente cortado y flores de brillantes colores llenaban los parterres a lo largo del frente y los laterales de la casa. Dos enormes magnolias ocupaban la mayor parte del patio delantero.

Una mujer con un collar de perlas, zapatillas finas y un traje pantalón turquesa estaba regando los pensamientos a lo largo de un sendero de losas que atravesaba el césped de delante. Tenía la piel pálida y el pelo del color del jengibre.

Previa advertencia a *Boyd*, bajé del coche y cerré la puerta. Grité, pero la mujer pareció no advertir mi presencia.

—¿Señora Veckhoff? —repetí, acercándome a ella.

Se volvió, salpicándome los pies con el agua de la manguera. Movió la mano y el agua volvió a dirigirse hacia la hierba.

—Ay, querida. Lo siento.

—No se preocupe. —Me aparté del agua que formaba un charco en las losas del sendero—. ¿Es usted la señora Veckhoff?

—Sí, cariño. ¿Eres la sobrina de Carla?

—No, señora. Soy la doctora Brennan.

Sus ojos quedaron ligeramente desenfocados, como si estuviese consultando un calendario por encima de mi hombro.

—¿He olvidado alguna cita?

—No, señora Veckhoff. Me preguntaba si podría hacerle algunas preguntas acerca de su esposo.

Volvió a fijar su mirada en mí.

—Pat fue senador del estado durante dieciséis años. ¿Es usted periodista?

—No, no lo soy. Tres reelecciones, es todo un logro.

—La función pública le alejó de nuestro hogar durante mucho tiempo, pero amaba su trabajo.

—¿Adónde viajaba?

—A Raleigh principalmente.

—¿Sabe si visitaba Bryson City?

—¿Dónde se encuentra eso, querida?

—En las montañas.

—Oh, a Pat le encantaban las montañas, iba siempre que podía.

—¿Acompañaba usted a su esposo en sus viajes?

—Oh, no, no. Tengo artritis y...

Su voz se desvaneció como si no estuviese segura de cómo seguir.

—La artritis puede ser muy dolorosa.

—Sí, así es. Y aquellos viajes Pat los disfrutaba con los muchachos. ¿Le molesta si acabo de regar las plantas?

—Por favor.

Caminé junto a ella mientras recorría los parterres con la manguera.

—¿El señor Veckhoff viajaba a las montañas con sus hijos?

—Oh, no. Pat y yo tenemos una hija. Ella está casada. Él iba con sus compañeros. —Se echó a reír, un sonido a medias entre una tos y un ataque de hipo—. Él siempre decía que era para escapar de sus mujeres, para recuperar energía.

—¿Viajaba a las montañas en compañía de otros hombres?

—Estaban muy unidos, eran amigos desde el instituto. Echan terriblemente de menos a Pat. A Kendall también. Sí, estamos envejeciendo...

Nuevamente su voz se fue apagando hasta el silencio.

—¿Kendall?

—Kendall Rollins. Fue el primero en irse. Kendall era poeta. ¿Conoce usted su obra?

Sacudí la cabeza, por fuera parecía tranquila. Por dentro el corazón latía con fuerza. El nombre «Rollins» figuraba en la lista de H&F.

—Kendall murió de leucemia a los cincuenta y cinco años.

—Era muy joven. ¿Cuándo fue eso, señora?

—En mil novecientos ochenta y seis.

—¿Dónde se alojaban su esposo y sus amigos cuando iban a las montañas?

Su rostro se puso tenso y la piel debajo del ojo izquierdo dio un brinco.

—Tenían una especie de cabaña. ¿Por qué me hace todas estas preguntas?

—Hace unos días un avión se estrelló cerca de Bryson City y estoy tratando de averiguar todo lo que pueda acerca de una propiedad que hay en la zona. Es posible que su esposo haya sido uno de los dueños.

—¿Ese asunto tan terrible con todos esos estudiantes?

—Sí.

—¿Por qué tiene que morir la gente joven? Un hombre joven murió cuando volaba para asistir al funeral de mi esposo. Tenía cuarenta y tres años.

Sacudió la cabeza.

—¿De quién se trataba, señora?

Apartó la mirada.

—Era el hijo de uno de los amigos de Pat, vivía en Alabama, de modo que nunca le conocí. A pesar de todo, me rompió el corazón.

—¿Sabe cómo se llamaba?

—No.

Sus ojos no querían encontrarse con los míos.

—¿Conoce los nombres del resto de amigos de su esposo que visitaban la cabaña?

Comenzó a mover la manguera.

—¿Señora Veckhoff?

—Pat nunca hablaba de esos viajes. Yo lo respetaba. Necesitaba privacidad después de estar tanto tiempo en público.

—¿Ha oído hablar alguna vez del Grupo de Inversiones H&F?

—No.

La señora Veckhoff seguía concentrada en la fina lluvia que salía de la manguera, de espaldas a mí, pero la tensión de sus hombros era evidente.

—Señora Veck...

—Es tarde. Debo entrar.

—Me gustaría averiguar si su esposo tenía algún interés en esa propiedad.

Cerró el paso del agua, dejó la manguera sobre la hierba mojada y se alejó rápidamente por el sendero de losas.

—Gracias por su tiempo, señora. Lamento haberla molestado.

Se volvió con la puerta medio abierta, apoyando en el pomo una mano venosa. Desde el interior de la casa llegó el sonido apagado de unas campanillas.

—Pat siempre decía que hablo demasiado. Yo lo negaba, le decía que era simplemente una persona amable. Ahora creo que probablemente estuviese en lo cierto. Pero la soledad a veces pesa demasiado.

La puerta se cerró y oí el ruido de un pestillo.

De acuerdo, señora Veckhoff. Sus respuestas fueron pura basura, pero fueron una basura encantadora. Y muy instructivas.

Saqué una tarjeta de mi bolso, apunté mi dirección y número de teléfono y la metí por el quicio de la puerta.

24

Cuando llegó la primera visita ya pasaban de las ocho.

Después de dejar a la señora Veckhoff compré un pollo asado en la Roasting Company y recogí a *Birdie* en la casa de mi vecino. Los tres habíamos compartido el pollo, la cola de *Birdie* se agitaba como un plumero cada vez que *Boyd* se movía en su dirección. Estaba lavando los platos cuando llamaron a la puerta.

Pete estaba en el porche con un ramo de margaritas en la mano. Cuando abrí la puerta hizo una profunda reverencia y me entregó las flores.

—En nombre de mi socio canino.

—No era necesario, pero te lo agradezco.

Mantuve la puerta abierta y Pete se dirigió a la cocina.

Boyd levantó las orejas al oír la voz de Pete, apoyó el hocico en las patas delanteras, comenzó a agitar la cola y a dar vueltas alrededor de la cocina. Pete dio unas palmadas y lo llamó. *Boyd* se puso como loco, ladrando y corriendo en círculos. *Birdie* huyó.

—Basta. Dejará el suelo lleno de arañazos.

Pete se sentó en una silla junto a la mesa y *Boyd* se acercó a él.

—Siéntate.

Boyd miró a Pete, las cejas bailaban sobre los ojos. Pete puso la mano en el cuarto trasero y el perro se sentó con el hocico apoyado en la rodilla de su amo. Pete comenzó a rascarle detrás de las orejas.

—¿Tienes cerveza?

—Sin alcohol.

—Perfecto.

Abrí una botella de Hire y la dejé en la mesa delante de él.

—¿Cuándo regresaste?

Pete se agachó e inclinó la botella para que *Boyd* pudiese beber.

—Hoy. ¿Cómo te fueron las cosas en Indiana?

—Los investigadores locales de incendios premeditados eran tan sofisticados como los gemelos Bobbsey.[15] Pero el verdadero problema fue el tasador del seguro de responsabilidad civil que representaba al constructor. Su cliente estaba trabajando en la reparación de un techo con un soplete oxiacetilénico exactamente en el lugar donde se inició el fuego.

Limpió la boca de la botella con la mano y bebió un trago.

—Ese cabrón conocía perfectamente la causa y el origen. Nosotros conocíamos la causa y el origen. Él sabía que nosotros lo sabíamos, pero su postura oficial fue que necesitaban una investigación adicional.

—¿Llegarán a los tribunales?

—Depende de la oferta que hagan. —Volvió a darle un poco de cerveza a *Boyd*—. Pero no estuvo mal tomarme un respiro del aliento de este chow-chow.

—Adoras al perro.

—No tanto como a ti. —Me obsequió con su sonrisa preferida.

—Hmmm.

---

15. Los gemelos Bobbsey eran dos detectives infantiles de una serie de novelas policíacas para niños muy populares en Estados Unidos en los años cincuenta. *(N. del t.)*

—¿Algún progreso con tus problemas con el DMORT?

—Tal vez.

Pete echó un vistazo al reloj.

—Quiero saber toda la historia, pero ahora tengo prisa.

Acabó la botella y se puso de pie. *Boyd* hizo lo mismo.

—Creo que me iré con el perro.

Observé cuando se marchaban, *Boyd* bailaba alrededor de las piernas de Pete. Cuando me volví, *Birdie* estaba atisbando desde el pasillo, con las patas colocadas para una rápida retirada.

«Al fin me libré de él», fue lo que dije. Pero me sentía tremendamente ofendida. El jodido chucho no se había vuelto ni una sola vez.

Birdie y yo estábamos viendo *El sueño eterno* cuando volvieron a llamar a la puerta. Yo llevaba una camiseta, bragas y mi vieja bata de franela. *Birdie* estaba en mi regazo.

Ryan estaba en la escalera de entrada, el rostro ceniciento por la luz del porche. Evité repetir la pregunta habitual. Pronto me diría qué era lo que le había traído a Charlotte.

—¿Cómo sabías que estaba aquí?

Ryan ignoró la pregunta.

—¿Pasando la velada sola?

Hice un gesto con la cabeza.

—Bacall y Bogart están en el estudio.

Abrí la puerta, igual que lo había hecho con Pete, y Ryan fue derecho a la cocina. Olía a sudor y a humo de cigarrillo y supuse que había conducido desde el condado de Swain.

—¿Crees que les molestará si me uno al grupo?

Aunque sus palabras eran despreocupadas, la expresión de su rostro me decía que en su corazón pasaban otras cosas.

—Son personas flexibles.

Me siguió al estudio y nos sentamos en los extremos opuestos del sofá. Apagué el televisor.

—Han identificado a Bertrand.

Esperé.

—Principalmente restos dentales. Y algunos otros... —La nuez de Adán subió y bajó—... fragmentos.

—¿Petricelli?

Sacudió la cabeza con un gesto breve y tenso.

—Estaban sentados en el lugar donde se produjo la explosión, de modo que Petricelli puede ser aire en este momento. Lo que quedaba de Bertrand fue hallado dos valles más allá del lugar del accidente. —Su voz temblaba ligeramente—. Incrustado en un árbol.

—¿Tyrell ha entregado el cuerpo?

—Esta mañana. Lo llevaré a Montreal el domingo.

Quería rodearle el cuello con mis brazos, apretar mi mejilla contra su pecho y acariciarle el pelo. Pero no me moví.

—La familia quiere una ceremonia civil, de modo que la SQ organizará un funeral el miércoles.

No lo dudé un segundo.

—Iré contigo.

—Eso no es necesario.

Ryan seguía abriendo y cerrando una mano sobre la otra. Sus nudillos tenían un aspecto duro y blanco, como si fuese una fila de guijarros.

—Jean también era amigo mío.

—Es un viaje muy largo.

Tenía los ojos brillantes. Parpadeó un par de veces, se inclinó hacia atrás y se frotó la cara con las manos.

—¿Te gustaría que fuese contigo?

—¿Qué hay de todo ese rollo con Tyrell?

Le conté acerca del fragmento de diente pero nada más.

—¿Cuánto tiempo llevará hacer el perfil de ADN?

—Cuatro o cinco días. De modo que no hay ninguna razón para quedarme aquí. ¿Quieres que vaya?

Me miró y formó una arruga en la esquina de la boca.

—Tengo la sensación de que lo harás de todos modos.

Ryan había reservado una habitación en el hotel Adams Mark, cerca del distrito residencial, ya que sabía que tendría que pasar los dos días siguientes ultimando los detalles para el transporte del ataúd con los restos de Bertrand y reuniéndose con McMahon en el cuartel general del FBI. O quizá por otras razones. No pregunté.

Al día siguiente investigué los nombres que figuraban en la lista de H&F y sólo aprendí una cosa. Fuera del laboratorio, mis habilidades para la investigación son limitadas.

Alentada por mi éxito en Bryson City, pasé una mañana en la biblioteca examinando ejemplares atrasados del *Charlotte Observer*. Aunque había sido un funcionario público bastante mediocre, el senador estatal Pat Veckhoff había sido un ciudadano modelo. Aparte de eso, descubrí muy poca cosa.

En Internet había escasas referencias a la poesía de Kendall Rollins, el poeta que había mencionado la señora Veckhoff. Eso era todo. Davis. Payne. Birkby. Warren. Eran apellidos comunes que llevaban a laberintos de información absolutamente inútil. En las Páginas Amarillas de Charlotte había docenas de cada uno de ellos.

Aquella noche invité a Ryan a cenar al Selwyn Pub. Parecía reservado y preocupado. No lo atosigué.

El domingo por la tarde, *Birdie* fue a casa de Pete, y Ryan y yo volamos a Montreal. Lo que quedaba de Jean Bertrand viajaba debajo de nosotros en un ataúd de metal brillante.

En el aeropuerto Dorval nos recibió un encargado de la funeraria, dos ayudantes y cuatro oficiales uniformados de la Súreté de Quebec.

Juntos escoltamos el cuerpo hasta la ciudad.

Octubre puede ser un mes espléndido en Montreal, con las agujas de las iglesias y los rascacielos perforando un cielo azul, con las montañas brillando intensamente en el fondo. O puede ser gris y desapacible, con lluvia, aguanieve e incluso nieve.

Ese domingo la temperatura flirteaba con el frío y las nubes, pesadas y oscuras, pendían sobre la ciudad. Los árboles tenían un aspecto negro y desolado, los prados y los paseos estaban cubiertos de una capa blanca. Los arbustos envueltos en arpillera montaban guardia fuera de casas y tiendas, eran momias florales protegiéndose del frío.

Pasaban de las siete cuando dejamos el ataúd con los restos de Bertrand en una funeraria de St. Lambert. Ryan y yo tomamos caminos separados, él hacia su casa en Habitat, yo a mi pequeño apartamento en Centre-ville.

Al llegar a casa lancé la maleta sobre la cama, encendí la calefacción, escuché los mensajes del contestador y fui a la nevera. El contestador estaba lleno, titilando con una luz azul como si fuera época de rebajas de los almacenes Kmart. La nevera estaba vacía, paredes blancas impolutas y estantes de vidrio manchados.

LaManche. Isabelle. Cuatro vendedores. Un graduado de McGill. LaManche.

Busqué una cazadora forrada y un par de guantes de lana en el armario del vestíbulo y fui a Le Faubourg en busca de provisiones.

Para cuando hube regresado, el apartamento estaba caliente. No obstante, encendí un fuego en la chimenea, necesitaba más la sensación de bienestar que su calor. Me sentía tan deprimida como lo había estado en Carol Hall, acechada por el espectro de la misteriosa Danielle de Ryan, triste por la perspectiva de los funerales de Bertrand.

Mientras freía escalopes con judías verdes, el aguanieve comenzó a acumularse contra los cristales de las ventanas. Comí junto a la chimenea encendida, pensando en el hombre que había venido a enterrar.

El detective y yo habíamos trabajado juntos durante varios años, cuando las víctimas de asesinatos hacían que nuestros caminos se cruzaran, y había llegado a entender algunas cosas de él. Incapaz de cualquier tipo de ambigüedad, Bertrand veía el mundo en blanco y negro, con los policías a un lado y los criminales al otro. Había tenido fe en el sistema, sin dudar jamás de que acabaría por separar a los buenos de los malos.

Bertrand había venido a verme al apartamento la primavera anterior, destrozado por una incomprensible ruptura con Ryan. Lo recordaba sentado en el sofá aquella noche, presa de la ira y la incredulidad, sin saber qué hacer o decir, los mismos sentimientos que ahora abrumaban a Andrew Ryan.

Después de cenar cargué el lavavajillas, avivé el fuego y llevé el teléfono al sofá. Cambié mentalmente al francés y marqué el número de la casa de LaManche.

Mi jefe dijo que se alegraba de que hubiese regresado a Montreal, aunque las circunstancias eran muy tristes. En el laboratorio había dos casos de antropología.

—La semana pasada encontraron una mujer desnuda y descompuesta, envuelta en una manta en Parc Nicholas-Veil.

—¿Dónde queda eso?

—En el extremo norte de la ciudad.

—¿CUM?

La Police de la Communauté Urbaine de Montréal tiene jurisdicción sobre todo lo que sucede en la isla de Montreal.

—*Oui*. Sargento-detective Luc Claudel.

Claudel. El respetado detective bulldog que trabajaba de mala gana conmigo, seguía convencido de que las antropólogas forenses no eran de mucha ayuda para hacer cumplir la ley. Justo lo que necesitaba.

—¿Han identificado a la mujer?

—Hay un presunta identificación y han arrestado un hombre. El sospechoso afirma que la mujer se cayó, pero monsieur Claudel no está convencido. Me gustaría que usted se encargase de examinar el trauma craneal.

El francés de LaManche, siempre tan correcto.

—Lo haré mañana.

El segundo caso era menos urgente. Una pequeña avioneta se había estrellado hacía dos años en las proximidades de Chicoutimi, el copiloto nunca fue encontrado. Recientemente había aparecido un segmento de diáfisis en esa zona. ¿Podía determinar si el hueso era humano? Le aseguré que podía hacerlo.

LaManche me lo agradeció, me preguntó por las tareas de recuperación de cuerpos del accidente de la TransSouth Air y expresó su pesar por la trágica muerte de Bertrand. No hizo ninguna pregunta sobre mis problemas con las autoridades. Seguramente las noticias habían llegado hasta él, pero era un hombre demasiado discreto para sacar un tema tan delicado.

Ignoré los mensajes de los vendedores.

El graduado de McGill hacía tiempo que había conseguido la referencia que necesitaba.

Mi amiga Isabelle había organizado una de sus famosas veladas el sábado anterior. Me disculpé por haber pasado por alto su llamada y su fiesta. Me aseguró que pronto organizaría otra.

Acababa de colgar cuando comenzó a sonar el móvil. Atravesé la habitación a la carrera y logré desenterrarlo, jurándome por enésima vez que buscaría un lugar mejor que mi bolso. Me llevó un momento identificar la voz.

—¿Anne?

—¿*Qué estás haciendo?* —preguntó.

—Concluyendo un tratado de paz mundial. Acabo de hablar con Koffi Anan.

—¿*Dónde estás?*

—En Montreal.

—*¿Por qué demonios has vuelto a Canadá?*

Le conté lo sucedido a Bertrand.

—*¿Será por eso por lo que se te oye tan apagada?*

—En parte. ¿Estás en Charlotte? ¿Cómo te fue en Londres?

—*¿Qué significa eso? ¿En parte?*

—No quieres saberlo.

—*¿Por supuesto que sí. ¿Qué ha pasado?*

Me desahogué. Mi amiga escuchó.

Veinte minutos más tarde me tomé un respiro, no lloraba pero estaba a punto de hacerlo.

—*¿O sea que la cuestión de la propiedad de Arthur y el pie sin identificar no tiene nada que ver con la cuestión de la denuncia relacionada con el accidente?*

—Algo así. No creo que ese pie pertenezca a ninguna de las personas que viajaban en el avión. Tengo que probarlo.

—*¿Piensas que pertenece a ese tal Mitchell que desapareció en febrero?*

—Sí.

—*¿Y el NTSB aún no sabe cuál fue la causa del accidente?*

—No.

—*Y todo lo que sabes sobre esa propiedad es que un tío llamado Livingstone se la dio como regalo de bodas a un tío llamado Arthur, quien a su vez se la vendió a un tío llamado Dashwood.*

—Así es.

—*Pero la escritura está a nombre de un grupo de inversiones, no de Dashwood.*

—H&F. En Delaware.

—*Y algunos de los nombres de los integrantes de ese grupo de inversiones coinciden con los nombres de personas que murieron justo antes de la desaparición de algunos viejos locales.*

—Eres buena.

—*Tomo notas.*

—Suena ridículo.

—*Sí. ¿Y no tienes idea de por qué Davenport la tiene tomada contigo?*

—No.

Nos quedamos en silencio.

—*Oímos hablar de un lord en Inglaterra llamado Dashwood. Creo que era amigo de Benjamin Franklin.*

—Eso debería resolver el enigma. ¿Cómo te fue en Londres?

—*Genial. Pero demasiado tour OJC.*

—¿Tour OJC?

—*Otra Jodida Catedral. A Ted le encanta la historia. Incluso me arrastró a visitar unas cuevas. ¿Cuándo regresarás a Charlotte?*

—El jueves.

—*¿Adónde iremos para el Día de Acción de Gracias?*

Anne y yo nos habíamos conocido cuando éramos jóvenes y estábamos embarazadas, yo de Katy y ella de su hijo, Brad. Aquel primer verano hicimos el equipaje y nos largamos con nuestros bebés al mar durante una semana. Desde entonces, todos los veranos y todos los días de Acción de Gracias habíamos ido a la playa.

—A los chicos les gusta Myrtle. Yo prefiero Holden.

—*A mí me gustaría visitar las islas Pawley. Almorcemos juntas. Lo discutiremos y te contaré mi viaje. Tempe, las cosas volverán a su cauce. Ya lo verás.*

Me dormí escuchando el sonido del aguanieve, pensando en arena y palmeras, y preguntándome si tenía alguna posibilidad de volver a llevar una vida normal.

El Laboratoire de Sciences Judiciaires et de Médicine Lègale es el principal laboratorio criminal y médico legal de la provincia de Quebec. Está situado en los dos últimos pisos del Édifice Wilfrid-

Derome, conocido por la gente de Montreal como la Súreté du Québec, o edifico SQ.

A las nueve y media de la mañana del lunes me encontraba en el laboratorio de antropología-odontología, había asistido ya a la reunión de personal y había recogido el impreso de solicitud de *Demande d'Expertise en Anthropologie* como patóloga asignada a ese caso. Después de determinar que el fragmento óseo del copiloto realmente pertenecía a la pata de un ciervo, redacté un breve informe y regresé al caso de Claudel.

Dispuse los huesos sobre mi mesa de trabajo siguiendo un orden anatómico, realicé un inventario esquelético, luego comprobé los indicadores de edad, sexo, raza y altura para ver si coincidían con la presunta identificación de la mujer. Eso podría ser importante, ya que la víctima carecía de dentadura y no existían informes dentales.

Hice una pausa a la una y media y di buena cuenta del pan con queso cremoso, plátano y galletas mientras contemplaba desde la ventana de mi oficina cómo navegaban los veleros por debajo de los coches que cruzaban el puente Jacques Cartier. A las dos estaba concentrada de nuevo en los huesos y, hacia las cuatro y media, había terminado mi análisis. La víctima podría haberse destrozado la mandíbula, la órbita y el pómulo, y haberse aplastado la cabeza como consecuencia de una increíble caída. Desde un globo aerostático o desde un rascacielos, por ejemplo.

Llamé a Claudel y le di mi opinión: era un homicidio. Cerré la oficina con llave y me fui a casa.

Pasé otra noche sola, cociné un muslo de pollo, miré una reposición de *Doctor en Alaska* y leí algunos capítulos de una novela de James Lee Burke. Era como si Ryan se hubiese evaporado del planeta. A las once estaba dormida.

El día siguiente lo pasé analizando a la mujer apaleada: fotografiando mis hallazgos sobre el perfil biológico y dibujando, describiendo y explicando los modelos de heridas en el cráneo y la cara. A última hora de la tarde había completado el informe y lo dejé en la secretaría. Me estaba quitando la bata del laboratorio cuando Ryan apareció en la puerta de mi oficina.

—¿Necesitas que te lleven al funeral?

—¿Cómo lo llevas? —pregunté, cogiendo mi bolso del último cajón del escritorio.

—No entra mucho el sol en el despacho.

—No —dije, mirándole a los ojos.

—Estoy completamente atascado con el caso Petricelli.

—Ya. —Yo no apartaba mis ojos de los suyos.

—Parece que ahora Metraux no está tan seguro de haber visto a Pepper.

—¿Por lo de Bertrand?

Se encogió de hombros.

—Esos cabrones serían capaces de vender a su madre por salir de aquí.

—Peligroso.

—Como beber del grifo en Tijuana. ¿Quieres que te lleve?

—Si no es mucha molestia.

—Te recogeré a las ocho y cuarto.

Puesto que el sargento detective Jean Bertrand había muerto en el cumplimiento de su deber fue enterrado con todos los honores del estado. La Direction des Communications de la Súreté du Québec había informado a todos los cuerpos policiales de Norteamérica, utilizando el sistema CPIC en Canadá y el sistema NCIC en los Estados Unidos. Una guardia de honor flanqueaba el ataúd en la funeraria. Desde allí, los restos de Bertrand fueron escoltados hasta la iglesia y luego al cementerio.

Aunque esperaba una gran concurrencia me asombró la enorme cantidad de personas que acudió a los funerales. Además de la familia y los amigos de Bertrand, sus compañeros de la

SQ, miembros del CUM y muchos del laboratorio médico legal, parecía que cada departamento de policía de Canadá, y muchos de Estados Unidos, habían enviado representantes. Medios de comunicación franceses e ingleses enviaron a periodistas y equipos de televisión.

Hacia el mediodía, los restos de Bertrand yacían en la tierra del cementerio de Notre-Dame-des-Neiges y Ryan y yo bajábamos en coche por el sinuoso camino que lleva desde la montaña hasta Centre-ville.

—¿Cuándo sale tu avión? —preguntó, giró en Côte-des-Neiges y continuó por St. Mathieu.

—Mañana a las once y cuarto.

—Te recogeré a las diez y media.

—Si aspiras a conseguir el puesto de chófer el sueldo es miserable.

El chiste murió antes de que yo acabara de decirlo.

—Voy en el mismo vuelo.

—¿Por qué?

—Anoche la policía de Charlotte detuvo a un delincuente de Atlanta llamado Pecan Billie Holmes.

Sacó del bolsillo un paquete de Du Maurier, golpeó ligeramente un cigarrillo contra el volante y luego se lo llevó a los labios. Después de encenderlo con una mano, inhaló profundamente y expulsó el aire por la nariz. Bajé el cristal de mi ventanilla.

—Parece que el tal Pecan tenía muchas cosas que decir en relación con un soplo telefónico al FBI.

25

Los días siguientes fueron como estar en la montaña rusa de un parque de Six Flags.[16] Después de varias semanas de ascensión lenta, de pronto todo se precipitó. Pero el viaje no tuvo nada de divertido.

Ryan y yo aterrizamos en Charlotte a última hora de la tarde. En nuestra ausencia, el otoño se había apoderado del paisaje y una fuerte brisa agitaba nuestras cazadoras mientras nos dirigíamos hacia el aparcamiento.

Fuimos directamente a la oficina del FBI en la Segunda con Tryon, en el centro de la ciudad. McMahon acababa de regresar de la cárcel, donde había interrogado a Pecan Billie Holmes.

—Anoche, cuando lo metieron entre rejas, Holmes iba de coca hasta las orejas, gritaba y chillaba y ofrecía contarlo todo desde que su equipo de béisbol vendió un partido en cuarto curso.

—¿Quién es ese tío? —preguntó Ryan.

—Un perdedor de treinta y ocho años, es su tercera detención. Frecuenta a los motoristas de Atlanta.

—¿Los Ángeles del Infierno?

McMahon asintió.

---

16. Empresa de parques de atracciones que tiene instalaciones en numerosos estados norteamericanos. *(N. del t.)*

—No es un miembro activo, tiene la inteligencia de un besugo. El club lo tolera mientras le resulte útil.

—¿Qué hacía Holmes en Charlotte?

—Quizás había venido a un almuerzo de negocios —dijo McMahon con sorna.

—¿Sabe realmente Holmes quién dio el soplo de la bomba del avión? —pregunté.

—A las cuatro de la mañana tuvo un momento de lucidez. Por eso nos telefoneó el oficial que le había arrestado. Cuando llegué a la cárcel, una noche de sueño había apagado el entusiasmo de Holmes por cooperar.

McMahon levantó una jarra de su escritorio, la hizo girar y examinó su contenido como lo haría con una muestra de orina.

—Afortunadamente, en el momento de su arresto esa basura estaba en libertad condicional por vender drogas por todo Atlanta. Pudimos persuadirle de que una confesión completa era lo mejor para sus intereses.

—¿Y?

—Holmes jura que estaba presente cuando se ideó el plan.

—¿Dónde?

—En el Claremont Lounge, en el centro de Atlanta. Eso está a unas seis manzanas de la cabina desde donde se hizo la llamada.

McMahon volvió a dejar la jarra sobre el escritorio.

—Holmes dice que estaba bebiendo y esnifando coca con un par de Ángeles llamados Harvey Poteet y Neal Tannahill. Los muchachos hablaban de Pepper Petricelli y el accidente aéreo cuando Poteet decidió que no sería mala idea engañar al FBI dándole una pista falsa.

—¿Por qué?

—Si Petricelli estaba vivo, el miedo le mantendría la boca cerrada. Si se había estrellado con el avión, la noticia correría. Habla y los colegas te borrarán del planeta. Un plan perfecto.

—¿Por qué esos mamones iban a hablar de negocios delante de un extraño?

—Poteet y Tannahill estaban esnifando coca en el coche de Holmes. Nuestro héroe estaba fuera de juego en el asiento trasero. O eso creían.

—¿Así que todo el asunto no fue más que una broma? —pregunté.

—Eso parece.

McMahon movió la jarra más allá del papel secante.

—Metraux se está retractando, ya no está seguro de haber visto a Petricelli —añadió Ryan.

—Menuda sorpresa.

Un teléfono comenzó a sonar en algún lugar del pasillo. Una voz llamó a alguien. Se oyó el rudio de unos tacones que se apresuraban por el pasillo.

—Parece que tu compañero y su prisionero cogieron el avión equivocado.

—De modo que la gente de Sri Lanka está limpia, Simington es candidato a Humanitario del Año y los Ángeles del Infierno no son más que unos bromistas. Estamos de nuevo como al principio, con un avión hecho pedazos y ninguna explicación —dijo Ryan.

—Recibí una llamada de Magnus Jackson cuando me marchaba de Bryson City. Dijo que sus investigadores están recogiendo pruebas de combustión lenta.

—¿Qué clase de pruebas?

—Modelos de combustión geométrica de los desechos.

—¿O sea?

—Fuego antes de la explosión.

—¿Un problema mecánico?

McMahon se encogió de hombros.

—¿Pueden separar la combustión anterior al accidente de la que se produjo después de la explosión? —pregunté.

—Eso es una estupidez.

McMahon cogió la jarra y se levantó.

—De modo que Pecan puede ser un héroe.

Ryan y yo también nos levantamos.

—Y Metraux no encuentra a quién vender —dijo Ryan.

—¿No es maravillosa la vida?

No le había dicho nada a Ryan acerca de las insinuaciones de Parker Davenport con respecto a Bertrand y a él. Lo hacía ahora, fuera del Hotel Adams Mark. Ryan me escuchó con las manos sobre las rodillas y los ojos mirando al frente.

—Ese jodido cabrón con cerebro de rata.

Las luces de los coches se movían a través de su rostro, distorsionando los planos y las líneas tensos por la ira.

—Esto debería cambiar la investigación.

—Sí.

—Estoy segura de que el hecho de que Davenport me esté acosando no tiene nada que ver contigo o con Bertrand. Esa insinuación no fue más que una nota a pie de página de su verdadero programa.

—¿Cuál?

—Tengo la intención de averiguarlo.

Ryan tensó los músculos de la mandíbula y los relajó un momento después.

—¿Quién coño se cree que es?

—Un tío con poder.

Se frotó las palmas en las perneras de los tejanos y luego me cogió la mano.

—¿Estás segura de que no quieres cenar conmigo?

—Debo recoger a mi gato.

Ryan me soltó la mano, abrió la puerta y bajó del coche.

—Te llamaré por la mañana —dije.

Cerró la puerta con fuerza y se marchó.

De regreso en el Anexo comprobé que en el contestador había cuatro llamadas.

Anne.

Ron Gillman.

Dos personas que colgaron sin dejar ningún mensaje.

Llamé al busca de Gillman. Me devolvió la llamada antes de que acabara de llenar el bol de *Birdie*.

—*Krueger dice que las muestras de ADN coinciden.*

Se me encogió el estómago.

—¿Está seguro?

—*Una posibilidad de error entre setenta godzillones. O cualesquiera que sean las medidas que utilicen esos tíos.*

—¿El diente y el pie proceden de la misma persona?

Aún no podía creerlo.

—*Sí. Ahora encárgate de conseguir esa orden de registro.*

Llamé a la oficina de Lucy Crowe. La sheriff había salido, pero uno de sus ayudantes prometió que le daría mi mensaje.

En la habitación de Ryan no hubo respuesta.

Anne contestó a la primera llamada.

—*¿Ya saben quién puso la bomba?*

—Ya sabemos quién no lo hizo.

—*Eso ya es un progreso. ¿Qué tal si cenamos juntas?*

—¿Dónde está Ted?

—*En una promoción de ventas en Orlando.*

Mi alacena hubiese llenado de orgullo a la Madre Hubbard.[17] Y estaba tan ansiosa que sabía que sería una verdadera tortura quedarme sentada en casa.

—¿En Foster dentro de media hora?

—*Nos vemos allí.*

Foster's Tavern es un tugurio subterráneo con paneles oscuros y cuero negro fijado con remaches hasta media pared. Una barra de madera tallada envuelve uno de los extremos, un grupo de mesas que conocieron mejores épocas ocupa el otro. Primo carnal del pub de la Avenida Selwyn, la taberna es pequeña, oscura e inconfundiblemente irlandesa.

Anne pidió el cocido Guinness acompañado de una copa de Chardonnay. Ella siempre bebía Chardonnay, aunque con el cocido era una combinación que merecía denunciarla a la policía. Yo pedí cecina con col y una copa de Perrier con lima. Normalmente pido limón, pero el verde me pareció más adecuado.

—¿A quién has descartado? —preguntó Anne, quitando un diminuto trozo de corcho de su vino.

—En realidad no puedo hablar de ello, pero ha habido otros progresos de los que sí puedo hablarte.

—Has resuelto el enigma de la primitiva temperatura del sistema solar.

Se deshizo de la partícula de corcho. Su pelo parecía más rubio de lo que yo recordaba.

—Eso fue la semana pasada. ¿Te has aclarado el pelo?

—Fue un error. ¿Cuáles han sido esos progresos?

Le expliqué el hallazgo del ADN.

—¿De modo que tu pie pertenece a quienquiera que se haya desintegrado dentro de esa pared?

—Y no se trataba de ningún ciervo.

—¿Quién era?

—Apostaría cualquier cosa a que se trataba de Jeremiah Mitchell.

—El cherokee negro.

—Sí.

—¿Y ahora qué?

—Estoy esperando una llamada de la sheriff del condado de Swain. Con la coincidencia del ADN, conseguir una orden de registro será coser y cantar. Incluso tratándose de ese retrasado mental de magistrado.

—Buena definición.

—Gracias.

Después de cenar decidimos que el día de Acción de Gracias iríamos a Wild Dunes. El resto de la velada Anne lo dedicó a contarme el viaje a Inglaterra. Yo la escuchaba.

—¿Viste alguna otra cosa aparte de catedrales y monumentos? —pregunté cuando hizo una pausa para respirar.

—Cuevas.

—¿Cuevas?

—Totalmente extravagante. Este tío llamado Guy Dashwood las hizo excavar en el siglo dieciocho. Quería conseguir una atmósfera gótica, de modo que hizo construir esa sólida estructura de piedra de tres lados alrededor de la entrada. Ventanas, puertas y arcos como de catedral, un portal bordeado de piedra en el centro, y una valla de hierro forjado negro a cada lado. Crea una especie de patio. Elegancia barroca, completada con una tienda de souvenirs, un café con sillas y mesas blancas de plástico para el sediento turista medieval. El lugar fue construido por monjes cistercienses del siglo veinte, pero Dashwood lo compró y restauró para utilizarlo como un refugio rural. Muros góticos, una entrada ruinosa y un lema grabado en el arco superior.

Anne lo dijo con una voz susurrante, moviendo la mano en un semicírculo sobre su cabeza. Anne es agente inmobiliaria y, en ocasiones, describe las cosas con todo lujo de detalles.

—¿Qué decía el lema?

—Que me maten si lo sé.

Llegó el café. Le añadimos crema y lo removimos.

—El otro día, después de nuestra conversación telefónica, no pude dejar de pensar en ese tío, Dashwood.

—Es un apellido bastante común.

—¿Cómo de común?

—No puedo darte cifras.

—¿Conoces a alguien que se llame Dashwood?

—No.

—O sea que es bastante poco común.

Era difícil rebatir ese argumento.

—Francis Dashwood vivió hace doscientos cincuenta años.

Ella estaba encogiéndose de hombros cuando sonó el móvil. Contesté rápidamente, disculpándome con una sonrisa falsa ante los otros clientes. A pesar de que considero que los móviles en los restaurantes son el colmo de la mala educación, no había querido correr el riesgo de perderme la llamada de Lucy Crowe.

Era la sheriff. Hablé con ella mientras me apresuraba a salir del restaurante. Me escuchó sin interrumpirme.

—Creo que es suficiente para conseguir esa orden de registro.

—¿Qué pasará si ese cabrón se sigue negando?

—Iré ahora mismo a la casa de Battle. Si sigue practicando el obstruccionismo, ya se me ocurrirá algo.

Cuando regresé a la mesa, Anne había pedido otra copa de Chardonnay y sobre el mantel había aparecido una pila de fotografías. Pasé los siguientes veinte minutos admirando instantáneas de Westminster, del Palacio de Buckingham, de la Torre y del Puente de Londres y de todos los museos de la ciudad.

Eran casi las once cuando llegué a Carol Hall. Mientras giraba alrededor del Anexo, los faros iluminaron un gran sobre marrón apoyado en el porche. Aparqué en la parte trasera, apagué el motor y abrí apenas una ventanilla.

Sólo se oían grillos y el ruido del tráfico en Queens Road.

Corrí hasta la puerta trasera y entré en mi apartamento. Me quedé inmóvil y volví a escuchar atentamente, deseando que *Boyd* estuviera conmigo.

Los únicos sonidos que rompían el silencio eran el zumbido de la nevera y el martilleo del reloj de la abuela en la repisa de la chimenea.

Estaba a punto de llamar a *Birdie* cuando apareció en la puerta, estirando una pata delantera y luego la otra.

—¿Ha estado alguien aquí, *Birdie*?

Se sentó y me miró con sus grandes ojos redondos y amarillos. Luego se lamió una pata, la restregó contra la oreja derecha y repitió la maniobra.

—Es evidente que no estás preocupado por los intrusos.

Pasé a la sala de estar, escuché detrás la puerta, luego retrocedí y corrí el pasador. *Birdie* me observaba desde el vestíbulo. No había señales de nadie. Cogí el sobre y cerré la puerta con llave detrás de mí.

Birdie seguía observándome atentamente.

En el sobre alguien había escrito mi nombre con un trazo agitado y femenino. No había remitente.

—Es para mí, *Birdie*.

No hubo respuesta.

—¿Pudiste ver a quien que lo dejó en la puerta?

Sacudí el sobre.

—Probablemente el equipo de artificieros no haría esto.

Rasgué una esquina y eché un vistazo al interior. Un libro.

Abrí el sobre y saqué un gran diario encuadernado en piel. En la portada habían pegado una nota, escrita en un delicado papel color melocotón por la misma mano que había dibujado mi nombre en el exterior del sobre.

Mis ojos volaron hacia la firma.

«Marion Louise Willoughby Veckhoff.»

26

Doctora Brennan,

Soy una mujer mayor e inútil. Nunca tuve un empleo y tampoco desempeñé ninguna función pública. No he escrito ningún libro ni he diseñado ningún jardín. No tengo talento para la poesía, la pintura o la música. Pero durante todos los años de mi matrimonio fui una esposa fiel y obediente. Amaba a mi esposo y le apoyé de manera incondicional. Era el papel que mi educación me había reservado.

Martin Patrick Verckhoff fue un buen administrador, un padre amante y un honesto hombre de negocios. Pero, cuando me siento, en la soledad de otra noche de insomnio, las preguntas me invaden. ¿Había otro aspecto en el hombre con el que viví casi sesenta años? ¿Había cosas que no estaban bien?

Le envío un diario que mi esposo guardaba bajo llave. Las esposas tienen una forma especial de hacer las cosas, doctora Brennan, las esposas que están solas y con tiempo libre. Encontré el diario hace varios años, volvía a él una y otra vez, escuchaba, seguía las noticias. Permanecí callada.

El hombre que murió cuando iba al funeral de Pat era Roger Lee Fairley. La nota necrológica incluye la fecha. Lea el diario. Lea los recortes de los periódicos.

No estoy segura de qué significa todo eso, pero su visita me asustó. Estos últimos días he estado mirando dentro de mi alma. Es suficiente. Ya no puedo soportar una noche más sola con el miedo.

Soy vieja, pronto moriré. Pero le pido sólo una cosa. Si mis sospechas resultan ser correctas, no deshonre a nuestra hija.

Le pido disculpas por mi comportamiento el viernes pasado.

Con pesar,

MARION LOUISE WILLOUGHBY VECKHOFF

Ardía de curiosidad, comprobé el sistema de seguridad, me preparé una taza de té y llevé todo el material a mi estudio. Después de buscar un bolígrafo y un cuaderno de notas, abrí el diario, saqué un sobre que encontré entre las páginas y vertí el contenido sobre el escritorio.

Numerosos recortes de periódicos se esparcieron sobre la mesa, alguno sin identificación, otros pertenecientes al *Charlotte Observer*, el *Raleigh News & Observer*, el *Winston-Salem Journal*, el *Asheville Citizen-Times*, conocido también como «la Voz de las Montañas», y el *Charleston Post and Courier*. La mayoría eran notas necrológicas. Unas pocas eran noticia de primera página. Cada una de ellas informaba de la muerte de un hombre eminente.

El poeta Kendall Rollins sucumbió a la leucemia el 12 de mayo de 1986. Entre los que habían sobrevivido a Rollins se encontraba su hijo, Paul Hardin Rollins.

El pelo de la nuca se me erizó. P. H. Rollins estaba en la lista de los integrantes de H&F. Apunté su nombre.

Roger Lee Fairley murió cuando su avioneta cayó en Alabama ocho meses antes. Muy bien, eso era lo que la señora Veckhoff había dicho. Apunté el nombre y la fecha. 13 de febrero.

La noticia más antigua describía el accidente de la autopista que había provocado la muerte de Anthony Allen Birkby.

Los otros nombres no significaban nada. Los añadí a mi lista, junto con las fechas de sus fallecimientos, aparté los recortes y me concentré en el diario.

La primera entrada correspondía al 17 de junio de 1935, la última a noviembre del 2000. Al pasar las páginas pude comprobar que la caligrafía cambiaba varias veces, eso quería decir que había varios autores. Los últimos treinta años estaban relatados en una letra tensa y apretada, casi demasiado pequeña para que resultara legible.

Martin Patrick Veckhoff lo anotaba todo cuidadosamente en su diario, pensé, regresando a la primera página. Durante las dos horas siguientes avancé lentamente a través de una caligrafía desteñida por el tiempo, mirando de vez en cuando el reloj, distraída al pensar en Lucy Crowe.

En el diario no había un solo nombre. A lo largo de las páginas se utilizaban apodos o códigos. Omega. Nos. Khaffre. Chac. Inti.

Reconocía a un faraón egipcio aquí, una letra griega allá. Algunos apodos me sonaban vagamente familiares, otros no.

Había informes financieros: dinero que entraba, dinero que salía. Reparaciones. Compras. Premios. Faltas. Había descripciones de diferentes acontecimientos. Una cena. Una reunión de negocios. Una velada literaria.

A comienzos de los años cuarenta comenzaba a aparecer otro tipo de entrada. Listas de nombres en clave seguidas de grupos de símbolos extraños. Examiné varios de ellos. Los mismos personajes aparecían año tras año, luego desaparecían y nunca se los volvía a ver. Cuando uno de ellos salía, aparecía uno nuevo.

Los conté. En esas listas nunca había más de dieciocho nombres.

Cuando finalmente me recliné en el sillón el té se había enfriado y sentía el cuello como si hubiese estado colgado de una cuerda secándose al viento.

Birdie dormía en el otro sillón.

—Muy bien. Ahora lo haremos al revés.

El gato se estiró en el sillón pero no abrió los ojos.

Utilizando las fechas que había sacado de los recortes de la señora Veckhoff avancé rápidamente a través de las páginas del diario. Cuatro días antes del accidente de circulación de Birkby habían apuntado una lista de nombres en clave. Sinué aparecía por primera vez, pero faltaba Omega. Examiné las listas siguientes. Omega no volvía a ser mencionado en ninguna de ellas.

¿Acaso Anthony Birkby había sido Omega?

Tomé esta hipótesis como referencia y pasé directamente a 1986.

Otra lista de nombres cifrados aparecía pocos días después de la muerte de Kendall Rollins. Mani había reemplazado a Piankhy.

Con el pulso acelerado continué examinando el diario a partir de las fechas de los recortes de periódico.

John Morgan murió en 1972. Tres días más tarde, una lista. Aparecía Arrigatore. Itzmana se desvanecía.

William Glenn Sherman murió en 1979. Cinco días más tarde Veckhoff hizo otra lista. Ometeotl hacía su aparición en escena. Rho era historia.

Cada nota necrológica recortada por la señora Veckhoff era seguida, pocos días más tarde, por una lista de nombres en clave. En cada caso, desaparecía uno de los personajes asiduos y un recién llegado se unía a la lista. Haciendo coincidir los recortes con las entradas del diario establecí una relación entre los nombres en clave y los nombres verdaderos de todos los muertos desde 1959.

A. Birkby: Omega; John Morgan: Itzmana; William Glenn Sherman: Rho; Kendall Rollins: Piankhy.

—¿Pero qué hay de los años anteriores?

Bird no tenía idea.

—Muy bien, volvamos a hacerlo de la otra manera.

363

Busqué una página en blanco en mi cuaderno de notas. Cada vez que una entrada mostraba la sustitución de un nombre en código por otro, apuntaba la fecha. No me llevó mucho tiempo.

En 1943, Ilos fue reemplazado por Omega. ¿Podría haber sido ese el año en que Birkby se unió a H&F?

En 1949 Narmer reemplazó a Khaffre.

Entra un faraón y sale otro. ¿Acaso se trataba de alguna clase de secta masónica?

Continué adelante, añadiendo el año para cada lista.

Mil novecientos cincuenta y nueve. 1972. 1979. 1986.

Miré los años. Luego busqué mi maletín, saqué otras notas y las comprobé.

—¡Hijo de puta!

Miré el reloj: 3:20. ¿Dónde diablos estaba Lucy Crowe?

Decir que dormí mal sería como decir que Cuasimodo tenía problemas de espalda. Pasé la noche dando vueltas en la cama, dormitando pero sin alcanzar el verdadero sueño.

Cuando sonó el teléfono ya me había levantado, separado la ropa que tenía que lavar, barrido el patio, recogido las hojas muertas y bebido una taza de café tras otra.

—¿La consiguió? —dije casi chillando.

—*Repite el chiste.*

—No puedo mantener ocupada la línea, Pete.

—*Tienes la modalidad de llamada en espera.*

—¿Por qué me llamas a las siete de la mañana?

—*Debo regresar a Indiana para volver a entrevistar a Itchy y Scratchy.*

Me llevó un momento reaccionar.

—¿Los gemelos Bobbsey?

—*Los he bajado de categoría. Te llamo para decirte que mandaré a* Boyd *al Granbar Kennel.*

—¿Qué? ¿Las toallas son demasiado ásperas aquí?

—*No quiere abusar.*

—¿Granbar no es asquerosamente caro?

—*Sabe que juego en la primera división del derecho, así que* Boyd *se ha acostumbrado a esperar cierto estilo de vida.*

—Yo podría hacerme cargo de él.

—*Te gusta ese perro.*

Pete quería engatusarme.

—Ese perro es un retrasado mental. Pero no hay ninguna razón para tirar el dinero cuando aún tengo diez kilos de comida Alpo para perro.

—*El personal de Granbar se sentirá fatal.*

—Estoy segura de que podrán superarlo.

—*Te lo llevaré dentro de una hora.*

Estaba limpiando el interior del cubo de la basura cuando volvió a sonar el teléfono. La voz de Lucy Crowe estaba tensa por la frustración.

—*El magistrado se sigue negando a emitir la orden de registro. No lo entiendo. Habitualmente Frank es una persona razonable, pero esta mañana se puso tan furioso que creí que iba a sufrir un infarto. No insistí porque no quería matar a esa comadreja.*

Le dije lo que había encontrado en el diario de Pat Veckhoff.

—¿Puede hacer una comprobación de los parlamentarios entre el setenta y dos y el setenta y nueve?

—*Sí.*

Un largo silencio se extendió desde las tierras altas.

—*Cuando estábamos en aquel lugar vi una barra metálica en el suelo, delante del porche delantero.*

—¿Y?

Mi herramienta para entrar en la casa.

Otra pausa.

—*Si se descubre algún resto en una propiedad que se encuentra dentro de una relativa proximidad del lugar donde se ha estrellado un avión, mi oficina tiene jurisdicción durante el período de recuperación de los cuerpos.*

—Entiendo.

—*Sólo por motivos relacionados directamente con el accidente. Para buscar supervivientes que pudieran haberse arrastrado hasta ese lugar, por ejemplo. Tal vez muerto debajo de la casa.*

—O en el interior del patio.

—*Necesitaría una orden de registro para investigar el origen de cualquier objeto sospechoso encontrado en el interior de la propiedad.*

—Por supuesto.

—*Aún hay dos pasajeros que no han sido encontrados.*

—Sí.

—*¿Le parece que esa barra metálica podría ser uno de los restos del avión?*

—Podría ser una pieza del suelo de la cabina.

—*Eso mismo pienso yo. Creo que será mejor que eche un vistazo.*

—Puedo estar allí a las dos.

—*Esperaré.*

A las tres, *Boyd* y yo estábamos en el asiento trasero de un jeep, Crowe iba al volante, uno de sus ayudantes llevaba una escopeta. Otros dos ayudantes viajaban detrás de nosotros en un segundo vehículo.

El chow-chow estaba tan agitado como yo aunque por razones diferentes. Viajaba con la cabeza asomada fuera de la ventanilla, la nariz moviéndose como una veleta durante una tormenta tropical. De vez en cuando lo empujaba hacia abajo por los cuartos traseros. Se sentaba y volvía a levantarse un segundo después.

La radio no dejaba de escupir datos mientras recorríamos la carretera del condado. Al pasar junto al Departamento de Bomberos de Alarka observé que en la zona de aparcamiento sólo había un camión frigorífico y unos pocos coches. Un coche patrulla de la policía de Bryson City protegía la entrada, el conductor estaba inclinado sobre una revista apoyada en el volante.

Crowe continuó hasta el final de la carretera asfaltada, luego cogió el camino del Servicio Forestal donde yo había dejado mi coche hacía ahora tres semanas. Ignoró el atajo que llevaba hasta el lugar del accidente, continuó casi un kilómetro y giró por otro camino destinado al transporte de madera. Después de ascender durante lo que parecieron kilómetros, Crowe se detuvo, estudió el bosque a ambos lados del camino, avanzó, repitió el proceso y luego se apartó del camino. El vehículo de apoyo nos seguía de cerca.

El jeep saltaba y se precipitaba hacia adelante mientras las ramas arañaban el techo y los laterales. *Boyd* escondió la cabeza como si fuese una tortuga y yo aparté rápidamente el brazo del borde de la ventanilla. El perro sacudía la cabeza de derecha a izquierda, salpicando de saliva a todo el mundo. El ayudante sacó un pañuelo del bolsillo trasero del pantalón y se secó el cuello pero no dijo nada. Traté de recordar su nombre. ¿Era Craig? ¿Gregg?

Luego los árboles parecieron retroceder dando paso a un camino estrecho y cubierto de lodo. Diez minutos más tarde, Crowe frenó, bajó del jeep y abrió lo que parecía ser un matorral muy tupido. Cuando continuamos nuestro camino pude comprobar que se trataba de un portalón, totalmente cubierto de kudzu y hiedra. Un momento más tarde la casa de Arthur apareció ante nosotros.

—Que me cuelguen —dijo el ayudante—. ¿Figura este lugar en el manual 911?

—Figura como abandonado —dijo Crowe—. No sabía que estaba aquí.

Crowe se detuvo delante de la casa e hizo sonar dos veces la bocina. No apareció nadie.

—Hay una especie de patio al lado. —Crowe señaló con la cabeza en esa dirección—. Diles a George y Bobby que cubran esa entrada. Nosotros entraremos por delante.

Ambos salieron del jeep, quitando simultáneamente los seguros de sus armas. Mientras el ayudante se dirigía hacia el segundo vehículo, Crowe se volvió hacia mí.

—Usted se queda aquí.

Quise discutir pero su expresión me dijo que era inútil.

—En el jeep. Hasta que yo la llame.

Puse los ojos en blanco pero no abrí la boca. Sentía que el corazón me golpeaba el pecho y me moví de un lado a otro incluso más que *Boyd*.

Crowe volvió a hacer sonar largamente la bocina mientras escudriñaba las ventanas superiores de la casa. El ayudante se reunió nuevamente con ella con el Winchester colgado a través del pecho. Se acercaron a la casa y salvaron los pocos escalones del porche.

—Departamento del Sheriff del condado de Swain. —Sus palabras sonaron metálicas en el aire diáfano de la montaña—. Policía. Por favor, respondan.

Golpeó la puerta.

Nadie salió.

Crowe dijo algo. Su ayudante separó las piernas y alzó la escopeta mientras la sheriff comenzaba a golpear la puerta con su bota. Pero no cedió.

Crowe volvió a hablar. Su ayudante le contestó sin apartar el cañón de la escopeta de la puerta cerrada.

La sheriff regresó al jeep, el sudor le humedecía el mechón de color zanahoria que escapaba de su sombrero. Buscó algo en la parte trasera y regresó al porche llevando una palanca en la mano.

Insertó la punta entre dos postigos y aplicó todo el peso de su cuerpo. Una exhibición más poderosa que mi intento de allanamiento.

Crowe repitió el movimiento, añadió un gemido a lo Monica Seles. Uno de los paneles cedió ligeramente. Deslizando la barra metálica dentro de la abertura, la sheriff volvió a hacer presión con toda su fuerza y el postigo acabó por abrirse, golpeando con violencia contra la pared.

Crowe bajó la palanca, se afirmó en el suelo y rompió la ventana de una patada. El cristal saltó en pedazos y centelleó bajo el sol mientras cubría el porche de diminutos fragmentos. Crowe volvió a golpear la ventana una y otra vez, agrandando la abertura. *Boyd* la estimulaba con insistentes ladridos.

Crowe se apartó de la ventana y escuchó. Al no oír ningún movimiento en el interior de la casa, asomó la cabeza y volvió a llamar. Luego desenfundó el arma y desapareció en la oscuridad. Su ayudante la siguió.

Siglos más tarde la puerta del frente se abrió y Crowe salió al porche. Me hizo un gesto para que me acercara.

Le coloqué la correa a *Boyd* con movimientos torpes y la aseguré alrededor de la muñeca. Luego saqué una pequeña linterna de mi mochila. La sangre me golpeaba con fuerza debajo de la garganta.

—¡Tranquilo!

Apunté un dedo hacia su morro húmedo.

Boyd prácticamente me arrastró fuera del jeep y hacia el porche.

—El lugar está vacío.

Intenté descifrar la expresión de Crowe, pero estaba impasible. No había sorpresa, disgusto o intranquilidad. Era imposible adivinar su reacción o emoción.

—Será mejor dejar al perro aquí.

Até a *Boyd* a la barandilla del porche. Encendí la linterna y la seguí al interior de la casa.

El aire no apestaba a humedad como yo esparaba. Olía a humo y moho y a algo dulce.

Mi lóbulo olfativo examinó su base de datos. Iglesia.

¿Iglesia?

El lóbulo separó la información en sus componentes. Flores. Incienso.

La puerta de enfrente se abría directamente a un salón que ocupaba todo el ancho de la casa. Desplacé lentamente el haz de luz de derecha a izquierda. Había sofás, sillones y algunas mesas, reunidos en grupos y cubiertos con sábanas. Dos de las paredes estaban cubiertas con estanterías del suelo hasta el techo.

Una chimenea de piedra ocupaba la pared norte de la habitación y un espejo decoraba la pared opuesta. En el cristal empañado alcancé a ver la luz de mi linterna que se deslizaba entre las formas amortajadas, nuestras dos imágenes se movían lentamente con ella.

Avanzamos con cautela, tomamos la casa habitación por habitación. Las motas de polvo danzaban en el pálido haz amarillo y alguna polilla lo cruzaba ocasionalmente como un animal sorprendido por los faros de un coche en una carretera. Detrás de nosotros, el ayudante mantenía alzada la escopeta. Crowe llevaba la pistola aferrada con ambas manos y pegada a la mejilla.

El salón daba a un estrecho corredor. Una escalera a la derecha, un comedor a la izquierda, la cocina justo delante de nosotros.

En el comedor sólo había una mesa rectangular muy lustrada y sillas a juego. Las conté. Ocho a cada lado y una en cada extremo de la mesa. Dieciocho.

La cocina estaba al fondo con la puerta abierta.

Fregadero de porcelana. Bomba de agua. Cocina y nevera que habían vivido más cumpleaños que yo. Señalé los aparatos eléctricos.

—Debe haber un generador.

—Probablemente abajo.

Oí voces en el piso de abajo y supe que los ayudantes estaban en el sótano.

En el piso superior un pasillo recorría el centro de la casa. Cuatro habitaciones pequeñas partían de la arteria principal, cada una con dos literas de fabricación casera. Una pequeña escalera de caracol comunicaba el extremo del pasillo con un desván en el tercer piso. Debajo de los aleros había otros dos catres.

—¡Caramba! —dijo Crowe—. Esto parece los dibujos animados de Spin y Marty cuando están en el rancho Triple R.

A mí me recordaba a la secta de la Puerta del Cielo de San Diego. Pero me mordí la lengua.

Ya estábamos regresando cuando George o Bobby apareció en la escalera principal en el extremo más alejado del pasillo. El hombre estaba agitado y transpiraba profusamente.

—Sheriff, tiene que ver lo que hay en el sótano.

—¿De qué se trata, Bobby?

Una gota de sudor se le desprendió de la frente y le bajó por la cara. La enjugó con un gesto nervioso.

—Que me cuelguen si lo sé.

27

Una escalera de madera conducía directamente desde la cocina hasta el sótano. La sheriff le ordenó al ayudante Anónimo que permaneciera arriba mientras el resto de nosotros bajaba a echar un vistazo.

Bobby abría el camino, yo iba detrás y Crowe cubría la retaguardia. George se quedó esperando en la cocina alumbrando con su linterna como si fuera un foco en una noche de estreno.

A medida que descendíamos, el aire pasó de fresco a helado y la penumbra se convirtió en una boca de lobo. Oí un clic a mi espalda y vi el haz de luz de la linterna de Crowe a mis pies.

Nos reunimos al pie de la escalera, escuchamos.

Ni ruido de patas que se escabullen. Ni de alas que pasan zumbando. Apunté la linterna hacia la oscuridad.

Nos encontrábamos en una gran habitación sin ventanas con techo de madera y suelo de cemento. Tres de las paredes estaban enyesadas mientras que la cuarta la formaba el risco sobre el que se apoyaba la parte posterior de la casa. En el centro de esa pared había una pesada puerta de madera.

Al retroceder unos pasos mi brazo rozó un tejido. Me giré y la luz de la linterna recorrió una fila de clavijas, de cada una de las cuales colgaba una prenda roja idéntica. Le pedí a George que sostuviese la linterna, descolgué una de las prendas y la mantuve alzada. Era como un sayo con capucha, similar al que usan los monjes.

—¡Madre de Dios!

Oí que Bobby se enjugaba el rostro. O se persignaba.

Recuperé mi linterna y junto con Crowe examinamos la habitación, iluminada por George y Bobby.

Un recorrido completo del sótano no reveló nada que fuese propio de ese lugar. No había un banco de trabajo. Ningún tablero con herramientas. Tampoco utensilios de jardinería. O una cuba para lavar la ropa. No había telarañas ni excrementos de ratas o grillos muertos.

—Este lugar está jodidamente limpio.

Mi voz resonó contra la piedra y el cemento.

—Miren esto.

George desvió la luz de su linterna hacia donde el enyesado de la pared se unía al techo.

Un monstruo parecido a un oso nos miraba de reojo desde la oscuridad, el cuerpo cubierto de bocas abiertas y sanguinolentas. Debajo del animal había una única palabra: *Baxbakualanuxsiwae*.

—¿Francis Bacon? —pregunté, más a mí misma que a mis compañeros.

—Bacon pintaba personas y perros gruñendo, pero nada como esto.

La voz de Crowe era sosegada.

George desvió la luz hacia la siguiente pared y descubrimos otro monstruo que nos miraba. Melena de león, ojos saltones, la boca abierta a punto de devorar a un niño sin cabeza que sostenía entre las manos.

—Es una mala copia de una de las pinturas negras de Goya —dijo Crowe—. Las he visto en el Prado, en Madrid.

Cuanto más conocía a la sheriff del condado de Swain, más me impresionaba.

—¿Quién es ese monstruo? —preguntó George.

—Uno de los dioses griegos.

Un tercer mural describía una balsa con el velamen hinchado por el viento. Hombres muertos y agonizantes cubrían la cubierta y colgaban sobre las aguas.

—Encantador —dijo George.

Crowe no hizo ningún comentario mientras nos acercábamos a la pared de piedra.

La puerta estaba sujeta al muro mediante goznes de hierro forjado, taladrados en la piedra y cubiertos con cemento. Un trozo de cadena unía un tirador circular de hierro forjado a una barra de acero vertical junto al marco. El candado era brillante y parecía nuevo y vi marcas frescas en el granito.

—Esto se ha añadido hace poco tiempo.

—Atrás —ordenó Crowe.

Al retroceder, los haces de nuestras linternas se ampliaron, iluminaron unas palabras talladas encima del dintel de la puerta. Enfoqué la luz de la linterna sobre ellas.

Fay ce que voudras

—¿Francés? —preguntó Crowe, enganchando su linterna en el cinturón.

—Francés antiguo, creo...

—¿Reconoce las gárgolas?

Una figura decoraba cada esquina del dintel. La masculina llevaba el nombre de «Harpocrates», la femenina el de «Angerona».

—Suena a egipcio.

La pistola de Crowe disparó dos veces y el olor a pólvora llenó el aire del sótano. Se adelantó, dio un tirón a la cadena y ésta se soltó. Así pudo levantar el pasador sin encontrar resistencia ninguna.

Cogió el tirador y la puerta se abrió hacia fuera. Una corriente de aire frío nos envolvió, olía a cavidades profundas, criaturas invisibles y épocas primitivas.

—Tal vez haya llegado el momento de que baje —dijo la sheriff Crowe.

Asentí y subí los escalones de dos en dos.

Boyd exhibió su habitual entusiasmo por participar, daba vueltas y mordisqueaba el aire. Me lamió la mano y luego bailó a mi alrededor hasta entrar en la casa. En la planta baja no había nada que pudiera alterar su felicidad.

Al comenzar a bajar la escalera sentí que su cuerpo se ponía tenso junto a mi pierna.

Añadí otra vuelta a la correa que me envolvía la muñeca y permití que tirase de mí escaleras abajo y hacia donde se encontraba Crowe.

A escasa distancia de la pared estalló, ladrando y arremetiendo hacia la oscuridad como lo había hecho con la pared derrumbada. Sentí un escalofrío que me recorría la columna vertebral y llegaba hasta el cuero cabelludo.

—Muy bien, manténgalo aquí —dijo Crowe.

Cogí el collar con ambas manos y arrastré a *Boyd* hacia atrás, dejando que Bobby se hiciera cargo de la correa. *Boyd* continuaba ladrando y gruñendo e intentaba tirar de Bobby hacia la puerta de la pared. Volví a reunirme con Crowe.

La luz amarilla de mi linterna reveló un túnel similar a una caverna con una serie de nichos a cada lado. El suelo era de tierra, las paredes y el techo de roca sólida. La altura hasta el techo abovedado del túnel era de aproximadamente un metro ochenta, el ancho de un metro veinte. La longitud era imposible de calcular. Más allá de tres pasos era un agujero negro.

Mi pulso no se había normalizado desde que entramos en la casa. Ahora parecía decidido a batir su propio récord.

Avanzamos lentamente, iluminando con nuestras linternas el

suelo, el techo, las paredes y los nichos. Algunos no eran más que pequeñas cavidades. Otros eran cuevas de gran tamaño con barrotes de metal verticales y puertas centradas en la entrada.

—¿Bodegas de vino?

La pregunta de Crowe sonó apagada en el estrecho espacio.

—¿No debería haber estanterías?

—Compruebe esto.

Crowe iluminó un nombre, luego otro, y otro más, cincelados a lo largo del túnel. Los fue leyendo en voz alta mientras continuábamos avanzando.

—Sawney Beane. Inocencio III. Dionisos. Moctezuma... Extraños compañeros de cama. Un papa, un emperador azteca y el mismísimo dios del vino.

—¿Quién es Sawney Beane? —pregunté.

—Que me cuelguen si lo...

La luz de su linterna abandonó la pared y enfocó la nada. Extendió un brazo y me cogió por el pecho. Me quedé inmóvil.

Ahora los haces de luz de ambas linternas iluminaron la tierra a nuestros pies. El terreno no descendía.

Giramos en la esquina del túnel y continuamos nuestro lento avance moviendo las linternas de un lado a otro. Por el sonido del aire deduje que habíamos entrado en alguna especie de cámara. Estábamos circundando la pared del perímetro.

Los nombres continuaban. Tiestes. Polifemo. Christie o' the Cleek. Cronos. No reconocí a ninguno que figurase en el diario de Veckhoff.

Al igual que en el túnel, la cámara contenía numerosos nichos, algunos con barrotes, otros sin puerta. En una situación directamente opuesta a nuestro punto de entrada encontramos una puerta de madera, similar a la que daba acceso al túnel, y asegurada con el mismo sistema de cadena y candado. Crowe superó el escollo del mismo modo que había hecho con el anterior.

Cuando la puerta se abrió hacia adentro, una corriente de aire frío y fétido surgió del interior. Detrás de mí, en la distancia, pude oír los furiosos ladridos de *Boyd*.

El olor a putrefacción puede verse alterado por la forma de la muerte, algunos venenos pueden endulzarlo con un aroma de pera o de almendra o de ajo según los casos. También se puede retrasar mediante sustancias químicas, aumentadas por la actividad de los insectos. Pero la esencia es inconfundible, una mezcla hedionda e intensa que anuncia la presencia de carne en descomposición.

En ese nicho había algo muerto.

Entramos y nos dirigimos a la izquierda, manteniéndonos pegadas a la pared como lo habíamos hecho en la cámara exterior. A un metro de la entrada la luz de mi linterna descubrió una irregularidad en el suelo. Crowe la vio al mismo tiempo.

Enfocamos nuestras linternas sobre un trozo de tierra oscura y gruesa.

Sin decir nada, le di mi linterna a Crowe y saqué una pala plegable de la mochila. Apoyé la mano izquierda en la pared de piedra, me agaché y rasqué la tierra con el borde de la pala.

Crowe enfundó la pistola, se ató el sombrero al cinturón y dirigió la luz de ambas linternas hacia la zona de tierra delante de mí.

La mancha cedió rápidamente, revelando un límite claro entre la tierra recién removida y el suelo duro. El olor a putrefacción aumentaba a medida que iba retirando paletadas de tierra.

Pocos minutos más tarde la pala chocó con algo blando y de color azul claro.

—Parecen unos tejanos.

Los ojos de Crowe brillaban en la oscuridad y su piel tenía un color ambarino bajo la pálida luz amarilla de las linternas.

Seguí la tela desteñida, ampliando la abertura.

Pantalones Levi's alrededor de una pierna cadavérica. Continué cavando hasta encontrar un pie marrón y reseco que formaba un ángulo de noventa grados en el tobillo.

—Esto es todo.

La voz de Crowe hizo que mi mano saltase.

—¿Qué?

—Éste no es un pasajero del avión.

—No.

—No quiero estropear la escena del crimen. No continuaremos hasta que no disponga de una orden.

No discutí. La víctima que yacía en ese agujero merecía que su historia fuese contada ante un tribunal. No haría nada que pudiese comprometer un posible proceso.

Me levanté y quité la tierra de la pala golpeando la hoja contra la pared. Luego doblé la hoja, guardé la pala en la mochila y cogí mi linterna.

Al pasar de la mano de Crowe a la mía, el haz de luz recorrió el nicho e iluminó algo en el extremo más alejado.

—¿Qué demonios es eso? —pregunté, tratando de atisbar en la oscuridad.

—Vámonos.

—Deberíamos pegar a su magistrado con todo lo que podamos encontrar.

Me dirigí hacia el punto donde había visto el destello. Crowe vaciló un momento y luego me siguió.

En la base de la pared había un bulto bastante grande. Estaba envuelto en cortinas de baño, una transparente y la otra azul traslúcida, y atado con varios trozos de cuerda. Me acerqué y recorrí la superficie con el haz de luz.

Aunque borrosos por las capas de plástico, pude discernir los detalles de la mitad superior. Pelo opaco, una camisa roja a cuadros, manos de un blanco fantasmagórico atadas por las muñecas. Saqué un par de guantes de la mochila, me los puse y giré el bulto.

Crowe se cubrió la boca con la mano.

Un rostro, púrpura e inflamado, los ojos lechosos y a medio cerrar. Labios agrietados, una lengua hinchada y apretada contra el plástico como si fuese una sanguijuela gigante.

Acerqué la linterna al descubrir un objeto ovalado en la base de la garganta. Un pendiente. Saqué el cuchillo y corté el plástico. El siseo del gas al escapar de su encierro estuvo acompañado de una espantosa fetidez a descomposición. Sentí que se me revolvía el estómago pero continué con mi tarea.

Conteniendo el aliento, rasgué el plástico con la punta del cuchillo.

Una silueta masculina era claramente visible en una pequeña medalla de plata, los brazos cruzados piadosamente en la garganta. Las letras grabadas formaban un halo alrededor de la cabeza. Orienté la linterna para poder leer el nombre.

San Blas.

Habíamos encontrado al pescador desaparecido con problemas de garganta.

George Adair.

Esta vez propuse un camino diferente. Crowe estuvo de acuerdo. Después de dejar a Bobby y George para que protegieran el lugar, la sheriff y yo nos dirigimos a Bryson City y sacamos a Byron McMahon del salón de High Ridge House donde estaba viendo un partido de fútbol americano por televisión. Juntos preparamos una declaración jurada, que el agente especial del FBI llevó directamente a un juez federal en Asheville.

En menos de dos horas, McMahon llamó a Crowe. Se había emitido una orden de registro basándose en la probabilidad de un asesinato y en la posible implicación de tierras federales, debido a la estrecha proximidad de una reserva y de un parque nacionales al lugar de los hechos.

A mí me correspondió llamar a Larke Tyrell.

Encontré al forense en su casa y, por el ruido de fondo, supuse que estaba mirando el mismo partido de fútbol.

Aunque las palabras de Larke fueron cordiales me di cuenta de que mi llamada le había intranquilizado. No perdí tiempo en aliviar su ansiedad o en disculparme por lo intempestivo de la hora.

El forense escuchó mientras yo le explicaba la situación. Unos minutos más tarde acabé el relato. El silencio fue tan prolongado que pensé que se había cortado la comunicación.

—¿Larke?

Cuando volvió a hablar, el tono de su voz había cambiado.

—*Quiero que tú te hagas cargo de esto. ¿Qué necesitas?*

Se lo dije.

—*¿Puedes llevarlo al depósito provisional?*

—Sí.

—*¿Quieres personal?*

—¿Quién hay aún allí?

—*Maggie y Stan.*

Maggie Burroughs y Stan Fryeburg eran investigadores forenses de la Oficina del Forense Jefe en Chapel Hill, enviados a Bryson City para procesar los datos relativos al accidente del vuelo 228 de TransSouth Air. Ambos se habían graduado en mi taller de recuperación de cuerpos de la universidad y los dos eran excelentes en su trabajo.

—Diles que estén preparados a las siete.

—*De acuerdo.*

—Esto no tiene nada que ver con el accidente del avión, Larke.

—*Lo sé. Pero se trata de cadáveres en mi estado.*

Se produjo otra larga pausa. Alcancé a escuchar la voz de un locutor y los gritos de ánimo de la multitud.

—*Tempe, yo...*

No le puse las cosas fáciles.

—*Todo esto ha ido jodidamente lejos.*

Luego la línea quedó libre.

¿Qué coño significaba eso?

Yo tenía otras cosas de qué preocuparme.

Al día siguiente me levanté al amanecer y estaba en casa de Arthur a las siete y media. La escena del crimen se había transformado de la noche a la mañana. Ahora uno de los ayudantes de la sheriff Crowe estaba de guardia en la puerta cubierta de kudzu y había otros en las puertas delantera y trasera. Se había activado un generador y todas las luces de la casa estaban encendidas.

Cuando llegué, George estaba ayudando a McMahon a meter libros y papeles en varias cajas de cartón. Bobby estaba cubriendo la repisa de la chimenea con polvo blanco. Cuando me dirigía hacia la cocina, McMahon me guiñó un ojo y me deseó buena suerte.

Pasé los cuatro días siguientes como si fuese una minera, descendiendo al sótano al amanecer, subiendo al mediodía para tomar un bocadillo y una taza de café, y volviendo a bajar otra vez hasta el anochecer. Habían instalado otro generador y numerosas lámparas para iluminar mi mundo subterráneo, de modo que no distinguía la noche del día.

Tommy Albright llegó a la casa en la mañana del día uno. Después de examinar y fotografiar el bulto con el cadáver que yo estaba segura de que correspondía a George Adair, envió el cuerpo al Hospital Regional Harris de Sylva.

Mientras Maggie trabajaba en la mancha de descomposición del interior de la pared del patio, Stan me ayudaba a fotografiar el suelo del sótano. Luego exhumamos la sepultura del nicho, expusimos lentamente el cadáver y registramos la posición del cuerpo y el contorno de la tumba, mientras examinábamos cada partícula de tierra.

La víctima yacía boca abajo sobre una manta de lana gris, un brazo doblado debajo del pecho, el otro alrededor de la cabeza. El estado de descomposición era avanzado, los órganos se habían licuado, la cabeza y las manos se habían esqueletizado hacía tiempo.

Cuando los restos estuvieron completamente exhumados y documentados, comenzamos su traslado. Al transferir el cadáver a una bolsa advertí que la pernera izquierda del pantalón estaba doblada y la pierna estaba amputada debajo de la rodilla.

También noté fracturas concéntricas en la región temporoparietal derecha del cráneo. Unas grietas lineales cubrían los lados de la hendidura central, convirtiendo la zona en una telaraña de huesos fragmentados.

—Realmente alguien se ensañó con este tío.

Stan había dejado de tamizar la tierra y observaba el estado del cráneo.

—Sí.

Como sucedía siempre, la ira crecía en mi interior. La víctima había recibido un golpe que le había destrozado el cráneo y luego había sido arrojada a un agujero como el estiércol. ¿Qué clase de monstruo era capaz de hacer algo semejante?

Otro pensamiento atravesó mi furia.

Aquel cadáver había sido enterrado a pocos centímetros de la superficie. Aunque putrefacto, aún quedaba bastante tejido blando, lo que indicaba que la muerte era relativamente reciente. ¿Habría debajo otras víctimas más antiguas? ¿En otros nichos? Mantuve los ojos y la mente bien abiertos.

Maggie se reunió con nosotros en el sótano el día dos, después de haber excavado un cuadrado de tres metros a una profundidad de treinta centímetros alrededor y debajo de la mancha de la pared desmoronada del patio de la casa. Aunque el trabajo era aburrido, sus esfuerzos fueron recompensados. En el cedazo aparecieron dos dientes aislados.

Mientras Stan acababa de tamizar la tierra de la sepultura del nicho, Maggie y yo escudriñamos cada centímetro del suelo del sótano buscando objetos enterrados y diferencias en la densidad de la tierra. Encontramos ocho localizaciones sospechosas, dos en el nicho original, dos en la cámara principal y cuatro en un túnel sin salida en la parte oeste de la cámara.

A última hora de la tarde excavamos una zanja de experimentación en cada localización. De los puntos sospechosos en la cámara principal sólo conseguimos tierra estéril. En los otros seis puntos encontramos huesos humanos.

Les expliqué a Stan y Maggie cuál sería el procedimiento. Yo solicitaría la colaboración del departamento del sheriff para continuar con las fotografías y el tamizado de la tierra. Stan continuaría trabajando en el nicho. Maggie y yo comenzaríamos con las localizaciones del túnel.

Dirigía a mi equipo con objetividad profesional, la tranquilidad de mi voz y mi expresión impasible contradecían mi corazón desbocado. Era mi peor pesadilla. Pero ¿qué significaba esa pesadilla? ¿Cuántos otros cadáveres encontraríamos bajo tierra y por qué se encontraban allí?

Maggie y yo estábamos cavando en la primera de las dos alteraciones que presentaba el túnel cuando en la entrada apareció una figura, a medio camino entre nosotras y la luz que brillaba en la cámara principal. No alcanzaba a distinguir la silueta y me pregunté si un miembro del equipo de transporte venía a preguntarnos alguna cosa.

Un paso y lo supe.

Larke Tyrell se dirigió hacia mí, con pasos decididos y el porte erguido. Me levanté pero no le saludé.

—He intentado llamarte al móvil.

—La prensa me obligó a desconectarlo.

No insistió con ese tema.

—¿Cuál es el recuento?

—Hasta ahora, dos cuerpos descompuestos y dos esqueletos. Hay presencia de huesos en al menos otras cuatro localizaciones.

Su mirada se desvió de mi rostro a los fosos donde Maggie y yo estábamos desenterrando esqueletos, todos tenían los miembros flexionados.

—Parecen sepulturas prehistóricas.

—Sí, pero no lo son.

Su mirada volvió a fijarse en mí.

—Tú lo sabrías.

—Sí.

—Tommy envió los dos cadáveres descompuestos al Hospital Harris, pero no querrán destinar su sala de autopsias a esta investigación. Ordenaré que todo el material sea transferido al depósito provisional y que esa instalación se mantenga operativa todo el tiempo que consideres necesario.

No dije nada.

—¿Lo harás?

—Por supuesto.

—¿Tienes todo bajo control?

—Eso parece.

—Espero tu informe.

—Tengo una bonita caligrafía.

—Pensé que te gustaría saber que han identificado al último de los pasajeros de TransSouth Air.

—¿Petricelli y los estudiantes de los asientos 22A y B?

—Petricelli, sí. Y uno de los estudiantes.

—¿Sólo uno?

—Hace dos días el joven que debía ocupar el asiento 22B llamó a su padre desde Costa Rica.

—¿No iba en el avión?

—Cuando se encontraba en la sala de espera un tío le ofreció mil pavos por su tarjeta de embarque.

—¿Por qué no se presentó antes?

—Estaba en medio de la selva y completamente incomunica-do, no se enteró del accidente hasta que no regresó a San José. Luego estuvo dudando un par de días antes de llamar a casa porque sabía que la fiesta había acabado por echar el semestre por la borda.

—¿Quién es el pasajero sustituto?

—El cabrón con menos suerte del universo.

Esperé.

—Un contable de Buckhead. Le encontramos a través de una huella dactilar del pulgar.

Me miró durante un momento que pareció interminable. Aguanté su mirada. La tensión entre nosotros era evidente.

—Éste no es el lugar, Tempe, pero es necesario que hablemos. Soy un hombre justo, pero he actuado injustamente contigo. Ha habido muchas presiones.

—Denuncias.

Aunque Maggie continuaba con los ojos fijos en el suelo, el ritmo de su rascador se alteró perceptiblemente. Sabía que estaba escuchando.

—Incluso la gente sensata toma decisiones imprudentes.

Después de decir eso, se marchó.

Nuevamente me pregunté qué era lo que quería decir. ¿Las decisiones imprudentes de quién? ¿Mías? ¿De él? ¿De alguna otra persona?

Las siguientes cuarenta y ocho horas transcurrieron con ras-cadores y pinceles y huesos humanos. Mi equipo cavaba y regis-traba los hallazgos mientras los ayudantes de Crowe sacaban la tierra y la tamizaban. Ryan me traía café y donuts y noticias del accidente aéreo. McMahon me traía información de las opera-ciones que se realizaban arriba. Le entregué el diario de la señora Veckhoff y le expliqué mis notas y teorías durante las pausas para almorzar.

Olvidé los nombres grabados en la piedra. Olvidé las extravagantes caricaturas que nos observaban en silencio desde las paredes y los techos. Olvidé las extrañas cuevas y cámaras subterráneas en las que estaba trabajando.

En total, recuperamos ocho cuerpos, el último de ellos en Halloween.

Al día siguiente supimos quién había volado en pedazos el avión de TransSouth Air.

28

—Una pipa. De las que te pones en la boca y fumas.

McMahon asintió.

—En una maleta que había sido registrada. —Mi voz denotaba mi incredulidad.

—Un empleado de la compañía aérea recuerda haberle dicho a este tío que llegaba en el último momento, que su bolsa de lona era demasiado grande para llevarla en la cabina y tendría que facturarla. El tío estaba sudado y distraído, se quitó la cazadora y la metió en la bolsa y se la entregó al encargado del equipaje. Dicen que se dejó una pipa encendida en uno de los bolsillos de la chaqueta.

—¿Qué hay de los detectores de humo? ¿Los detectores de incendio?

—No hay detectores en el compartimento del equipaje.

Ryan, McMahon y yo estábamos sentados en unas sillas plegables de una sala de reuniones en la central del NTSB. Larke Tyrell estaba sentado al final de nuestra fila. La parte delantera de la sala estaba ocupada por personal de los equipos de respuesta e investigación, mientras que los periodistas se amontonaban en la parte trasera.

Magnus Jackson estaba haciendo una declaración y proyectaba diapositivas en una pantalla que colgaba a sus espaldas.

—El vuelo 228 de TransSouth Air fue derribado por una imprevisible coincidencia de hechos que provocaron un incendio, una explosión, la despresurización del aparato y su estallido en el aire. En ese orden. Lo explicaré paso a paso y responderé a sus preguntas cuando haya terminado.

Jackson pulsó las teclas de un ordenador portátil y proyectó un esquema de la cabina de pasajeros.

—El cuatro de octubre, aproximadamente a las doce menos cuarto de la mañana, el pasajero Walter Lindenbaum se presentó ante James Sartore, empleado de la compañía aérea TransSouth Air, para embarcar en el vuelo 228. Sartore acababa de hacer la última llamada para embarcar y declaró que el señor Lindenbaum estaba extremadamente agitado, temía haber perdido su plaza en el avión por haber llegado tarde.

»El señor Lindenbaum llevaba dos bolsas, una pequeña y una bolsa de lona más grande. El agente Sartore le informó de que en el compartimento superior destinado al equipaje de mano no había espacio para la bolsa de lona y que era demasiado grande para colocarla debajo del asiento. Entonces colocó una etiqueta en la bolsa y le dijo a Lindenbaum que la dejase en la cinta y que un mozo de equipaje se encargaría de llevarla al avión. El señor Lindenbaum se quitó entonces una cazadora de punto, la metió en la bolsa y embarcó.

Jackson mostró un recibo de tarjeta de crédito.

—El extracto de la tarjeta de crédito del señor Lindenbaum refleja la compra de una botella de un litro de ron Demerara la tarde anterior al vuelo.

Pulsó otras teclas y el recibo fue reemplazado por varias tomas de una bolsa de lona chamuscada.

—La bolsa del señor Lindenbaum y su contenido, y solamente estos objetos, de todos los artefactos recuperados del accidente —enfatizó estas palabras lanzando una dura mirada a todos los asistentes— presentan signos de quemaduras geométricas simétricas con una mayor combustión interna que externa.

Mostró los signos con su puntero láser.

—Las entrevistas mantenidas con miembros de su familia han revelado que Walter Lindenbaum era fumador de pipa. Cuando accedía a una zona de no fumadores tenía la costumbre de meter la pipa en un bolsillo para volver a encenderla después. Todas las pruebas apuntan a la presencia de una pipa encendida en el bolsillo de la chaqueta de Lindenbaum cuando ésta entró en el compartimento de carga del avión.

Un creciente murmullo se extendió por la parte trasera de la sala. Los periodistas alzaron la mano y gritaron varias preguntas. Jackson les ignoró al tiempo que proyectaba unas imágenes adicionales de ropa quemada, desdoblada y vuelta a doblar.

—En el interior del compartimento de carga, los fragmentos de tabaco y cenizas encendidos cayeron del hornillo de la pipa y propagaron la combustión incandescente al resto de los tejidos de la bolsa, generando lo que llamamos un punto de ignición.

Más imágenes de lona y ropa quemadas.

—Lo repetiré. Estas pruebas de quemaduras geométricas no han sido halladas en ningún otro elemento recuperado de entre los restos del accidente. No entraré en detalles ahora, pero el comunicado de prensa explica cómo la prueba de la combustión lenta de ropas dobladas en el interior de una maleta no puede ser explicada por nada que haya sucedido después de una explosión en vuelo.

La siguiente imagen mostró fragmentos de cristal ennegrecidos por el humo.

—La botella de ron del señor Lindenbaum. Dentro de la bolsa de lona, con un contenido poco compacto, el humo se extendió a una temperatura que coincide con la producida por la combustión localizada, una temperatura más caliente que la botella y su contenido, que no participaron en el proceso de combustión.

La botella quedó intacta y el humo se depositó sobre ella. Estos depósitos, que pueden verse en esta imagen, han sido analizados por los técnicos de nuestro laboratorio. Los productos de la descomposición presentes en el humo coinciden con el punto de origen tal como lo estoy describiendo. En la botella se identificaron positivamente restos de humo de tabaco, entre otros vestigios, especialmente teniendo en cuenta que el análisis forense también disponía como referencia de hebras de tabaco sin quemar en el hornillo de la pipa.

Jackson cambió la imagen por otra que mostraba un esquema del avión.

—En el Fokker-100, las tuberías del combustible corren por debajo del suelo de la cabina, encima de los compartimentos de carga, desde los depósitos de las alas hasta los motores montados a popa del aparato.

Trazó el recorrido con el puntero, acercó un primer plano de una tubería de combustible y luego concentró la imagen en una junta.

—Nuestro equipo de estructuras ha encontrado pruebas de una grieta en una junta de la tubería de combustible a su paso a través del mamparo de separación situado en la parte trasera del compartimento del equipaje. Con toda probabilidad, esta grieta fue producida por una junta defectuosa que actuó a modo de elevador de la tensión.

Una imagen ampliada de una delgada fractura llenó la pantalla.

—El calor desprendido por la combustión incandescente de la bolsa de lona del señor Lindenbaum agravó el estado de la grieta, haciendo que cantidades diminutas de combustible vaporizado pasaran de la tubería a la cabina de carga.

Mostró a los presentes un trozo de metal sucio y descolorido.

—La degradación de calor localizado, visible en la decoloración localizada, es claramente reconocible en la tubería de combustible en el punto del fallo debido a la exposición al calor. Ahora pasaré a la simulación.

Jackson pulsó varias teclas, la pantalla quedó en blanco y luego se llenó con una animación de un F-100 en vuelo. En la parte superior de la pantalla el tiempo transcurría marcando los segundos.

La bolsa de lona de Lindenbaum podía verse en una zona elevada de la parte trasera izquierda del compartimento de equipaje, inmediatamente debajo de los asientos 23A y 23B. Vi cómo su color pasaba de rosa a salmón, a rojo, mientras sentía un nudo en la boca del estómago.

—La combustión incandescente de la bolsa —decía Jackson—. Una secuencia de la primera ignición.

De la bolsa comenzaron a escapar pequeñas motas azul claro.

—Humo.

Las partículas formaron una niebla fina y transparente.

—El compartimento del equipaje está presurizado igual que la cabina de pasajeros, lo que significa que se alimenta de aire que contiene una correcta proporción de oxígeno. O sea que hay un montón de aire caliente dando vueltas por ese lugar.

La niebla se disipó lentamente. El rojo comenzó a colorear los extremos del equipaje de Lindenbaum.

—Aunque contenido al principio, el humo finalmente se expandió desde la bolsa. El calor se proyectó hacia el exterior y entonces se comenzó a desarrollar una combustión ardiente laminar fuera de la bolsa de lona que incendió los equipajes situados a ambos lados y produjo una densa columna de humo.

En una de las tuberías de combustible que corría a lo largo del mamparo interno del compartimento del equipaje aparecieron diminutos puntos negros. Miré, hipnotizada, mientras los puntos se multiplicaban y descendían lentamente, o quedaban suspendidos en el ambiente.

—A continuación se inició la secuencia de la segunda ignición. Cuando el combustible comenzó a disiparse fuera de la tubería presurizada, la cantidad era tan ínfima que se vaporizó mezclándose con el aire. Cuando el combustible se expandió en estado vaporoso comenzó a descender, ya que los vapores de combustible son más pesados que el aire. En ese punto se hubiese producido un fuerte olor que habría sido detectado fácilmente.

En la cabina de pasajeros aparecieron unos vestigios azules.

—El humo se filtró a la cabina a través del sistema de ventilación, calefacción y aire acondicionado y, finalmente, llegó al exterior a través de la válvula de presurización.

Pensé en Jean Bertrand. ¿Habría percibido el olor? ¿Visto el humo?

Del equipaje de Lindenbaum se desprendió un relámpago rojo y un orificio dentado apareció en la parte posterior del compartimento del equipaje.

—Veinte minutos y veintiún segundos después de que el avión despegara, el combustible vaporizado atravesó unos cables eléctricos y produjo una terrible explosión. Esta explosión puede oírse claramente en la grabación de la cabina de los pilotos.

Recordé lo que había dicho Ryan acerca de las últimas palabras de los pilotos y sentí la misma impotencia que él había descrito.

—El circuito dejó de funcionar.

Pensé en los pasajeros. ¿Habrían sentido el impacto? ¿Oído la explosión? ¿Se dieron cuenta de que iban a morir?

—La explosión inicial partió del compartimento del equipaje presurizado al fuselaje inferior sin presurizar, y la presión del aire comenzó a arrancar partes del avión. En ese punto más combustible escapó de la tubería y las llamas invadieron la cabina de carga.

Jackson identificó los objetos a medida que se separaban y caían a tierra.

—Forro del fuselaje de popa. Frenos de velocidad.

En la sala reinaba un silencio sepulcral.

—La presión del aire se desplazó luego a través de la cola vertical y afectó a los timones de profundidad y al estabilizador horizontal.

En la animación, el avión se precipitaba de morro hacia tierra, la cabina de pasajeros aún intacta. Jackson pulsó una tecla y la pantalla quedó en blanco.

Nadie parecía respirar o moverse. Pasaron los segundos. Escuché un sollozo, o quizá sólo un profundo suspiro. Una tos. Luego la sala pareció estallar.

—Señor Jackson...

—¿Por qué no había más detec...?

—Señor Jack...

—¿Cuánto tiempo...?

—Responderé a las preguntas de una en una.

Jackson señaló a una mujer que llevaba gafas estilo Buddy Holly.

—¿Cuánto tiempo tardó en aumentar la temperatura de la bolsa de lona hasta alcanzar el punto de ignición?

—Permítanme que les aclare una cosa. Estamos hablando de incandescencia, un tipo de combustión incandescente que se origina cuando el escaso oxígeno disponible entra en contacto directo con un sólido, como el caso de las brasas. No se trata de una combustión ardiente. En un pequeño volumen como es el interior de un compartimento de equipaje, la incandescencia podría establecerse rápidamente y mantenerse aproximadamente entre los 190 y los 230 °C.

Su dedo encontró a otro periodista.

—¿Cómo pudo sobrevivir la botella de ron al fuego dentro de la bolsa?

—Es sencillo. En el otro extremo del espectro de temperatura, la incandescencia puede alcanzar entre los 400 y 450 °C, la temperatura de un cigarrillo o una pipa encendidos. No es suficiente para alterar una botella de vidrio que contenga un líquido.

—¿Y los depósitos de humo permanecerían en la botella?

—Sí. A menos que la botella estuviese sometida a un fuego muy intenso y sostenido, y no fue el caso, al contrario de lo que sucedió en el interior del equipaje.

El dedo se movió.

—¿Las marcas de fatiga del metal también perduraron?

—Para fundir el acero se necesitan temperaturas de 850 °C o más elevadas. Las marcas típicas que señalan la fatiga del metal generalmente superan un fuego de la intensidad que estoy describiendo.

Señaló a un periodista del *Charlotte Observer*.

—¿Los pasajeros pudieron darse cuenta de lo que estaba sucediendo?

—Los que se encontraban sentados en una zona próxima al punto de ignición debieron sentir el impacto. Todos los demás seguramente oyeron la explosión.

—¿Qué me dice del humo?

—El humo debió extenderse a la cabina de los pasajeros a través del sistema de calefacción y aire acondicionado.

—¿Los pasajeros estuvieron conscientes todo el tiempo?

—El tipo de combustión que acabo de describir puede producir gases nocivos que afectan rápidamente a las personas.

—¿Cuán rápidamente?

—Tal vez unos noventa segundos.

—¿Podrían haber alcanzado esos gases el compartimento de los pasajeros?

—Sí.

—¿Se han encontrado rastros de humo o gases tóxicos en las víctimas del accidente?

—Sí. En breve el doctor Tyrell hará una declaración.

—Con tanto humo, ¿cómo puede estar seguro acerca de la fuente de los depósitos en la botella de ron?

El que había preguntado parecía tener dieciséis años.

—Se recuperaron fragmentos de la pipa de Lindenbaum y se realizaron estudios de referencia empleando hebras de tabaco sin quemar adheridas al interior del hornillo. Los depósitos encontrados en la botella eran los residuos de la combustión de ese tabaco.

—¿Cómo es posible que haya habido una fuga de combustible?

Alguien gritó la pregunta desde el fondo de la sala.

—Cuando se produjo el incendio en la cabina de carga, el impacto del fuego sólo afectó a un segmento de la tubería de combustible. Esto arrancó la pared de la tubería o indujo una tensión que abrió muy levemente la pequeña grieta.

Jackson cedió la palabra a un periodista que se parecía a Dick Cavett[18] y hablaba como él.

—¿Nos está diciendo que el fuego inicial no provocó directamente la explosión?

—Así es.

—¿Qué causó la explosión? —insistió.

—Un fallo eléctrico. Ésa es la secuencia de la segunda ignición.

—¿Hasta dónde puede estar seguro de eso?

—Puedo estar razonablemente seguro. Cuando la electricidad produce una explosión, la energía eléctrica no se pierde, debe ir a tierra. En el mismo segmento de la tubería de combustible se han podido identificar daños provocados por esa descarga eléctrica a tierra. Un daño de esa naturaleza puede verse normalmente en elementos de cobre y casi nunca en piezas de acero.

---

18. Conocido presentador de la televisión estadounidense de los años setenta. (N. del t.)

—No puedo creer que el fuego originado en la bolsa de lona no haya provocado la explosión. —Cavett no hizo nada por disimular su escepticismo—. ¿No habría sido eso lo normal?

—Su pregunta tiene sentido. Eso fue lo que pensamos al principio, pero verá, los gases aún no se han mezclado suficientemente con el aire a una distancia tan corta del foco de emisión. Los gases deben mezclarse antes de que se pueda producir la ignición, pero cuando lo hace, la explosión es terrible.

Otra mano.

—¿El análisis fue realizado por especialistas en incendios y explosiones?

—Así es. Incluso se trajeron expertos de fuera.

Otro periodista se puso de pie.

Ochenta y ocho personas habían perdido la vida porque un hombre estaba preocupado por la posibilidad de perder su plaza en el avión. Todo había sido un trágico error.

Miré mi reloj. Crowe me estaría esperando.

Me marché de la sala sintiéndome atontada. Me esperaban otras víctimas cuyas muertes no habían sido consecuencia de un simple descuido.

Los camiones frigoríficos habían abandonado los terrenos del Departamento de Bomberos de Alarka. En el aparcamiento sólo quedaban las máquinas reemplazadas por la compañía y los vehículos de mis ayudantes. Un ayudante del sheriff estaba de guardia en la entrada.

Cuando llegué Crowe ya estaba allí. Al verme, bajó del coche patrulla, recogió un pequeño estuche de cuero y esperó. El cielo estaba gris y un viento frío soplaba a través del desfiladero. Las rachas jugaban con el ala de su sombrero, alterando sutilmente su forma alrededor del rostro.

Me reuní con ella y juntas entramos en lo que ahora era un

depósito provisional diferente. Stan y Maggie estaban trabajando en mesas de autopsia, ordenaban grupos de huesos donde hasta hacía poco habían yacido las víctimas del desastre aéreo. En cuatro mesas había cajas de cartón cerradas.

Saludé a los miembros de mi equipo y me dirigí rápidamente al espacio que utilizaba como oficina. Mientras me cambiaba la chaqueta por una bata de laboratorio, Crowe se sentó en la silla que había al otro lado del escritorio, abrió el estuche de cuero y sacó varias carpetas.

—Nada en mil novecientos setenta y nueve. Todos los parlamentarios fueron investigados. Pero encontramos dos en mil novecientos setenta y dos.

Abrió la primera carpeta.

—Mary Francis Rafferty, blanca, ochenta y un años. Vivía sola en Dillsboro. Su hija la llamaba o la visitaba todos los sábados. Una semana Rafferty abandonó su casa. Nunca volvieron a verla. Supusieron que se perdió y murió a la intemperie.

—¿Cuántas veces hemos oído esas mismas palabras?

Pasó a la siguiente carpeta.

—Sarah Ellen Deaver, blanca, diecinueve años. Salió de su casa para acudir al trabajo en una tienda de comestibles de la autopista 74. Nunca llegó allí.

—Dudo de que Deaver se encuentre entre las víctimas. ¿Alguna noticia de Tommy Albright?

—La identificación de George Adair es positiva —confirmó Crowe.

—¿Dentadura? —pregunté.

—Sí. —Pausa—. ¿Sabe que al cadáver de la sepultura del primer nicho le faltaba el pie izquierdo?

—Albright me llamó.

—La hija de Jeremiah Mitchell creyó reconocer algunas de sus ropas. Hemos conseguido una muestra de sangre de su hermana.

—Albright me pidió que cortase algunas muestras de huesos. Tyrell me prometió que las enviaría enseguida. ¿Ha comprobado las otras fechas?

—La familia de Albert Odell me dio el nombre de su dentista.

—¿Es el cultivador de manzanas? —pregunté.

—Odell es el único parlamentario del ochenta y seis.

—Muchos dentistas no conservan los archivos después de diez años.

—El doctor Welch no parecía ser el tío más listo del mundo. Esta tarde le iré a ver a Lauada para ver qué es lo que tiene.

—¿Qué me dice de los otros?

Sabía cuál sería su respuesta incluso cuando estaba formulando la pregunta.

—Con los otros será más complicado. Han pasado más de cincuenta años en los casos de Adams y Farrell y más de cuarenta en el caso de Tramper.

Sacó otras tres carpetas del sobre de cuero y las dejó sobre mi escritorio.

—Aquí está todo lo que he conseguido encontrar. —Se levantó—. Le haré saber lo que averigüe con ese dentista.

Cuando se marchó pasé algunos minutos examinando las carpetas que me había dejado.

La que correspondía a Tucker Adams sólo contenía los recortes de prensa que ya había leído.

El archivo de Edna Farrell era un poco mejor e incluía notas manuscritas tomadas en la época de su desaparición. Había una declaración por parte de Sandra Jane Farrell en la que ofrecía un relato de los últimos días de Edna y una detallada descripción física de su madre. Cuando era joven Edna se había caído de un caballo y Sandra describía el rostro de su madre como «asimétrico».

Cogí una foto en blanco y negro con los bordes ondulados. Aunque la imagen era borrosa, la simetría facial resultaba evidente.

—Bien hecho, Edna.

Había fotografías de Charlie Wayne Tramper, y tanto su desaparición como su muerte habían salido en numerosos artículos de los periódicos. Aparte de eso, en cuanto a información escrita el material era escaso.

Los días siguientes fueron como el primero que había pasado en el Departamento de Bomberos de Alarka, viviendo con los muertos desde el alba hasta el anochecer. Hora tras hora clasificaba y ordenaba huesos, determinaba sexo y raza, calculaba edad y altura. Buscaba indicios de antiguas lesiones, enfermedades pasadas, peculiaridades congénitas o movimientos repetitivos. Para cada esqueleto elaboré un perfil lo más completo posible trabajando a partir de restos que carecían de tejidos vivos.

En cierto sentido era como procesar un accidente, donde los nombres se conocen gracias a la lista de pasajeros. Basándome en el diario de Veckhoff estaba convencida de que tenía una población restringida porque las fechas introducidas en las listas coincidían exactamente con las fechas en las que habían desaparecido todos aquellos ancianos del condado de Swain y condados vecinos: 1943, Tucker Adams; 1949, Edna Farrell; 1959, Charlie Wayne Tramper; 1986, Albert Odell.

Con la convicción de que ellos habían sido los primeros, comenzamos con las cuatro sepulturas encontradas en el túnel. Mientras Stan y Maggie limpiaban, clasificaban, numeraban, fotografiaban y sacaban placas de rayos X, yo estudiaba los huesos.

Encontré primero a Edna Farrell. El esqueleto número cuatro correspondía a una mujer mayor cuyo pómulo y maxilar inferior derechos estaban notablemente desviados de la línea media a causa de unas fracturas que se soldaron sin una intervención médica adecuada.

El esqueleto número cinco estaba incompleto, faltaban partes de la caja torácica, brazos y pantorrillas. El daño causado por los animales era muy grande. Los rasgos de las pelvis me indicaron que el individuo era masculino y mayor. Un cráneo redondo, pómulos marcados y los dientes delanteros excavados sugerían antepasados americanos nativos. El análisis estadístico situaba el cráneo sin duda en el campo mongoloide. ¿Charlie Wayne Tramper?

El número seis, el más deteriorado de los esqueletos, era el de un hombre caucásico mayor que carecía de dientes en el momento de la muerte. Salvo por una altura estimada de más de un metro ochenta, sus huesos no presentaban marcas específicas. ¿Tucker Adams?

El esqueleto número tres correspondía a un hombre mayor con fracturas soldadas en nariz, maxilares, tercera, cuarta y quinta costillas y peroné derecho. Un cráneo alargado y estrecho, puente nasal tipo cabaña Quonset,[19] borde nasal uniforme y proyección anterior de la parte inferior del rostro indicaban que el hombre era negro. Eso mismo confirmó el programa Fordisc 2.0. Sospechaba que se trataba de la víctima de 1979.

A continuación examiné los esqueletos que habíamos encontrado en el nicho junto a los de Mitchell y Adair.

El esqueleto número dos correspondía a un hombre blanco mayor. Los cambios provocados por la artritis en los huesos del hombro y el brazo derechos sugerían una repetida extensión de la mano por encima de la cabeza. ¿Recolección de manzanas? Basándome en el estado de conservación supuse que este individuo había fallecido en una fecha más reciente que aquellos enterrados en las sepulturas del túnel. ¿El cultivador de manzanas, Albert Odell?

---

19. Quonset es la marca de fábrica de una cabaña prefabricada de techo semicilíndrico y construida con planchas corrugadas. (N. del t.)

El esqueleto número uno pertenecía a una mujer blanca mayor con una artritis bastante avanzada y sólo siete piezas dentales. ¿Mary Francis Rafferty, la mujer que vivía en Dillsboro y cuya hija había encontrado la casa de su madre desierta en 1972?

El sábado, a última hora de la tarde, estaba segura de que había conseguido emparejar los huesos con sus nombres apropiados. Lucy Crowe ayudó encontrando los informes dentales de Odell, el reverendo Luke Bowman recordando la altura de Tucker Adams. Un metro ochenta y cinco.

Y yo tenía una idea bastante buena sobre la forma en que habían muerto todos ellos.

El hioides es un hueso pequeño, en forma de herradura, que se encuentra engastado en el tejido blando del cuello, detrás y encima del maxilar inferior. En las personas mayores, cuyos huesos son a menudo frágiles y quebradizos, el hioides se fractura cuando se comprimen sus alas. El origen más común de esta fuerza compresora es la estrangulación.

Tommy Albright me llamó cuando me estaba preparando para marcharme.

—¿Has encontrado más fracturas del hioides?

—Cinco de seis.

—Mitchell también. Pero debió defenderse como un jabato. Como no pudieron estrangularle, le aplastaron la cabeza.

—¿Adair?

—No. Pero hay evidencias de hemorragia petequial.

Las petequias son diminutos coágulos de sangre que aparecen como puntos en los ojos y la garganta, y son claros indicadores de asfixia.

—¿Quién demonios querría estrangular a unos viejos?

No contesté. Había visto otras lesiones en los esqueletos. Lesiones que me resultaban desconcertantes. Lesiones de las que no hablaría hasta no disponer de más datos.

Cuando Tommy colgó, me acerqué al esqueleto de la sepultura cuatro, cogí los fémures y los llevé a la lente de aumento.

Sí. Allí estaba. Era real.

Recogí los fémures de todos los esqueletos y llevé los huesos al microscopio de disección.

Unas muescas diminutas rodeaban cada tallo proximal derecho y recorrían toda la extensión de cada línea áspera, el borde rugoso donde se insertan los músculos en la parte posterior del hueso. Otros cortes marcaban el hueso horizontalmente, por encima y debajo de las superficies de articulación. Aunque el número de marcas variaba, su distribución era la misma de una víctima a otra.

Maniobré con el microscopio hasta conseguir la máxima ampliación posible del material que estaba examinando.

Cuando volví a enfocar los huesos comprobé que las finas ranuras cristalizaban en grietas de bordes afilados, en forma de V en el corte transversal.

Marcas de cortes. Pero ¿cómo era posible? Había visto muchos casos de marcas de cortes en los huesos, pero sólo en casos de desmembramiento. Excepto en Charlie Wayne Tramper y Jeremiah Mitchell, esos individuos habían sido enterrados completos.

¿Entonces por qué? ¿Y por qué sólo los femorales derechos? ¿Eran sólo los femorales derechos?

Estaba a punto de iniciar un nuevo examen de cada uno de los huesos cuando Andrew Ryan irrumpió en la sala.

Maggie, Stan y yo levantamos la vista, sorprendidos.

—¿Os habéis enterado de las últimas noticias?

Los tres sacudimos la cabeza.

—Parker Davenport fue encontrado muerto hace unas tres horas.

29

—¿Muerto?

Las emociones estallaron dentro de mí. Conmoción. Piedad. Ira. Precaución.

—¿Cómo?

—Una bala en el cerebro. Uno de sus ayudantes le encontró en su casa.

—¿Suicidio?

—O un montaje.

—¿Se encarga Tyrell del caso?

—Sí.

—¿Se ha enterado ya la prensa?

—Oh, sí. Darían lo que fuera por un poco de información.

Alivio. La presión ya no estaría sobre mis hombros. Culpa. Un hombre ha muerto y piensas primero en ti misma.

—Pero el asunto es más reservado que los planes de guerra de Estados Unidos.

—¿Dejó Davenport alguna nota?

—No han encontrado ninguna. ¿Cómo están las cosas aquí? Ryan señaló las mesas de autopsia.

—¿Tienes tiempo?

—El accidente se produjo debido a un descuido y a un fallo mecánico. —Abrió los brazos—. Soy un hombre libre.

El reloj de la pared marcaba las ocho menos cuarto. Les dije a Stan y Maggie que podían irse a casa, luego llevé a Ryan a mi despacho y le hablé del diario de Veckhoff.

—¿Estás diciendo que un grupo de ancianos fueron asesinados al azar después de las muertes de eminentes ciudadanos? —Ryan lo intentó pero fue incapaz de ocultar el escepticismo de su voz.

—Sí.

—Y nadie se dio cuenta de lo que estaba pasando.

—Las desapariciones de esas personas no fueron lo bastante frecuentes para sugerir un patrón, y el hecho de que las víctimas fueran ancianos contribuyó a que no hubiese ninguna conmoción.

—Y esta desaparición de ancianos se ha prolongado durante medio siglo.

—Más tiempo. —Sonaba disparatado y eso me puso nerviosa. Y cuando estoy nerviosa exagero—. Y los abuelos eran también caza no vedada.

—Y los asesinos utilizaban la casa de Arthur para deshacerse de los cadáveres.

—Sí, pero no sólo para deshacerse de ellos.

—Y se trataba de alguna clase de grupo en el que cada uno de sus miembros tenía un nombre en clave.

—Tiene —dije.

Silencio.

—¿Estás hablando de una secta?

—No. Sí. No lo sé. No lo creo. Pero pienso que las víctimas fueron utilizadas en alguna especie de ritual.

—¿Por qué piensas eso?

—Ven conmigo.

Le llevé de una mesa a otra, presentándole los esqueletos y especificando detalles importantes en cada uno de ellos. Por último le llevé al microscopio utilizado para el material de disección y concentré la lente sobre el fémur derecho de Edna Farrell.

Cuando Ryan lo hubo estudiado, añadí uno de los fémures de Tucker Adams.

Luego el de Rafferty.

El de Odell.

El patrón era inconfundible. Las mismas muescas. La misma distribución.

—¿Qué son?

—Marcas de cortes.

—¿Cómo las de un cuchillo?

—Un objeto con una hoja muy afilada.

—¿Qué significan?

—No lo sé.

Cada hueso produjo un sonido hueco cuando volví a colocarlos sobre la superficie de acero inoxidable. Ryan me observaba con el rostro imperturbable.

Mis tacones resonaron en el suelo cuando atravesé la sala en dirección al fregadero, luego volví al despacho para quitarme la bata del laboratorio y ponerme la chaqueta. Cuando regresé, Ryan estaba junto al esqueleto que yo creía que pertenecía a Albert Odell, el cultivador de manzanas.

—O sea que sabes quiénes son estas personas.

—Excepto ese caballero.

Señalé al anciano negro.

—Y piensas que todos ellos fueron estrangulados.

—Sí.

—¿Pero por qué?

—Habla con McMahon. Eso es trabajo de la policía.

Ryan me acompañó un trecho hasta el aparcamiento. Cuando me deslicé detrás del volante de mi coche, me hizo la última pregunta.

—¿Qué clase de mutante chiflado sería capaz de secuestrar a personas mayores, estrangularlas y después jugar con sus cadáveres?

La respuesta llegaría de una fuente completamente inesperada.

Una vez de regreso a High Ridge House, me preparé un bocadillo de jamón, lechuga y tomate, cogí una bolsa de patatas fritas y un puñado de galletas de chocolate y fui a cenar en compañía de *Boyd*. Aunque me deshice en disculpas por mi comportamiento negligente de las últimas semanas, sus cejas apenas si se movieron y la lengua permaneció fuera de mi vista. El perro estaba cabreado.

Más culpa. Más reproches.

Después de haberle dado a *Boyd* el bocadillo, las patatas y las galletas de chocolate, llené sus recipientes con bastante agua y comida para perros y le prometí un largo paseo para el día siguiente. Cuando me marché estaba olfateando las bolas de Alpo.

Cogí más provisiones y me llevé la comida a la habitación. En el suelo había una nota. Considerando la modalidad de entrega sospeché que el remitente era McMahon.

Efectivamente. Me pedía que pasara por el cuartel general del FBI al día siguiente.

Engullí la cena, tomé un baño caliente y llamé a un colega de la Universidad de Carolina del Norte-Chapel Hill. Aunque pasaban de las siete de la tarde, conocía perfectamente la rutina de Jim. No tenía clases por la mañana. Regresaba a casa alrededor de las seis. Después de cenar, una carrera de ocho kilómetros, luego de vuelta a su laboratorio de arqueología hasta las dos de la mañana. Excepto cuando estaba trabajando en alguna excavación, Jim era un noctámbulo.

Después de los saludos de rigor y una breve puesta al día, le pedí ayuda.

—*¿Estás haciendo algún trabajo de arqueología?*

—Es algo más divertido que mi trabajo habitual —dije evasivamente.

A continuación describí las extrañas muescas y estrías sin revelar la naturaleza de las víctimas.

—*¿Qué antigüedad tiene el material?*

—No mucha.

—*Es extraño que esas marcas que describes se limiten a un único hueso, pero el patrón resulta sospechoso. Te enviaré por fax tres artículos recientes y varias fotografías tomadas por mí.*

Le agradecí su colaboración y le di el número del depósito.

—*¿Dónde queda eso?*

—En el condado de Swain.

—*¿Estás trabajando con Midkiff?*

—No.

—Alguien me dijo que estaba haciendo unas excavaciones en ese lugar.

Luego llamé a Katy. Hablamos de sus clases, de *Boyd* y de una falda que había visto en uno de los catálogos de Victoria's Secret. Hicimos planes para viajar a la playa el Día de Acción de Gracias. En ningún momento mencioné los asesinatos o mi creciente inquietud.

Después de cortar la comunicación, me metí en la cama y permanecí despierta en la oscuridad, visualizando los esqueletos que habíamos recuperado de la bodega. Aunque nunca había visto un caso real, en el fondo de mi corazón sabía cuál era el significado de esas marcas.

Pero ¿por qué?

Sentí horror. Incredulidad. Luego no sentí absolutamente nada más hasta que el sol comenzó a calentarme la cara a las siete de la mañana.

Las fotografías y los artículos de Jim estaban en el fax cuando llegué al depósito. *Nature, Science* y *American Antiquity.* Leí los artículos y estudié las fotografías. Luego volví a examinar cada uno de los cráneos y fémures, tomando fotos con una Polaroid de todo aquello que me resultaba sospechoso.

Aun así, me resistía a creerlo. Antes, en pueblos antiguos, sí. Pero estas cosas no pasaban en la Norteamérica moderna.

Un súbita sinapsis.

Otra llamada telefónica. Colorado. Veinte minutos más tarde, otro fax.

Miré la hoja que temblaba ligeramente en mis manos.

Dios bendito. Era innegable.

Encontré a McMahon en su cuartel general provisional instalado en el Departamento de Bomberos de Bryson City. Al igual que sucediera con el depósito temporal, la función de la oficina del FBI había cambiado. McMahon y sus colegas habían desviado su foco de atención de investigación de un accidente a investigación del escenario de un crimen, su paradigma: de terrorismo a homicidio.

El espacio ocupado anteriormente por el NTSB ahora estaba vacío y se había unido varios espacios para crear lo que parecía la sala de reunión de una fuerza especial. Los tablones de anuncios en los que antes había los nombres de grupos terroristas y militantes radicales ahora mostraban los de ocho víctimas de asesinato. En un grupo las identificaciones positivas: Edna Farrell. Albert Odell. Jeremiah Mitchell. George Adair. En otro, los desconocidos y los que aún eran dudosos. N. N. Tucker Adams. Charlie Wayne Tramper. Mary Francis Rafferty.

Aunque todos los nombres estaban acompañados de una fecha de desaparición, la cantidad y el tipo de información variaba considerablemente de un grupo a otro.

En el otro extremo de la sala, otros tablones mostraban fotografías de la casa de Arthur. Reconocí sin dificultad los catres del desván, la mesa del comedor y la chimenea del gran salón.

Estaba examinando las fotos de los murales del sótano cuando McMahon se reunió conmigo.

—Un material encantador.

—La sheriff Crowe cree que ésa es una reproducción de una pintura de Goya.

—Tiene razón. Se trata de *Saturno devorando a sus hijos*.

Señaló una fotografía de la escena de la balsa.

—Ésta es una pintura de Théodore Géricault. ¿Lo conoce?

Sacudí la cabeza.

—Se titula *La balsa de la Medusa*.

—¿Cuál es la historia?

—Estamos investigando.

—¿Quién es el oso?

—La misma respuesta. Investigamos el nombre pero no encontramos nada. No puede haber muchos Baxbakualanuxsiwae por ahí.

Quitó una chincheta con la uña y me dio una lista.

—¿Le resulta familiar alguno de los nombres del programa?

—¿Los que aparecen en las paredes del túnel?

—Sí. El agente especial Rayner está trabajando en ellos.

Tres mesas plegables se alineaban en la parte posterior de la habitación. Encima de una de ellas había un ordenador, en las otras dos había cajas de cartón, cada una marcada con la fecha y su procedencia: «Cajón de la cocina 13. Sala de estar, estantería pared norte». En el suelo había más cajas.

Un joven en mangas de camisa y corbata trabajaba en el ordenador. Le había visto en la casa de Arthur, pero no nos habían presentado. McMahon le hizo un gesto al agente hacia mí.

—Roger Rayner, Tempe Brennan.

Rayner alzó la vista y sonrió, luego volvió a concentrarse en la pantalla.

—Hemos identificado a los personajes más obvios. Los dioses griegos y romanos, por ejemplo.

Advertí algunos comentarios que acompañaban a algunos de los nombres encontrados en las paredes. Cronos. Dionisos. Las Hijas de Mineo. Las Hijas de Peleas. Polifemo.

—Y el papa y el emperador azteca aparecieron enseguida. Pero ¿quién diablos es Dasakumaracarita? ¿O Abd al-Latif? ¿O Hamatsa? —Pronunciaba los nombres sílaba a sílaba—. Al menos puedo decir «Sawney Beane» o «John Gregg».

Se pasó una mano por el pelo pero la cresta volvió a alzarse.

—Imagino que un antropólogo podría reconocer a alguna oscura diosa o algo por el estilo.

Yo miraba fijamente uno de aquellos nombres de la lista. Hamatsa.

Moctezuma. Los aztecas.

Saturno devorando a sus hijos.

—¿Hay algún lugar donde podamos hablar en privado?

Mi voz sonaba aguda y temblorosa.

McMahon me miró sorprendido y luego me llevó a un despacho que había a unos pocos metros.

Me llevó un momento ordenar las ideas.

—Lo que voy a decirle puede sonarle absurdo, pero me gustaría que me escuchara hasta el final.

Se reclinó en su silla y cruzó los dedos sobre el estómago.

—Entre los kwakiutl del noroeste del Pacífico, los Hamatsa formaban una sociedad de élite tribal. Los jóvenes que aspiraban a convertirse en Hamatsa debían soportar un largo período de aislamiento.

—¿Como en las pruebas de una hermandad universitaria?

—Sí. Durante su estancia en la selva, los iniciados aparecían periódicamente en las afueras de la aldea, desvariando y gritando, se lanzaban sobre el poblado, mordían y arrancaban la carne de brazos y pechos de los desafortunados que estaban presentes y luego volvían a desaparecer en la selva.

McMahon se miraba las manos.

—Poco antes de que acabase ese exilio voluntario, cada iniciado recibía una momia previamente empapada en agua salada, limpiada y abierta por la mitad. Se esperaba que el iniciado curase con humo el cadáver para el ritual final.

Hice un esfuerzo para tragar.

—Durante el transcurso de ese ritual, el aspirante y los miembros más importantes de la hermandad devoraban trozos del cadáver.

McMahon continuó con la mirada clavada en las manos.

—¿Está familiarizado con los aztecas?

—Sí.

—Apaciguaban la ira de los dioses a través de un ritual en el que comían seres humanos.

—¿Canibalismo?

Los ojos de McMahon finalmente se encontraron con los míos.

—A gran escala. Cuando Cortés y sus hombres entraron en la capital de Moctezuma, Tenochtitlán, encontraron montones de cráneos humanos en la plaza de la ciudad, otros empalados en estacas. Calcularon que había más de cien mil.

Silencio. Luego:

—Saturno comiendo a sus hijos.

—Polifemo capturó a Ulises y se comió a sus compañeros.

—¿Qué tiene que ver un papa en todo esto?

—No estoy segura.

McMahon se marchó y volvió a aparecer al cabo de unos minutos.

—Rayner lo está buscando.

Miró una de las notas y se rascó la cabeza.

—Rayner encontró la pintura de Géricault. Está basada en el naufragio en 1816 de una fragata francesa, *La Méduse*. Según la historia, los supervivientes se comieron a los muertos mientras vagaban perdidos en el mar.

Estaba a punto de mostrarle a McMahon mis propios hallazgos cuando Rayner apareció por la puerta. Escuchamos mientras leía las notas que había escrito en su cuaderno.

—No creo que quieran escuchar todo el resumen de la vida de este tío, de modo que me limitaré a los puntos más importantes. El papa Inocencio III es conocido sobre todo por haber organizado el cuarto concilio de Letrán en 1215. A todo el que era alguien en el mundo cristiano se le dijo que moviese el culo para estar presente en esa reunión.

Alzó la vista.

—Estoy haciendo una paráfrasis. Con todos los peces gordos reunidos, Inocencio decretó que a partir de entonces las palabras *hoc est enim corpus meum* debían interpretarse de forma literal, y se exigía a los fieles que creyeran en la transubstanciación. Es la idea según la cual, durante la celebración de la misa, el pan y el vino se convierten en el cuerpo y la sangre de Cristo.

Volvió a alzar la vista para ver si le seguíamos.

—Inocencio decretó que ese acto no es simbólico sino real. Aparentemente esta cuestión había sido debatida durante cerca de mil años, de modo que Inocencio decidió ponerle punto final. A partir de aquella fecha, si dudabas de la transubstanciación eras culpable de herejía.

—Gracias, Roger.

—De nada.

Volvió a su ordenador.

—¿Cuál es la relación? —preguntó McMahon.

—Inocencio definió el acto ceremonial más sagrado del cristianismo como una verdadera ingesta de Dios. Es lo que los antropólogos llaman antropofagia ritual.

Un recuerdo de mi infancia. Una monja vestida con su hábito tradicional, el crucifijo sobre el pecho, una tiza en las manos.

—¿Conoce el origen de la palabra *host*?

—Hostia. Significa «víctima sacrificatoria» en latín.

—¿Cree que nos enfrentamos a algún grupo de chalados que disfruta con el canibalismo?

Inspiré profundamente.

—Creo que es mucho peor que eso.

—¿Peor que qué?

Ambos nos volvimos. Ryan se encontraba en el mismo lugar que hacía pocos minutos había ocupado Rayner. McMahon le indicó una de las sillas.

—Peor que jugar con mitos y pinturas alegóricas. Me alegra que hayas venido, Ryan. Podrás confirmar lo que estoy a punto de describir.

Saqué del maletín las fotografías que me había enviado Jim y le pasé la primera a McMahon.

—Lo que aparece en esa fotografía es el fémur reconstruido de un venado. Los cortes fueron hechos con un instrumento afilado, probablemente un cuchillo de piedra. Se puede observar cómo se agrupan alrededor de los puntos de unión del tendón y el ligamento, y en las articulaciones.

McMahon le pasó la foto a Ryan y yo le alcancé varias más.

—Ésos también son huesos de animales. Se puede apreciar una distribución similar de las estrías y las marcas de los cortes.

Siguiente fotografía.

—Ésos son fragmentos de huesos humanos. Fueron hallados en la misma cueva del sureste de Francia donde se descubrieron los huesos de los animales.

—Parece el mismo patrón.

—Lo es.

—¿Y significa?

—Matanza. A los huesos se les quitó la carne y fueron cortados o arrancados a la altura de las articulaciones.

—¿Qué edad tiene este material?

—Entre cien mil y ciento veinte mil años de antigüedad. La zona estaba habitada por neandertales.

—¿Todo esto es relevante para el caso?

Le pasé otro grupo de fotografías.

—Ésos también son huesos humanos. Fueron recuperados en un lugar próximo a Mesa Verde, en la región suroccidental de Colorado.

—¿Anasazi? —preguntó Ryan, cogiendo una de las fotos.

—Sí.

—¿Quiénes son los anasazi? —preguntó McMahon.

—Antepasados de grupos como los hopi y los zuni. Este paraje estuvo habitado por un pequeño grupo humano alrededor del 1130 al 1150 a. de C., durante un período de extrema sequía. Un colega de Chapel Hill fue quien dirigió la excavación arqueológica en ese lugar. Éstas son sus fotografías. Al menos treinta y cinco adultos y niños fueron asesinados. Observen que el patrón es el mismo.

Les di otra foto.

—Éstas son algunas herramientas de piedra asociadas a los huesos humanos. Las pruebas confirmaron la presencia de sangre humana.

Otra.

—Esa vasija de cerámica contenía residuos de tejidos humanos.

—¿Cómo pueden estar seguros de que estas marcas no fueron causadas por la erosión? ¿O por animales? ¿O por alguna clase de ritual fúnebre? Esta gente tal vez se dedicaba a cortar el cuerpo de los muertos para prepararlos para la otra vida. Eso podría explicar las herramientas y la vasija con sangre.

—Ése fue exactamente el argumento utilizado hasta que se descubrió esto.

Les pasé otra de las fotografías.

—¿Qué demonios es eso?

McMahon se la pasó a Ryan.

—Después de que siete personas fuesen asesinadas, cocinadas y comidas en una pequeña cámara subterránea en este lugar, uno de los comensales se puso tranquilamente en cuclillas sobre el suelo frío del hogar utilizado para preparar la comida y defecó.

—¡Mierda!

—Exactamente. Los arqueólogos lo llaman excrementos fósiles conservados. En esta bella muestra, las pruebas bioquímicas mostraron vestigios de proteína muscular humana digerida.

—¿Es posible que esa proteína haya llegado hasta allí por otro medio?

—No la mioglobina. Las pruebas también demostraron que este tío había comido casi exclusivamente carne durante las dieciocho horas previas a su gran acto.

—Todo esto está muy bien, Tempe, pero tengo ocho fiambres y a una jauría de periodistas echándome el aliento en la nuca. Aparte de un grupo de chalados con un gusto morboso por el arte y la literatura, ¿por qué es tan relevante este material?

Añadí otras dos fotografías a las que ya había encima de su escritorio.

—¿Ha oído hablar de Alfred G. Parker?

McMahon echó un vistazo al reloj y luego a las fotografías.

—No.

—Alfie Parker se hizo famoso por haber matado y comido a cinco personas en Colorado durante el invierno de 1974. Fue juzgado y condenado por asesinato. Recientemente las víctimas de aquella matanza fueron exhumadas y analizadas.

—¿Por qué demonios hicieron eso?

—Precisión histórica.

Ryan pasó por detrás de McMahon. Mientras los dos hombres examinaban los huesos de las víctimas de Parker, me levanté y extendí las instantáneas Polaroid sobre el escritorio.

—Tomé estas fotos en el depósito esta mañana.

Como espectadores en una pista de tenis, las miradas de Ryan y McMahon pasaron de las víctimas de neandertales, anasazi y Parker a mis fotografías. Nadie habló durante lo que parecieron siglos.

McMahon rompió el silencio.

—¡Por los clavos de Cristo!

30

Nadie tenía nada que añadir a ese comentario.

—¿Quién coño son estos lunáticos? —la voz de Ryan rompió el silencio.

McMahon se encargó de responder a su pregunta.

—El Grupo de Inversiones H&F está enterrado debajo de más capas que el australopithecus Olduvai, George. Veckhoff está muerto, de modo que no habla. Siguiendo tus sugerencias, Tempe, buscamos el paradero de Rollins y Birkby a través de sus padres. Rollins vive en Greenville y es profesor de inglés en un colegio universitario. Birkby es propietario de una cadena de tiendas de muebles de segunda mano y tiene casas en Rock Hill y Hilton Head. Estos dos caballeros cuentan la misma historia: heredaron su participación en H&F, no saben absolutamente nada acerca de la propiedad, nunca han estado allí.

Una puerta se abrió en alguna parte y el sonido de unas voces llegó hasta nosotros.

—W. G. Davis es un banquero asesor de inversiones retirado que actualmente vive en Banner Elk. E M. Payne es profesor de filosofía en Wake Forest. Warren, por su parte, es abogado en Fayetteville. Encontramos al asesor legal de camino al aeropuerto, tuvo que postergar su pequeña escapada a Antigua.

—¿Admitieron que se conocían?

—Todos cuentan la misma historia. H&F es simplemente un negocio, jamás se han visto. Nunca han puesto sus pies en la casa del bosque.

—¿Qué hay de las huellas dactilares en la casa?

—El equipo de huellas las recogió a millones. Las estamos examinando pero llevará tiempo.

—¿Antecedentes?

—Payne, el profesor, fue arrestado por posesión de marihuana en el setenta y cuatro. Aparte de eso, nada. Pero estamos comprobando cada lugar en el que estos tíos pudieron coincidir. Si uno de ellos orinó en un árbol en Woodstock, conseguiremos una muestra. Estos cabrones están de mierda hasta el cuello y caerán por asesinato.

En ese momento Larke Tyrell apareció en la puerta. Unas líneas profundas arrugaban su frente. McMahon le saludó y fue a buscar una silla para él.

Tyrell se dirigió a mí.

—Me alegra que estés aquí.

No dije nada.

McMahon regresó con una silla metálica plegable. Tyrell se sentó, la espalda tan recta que no tocaba el respaldo.

—¿Qué puedo hacer por usted, Doc? —dijo McMahon.

Tyrell sacó un pañuelo, se enjugó el sudor de la frente y luego volvió a doblarlo formando un cuadrado perfecto.

—Tengo información, es sumamente delicada.

La mirada tipo Andy Griffith pasó de un rostro a otro, pero no dijo lo evidente.

—Estoy seguro de que ya sabéis que Parker Davenport murió ayer a causa de un disparo. Aparentemente la herida se la hizo él mismo, pero hay algunos elementos bastante inquietantes, por ejemplo un nivel extremadamente alto de trifluroperazina en su sangre.

Los tres nos quedamos mirándole.

—El nombre común es Stelazine. Es una droga que se emplea en el tratamiento de la ansiedad psicótica y las depresiones profundas. A Davenport nadie le había recetado este medicamento y sus médicos ignoran por qué lo estaba tomando.

—Un hombre de su posición no tiene ningún problema en conseguir cualquier cosa que pueda necesitar —sentenció Mc-Mahon.

—Eso es verdad, señor.

Tyrell carraspeó.

—También se detectaron diminutos restos de trifluroperazina en el cuerpo de Primrose Hobbs, pero la inmersión y la descomposición lo complicaron todo, de modo que no fue posible sacar conclusiones definitivas.

—¿La sheriff Crowe sabe todo esto? —pregunté.

—Sabe lo que se refiere a Hobbs. Le comunicaré lo que sabemos de Davenport en cuanto me marche de aquí.

—Entre las pertenencias de Hobbs no había Stelazine.

—Tampoco tenía una receta.

Sentí que se me formaba un nudo en el estómago. Nunca había visto que Primrose tomase siquiera una aspirina.

—Igualmente inquietantes son las llamadas telefónicas hechas por Davenport la tarde de su muerte —continuó Larke.

Tyrell le dio una lista a McMahon.

—Tal vez reconozca algunos de los números.

McMahon examinó la lista y luego alzó la vista.

—Hijo de puta. ¿El vicegobernador del Estado llamó a las oficinas de H&F pocas horas antes de volarse la tapa de los sesos?

—¿Qué? —exclamé.

—O que se la volaran —sugirió Ryan.

McMahon me pasó la lista. Seis números, cinco nombres. W. G. Davis, E M. Payne, E L. Warren, C. A. Birkby, P. H. Rollins.

—¿Y la sexta llamada?

—El número nos llevó a una cabaña alquilada en Cherokee. La sheriff Crowe lo está investigando en este momento.

—Tempe, muéstrale al doctor Tyrell lo que acabas de mostrarnos a nosotros.

McMahon cogió el teléfono.

—Es hora de que estos cabrones muerdan el polvo.

Larke quería examinar las marcas personalmente de modo que ambos nos dirigimos al depósito. Aunque yo no había probado bocado desde el café de las siete de la mañana, y ya pasaba de la una, no tenía hambre. Seguía viendo a Primrose, y me preguntaba qué había podido descubrir. Qué amenaza representaba. Y una nueva pregunta: ¿Estaba su asesinato relacionado con la muerte del vicegobernador?

Larke y yo pasamos una hora estudiando los huesos, el forense miraba y escuchaba atentamente, haciendo una pregunta de vez en cuando. Mi teléfono sonó justo cuando habíamos acabado.

Lucy Crowe se encontraba en Waynesville pero había algo de lo que necesitaba hablar conmigo. ¿Podíamos encontrarnos en High Ridge House alrededor de las nueve?

Le dije que sí.

Antes de colgar me hizo una pregunta.

—¿Conoce a un arqueólogo llamado Simon Midkiff?

—Sí.

—Puede estar implicado con esta banda de H&F.

—¿Midkiff?

—Él era el sexto número al que Davenport llamó antes de morir. Si trata de ponerse en contacto con usted, no le diga nada.

Mientras hablábamos, Larke fotocopió los artículos y las fotos. Una vez que hubo terminado, le dije lo que Crowe me había comunicado. Me hizo una sola pregunta.

—¿Por qué?

—Porque están locos —contesté, aún distraída por el comentario de Crowe acerca de Midkiff.

—Y Parker Davenport era uno de ellos.

Tyrell guardó las fotocopias en su maletín y me empaló con los ojos exhaustos.

—Intentó el sabotaje profesional para mantenerte alejada de esa casa. —Larke abarcó las mesas con un gesto del brazo—. Para apartarte de esto.

No contesté.

—Y yo caí en la trampa como una novata.

Permanecí en silencio.

—¿Hay alguna cosa que pueda decirte?

—Hay algunas cosas que puedes decirles a mis colegas.

—Las cartas dirigidas a la AAFS, el ABFA y el NDMS saldrán inmediatamente —me cogió de la muñeca—. Y llamaré personalmente a cada uno de los jefes de cada organización el lunes por la mañana para explicarles lo que ha pasado.

—¿Y la prensa?

Aunque sabía que Larke estaba sufriendo no podía expresar ninguna calidez en mi voz. Su deslealtad me había herido, profesional y personalmente.

—También me encargaré de ello. Debo decidir cuál es la mejor manera de manejar esa cuestión.

¿Mejor para quién?, me pregunté.

—Si te sirve de consuelo, Earl Bliss actuó bajo mis órdenes. Jamás creyó una sola palabra de lo que se decía sobre ti.

—La mayoría de los que me conocen no lo creyeron.

Me soltó el brazo pero no dejó de mirarme. De la noche a la mañana se había convertido en un hombre viejo y cansado.

—Tempe, fui entrenado como un militar. Creo en el respeto a la línea de mando y en cumplir las órdenes legítimas de mis superiores. Esa predisposición me llevó a no cuestionar algunas cosas que debía haber cuestionado. El abuso de poder es algo terrible. No resistirse a la presión corruptora es igualmente censurable. Ha llegado el momento de que este perro viejo se levante y abandone el porche.

Mientras le observaba marcharse sentí una profunda tristeza. Larke y yo habíamos sido amigos durante muchos años. Me pregunté si alguna vez podríamos volver a serlo.

Cuando estaba preparando café mis pensamientos se desviaron hacia Simon Midkiff. Por supuesto. Todo encajaba. Su exagerado interés en el lugar del accidente. Las mentiras acerca de la excavación del condado de Swain. La fotografía en compañía de Parker Davenport durante los funerales de Charlie Wayne Tramper. Él era uno de ellos.

Un recuerdo súbito. El Volvo negro que había estado a punto de arrollarme. El hombre que estaba al volante me había resultado vagamente familiar. ¿Podría haber sido Simon Midkiff?

Estaba terminando mi informe sobre Edna Farrell cuando el móvil volvió a sonar.

—*Sir Francis Dashwood era un tío realmente prolífico.*

La afirmación procedía de una galaxia diferente de aquella en la que mi mente estaba en ese momento.

—¿Perdón?

—*Soy Anne. Estaba organizando el material que trajimos de nuestro viaje a Londres y encontré un folleto que Ted compró en las cuevas de West Wycombe.*

—Anne, no creo que esto...

—*Aún hay un montón de Dashwood dando vueltas por ahí.*

—¿Un montón?

—*Descendientes de sir Francis, conocido más tarde como lord El Malgastador, naturalmente. Sólo por curiosidad introduje el nombre de Prentice Dashwood en una página web genealógica en la que estoy apuntada. No podía creer la cantidad de información que encontré. Uno de los datos era especialmente interesante.*

Esperé.

Nada.

Me di por vencida.

—¿Jugamos a las preguntas, o qué?

—*Prentice Elmore Dashwood, uno de los muchos descendientes de sir Frank, abandonó Inglaterra en 1921. Abrió una mercería en Albany, Nueva York, hizo un montón de pasta y, finalmente, se retiró.*

—¿Eso es todo?

—*Durante sus años en Norteamérica, Dashwood escribió y publicó docenas de panfletos, uno de los cuales recogía historias de su tal y tal algo, sir Francis Dashwood segundo.*

—¿Y los otros panfletos?

Si no lo preguntaba, esta situación podía durar eternamente.

—*Elige lo que quieras. Las canciones de los aborígenes australianos. Las tradiciones orales de los indios cherokee. Acampada. Pesca con mosca. Mitología griega. Una breve etnografía de los indios caribe. Prentice era todo un hombre del Renacimiento. Escribió tres folletos y numerosos artículos que hablaban exclusivamente de la ruta de los Apalaches. Por lo visto el Gran P fue uno de los impulsores de que la ruta volviese a abrirse en los años veinte.*

Vaya. Una verdadera meca para senderistas y excursionistas, la ruta de los Apalaches comienza en el monte Katandin en Maine y discurre a lo largo de la cadena de los Apalaches hasta Springer Mountain en Georgia. Gran parte de esta ruta se halla en territorio de las Great Smoky Mountains. Incluyendo el condado de Swain.

—¿*Sigues ahí?*

—Sí, estoy aquí. ¿Pasó Dashwood algún tiempo aquí, en Carolina del Norte?

—Escribió cinco folletos sobre las Great Smokies. —Oí ruido de papeles—. Árboles. Flores. Fauna. Folclore. Geología.

Recordé lo que Anne me había contado acerca de su visita a West Wycombe, imaginé las cuevas debajo de la casa de H&F. ¿Era posible que este tío del que Anne me estaba hablando fuese el Prentice Dashwood del condado de Swain, Carolina del Norte? Era un nombre llamativo. ¿Habría alguna conexión con los Dashwood británicos?

—¿Qué más descubriste acerca de Prentice Dashwood?

—Nada. Pero sí puedo decirte que el viejo tío Francis se relacionaba con gente bastante extravagante en el siglo dieciocho. Se hacían llamar los «monjes de Medmenham». Escucha la lista. Lord Sandwich, quien en una época dirigió la marina real, John Wilkes...

—¿El político?

—Sí. William Hogarth, el pintor, y los poetas Paul Whitehead, Charles Churchill y Robert Lloyd.

—Una lista impresionante.

—Mucho. Todos eran miembros del Parlamento o de la Cámara de los Lores. O poetas o algo por el estilo. Nuestro Ben Franklin solía frecuentarlos, si bien nunca fue un miembro oficial.

—¿A qué se dedicaban esos tíos?

—Algunos relatos afirman que practicaban ritos satánicos. Según el actual sir Francis, autor del folleto que cogimos en nuestro viaje, los monjes no eran más que un puñado de tíos divertidos que se reunían para venerar a Venus y a Baco. Supongo que eso significa mujeres y vino.

—¿Celebraban orgías en las cuevas?

—Y en la abadía de Medmenham. El actual sir Francis admite los juegos sexuales de sus antepasados pero niega de forma terminante la adoración al demonio. Él sugiere que el rumor acerca del satanismo procedía de la actitud irreverente de los muchachos *hacia la cristiandad. Se llamaban a sí mismos Caballeros de Saint Francis, por ejemplo.*

Pude oír cómo mordía una manzana y luego la masticaba.

—*Todos los demás los llamaban Hell Fire Club.*[20]

El nombre me golpeó como si fuese un martillo.

—¿Qué has dicho?

—*El Hell Fire Club. Famoso en Irlanda en las décadas de 1730 y 1740. El mismo rollo. Devotos privilegiados que se mofaban de la religión y se dedicaban a emborracharse y acostarse con todas las mujeres que podían.*

Anne tenía un don especial para ir al grano.

—*Hubo algunos intentos de prohibir esos clubes, pero todos fracasaron. Cuando Dashwood reunió a su pequeño grupo de tenorios, la etiqueta de Hell Fire naturalmente se transfirió al grupo.*

Hell Fire. H&F.

Tragué con esfuerzo.

—¿Es muy largo ese folleto?

—*Treinta y cuatro páginas.*

—¿Puedes enviarme una copia por fax?

—*Claro. Puedo incluir dos páginas en una hoja.*

Le di el número del fax y volví a mi informe, me obligué a concentrarme en lo que estaba haciendo. Pocos minutos después oí el pitido del fax y la máquina comenzó a escupir páginas. Continué con mi descripción del trauma facial de Edna Farrell. Poco más tarde, la máquina volvió a pitar después de una pausa. Resistí nuevamente el impulso de correr hasta el fax para juntar las páginas enviadas por Anne.

Cuando acabé el informe de Edna Farrell, comencé otro, con un millón de pensamientos agitándose en mi cabeza. Aunque intenté concentrarme, las imágenes volvían una y otra vez.

---

20. Literalmente Club del Fuego del Infierno. *(N. del t.)*

Primrose Hobbs. Parker Davenport. Prentice Dashwood. Sir Francis. El Hell Fire Club. H&F. ¿Había alguna conexión? La coincidencia era cada vez mayor. Tenía que haber alguna conexión.

¿Acaso Prentice Dashwood había reavivado la idea de su antepasado de un club de chicos de élite aquí, en las montañas de Carolina? ¿Habían sido sus miembros algo más que hedonistas diletantes? ¿Cuánto más? Recordé las marcas de los cortes de los huesos y tuve que hacer un esfuerzo para reprimir un escalofrío.

A las cuatro el guardia vino a verme para decirme que uno de los ayudantes de Crowe estaba enfermo y que otro había quedado inmovilizado por una avería de su coche patrulla. Crowe lo sentía pero le necesitaba a él para controlar una situación interna. Le aseguré que podía marcharse tranquilamente, que yo estaría bien.

Cuando el guardia se marchó, continué con mi trabajo, el silencio del depósito vacío me envolvía como si fuese una criatura viva, excepto por el zumbido de uno de los frigoríficos. Mi respiración, mis latidos, mis dedos golpeaban suavemente el teclado. En el exterior del edificio las ramas arañaban los cristales de las ventanas en las plantas superiores. Un tren silbó a lo lejos. Un perro. Grillos. Ranas.

Ninguna bocina. Tampoco ruidos de tráfico. Ningún ser vivo en kilómetros a la redonda.

Mi sistema nervioso simpático mantenía la adrenalina en primera fila, en el centro. Cometía frecuentes errores, saltaba ante cada chirrido. En más de una ocasión deseé la compañía de *Boyd*.

Hacia las siete ya había acabado con Farrell, Odell, Tramper y Tucker. Me ardían los ojos, me dolía la espalda y un intenso dolor de cabeza me confirmó que tenía el nivel de azúcar por los suelos.

Copié los archivos en un disquete, apagué el ordenador portátil y fui a buscar el fax que me había enviado Anne.

Aunque me sentía ansiosa por leer la historia de sir Françis en el siglo XVIII, estaba demasiado cansada, demasiado hambrienta y demasiado nerviosa para ser objetiva. Decidí regresar a High Ridge House, dar un paseo con *Boyd*, hablar con Crowe y luego leer el folleto en la tranquilidad y seguridad de mi cama.

Estaba juntando las páginas cuando oí el sonido de lo que parecía el crujido de la gravilla.

Me quedé inmóvil, escuchando.

¿Neumáticos? ¿Pisadas?

Quince segundos. Treinta.

Nada.

—Hora de largarse —dije en voz alta.

La tensión hacía que mis movimientos fuesen torpes y varios papeles cayeron al suelo. Al recogerlos vi que uno de ellos no coincidía con los demás. La letra era más grande, el texto estaba ordenado en columnas.

Examiné el resto de las hojas. La cubierta de Anne. La portada del folleto. El resto era el texto del folleto, dos páginas por cada hoja de fax, numeradas por orden.

Recordé la pausa que había hecho la máquina del fax. ¿Habría llegado esa página diferente como una transmisión separada? Busqué pero no encontré ningún número de fax.

Lo llevé todo a la oficina, guardé el material de Anne en el maletín y dejé la hoja diferente sobre el escritorio. Al leer el contenido la adrenalina se me disparó como un cohete.

La columna izquierda contenía nombres en clave, la del medio nombres reales. Unas fechas aparecían después de algunos individuos, formando una tercera columna incompleta.

Ilos	Henry Arlen Preston	1943
Khaffre	Sheldon Brodie	1949
Omega	A. A. Birkby	1959
Narmer	Martin Patrick Veckhoff	1972
Sinué	C. A. Birkby	1979
Itzamna	John Morgan	
Arrigatore	F. L. Warren	
Rho	William Glenn Sherman	
Chac	John Franklin Battle	
Ometeotl	Parker Davenport	

Sólo uno de los nombres no me resultaba familiar. John Franklin Battle.

¿O sí? ¿Dónde había oído ese nombre?

Piensa, Brennan. Piensa.

John Battle.

No. No es correcto.

Franklin Battle.

Nada.

Frank Battle.

¡El juez que había negado la autorización de la orden de registro de la casa de Arthur!

¿Podía un simple magistrado reunir las condiciones necesarias para aspirar a ser miembro de la organización? ¿Había estado protegiendo Battle la propiedad de H&F? ¿Había sido él quien me había enviado el fax? ¿Por qué?

¿Y por qué la fecha más reciente se remontaba a más de veinte años? ¿Estaba incompleta la lista? ¿Por qué?

En ese momento me asaltó un pensamiento horrible.

¿Quién sabía que yo me encontraba allí?

Sola.

Volví a quedarme inmóvil tratando de descubrir la más leve señal de otra presencia en aquel lugar. Cogí un escalpelo y salí de la oficina en dirección a la sala de autopsias principal.

Seis esqueletos miraban hacia el techo, con los dedos de manos y pies extendidos, las mandíbulas en silencio junto a las cabezas. Comprobé las secciones de rayos X y de ordenadores, la pequeña cocina del personal y la sala de conferencias provisional. Los latidos de mi corazón eran tan fuertes que parecían resonar en el absoluto silencio que reinaba en el depósito.

Estaba asomando la cabeza en el lavabo de los hombres cuando mi teléfono sonó por tercera vez. Estuve a punto de ponerme a gritar.

Una voz, como una sierra.

—*Date por muerta.*

Luego el aire pareció vaciarse.

31

Llamé a McMahon. Nadie respondió. Crowe. Lo mismo. Dejé mensajes: Son exactamente las siete y treinta y ocho. Dejo Alarka y regreso a High Ridge House. Por favor, llámeme.

Al imaginarme el aparcamiento vacío y la carretera desierta, marqué el número de Ryan.

Otra imagen. Ryan, boca abajo en un camino helado. Yo le había pedido ayuda aquella vez en Quebec. Y le habían disparado.

Ryan no tiene jurisdicción aquí, Brennan. Y ninguna responsabilidad personal.

En lugar de pulsar el botón de «enviar», opté por el de borrar el mensaje.

Mis pensamientos rebotaban como la pelota de metal de una máquina de millón.

Debía avisar a alguien de mi paradero. Alguien a quien no pusiera en peligro.

Domingo por la noche. Llamé a mi antiguo número.

—¿Diga?

Una voz de mujer, tierna como una gata que ronronea en tu regazo.

—¿Está Pete?

—*Está en la ducha.*

Oí claramente el sonido de unas campanillas movidas por el viento. Unas campanillas que yo misma había colgado hacía años fuera de la ventana de mi dormitorio.

—*¿Quiere que le diga algo?*

Colgué.

—A la mierda —murmuré—. Ya cuidaré yo de mí misma.

Me colgué el ordenador y el bolso en un hombro, aferré el escalpelo con una mano y preparé las llaves del coche con la otra. Luego abrí unos centímetros la puerta y eché un vistazo al exterior.

Mi Mazda estaba solo con los exiliados carros de bomberos provistos de escaleras de incendio. En la creciente penumbra el pequeño coche parecía un jabalí enfrentado a una manada de hipopótamos.

Respiré profundamente.

Eché a andar con pasos rápidos.

Al llegar al coche, abrí la puerta, me lancé detrás del volante, bajé los seguros, encendí el motor y me largué de allí a toda pastilla.

Después de recorrer un par de kilómetros empecé a tranquilizarme y una sensación de ira desenfrenada se filtró a través del miedo. La volví hacia mí.

Por todos los diablos, Tempe, eres igual que una heroína de una película de serie B. Un chiflado te llama por teléfono y comienzas a pedir a gritos la ayuda de un hombre grande y fuerte.

Al ver en el arcén una señal de precaución por la presencia de ciervos en la carretera eché un vistazo al cuentakilómetros. Casi cien kilómetros por hora. Reduje la velocidad y continué con la reprimenda.

Nadie ha saltado desde detrás del edificio o te ha cogido por el tobillo desde debajo del coche.

Cierto. Pero el fax no lo había enviado un chiflado. Quien-

431

quiera que enviara esa lista sabía perfectamente que sería yo quien lo recibiría. Sabía que estaba sola en el depósito.

Mientras conducía a través de Bryson City no dejaba de mirar por el retrovisor. Ahora los adornos de la celebración de Halloween tenían un aspecto más amenazador que festivo, los esqueletos y lápidas parecían macabros recordatorios de los espantosos acontecimientos que habían tenido lugar muy cerca de aquí. Aferré el volante con fuerza, preguntándome si las almas de mis muertos reducidos a esqueletos vagaban por el mundo en busca de justicia.

Preguntándome si sus asesinos vagaban por el mundo buscándome a mí.

Al llegar a High Ridge House apagué el motor y volví la vista hacia la carretera que acababa de ascender. No se veían faros que subieran la montaña.

Envolví el escalpelo en un pañuelo de papel y lo guardé en un bolsillo de la chaqueta para devolverlo al depósito. Luego recogí mis cosas y me dirigí al porche.

La casa estaba silenciosa como una iglesia en jueves. El salón y la cocina estaban desiertos y no me crucé con nadie de camino a la segunda planta. Detrás de las puertas de las habitaciones que ocupaban McMahon y Ryan no se oían ronquidos ni crujidos de las tablas del suelo.

Acababa de quitarme la chaqueta cuando un suave golpe en la puerta me hizo dar un brinco.

—¿Sí?

—Soy Ruby.

Su rostro estaba tenso y pálido, el pelo más brillante que una página de *Vogue*.

Cuando abrí la puerta me entregó un sobre.

—Hoy llegó esto para usted.

Eché un vistazo al remitente. Departamento de Antropología, Universidad de Tennessee.

—Gracias.

Empecé a cerrar la puerta pero ella alzó una mano.

—Hay algo que debe saber. Algo que debo decirle.

—Estoy muy cansada, Ruby.

—No fue un ladrón quien estuvo en su habitación. Fue Eli.

—¿Su sobrino?

—Eli no es mi sobrino.

Hizo una pausa.

—El Evangelio de san Mateo dice que aquel que abandonase a su esposa...

—¿Por qué querría Eli registrar mis cosas?

No estaba de ánimo para soportar un discurso religioso.

—Mi esposo me abandonó por otra mujer. Ella y Enoch tuvieron un hijo.

—¿Eli?

Ruby asintió.

—Deseé que les pasaran cosas horribles. Deseé que se quemaran en el fuego del infierno. Pensé, si tu ojo te ofende, arráncalo. Y los arranqué de mi vida.

Oí los ladridos apagados de *Boyd*.

—Cuando Enoch murió, Dios tocó mi corazón. No juzgues y no serás juzgado; no condenes y no serás condenado; perdona y serás perdonado. —Suspiró profundamente—. La madre de Eli murió hace seis años. El chico no tenía a nadie en el mundo de modo que me hice cargo de él.

Bajó la mirada y luego sus ojos volvieron a mí.

—Los enemigos de un hombre serán los de su propia familia. Eli me odia. Le divierte atormentarme. Sabe que estoy orgullosa de esta casa. Sabe que usted me cae bien. Sólo quería atacarme a mí.

—Tal vez sólo quiere que le presten atención.

Échele un vistazo al chico, pensé, pero no lo dije.

—Tal vez.

—Estoy segura de que se le pasará con el tiempo. Y no se preocupe por mis cosas. No se llevó nada. —Cambié de tema—. ¿Hay alguien más en la casa?

Sacudió la cabeza.

—Creo que el señor McMahon se marchó a Charlotte. No he visto al señor Ryan en todo el día. Todos los demás huéspedes ya se han marchado.

Boyd volvió a ladrar.

—¿Le ha molestado *Boyd*?

—Ese perro ha estado intranquilo hoy. Necesita ejercicio. —Se alisó la falda—. Me voy a la iglesia. ¿Quiere que le suba la cena antes de marcharme?

—Por favor.

El cerdo asado y el pastel de boniato de Ruby tuvieron un efecto sedante. Mientras comía, el pánico que me había lanzado a toda velocidad a través de la penumbra del crepúsculo había dado paso a una soledad deprimente.

Recordé a la mujer al teléfono de Pete, me pregunté por qué el hecho de escuchar aquella voz había sido como una patada en el estómago. Puedo reconocer la somnolencia post coito cuando la oigo, ¿y qué? Pete y yo éramos adultos. Yo le había dejado. Era libre para ver a quien le apeteciera.

No condenes y él te acunará.

Me pregunté qué sentía realmente por Ryan. Sabía que era un cabrón, pero al menos era un cabrón atractivo y simpático, aunque podría prescindir de su afición por el tabaco. Era inteligente. Era divertido. Era terriblemente guapo, pero absolutamente inconsciente del efecto que causaba en las mujeres. Y le preocupaba la gente.

Mucha gente.

Como Danielle.

¿Entonces por qué había sido el de Ryan uno de los primeros números que había marcado? ¿Era sólo porque se encontraba cerca, o era algo más que un colega, una persona en la que yo pensaría para que me protegiese o me confortase?

Recordé a Primrose y los remordimientos volvieron a aplastarme. Había implicado a mi amiga en la investigación y ahora estaba muerta. Yo había hecho que la asesinaran. La culpa era terrible y estaba segura de que me acompañaría el resto de mi vida.

Basta. Lee la carta que te trajo Ruby. Te darán las gracias por la conferencia y dirán que fue magnífica.

Así fue. El sobre también contenía una copia del boletín interno editado por los estudiantes con una fotografía en la que aparecíamos Simon Midkiff y yo. Decir que parecía tensa sería como decir que Olive Oyle era delgada.

Pero Simon Midkiff se había llevado todos los aplausos. Estudié su rostro, preguntándome qué le habría pasado por la cabeza aquel día. ¿Le habrían enviado para que me sonsacara información? ¿Había ido por iniciativa propia? Mis colegas científicos asisten a menudo a las conferencias de los demás. ¿Era él quien me había enviado por fax la lista con los nombres en clave? Y si era así, ¿por qué habría de divulgar su complicidad?

Mis elucubraciones fueron interrumpidas por un aullido agudo, seguido de otro.

Pobre *Boyd*. Era el único ser en todo el planeta cuya lealtad jamás se tambaleaba y yo lo ignoraba. Comprobé la hora. Las ocho y veinte. Había tiempo de dar un rápido paseo antes de que Crowe llegase.

Guardé el ordenador y el maletín bajo llave en el armario en caso de que se les ocurriese visitar nuevamente mi habitación. Luego me puse la chaqueta, cogí la linterna y la correa y bajé la escalera.

La noche se había apoderado del paisaje acompañada de trillones de estrellas pero sin luna. Las luces del porche apenas conseguían disipar la oscuridad. Mientras atravesaba el prado el sistema límbico comenzó a acribillarme a preguntas.

¿Y si alguien está vigilando?

¿Quién? ¿Eli el Adolescente Vengador?

¿Y si la llamada no fuese la broma de un chalado?

No seas melodramática, razoné. Es el fin de semana después de Halloween y los críos están alegres y juguetones. Les has dejado mensajes a McMahon y Crowe.

¿Y si no contestan?

La sheriff estará aquí dentro de cuarenta minutos.

Un merodeador podría estar allí fuera en aquel momento.

¿Qué podría pasar en compañía de un chow-chow de treinta y cinco kilos?

El chow-chow de treinta y cinco kilos volvió a lanzar un aullido y cubrí a la carrera los últimos metros que me separaban de su alojamiento provisional. Al oír las pisadas que se acercaban, se irguió sobre las patas traseras y apoyó las delanteras en la valla metálica.

Cuando me reconoció, *Boyd* pareció volverse loco, retrocedió y se lanzó a la carrera contra la valla. Lo repitió varias veces, como un hámster en su rueda, luego volvió a erguirse sobre las patas traseras, echó la cabeza hacia atrás y comenzó a ladrar.

Le rasqué las orejas y até la correa al collar mientras le decía esas cosas que se les dice a los perros. Casi me arrastra en su desesperado intento de carrera hacia la puerta.

—Sólo iremos hasta el final de la propiedad —le advertí, señalándole con el dedo a la altura del morro.

Levantó la cabeza, movió las cejas y aulló una vez. Cuando levanté el pestillo, dio un salto hacia fuera y corrió en círculos, haciendo que casi perdiera el equilibrio.

—Realmente envidio tu energía, *Boyd*.

Me lamió la cara mientras le desenredaba la correa de entre las patas, luego echamos a andar colina arriba. La luz del porche apenas alcanzaba a iluminar el borde del prado y, unos metros más adelante, encendí la linterna. *Boyd* se detuvo y lanzó un gruñido.

—Sólo es una linterna, hombre.

Me agaché y le acaricié el lomo. Giró la cabeza y me lamió la mano, luego dio media vuelta, ejecutó una pequeña danza y me apretó su cuerpo contra las piernas.

Estaba a punto de reanudar la marcha cuando percibí que se ponía tenso. Bajó la cabeza, su respiración cambió y un gruñido sordo surgió de su garganta. No respondió a mi tacto.

—¿Qué pasa?

Siguió gruñendo.

—Otra ardilla muerta no.

Extendí la mano para acariciarle y comprobé que tenía los pelos del cuello erizados. Mala señal. Tiré de la correa.

—Venga, volvemos a casa.

Pero no se movió.

—*Boyd*.

El gruñido se volvió más profundo y salvaje.

Dirigí la luz de la linterna hacia donde Boyd mantenía fija la mirada. El haz barrió los troncos de los árboles y fue engullido por las zonas de oscuridad que se extendían entre ellos.

Tiré con más fuerza de la correa. *Boyd* se movió hacia la izquierda y ladró. Apunté la linterna en esa dirección.

—Esto no es nada divertido, tío.

Entonces mis ojos percibieron una forma. ¿O había sido una jugarreta de las sombras? Cuando bajé la vista para mirar a *Boyd*, lo que pensaba que había visto se desvaneció. ¿O no habría estado nunca allí?

—¿Quién está ahí?

El miedo me atenazaba la voz.

Sólo grillos y ranas. Un árbol caído apoyado contra otro que permanecía erguido crujió en el aire.

De pronto, oí un movimiento a mis espaldas. Pisadas. Crujido de hojas secas.

Boyd se volvió y lanzó mordiscos al aire, embistiendo todo lo que la correa le permitía.

—¿Quién está ahí? —repetí.

Una silueta surgió de entre los árboles, más densa que la noche que nos rodeaba. *Boyd* gruñó y tiró de la correa. La forma oscura se movió hacia nosotros.

—¿Quién es?

No hubo respuesta.

Cogí la linterna y la correa con una mano y busqué el móvil con la otra. Antes de que pudiese encenderlo se me deslizó de los dedos temblorosos.

—¡No se acerque!

Fue casi un chillido.

Levanté la linterna a la altura del hombro. Cuando estaba reajustando la correa para controlar mejor a *Boyd* y trataba de recoger el teléfono del suelo, la correa se aflojó. *Boyd* se liberó de su atadura y embistió, con los dientes brillando en la oscuridad y un gruñido salvaje retumbándole en la garganta.

En un instante la forma de la silueta se alteró. Apareció un arma.

Boyd saltó hacia adelante.

Un fogonazo. Un ruido ensordecedor.

El perro pareció rebotar en la silueta, cayó al suelo, gimió y se quedó inmóvil.

—¡*Boyd*!

Las lágrimas corrían por mis mejillas. Quería decirle que cuidaría de él. Decirle que se pondría bien, pero tenía el cuerpo paralizado por el terror y no articulé palabra.

La forma oscura avanzó rápidamente hacia mí. Me volví para echar a correr. Unas manos me cogieron. Me revolví y conseguí zafarme. La sombra se convirtió en un hombre.

Me golpeó con todo su peso, su hombro debajo de mi axila. La fuerza del impacto me derribó de lado.

Lo último que puede recordar fue su aliento en la cara. Luego el sonido del cráneo contra una piedra.

El sueño era aterrador. Un lugar sin aire. No podía moverme. No podía ver nada. Luego recibí un golpe en la mejilla.

Abrí los ojos a una realidad más espantosa que cualquier pesadilla.

Tenía un trapo en la boca y estaba cubierta con cinta adhesiva. Una venda me tapaba los ojos.

El corazón se me encogió en el pecho.

¡No puedo respirar!

Intenté llevarme una mano a la cara. Tenía las muñecas atadas sobre el pecho. El trapo llenaba mi boca con un gusto ácido. Un temblor comenzó a expandirse desde debajo de la lengua.

¡Voy a vomitar! ¡Me ahogaré!

Sentí pánico, comencé a temblar.

¡Muévete!

Traté de cambiar de posición y un trozo de tela se movió conmigo. Olía a polvo, a moho y a vegetación putrefacta.

Lancé las piernas hacia adelante e hice fuerza con la cabeza.

El movimiento me hizo estallar el cerebro. Me quedé inmóvil, esperando a que el dolor remitiese.

Respira por la nariz. Dentro. Fuera. Dentro. Fuera.

El dolor remitió ligeramente.

¡Piensa!

Estaba encerrada en una especie de bolsa. Tenía las manos y los pies atados. Pero ¿dónde estaba? ¿Cómo había llegado hasta allí?

Recuerdos inconexos. El depósito. La carretera del condado desierta. El rostro preocupado de Ruby. Primrose Hobbs.

¡Boyd!

Oh, Dios bendito. *¡Boyd* no! ¿Había matado también al perro?

Dentro. Fuera.

Giré la cabeza y sentí un bulto del tamaño de una ciruela. Otra oleada de náusea.

Dentro. Fuera.

Más sinapsis.

El ataque. La forma sin rostro.

¿Simon Midkiff? ¿Frank Battle? ¿Podía ser mi secuestrador el cabrón del magistrado?

Moví las muñecas tratando de aflojar las ligaduras. Más náuseas.

Apreté los dientes y giré sobre un costado. Si vomitaba, no quería aspirar el contenido.

El movimiento hizo que el estómago se me abultara. Llené los pulmones de aire y las contracciones cesaron.

Permanecí tendida, inmóvil y tratando de escuchar algo. No sabía cuánto tiempo había estado inconsciente o cómo había llegado hasta aquel lugar. ¿Me encontraba aún en el bosque de High Ridge House? ¿Me habían llevado a alguna otra parte? ¿Estaba mi atacante a sólo unos pasos de mí?

Los latidos de mi corazón se ralentizaron una milésima de segundo y el pensamiento lógico comenzó a reptar por mi cerebro.

Fue entonces cuando aquello se arrastró por la mejilla. Oía sonidos de insectos, sentía movimientos en el pelo, luego las cosquillas de unas antenas en la piel.

Un alarido se formó en el fondo de mi garganta. Giré de un lado a otro, sacudiendo la cabeza y el pelo. Un dolor cegador me laceró el cerebro y mis entrañas se apretaron contra la garganta.

¡Quieta! Ordenó una neurona activa.

¡Cucarachas! Chillaron las otras.

Tiré de la chaqueta, tratando de cubrirme la cabeza. Imposible.

¡No te muevas!

Mi corazón martilleó la orden contra las costillas.

No te muevas. No te muevas. No te muevas.

Lentamente conseguí tranquilizarme y la razón recuperó el control.

Sal.

Corre.

Pero no hacia otra trampa.

Piensa.

Escucha.

Ramas desnudas susurrando en el viento. El gorjeo de un pájaro. Hojas que se deslizan a través del suelo.

Los sonidos del bosque.

Desprendí una capa de sonido.

Agua bajando entre las rocas.

Los sonidos de un río.

Otra capa.

A lo lejos y casi en otro lugar, una especie de lamento seguido de una risita extraña.

La carne de gallina se me extendió por los brazos hasta la garganta.

Sabía dónde estaba.

32

Me estiré todo lo que pude, casi sin respirar. ¿Había oído realmente lo que creía haber oído? Los minutos pasaron y la duda se instaló dentro de mí. Hasta que volví a oírlo, lejano e irreal.

Un sordo gemido, una risa aguda.

¡El esqueleto eléctrico!

No estaba lejos del Riverbank Inn. Donde se había alojado Primrose. Donde nunca habían vuelto a verla.

Recordé el rostro hinchado de Primrose, vi las muescas dejadas por los animales submarinos.

¡Me encontraba dentro de una bolsa, amordazada y vendada, junto al río Tuckasegee!

¡Tenía que liberarme!

Me dolía el cráneo a causa del golpe de la piedra. El trapo que me llenaba la boca me impedía respirar y sabía a basura y mugre. La cinta adhesiva me quemaba las mejillas y los labios y disparaba astillas de luz con el nervio óptico.

Y podía oír el crujido de las cucarachas sobre mi chaqueta de nailon, sentir sus movimientos en el pelo y los tejanos.

Mis pensamientos volaban en mil direcciones diferentes.

Nuevamente, escuché, completamente inmóvil. Al no oír nada que me indicase una presencia humana, comencé a forcejear con las ligaduras, respirando regularmente por la nariz.

El estómago me dio un vuelco y se me secó la boca.

Pasaron milenios. La cinta adhesiva se aflojó un milímetro.

Lágrimas de frustración se deslizaron por debajo de mis párpados aplastados.

¡No llores!

Seguí moviendo los tobillos y las muñecas, tirando y girando, deteniéndome de vez en cuando para comprobar si oía algún sonido fuera de la bolsa.

Las cucarachas se escabullían a través de mi rostro, sentía sus patas plumosas sobre la piel.

¡Fuera!, grité mentalmente. ¡Fuera de aquí!

Continué luchando con las ligaduras. El sudor me mojaba el pelo.

Mi mente planeaba como un ave nocturna y me observaba a mí misma desde las alturas, una larva indefensa en el suelo del bosque. Imaginé la oscuridad que me rodeaba y deseé la seguridad de un refugio nocturno familiar.

Una cafetería abierta las veinticuatro horas. Una cabina de peaje. Una casa en un barrio. Un puesto de enfermera en un pabellón de hospital donde todos duermen. Una guardia en urgencias.

Entonces me acordé.

¡El escalpelo!

¿Podría llegar hasta él?

Levanté las rodillas hasta apoyarlas en el pecho, elevando el borde de la chaqueta todo lo que pude. Luego moví los codos sobre la superficie de nailon, levantando las caderas cada vez que lo hacía. Busqué a ciegas el bolsillo delantero, comprobando el progreso mediante el tacto.

Leyendo mi ropa como si fuese un plano en Braille conseguí localizar el lazo de nailon unido a la lengüeta de la cremallera y cogerlo con las puntas de los dedos de ambas manos.

Contuve la respiración y presioné hacia abajo.

Mis dedos se deslizaron sobre el nailon.

¡Maldición!

Volví a intentarlo, con el mismo resultado.

Repetí la maniobra una y otra vez, tirando, apretando, insistiendo, hasta que sentí un calambre en la mano y quise gritar.

Nuevo plan.

Apreté la lengüeta de la cremallera contra el muslo con el dorso de la mano izquierda, doblé la muñeca derecha e intenté enganchar un dedo a través del lazo. El ángulo era demasiado plano.

Doblé la mano un poco más. Era inútil.

Utilizando los dedos de la mano izquierda, hice presión sobre la derecha, aumentando el ángulo posterior. Sentí una punzada de dolor en los tendones del antebrazo.

Cuando ya pensaba que los huesos se me romperían, mi dedo índice encontró el lazo y se deslizó dentro de él. Tiré suavemente. La lengüeta cedió y mis muñecas maniatadas la siguieron hacia abajo. Con la cremallera abierta resultó relativamente sencillo deslizar los dedos de una mano dentro del bolsillo y sacar el escalpelo.

Acunando con exquisito cuidado mi presa, giré sobre la espalda y coloqué el instrumento sobre el estómago como si fuese una cuña. Luego quité el pañuelo de papel haciendo girar el escalpelo entre las manos. Orienté la hoja hacia mi cuerpo y comencé a cortar la cinta que me ligaba las muñecas. El escalpelo estaba afilado como una cuchilla de afeitar.

Tranquila. Cuidado. No te trinches la muñeca.

En menos de un minuto tenía las manos libres. Me quité la cinta adhesiva de los labios. Las llamas se extendieron sobre mi rostro.

¡No grites!

Me quité el trapo sucio de la boca, respirando y escupiendo alternativamente. Amordazada por mi propia saliva fétida, corté la cinta que me cubría los ojos.

Otra llamarada cuando piel y algunas pestañas salieron con la cinta adhesiva. Con manos temblorosas me liberé de las ligaduras de los tobillos.

Estaba cortando la bolsa cuando un sonido paralizó mi brazo.

¡El ruido de la puerta de un coche!

¿A qué distancia? ¿Qué era lo que debía hacer? ¿Fingir que estaba muerta?

Mi brazo salió disparado, como un pistón movido por su propia voluntad.

Pisadas sobre las hojas secas. Mi mente calculaba.

Cuarenta metros.

Acuchillé la lona. Arriba, abajo. Arriba, abajo.

El crujido de las hojas se oía más cerca.

Veinticinco metros.

Apoyé las botas en la pequeña abertura y apreté con todas mis fuerzas. La rasgadura sonó como un chillido en el profundo silencio del bosque.

Las pisadas sobre las hojas se detuvieron, luego se reanudaron, más rápidas, más precipitadas.

Quince metros.

Diez.

—Quédese donde está.

Me imaginé el arma, sentí las balas penetrando en la carne. No me importaba. Daba lo mismo morir ahora que más tarde. Era mejor luchar mientras hubiese una oportunidad de resistir.

—No se mueva.

Me di la vuelta, cogí los bordes de lona que había rasgado y tiré con ambas manos. Luego asomé la cabeza a través de la abertura, me lancé boca abajo, me puse de pie y me sostuve sobre unas piernas que parecían de mantequilla, tratando de enfocar lo que había delante de mí.

—Señora, está muerta.

Eché a correr alejándome del sonido de la voz.

Manteniendo siempre el gorgoteo del río a mi izquierda, corrí a través de una oscuridad densa como un túnel infinito con un brazo delante del rostro. Los obstáculos saltaban a mi paso sin aviso, obligando a mis pies a seguir un curso zigzagueante.

Una y otra vez tropezaba con alguna forma de escombros planetarios. Una piedra más antigua que la vida misma. Un tronco caído. Una rama muerta. Pero conseguía conservar el equilibrio. El miedo lacerante se había convertido en fuerza y velocidad.

El universo nocturno parecía haberse sumido en un súbito silencio. No oía ni zumbidos ni gorjeos ni sonidos sordos de pisadas de animales, sólo mi respiración agitada. Detrás de mí, pasos, avanzando como si se tratase de alguna bestia gigante del bosque.

El sudor empapaba mi ropa. La sangre me golpeaba con fuerza los oídos.

Mi perseguidor continuaba detrás de mí, sin acercarse ni retroceder. ¿Estaba aprovechando la ventaja de jugar en casa? ¿Era el gato y yo el ratón? ¿Estaba acaso esperando su oportunidad, seguro de que la presa finalmente sería suya?

Me ardían los pulmones, incapaces de absorber aire suficiente. Un dolor agudo me desgarraba el costado izquierdo. A pesar de todo, la ciega necesidad de huir.

Un minuto. Tres. Una eternidad.

Entonces empecé a sufrir calambres en los músculos del muslo izquierdo. Reduje la velocidad a un medio galope cojo.

El gato también lo hizo.

Intenté seguir adelante. Pero era inútil. Ni brazos ni piernas me respondían.

Mi carrera se convirtió en un trote ligero. Las gotas de sudor me caían de la frente y me quemaban los ojos.

Delante de mí percibí el contorno de una forma oscura. Choqué con la mano extendida contra algo sólido. El codo se me dobló y recibí un golpe en la mejilla. El dolor se me extendió por la muñeca. La sangre me humedeció la palma de la mano y la mejilla.

Con mi mano buena exploré lo que me había cortado el paso. Roca sólida.

Recorrí a tientas el obstáculo.

Más roca.

Se me encogió el corazón.

Había corrido hacia la pared de un risco. Agua a mi izquierda. Bosque tupido a mi derecha.

El gato lo sabía. No tenía escapatoria.

¡No te dejes vencer por el pánico!

Cogí el escalpelo y lo sostuve detrás de la espalda. Luego me volví, apoyándome en la pared de piedra, y me enfrenté a mi atacante.

Habló antes de que pudiese verle.

—Un camino equivocado.

El desconocido respiraba con dificultad y, desde donde me encontraba, olía a rancio, a sudor y furia.

—¡No se me acerque!

Grité con más coraje del que sentía.

—¿Por qué habría de hacerlo?

Se burlaba de mí.

Conocía esa voz. Era quien me había llamado al depósito. Pero también le había oído en persona. ¿Dónde?

Se oyó un crujido de hojas y luego un perfil negro se recortó en la oscuridad.

—No dé un paso más —dije casi en un susurro.

—No está en la mejor situación para dar órdenes.

—Si se acerca, le mataré.

Aferré el escalpelo como si fuese una cuerda salvavidas.

—Yo lo llamaría el clásico callejón sin salida.

Más crujido de hojas. El perfil negro se convirtió en un hombre, con el brazo extendido en mi dirección. Hombros anchos, brazos gruesos.

No era Simon Midkiff.

—¿Quién es usted?

—Seguro que ya lo sabe.

Oí un chasquido cuando quitó el seguro del arma.

—Usted mató a Primrose Hobbs. ¿Por qué?

—Porque podía hacerlo.

—Y planea matarme a mí.

—Será un placer.

—¿Por qué?

—Su intromisión destruyó un lugar sagrado.

—¿Quién es usted?

—Kulkulcan.

Kulkulcan. A ése le conocía.

—El dios maya.

—Por qué conformarse sólo con un faraón o algún marica griego.

—¿Dónde está el resto de la sociedad de chiflados?

—Si no hubiera sido por ese desgraciado accidente aéreo jamás hubiese tropezado con nosotros. Su jodida intromisión puso al descubierto cosas que no tenía ningún derecho a conocer. Y le ha correspondido a Kulkulcan vengarse.

La voz melodiosa se había teñido de furia.

—Su Hell Fire Club está acabado.

—Nunca estará acabado. Desde el principio de los tiempos las masas mediocres han tratado de eliminar a las personas intelectualmente superiores. Nunca funciona. Las condiciones pueden volvernos inactivos, pero volvemos a surgir cuando el clima cambia.

¿Qué delirio de grandeza estaba escuchando?

—Había llegado mi hora de sumarme a las filas de lo sagrado —continuó, indiferente al hecho de que yo no le había contestado—. Encontré mi ofrenda. Ofrecí mi sacrificio. Honré el ritual que usted ha profanado.

—¿Jeremiáh Mitchell o George Adair?

—Eso es irrelevante. Sus nombres no tienen ninguna importancia. Fui elegido. Estaba preparado. Sólo tuve que seguir el camino.

Deja que continúe hablando, razonó mi mente. Alguien sabrá dónde estás. Alguien habrá haciendo algo.

—Kulkulcan es un dios creador. Usted destruye la vida —le dije.

—Los mortales son efímeros. La sabiduría permanece.

—¿La sabiduría de quién?

—La sabiduría de los siglos, revelada a aquellos que son dignos de recibirla.

—¿Y ustedes aseguran su permanencia a través del asesinato ritual?

—El cuerpo no es más que un envoltorio material, carece de todo valor perdurable. Al final lo eliminamos. Pero la sabiduría, la fortaleza, la esencia del alma, esas son las fuerzas que prevalecen.

Dejé que continuase desvariando.

—La especie más inteligente debe ser alimentada. Aquellos que abandonan esta tierra deben entregar su maná a los que quedan en ella, para aumentar la fuerza y la sabiduría de los elegidos.

—¿Cómo?

—A través de la sangre, el corazón, los músculos y los huesos.

Dios bendito, era verdad.

—¿Cree realmente que puede aumentar su cociente intelectual comiendo la carne de otras personas?

—Cuando la carne se debilita, también lo hace la fuerza. Pero la mente, el espíritu, el intelecto, esos elementos son transferibles a través de las células de nuestros cuerpos.

Aferré el escalpelo con tanta fuerza que casi me dolían los nudillos.

—Herodoto hablaba de que los Issedones de Asia Central se comían a sus parientes para crecer fuertes y disciplinados. Estrabón encontró la misma práctica entre los clanes irlandeses. Muchos pueblos conquistadores aumentaban su fuerza comiendo la carne de sus enemigos. Come al débil y serás más fuerte. Es algo tan viejo como el hombre.

Pensé en los huesos de los neandertales, en las víctimas de la cámara ceremonial cerca de Mesa Verde. En los esqueletos que yacían en el depósito.

—¿Por qué los ancianos?

—Los ancianos son los que poseen las mayores reservas de sabiduría.

—¿O simplemente porque resultan blancos mucho más fáciles?

—Mi querida señorita Brennan. ¿Preferiría que su carne contribuyese al progreso de los seres elegidos o que fuese comida para los gusanos?

La ira comenzó a fluir repentinamente dentro de mí, superando el miedo.

—Usted no es más que un maldito cabrón demente y ególatra.

—Oh, vaya, huelo la sangre de un inglés. Esté vivo o muerto, moleré sus huesos para preparar mi pan.

El esqueleto eléctrico gimió en la distancia.

¡Me enfrentaba a la locura! ¿Quién era aquel hombre? ¿Le conocía?

Comencé a moverme lentamente a lo largo de la pared, sosteniendo el escalpelo con la mano derecha detrás de mí, tanteando la superficie de piedra con la izquierda. Había dado media docena de pasos cuando un poderoso haz de luz salió de la oscuridad, cegándome como a un merodeador en la valla del patio trasero. Levanté un brazo.

—¿Piensa ir a alguna parte, señorita Brennan?

La luz me permitió verle la parte inferior del rostro, los labios apretados en un gesto de furia asesina.

¡Debes mantenerte alejada de él!

Me di la vuelta para correr, tropecé con algo y caí a tierra. Mientras intentaba incorporarme, la sombra saltó, redujo la distancia que nos separaba y con una mano me cogió del tobillo. Salí disparada con los pies hacia adelante otra vez y choqué con las rodillas contra el terreno húmedo. El escalpelo se perdió en la oscuridad.

—¡Maldita perra traidora!

Ahora la voz suave y controlada hervía de furia.

Me revolví y lancé patadas al aire pero no pude librarme de él. Sus dedos eran como garras de acero que se clavaban a través del tejano.

Más aterrada que nunca en mi vida, clavé los codos en la tierra, tratando de arrastrarme hacia adelante, lanzando patadas con mi pierna libre. De pronto, cayó con todo el peso de su cuerpo sobre mí. Me clavó una rodilla en la espalda y una mano me aplastó la cara contra el suelo. La boca y la nariz se me llenaron de tierra y porquería.

Me debatí salvajemente, pateando y arañando para salir de debajo de mi agresor. Él había dejado caer la linterna y ahora yacía en el suelo, iluminándonos como a una bestia de dos cabezas. Mientras pudiese moverme, no conseguiría introducirme el garrote de alambre de acero en la garganta.

Toqué un objeto duro y dentado con la mano y cerré los dedos alrededor apretando. Giré el torso y lancé un golpe a ciegas.

Oí el ruido sordo de la piedra al impactar con el hueso, luego el sonido metálico del acero contra el granito.

—¡Puta!

Me lanzó el puño contra la oreja derecha. Un castillo de fuegos artificiales me estalló en la cabeza.

Mi agresor aflojó la presión y buscó a tientas el arma. Lancé el codo hacia atrás con todas mis fuerzas y lo alcancé en el borde de la mandíbula. Se le partieron los dientes y su cabeza se sacudió con violencia hacia atrás.

Un chillido como el de un animal herido.

Empujé con desesperación y su rodilla se deslizó de mi espalda. En menos de un segundo me puse de rodillas y me arrastré hacia la linterna. Él recuperó la vertical y nos lanzamos sobre ella al mismo tiempo. Yo llegué primero.

Moví el brazo describiendo un amplio arco y le aticé en la sien. Un ruido sordo, un gemido y cayó hacia atrás. Apagué la linterna, corrí hacia los árboles y me oculté detrás del tronco de un grueso pino.

No me moví. No parpadeé. Intenté razonar.

No te muevas entre los árboles. No le vuelvas la espalda. Tal vez cuando él se mueva puedas deslizarte por un lado, correr hacia el motel y pedir ayuda.

Calma total, alterada sólo por el jadeo de mi agresor. Pasaron los segundos. O tal vez fueron horas. El golpe en la cabeza me había dejado mareada, era incapaz de calcular el tiempo, el espacio o la distancia.

¿Dónde estaba él?

Una voz que llegaba a ras de tierra.

—He encontrado el arma, señorita Brennan.

Un disparo resonó en la quietud de la noche.

—Pero ambos sabemos que no la necesito ahora que su perro está fuera de combate.

Su voz me llegaba como si estuviese hablando debajo del agua.

—Haré que pague por todo esto. Y ya lo creo que me lo pagará.

Oí que se levantaba.

—Tengo un collar que quiero mostrarle.

Respiré profundamente, tratando de aclarar mi cabeza. Venía

hacia mí con el garrote para estrangularme con el alambre de acero.

Con el rabillo del ojo alcancé a vislumbrar algo que brillaba. Me volví. Tres haces de luz se movían en mi dirección. ¿O estaba alucinando?

—¡Quieto!

Una voz femenina áspera y ronca.

—¡Suéltela!

Un hombre.

—¡No se mueva!

Una voz masculina diferente.

La boca de una pistola escupió fuego en la oscuridad justo delante de mí. Sonaron dos disparos.

Desde la dirección de las voces devolvieron los disparos. Una bala rebotó en una piedra con un sonido inconfundible.

Un ruido sordo, aire expulsado. El sonido de un cuerpo que se desliza por la pared de piedra.

Pies que corren.

Manos en mi garganta, mi muñeca.

—... pulso es fuerte.

Rostros encima de mí, nadando como un espejismo en una acera de verano. Ryan. Crowe. El ayudante Anónimo.

—... ambulancia. Está bien. Nuestros disparos no la alcanzaron.

Descargas estáticas de la radio.

Hice un esfuerzo para sentarme.

—Tiéndase.

Una suave presión en los hombros.

—Tengo que verle.

Un círculo de luz se deslizó hacia el risco donde mi atacante permanecía sentado, inmóvil, las piernas extendidas delante, la espalda apoyada en la pared de piedra. Lentamente, el haz de luz iluminó los pies, las piernas, el torso, el rostro. Yo sabía quién era.

Ralph Stover, el propietario no tan feliz del Riverbank Inn, el hombre que no me permitió entrar en la habitación de Primrose. Miraba hacia un punto fijo de la noche, la barbilla hacia delante, el cerebro escurriéndose lentamente y formando una mancha en la roca que había detrás de su cabeza.

33

El viernes me marché de Charlotte al amanecer y conduje hacia el oeste a través de un espeso manto de niebla. El fluctuante vapor se hizo más ligero a medida que ascendía hacia la carretera Divisoria Continental Oriental y acabó por disiparse en las afueras de Asheville.

Al abandonar la Autopista 74 en Bryson City, enfilé por Veteran's Boulevard hasta pasar el atajo que llevaba al Fryemont Inn, giré a la derecha en Main y aparqué frente al viejo edificio del tribunal, convertido ahora en un asilo de jubilados. Permanecí sentada unos minutos en el coche contemplando la luz del sol que iluminaba la pequeña cúpula dorada y pensé en aquellos ancianos cuyos huesos había desenterrado.

Imaginé a un hombre alto y delgado, ciego y casi sordo; a una anciana frágil con el rostro torcido. Les imaginé paseando por estas mismas calles durante todos aquellos lejanos años. Quería rodearlos con mis brazos, decirles a cada uno de ellos que las cosas se estaban arreglando.

Y pensé en todas aquellas personas que habían muerto en el vuelo 228 de TransSouth Air. Habían tantas historias que apenas sí habían comenzado. Graduaciones a las que no asistirían. Cumpleaños que no se celebrarían. Viajes que no se harían. Vidas cortadas de raíz debido a un viaje mortal.

Me tomé el tiempo necesario para ir andando hasta el cuartel de bomberos. Había pasado un mes en Bryson City y había llegado a conocer bien el pueblo. Ahora me marchaba, mi trabajo había terminado, pero aún quedaban algunas preguntas.

Cuando llegué, McMahon estaba guardando las cosas de su despacho en varias cajas de cartón.

—¿Levantando el campamento? —pregunté desde la puerta.

—Vaya hombre, has vuelto al pueblo. —Quitó las cosas que había en una silla y me hizo un gesto para que me sentara— ¿Cómo te encuentras?

—Magullada y arañada pero totalmente en forma.

Asombrosamente no había recibido ninguna herida grave durante mi galopada con Ralph Stover por el bosque. Una ligera contusión me había retenido un par de días en el hospital, luego Ryan me había llevado a Charlotte en su coche. Cuando se aseguró de que me encontraba bien, cogió un avión de regreso a Montreal y yo había pasado el resto de la semana en el sofá con *Birdie*.

—¿Café?

—No, gracias.

—¿Te importa si continúo con mi trabajo?

—Por favor.

—¿Alguien te ha deleitado con toda la extraña historia?

—Aún quedan algunas lagunas. Comienza desde el principio.

—H&F era una especie de híbrido entre Mensa, una especie de asociación de superdotados, y el Club de los Chicos Millonarios. No comenzó de ese modo, originariamente era sólo un puñado de hombres de negocios, médicos y profesores que venían a cazar y pescar a las montañas.

—En los años treinta.

—Exacto. Establecían su campamento en las tierras de Edward Arthur, cazaban durante el día, bebían y se divertían toda la noche. Se elogiaban mutuamente su extraordinaria inteligencia. El grupo llegó a formar una estrecha relación con el paso de los años hasta que, finalmente, formaron una sociedad secreta a la que llamaron H&F.

—Y el padre fundador fue Prentice Dashwood.

—Dashwood fue el primer prior, sea lo que sea lo que signifique.

—H&F significa Hell Fire —dije—. Los clubes Hell Fire florecieron en Irlanda e Inglaterra en el siglo dieciocho, el más famoso de ellos era el creado por sir Francis Dashwood. Prentice Dashwood, de Albany, Nueva York, era uno de los descendientes de sir Francis. Su madre fue una anónima dama del Hell Fire. —Me había dedicado a la lectura durante el tiempo que pasé en el sofá—. Sir Francis tuvo cuatro hijos llamados Francis.

—Suena a George Foreman.

—El hombre estaba orgulloso de su nombre.

—O era el progenitor menos creativo de la historia.

—En cualquier caso, los clubes Hell Fire mantenían un saludable escepticismo ante la religión y les encantaba ridiculizar a la Iglesia. Se llamaban a sí mismos Caballeros de Saint Francis, «oficios» a sus bacanales y «prior» a su director.

—¿Quiénes eran esos cabrones?

—Los ricos y poderosos de la vieja y graciosa Inglaterra. ¿Has oído hablar alguna vez del Bohemian Club?

McMahon sacudió la cabeza.

—Es un club muy selecto, exclusivamente masculino, cuyos miembros han incluido a todos los presidentes republicanos desde Calvin Coolidge. Todos los años se reúnen durante dos semanas en un lugar apartado en el condado de Sonoma, California, llamado Bohemian Grove.

McMahon dejó un momento lo que estaba haciendo, una carpeta en cada mano.

—Eso me suena. Los pocos periodistas que han conseguido llegar a ese lugar en todos estos años han sido despedidos y sus historias arrojadas a la papelera.

—Así es.

—¿No estarás sugiriendo que nuestros peces gordos industriales y políticos planean asesinatos en esas reuniones?

—Por supuesto que no. Pero el concepto es el mismo: hombres poderosos que se reúnen en un sitio aislado. Se ha dicho incluso que los miembros del Bohemian Club celebran rituales druidas simulados.

McMahon cerró la caja con un precinto, la apoyó en el suelo y colocó otra sobre el escritorio.

—Hemos cogido a todos los miembros de H&F salvo a uno de ellos, y estamos armando la historia trozo a trozo, pero es un proceso lento. No es necesario que te diga que ninguno se muestra entusiasmado por hablar con nosotros, y todos tienen buenos abogados. Cada uno de los seis miembros de H&F será acusado de numerosos homicidios, pero no está claro cuál es la culpabilidad del resto de la banda. Midkiff afirma que sólo los jefes participaron en los asesinatos y actos de canibalismo.

—¿Midkiff ha recibido inmunidad en este caso? —pregunté.

McMahon asintió.

—La mayor parte de nuestra información procede de él.

—¿Fue él quien envió el fax con los nombres en clave?

—Sí. Midkiff ha reconstruido todo lo que era capaz de recordar. Sostiene que abandonó el grupo a principios de los setenta y jura que jamás participó en ningún asesinato. No sabía nada de Stover. Dice que la semana pasada llegó a un punto en el que ya no podía vivir consigo mismo.

McMahon comenzó a trasladar documentos de un archivador a la caja.

—Y tenía miedo de ti.

—¿De mí?

—De ti, cariño.

Me llevó un momento asimilar esa noticia.

—¿Dónde está ahora?

—El juez no consideró que hubiese peligro de que huyera o de que su vida corriese ningún riesgo, de modo que le dejó marchar. Sigue viviendo en una cabaña alquilada en Cherokee.

—¿Por qué llamó Parker Davenport a Midkiff antes de pegarse un tiro?

—Para advertirle de que el asunto estaba a punto de destaparse. Por lo visto ambos conservaron su amistad después de que Midkiff abandonara H&F. El vicegobernador fue el responsable de que a Midkiff no le molestase nadie durante todos estos años. Davenport se las arregló para convencer a los miembros del club de que Midkiff no suponía ninguna amenaza para ellos; a cambio, Midkiff mantuvo la boca cerrada.

—Hasta ahora.

—Hasta ahora.

—¿Qué es lo que ha explicado?

—H&F siempre contaba con dieciocho miembros. De ellos, seis chicos afortunados formaban el círculo interno. Muy exclusivo. Sólo cuando un miembro de ese círculo interno moría, se procedía a elegir a un sustituto del grupo en general. El banquete de iniciación era traje de etiqueta, capucha roja, postre a cargo del recluta.

—Carne humana.

—Sí. ¿Recuerdas a esos Hamatsa de los que me hablaste?

Asentí, demasiado asqueada para contestar.

—El mismo sistema. Solamente que nuestros caballeros caníbales se limitaban a compartir la carne de un muslo de cada víctima. Era como un pacto de hermandad de sangre. Aunque todo el club se reunía de forma regular en la casa de Arthur, Midkiff jura que sólo los miembros del círculo interno sabían lo que realmente ocurría en esas ceremonias de iniciación.

Pensé en las palabras que me había dicho Ralph Stover: «Encontré mi ofrenda».

—Tucker Adams fue asesinado en 1943 cuando murió Henry Arlen Preston, que era miembro del círculo interno, y Anthony Allen Birkby se unió a la élite. Cuando Sheldon Brodie murió ahogado en 1949, Martin Patrick Veckhoff fue el elegido para integrarse al círculo interno y Edna Farrell fue su víctima. Anthony Allen Birkby murió en un accidente de circulación diez años más tarde, su hijo recibió la aprobación para formar parte del círculo interno, y Charlie Wayne Tramper acabó en la mesa de la comunión.

—¿A Tramper no lo había matado un oso?

—El joven Birkby tal vez hizo algo de trampa. Por cierto, fue en el funeral de Tramper donde Parker Davenport conoció a Simon Midkiff. Y Midkiff conoció a Tramper cuando estaba investigando a los cherokee.

—¿Sabía Midkiff lo que le había ocurrido a Tramper?

—Afirma que no tenía la más remota idea.

—¿Cómo fue captado Midkiff por H&F?

—En 1955 el joven profesor acababa de llegar de Inglaterra y le habían dicho que buscara a Prentice Dashwood, un viejo amigo de la familia. Dashwood fue quien reclutó a Midkiff para las filas de H&F.

—Nunca consiguió entrar en el círculo interno.

—No.

—Pero Davenport sí lo hizo.

—Después del funeral de Tramper, Midkiff presentó gradualmente a Davenport a los hermanos. La idea de una élite intelectual atrajo a Davenport, quien acabó por unirse al club.

—¿Aunque era del condado de Swain, Davenport nunca se había enterado de la existencia de esa casa en el bosque?

—No hasta que se unió a la hermandad. Aparentemente nadie sabía de su existencia. Estos tíos eran increíbles para mantenerse ocultos. Entraban y salían del bosque después de que hubiese anochecido. Con.el correr de los años, todos olvidaron que la casa se encontraba en ese lugar.

—Todos excepto el viejo Edward Arthur y el padre del reverendo Luke Bowman.

—Exacto.

McMahon revolvió el contenido de un cajón como si no estuviese seguro de si debía llevarse aquello o eliminarlo.

—Y el club jamás dejaba nada escrito.

—Muy poco.

Vació el cajón en la caja, volvió a encajarlo en el escritorio y abrió otro.

—¿De dónde salió toda esta basura? —Se irguió y me miró—. Continuando con la cronología, John Morgan murió en 1972, Mary Louise Rafferty fue asesinada, y F. L. Warren ascendió un puesto. Para entonces, Midkiff ya estaba bastante desencantado con toda esa historia. Abandonó el club poco tiempo después.

—De modo que es posible que no haya tomado parte en ninguno de los asesinatos.

—Eso parece. Pero Davenport está pringado. En 1979 fue elegido para reemplazar a William Glenn Sherman en el círculo interno. El aperitivo de Davenport fue el hombre negro sin identificar.

—¿Era importante que a las víctimas las escogieran de ambos sexos y diferentes razas?

—La idea era ampliar al máximo la variedad de la consumición espiritual.

—Pues vaya.

—Kendall Rollins murió de leucemia en 1986 y su hijo Paul ocupó su lugar.

—¿Albert Odell fue la víctima?

—Correcto.

McMahon vació el contenido del segundo cajón.

—¿Qué pasó con Jeremiah Mitchell y George Adair?

—Ahí tuvieron un problema. Cuando Martin Patrick Veckhoff murió en febrero pasado, Roger Lee Fairley fue el elegido para la coronación. Le informaron acerca de los requisitos que debía cumplir y Mitchell fue secuestrado y asesinado. La muerte imprevista de Fairley cuando se dirigía al funeral de Veckhoff creó un grave problema y Mitchell fue metido durante algún tiempo en el congelador hasta que se resolviese el tema de la sucesión.

—¿Por quién?

—Le dijeron a Ralph Stover que pronto sería su turno de pasar del círculo exterior al círculo interno, le explicaron cuáles eran las condiciones de ingreso y le pidieron que llevase a cabo algunas tareas extra. Guardó el cadáver de Mitchell en un congelador en el Riverbank Inn.

Reprimí un escalofrío.

—Por esa razón no había datos acerca de los ácidos grasos volátiles.

—Exacto. A principios de septiembre, Stover fue propuesto oficialmente para suceder a Veckhoff y el cadáver de Mitchell fue trasladado a la casa de piedra y colocado en el patio amurallado como paso previo a una ceremonia de admisión. Entonces fue cuando las cosas comenzaron a precipitarse. Algunos miembros del círculo interno se opusieron al ascenso de Stover, consideraron que se trataba de un individuo demasiado fervoroso, demasiado inestable. La disputa continuó durante un tiempo, comenzó el proceso de descomposición, lo que significaba que el cuerpo no podría ser utilizado para el ritual y el cadáver de Mitchell tuvo que ser enterrado en la cueva.

—Pero no antes de que los coyotes visitaran el lugar.

—Dios bendiga a esas criaturas.

—¿Stover volvió a encargarse del trabajo sucio?

—Es nuestro hombre.

McMahon volcó el contenido de otro cajón dentro de una caja, la cerró con precinto y escribió algo con un rotulador en una de las caras.

—En cualquier caso, después de varias semanas de discusiones, la facción de Stover se llevó el gato al agua. George Adair fue secuestrado el primero de octubre. El accidente de la TransSouth Air se produjo el cuatro de octubre.

—Yo encontré el pie el cinco de octubre.

Apiló la caja sobre las anteriores y abrió un archivador.

—Como sabes, Stover también se cargó a Primrose Hobbs. Lucy Crowe encontró Stelazine en su apartamento en el Riverbank Inn. La receta había sido extendida por un médico mexicano a nombre de Parker Davenport. Stover tenía cuatro cápsulas en el bolsillo el domingo por la noche. La misma droga que utilizó con Primrose.

McMahon me miró.

—Crowe también encontró un trozo de alambre de acero que coincide con las marcas del garrote que aparecieron en el cuello de Hobbs.

Como un puñetazo en el estómago. Aún me resultaba imposible creer que Primrose estuviese muerta.

—Me dijo que lo hizo porque podía.

—Pudo haber recibido una orden del círculo interno o pudo haber actuado por iniciativa propia. Tal vez temió que ella hubiese descubierto alguna cosa. Probablemente le robó la llave y la contraseña para llevarse el pie del depósito y cambiar el informe.

—¿Han encontrado el pie?

—Sospecho que jamás lo encontrarán. Espera un momento.

McMahon desapareció por el pasillo y regresó con otras dos cajas vacías.

—¿Cómo es posible que se acumule tanta porquería en un mes?

—No olvides la serpiente de goma.

Señalé un objeto que había encima del escritorio.

—¿Cómo me encontró Crowe?

—Ella y Ryan llegaron a High Ridge House la noche del domingo separados por unos minutos, bastante después de la hora en que tú tendrías que haber llegado. Al encontrar tu coche en el aparcamiento pero ninguna señal tuya en la casa, comenzaron a buscarte. Cuando encontraron el perro...

Alzó la vista un momento y volvió a concentrarse en la caja. Mi expresión permaneció indiferente.

—Por lo visto tu perro consiguió morderle a Stover en la muñeca antes de que le disparase. Ryan encontró una pulsera médica con el nombre de Stover junto al hocico del animal. Crowe estableció la relación basándose en algo que Midkiff le había dicho.

—El resto es historia.

—El resto es historia.

Metió la serpiente de goma en la caja, cambió de idea y volvió a sacarla.

—¿Ryan regresó a Quebec?

—Sí.

De nuevo, mantuve una expresión indiferente.

—No conozco muy bien a ese tío, pero la muerte de su compañero realmente le hizo polvo.

—Sí.

—Súmale a eso el asunto de la sobrina y me asombra que el tío no se haya derrumbado.

—Sí.

¿La sobrina?

—Danielle *el Demonio*, la llamaba.

McMahon fue hasta donde estaba su americana y guardó la serpiente de goma en uno de los bolsillos.

—Dijo que algún día probablemente leamos cosas de esa cría en los periódicos.

¿La sobrina?

Sentí que se los formaba una sonrisa en las comisuras de me labios.

Hay momentos en que resulta difícil mantenerse indiferente.

Encontré a Simon Midkiff envuelto en un abrigo, con guantes y bufanda, dormitando en una mecedora en el porche. Una gorra con visera le cubría gran parte del rostro y, de pronto, se me ocurrió otra pregunta.

—¿Simon?

Levantó la cabeza y sus ojos acuosos parpadearon ligeramente confusos.

—¿Sí?

Se pasó el dorso de la mano por los labios y un hilo de saliva brilló en el guante de lana. Se quitó el guante, metió la mano debajo de las capas de ropa, sacó las gafas y se las puso sobre la nariz.

Me reconoce.

—Me alegra comprobar que estás bien.

Las delgadas cadenas de las gafas le caían a ambos lados de la cabeza, arrojando delicadas sombras a través de las mejillas. La piel era pálida y fina como el papel.

—¿Podemos hablar?

—Por supuesto. Tal vez deberíamos entrar.

Entramos a una combinación de cocina y sala de estar con una puerta interior, que supuse que daba a un dormitorio y un cuarto de baño. Los muebles eran de pino lacado y daban la impresión de haber sido fabricados en un taller casero.

Los libros se alineaban junto a los zócalos y había una mesa y un escritorio cubiertos de cuadernos y papeles. En un extremo de la habitación se apilaban una docena de cajas, cada una de ellas marcada con una serie de números arqueológicos.

—¿Té?

—Sí, me apetece.

Le observé mientras llenaba una tetera con agua, cogía un par de bolsitas de té y colocaba las tazas sobre los platillos. Parecía más frágil de lo que yo recordaba, más encorvado.

—No recibo muchas visitas.

—Esto es encantador. Gracias —dije mirando a mi alrededor.

Me condujo hasta un sofá cubierto con una tela afgana, colocó las dos tazas sobre una mesilla baja fabricada con un trozo de tronco y acercó una silla para él.

Ambos bebimos en silencio. Fuera se oía el sonido de un motor fueraborda en el río Oconaluftee. Esperé hasta que Simon estuvo preparado.

—No estoy seguro de hablar de ello como debiera.

—Sé lo que pasó, Simon. Lo que no alcanzo a comprender es por qué.

—Yo no estaba allí cuando comenzó todo. Lo que sé me lo contaron otras personas.

—Conocías a Prentice Dashwood.

Se apoyó en el respaldo de la silla y su mirada pareció viajar a otro tiempo.

—Prentice era un lector insaciable con un asombroso caudal de conocimientos. No había nada que no despertase su interés. Darwin. Lyell. Newton. Mendeleiev. Y los filósofos. Hobbs. Anesidemos. Baumgarten. Wittgenstein. Lao-tsé. Lo leía todo. Arqueología. Etnología. Física. Biología. Historia.

Hizo una pausa para beber un poco de té.

—Y era un maravilloso narrador. Así fue como comenzó. Prentice contaba historias del Hell Fire Club de sus antepasados, describía a sus miembros como unos tíos libertinos que se reunían para mantener conversaciones intelectuales y cometer herejías. La idea parecía bastante inofensiva. Y lo fue durante algún tiempo.

Su taza tembló en el platillo cuando la dejó sobre la mesilla.

—Pero Prentice tenía también un lado oscuro. Él estaba convencido de que algunos seres humanos eran más valiosos que otros.

Su voz se quebró.

—Los intelectualmente superiores —dije.

—Sí. A medida que Prentice se iba haciendo mayor, su concepción del mundo se vio poderosamente influida por sus lecturas acerca de cosmología y canibalismo. Su contacto con la realidad se fue debilitando.

Hizo una pausa, seleccionando las cosas que podía decir.

—Comenzó como una blasfemia frívola. Nadie creía realmente en eso.

—¿Creer qué?

—Que el hecho de comerse a los muertos negase el carácter irrevocable de la muerte. Que comer la carne de otro ser humano permitiese la asimilación de su alma, personalidad y sabiduría.

—¿Era eso lo que creía Dashwood?

Midkiff encogió uno de sus hombros huesudos.

—Tal vez lo creyese. Quizá simplemente utilizó la idea, y el acto concreto dentro del círculo interno, como una manera de mantener el club unido e intacto. La indulgencia colectiva en lo prohibido. El concepto de grupo interno, grupo externo. Prentice entendía que los rituales culturales existen para reforzar la unidad de quienes los celebran.

—¿Cómo comenzó?

—Un accidente.

Suspiró.

—Un desgraciado accidente. Un verano apareció un joven en la casa de la montaña. Sólo Dios sabe lo que estaba haciendo por aquellos parajes. Corrió el alcohol, hubo una pelea y el muchacho murió. Prentice propuso que todos...

Sacó un pañuelo y se lo pasó por los ojos.

467

—Eso sucedió antes de la guerra. Yo me enteré años más tarde cuando escuché una conversación que no debía.

—Sí.

—Prentice procedió a cortar tiras de músculo del muslo de aquel pobre muchacho y exigió que todos comieran. En aquella época no existía esa distinción entre círculo interno y externo. Fue un pacto. Cada uno de ellos era un participante e igualmente culpable. Nadie hablaría jamás de la muerte del muchacho. Enterraron el cuerpo en el bosque, al año siguiente se formó el círculo interno y Tucker Adams fue asesinado.

—¿Hombres inteligentes aceptando esta locura? ¿Hombres educados con esposas y familias y trabajos responsables?

—Prentice Dashwood era un hombre extraordinariamente carismático. Cuando hablaba todo parecía tener sentido.

—¿Canibalismo?

Traté de mantener la voz tranquila.

—¿Tienes idea de cuán importante es el tema de seres humanos que se comen a otros seres humanos en la cultura occidental? Los sacrificios humanos se mencionan en el Antiguo Testamento y en el Rig Veda. La antropofagia es fundamental en el argumento de muchos mitos griegos y romanos; es la base de la misa católica. Echa un vistazo a la literatura. *Modesta proposición*[21] de Jonathan Swift y la historia de Sweeney Todd de Tom Prest. Películas como *Cuando el destino nos alcance*; *Tomates verdes fritos*; *El cocinero, el ladrón, su esposa y su amante*; *Weekend*, de Jean-Luc Goddard. Y no nos olvidemos de los niños: *Hansel y Gretel*, *Gingerbread Man*, y las diferentes versiones de *Blancanieves*, *Cenicienta* y *Caperucita Roja*. ¡Abuela, qué dientes tan grandes tienes! —Respiró temblorosamente—. Y, naturalmente,

---

21. El título completo de esta obra de Swift es *Modesta proposición para evitar que los hijos de los pobres de Irlanda sean una carga para sus padres o para el país*. (N. del t.)

están los participantes por necesidad. El grupo de Donner; el equipo de rugby uruguayo perdido en los Andes; la tripulación del yate *Mignonette*; Marten Hartwell, el piloto de avión aislado en el Ártico. Nos sentimos fascinados por sus historias. Y escuchamos incluso con mayor curiosidad a nuestros asesinos en serie caníbales que han buscado sus quince minutos de gloria.

Simon volvió a inspirar profundamente y luego expulsó el aire lentamente.

—No puedo explicarlo, ni tampoco tolerarlo. Prentice conseguía que todo sonara exótico. Éramos una pandilla de chicos traviesos que compartían un mismo interés por un tema ciertamente oscuro y perverso.

—*Fay ce que voudras.*

Recité las palabras cinceladas sobre la entrada del túnel subterráneo. Durante mi convalecencia había aprendido que esa cita de Rabelais en francés del siglo XVI también adornaba el arco abovedado y los hogares en la abadía de Medmenham.

—«Haz lo que quieras» —tradujo Midkiff, luego se echó a reír con tristeza—. Es irónico. Los clubes Hell Fire empleaban esa cita para excusar su indulgencia licenciosa, pero Rabelais atribuye de hecho esas palabras a san Agustín. «Ama a Dios y haz lo que quieras. Porque si un hombre ama a Dios con el espíritu de la sabiduría, entonces, siempre procurando satisfacer la voluntad divina, lo que él desee será lo correcto.»

—¿Cuándo murió Prentice Dashwood?

—En mil novecientos sesenta y nueve.

—¿Asesinaron a alguien?

Sólo habíamos encontrado ocho víctimas.

—No había nadie que pudiese reemplazar a Prentice. Después de su muerte nadie fue elevado al círculo interno. El número de sus miembros se redujo a seis y así permaneció.

—¿Por qué no figuraba Dashwood en aquel fax que me enviaste?

—Escribí lo que era capaz de recordar. La lista no estaba completa ni mucho menos. No sé prácticamente nada de los que se unieron al grupo después de mi marcha. En cuanto a Prentice, simplemente no pude... —Apartó la vista—. Fue hace tanto tiempo.

Ninguno de los dos habló durante varios minutos.

—¿Realmente no sabías lo que estaba pasando?

—Comprendí lo que estaba ocurriendo después de que Mary Francis Rafferty muriese en 1972. Fue entonces cuando abandoné el grupo.

—Pero no dijiste nada.

—No. No tengo excusa.

—¿Por qué pusiste a la sheriff Crowe sobre la pista de Ralph Stover?

—Stover se unió al club después de que yo me marchara. Por esa razón se mudó al condado de Swain. Siempre he sabido que era un sujeto inestable.

Recordé la pregunta que se me había ocurrido al llegar.

—¿Fue Stover quien trató de atropellarme en Cherokee?

—Me enteré de que había sido un Volvo negro. Stover tiene un Volvo negro. Ese incidente acabó de convencerme de que era un hombre realmente peligroso.

Señalé las cajas.

—Estás excavando aquí, ¿verdad, Simon?

—Sí.

—Sin autorización de Raleigh.

—Este lugar es crucial para la secuencia de montaje lítico que estoy construyendo.

—Por eso me mentiste cuando me dijiste que estabas trabajando para el Departamento de Recursos Culturales.

Asintió.

Dejé mi taza sobre la mesa y me puse de pie.

—Lamento que las cosas no hayan salido como esperabas.

Lo sentía realmente, pero no podía perdonarle por lo que sabía y no había informado.

—Cuando se publique el libro la gente reconocerá finalmente el valor de mi trabajo.

Fuera, el día aún estaba claro y frío, sin rastros de neblina en los valles o en las montañas.

Las doce y media. Tenía que darme prisa.

34

La concurrencia a los funerales por Edna Farrell fue más numerosa de lo que yo esperaba, considerando que llevaba muerta más de medio siglo. Además de los miembros de su familia, gran parte de los habitantes de Bryson City y muchos agentes de los departamentos del sheriff y la policía se habían congregado para darle el último adiós. Lucy Crowe estaba allí y también Byron McMahon.

Las historias del Hell Fire Club eclipsaban ahora los relatos del accidente del avión de TransSouth Air y habían llegado periodistas de todo el sureste del país. Ocho ancianos asesinados en rituales y enterrados en el sótano de una casa en la montaña, el vicegobernador del estado desacreditado y más de una docena de eminentes ciudadanos entre rejas. Los medios de comunicación los llamaban «los asesinos caníbales» y yo caí en el olvido igual que el escándalo sexual del año anterior. Aunque lamentaba no haber podido proteger a la señora Veckhoff y a su hija de la publicidad y de la humillación pública, me sentía aliviada por haber escapado del centro de atención.

Durante el servicio religioso junto a la tumba permanecí rezagada, pensando en las distintas salidas que pueden tomar nuestras vidas al abandonar el mundo. Edna Farrell no había muerto en la cama pero se había marchado a través de una puerta mucho más melancólica. Lo mismo había hecho Tucker Adams, quien descansaba debajo de la gastada placa que había a mis pies. Sentía una gran tristeza por todas estas personas, muertas desde hacía tanto tiempo. Pero encontraba consuelo haber el hecho de por contribuido a traer sus cuerpos a esta colina. Y la satisfacción de que, finalmente, los asesinatos hubiesen acabado.

Cuando la gente se dispersó, me acerqué a la tumba de Edna y deposité un pequeño ramo de flores. Oí pasos detrás de mí y me volví. Lucy Crowe caminaba hacia mí.

—Me sorprende que haya regresado tan pronto.

—Es mi dura cabeza irlandesa. Imposible de romper.

Sonrió.

—Es tan hermoso el paisaje aquí arriba.

Mi mirada recorrió los árboles, las lápidas, las colinas y los valles que se extendían hacia el horizonte como terciopelo anaranjado.

—Por eso amo este lugar. Hay un mito cherokee de la creación que habla de cómo fue creado el mundo a partir del barro. Un buitre volaba en lo alto del cielo y, cuando bajaba las alas, aparecían los valles. Cuando las elevaba, aparecían las montañas.

—¿Usted es cherokee?

Crowe asintió.

Otra pregunta contestada.

—¿Cómo están las cosas con Larke Tyrell?

Me eché a reír.

—Hace dos días recibí una carta de recomendación de la Oficina del Forense en la que asume toda la responsabilidad de este malentendido, me exonera de cualquier error o mala práctica y me agradece mi inapreciable contribución a la recuperación de los cuerpos de las víctimas del accidente del avión de TransSouth Air. Se ha enviado copias a todo el mundo salvo a la duquesa de York.

Abandonamos el cementerio y nos dirigimos a nuestros coches. Estaba metiendo la llave en la cerradura cuando Crowe me hizo otra pregunta.

—¿Pudo identificar las gárgolas que hay en la entrada del túnel?

—Harpócrates y Angerona eran los dioses egipcios del silencio, un recordatorio a los hermanos del voto que habían hecho. Otro artilugio tomado de sir Francis.

—¿Los nombres?

—Referencias históricas y literarias al canibalismo. Algunas de ellas son bastante oscuras. Sawney Beane fue un escocés del siglo catorce que vivía en una cueva. Se decía que la familia Beane asesinaba a los viajeros y se los llevaba a casa para la cena. Y lo mismo con respecto a Christie o' the Cleek. Él y su familia vivían en una cueva en Angus y se dedicaban a comerse a los viajeros. John Gregg mantuvo viva esa tradición en Devon en el siglo dieciocho.

—¿El señor B?

—Baxbakualanuxsiwae.

—Muy bien.

—Un espíritu tribal de los kwakiutkl, un monstruo parecido a un oso cuyo cuerpo estaba cubierto de bocas sanguinolentas.

—Santo patrón de los Hamatsa.

—El mismo.

—¿Y los nombres en clave?

—Faraones, dioses, descubrimientos arqueológicos, personajes de fábulas antiguas. Henry Preston era Ilos, el fundador de Troya. Kendall Rollins era Piankhy, un antiguo rey nubio. Escuche esto. Parker Davenport escogió al dios azteca Ometeotl, el señor de la dualidad. ¿Cree que era consciente de la ironía?

—¿Alguna vez ha examinado el sello del Estado de Carolina del Norte?

Reconocí que nunca lo había hecho.

—El lema procede de la obra de Cicerón *Ensayo sobre la amistad*, «*Esse Quam Videri*».

Sus ojos de color de una botella de Coca-cola se clavaron en los míos.

—«Ser antes que parecer.»

Cuando descendía por Schoolhouse Hill no pude evitar leer una pegatina en el parachoques del coche que me precedía.

¿DÓNDE PASARÁ LA ETERNIDAD?

Aunque colocada en un marco temporal más amplio del que yo había estado considerando, la pegatina formulaba la misma pregunta que yo tenía en la mente. ¿Dónde pasaría el tiempo que tenía por delante? Y, más concretamente, ¿con quién?

Durante mi convalecencia, Pete se había mostrado cariñoso y servicial, trayéndome flores, encargándose de *Birdie*, calentando sopa en el microondas. Habíamos visto películas viejas y mantenido largas conversaciones. Cuando no estaba en casa, yo pasaba horas recordando cómo había sido nuestra vida juntos. Recordaba los buenos tiempos. Recordaba las peleas, las pequeñas muestras de irritación que iban creciendo hasta que, finalmente, estallaban en batallas a gran escala.

Había llegado a una conclusión: amaba a mi ex esposo y siempre estaríamos unidos. Pero no podíamos seguir unidos en la cama. Aunque atractivo, encantador, divertido e inteligente, Pete compartía algo con sir Francis y sus compañeros del Hell Fire: Venus siempre se cruzaría en su camino.

Pete era una pared contra la que yo podría estrellarme toda la vida. Éramos mucho mejores amigos que cónyuges y, en consecuencia, mantendría las cosas de ese modo.

Al llegar al pie de la colina giré hacia Main.

También había considerado a Andrew Ryan.

Ryan el colega. Ryan el policía. Ryan el hombre.

Danielle no era una amante. Era su sobrina. Eso estaba bien.

Consideré a Ryan el hombre.

El hombre que quería chuparme los dedos de los pies.

Eso estaba pero que muy bien.

La herida que me había causado Pete había hecho que me moviera en los límites de una relación extraña con Ryan, deseando acercarme a él pero, al mismo tiempo, manteniendo la distancia, como una polilla atraída hacia una bombilla. Atraída pero temerosa.

¿Necesitaba un hombre en mi vida?

No.

¿Quería uno?

Sí.

¿Cuál era la letra de la canción? Preferiría lamentarme por algo que hice que por algo que no hice.

Había decidido darle a Ryan una oportunidad y ver cómo salían las cosas.

Tenía que hacer una nueva parada en Bryson City. Una parada que no podía esperar.

Aparqué el Mazda delante de un flamante edificio que se alzaba en la esquina de Slope con Bryson Walk. Cuando crucé la puerta acristalada, una mujer que llevaba una bata quirúrgica alzó la vista y sonrió.

—¿Está preparado?

—Sí. Tome asiento.

La mujer desapareció y me instalé en una silla de plástico en la sala de espera.

Cinco minutos más tarde la mujer regresó trayendo a *Boyd*. Llevaba el pecho vendado y una de las patas delanteras afeitada. Al verme dio un pequeño salto y luego se acercó y apoyó la cabeza sobre mi regazo.